O JACKAL

J.R. WARD

O JACKAL

IRMANDADE DA ADAGA NEGRA

PRISON CAMP

LIVRO I

São Paulo
2022

The Jackal

Copyright © 2020 by Love Conquers All, Inc.

© 2022 by Universo dos Livros
Todos os direitos reservados e protegidos pela Lei 9.610
de 19/02/1998.

Nenhuma parte deste livro, sem autorização prévia por
escrito da editora, poderá ser reproduzida ou transmiti-
da, sejam quais forem os meios empregados: eletrônicos,
mecânicos, fotográficos, gravação ou quaisquer outros.

Diretor editorial
Luis Matos

Gerente editorial
Marcia Batista

Assistentes editoriais
Letícia Nakamura
Raquel F. Abranches

Tradução
Cristina Calderini Tognelli

Preparação
Alessandra Miranda de Sá

Revisão
João Rodrigues
Bia Bernardi

Arte
Renato Klisman

Diagramação
Vanúcia Santos

Dados Internacionais de Catalogação na Publicação (CIP)
Angélica Ilacqua CRB-8/7057

259j	Ward, J. R.
	O Jackal / J. R. Ward ; tradução de Cristina Calderini Tognelli. — São Paulo : Universo dos Livros, 2022.
	368 p. (Irmandade da Adaga Negra - Prison Camp ; v. 1)
	ISBN 978-65-5609-258-4
	Título original: *The Jackal*
	1. Vampiros 2. Ficção norte-americana 3. Literatura erótica I. Título II. Tognelli, Cristina Calderini III. Série
22-1896	CDD 813.6

Universo dos Livros Editora Ltda.
Avenida Ordem e Progresso, 157 - 8º andar - Conj. 803
CEP 01141-030 - Barra Funda - São Paulo/SP
Telefone/Fax: (11) 3392-3336
www.universodoslivros.com.br
e-mail: editor@universodoslivros.com.br
Siga-nos no Twitter: @univdoslivros

Este livro é dedicado a todos os trabalhadores de serviços essenciais que nos fizeram seguir em frente durante a pandemia de Covid-19, em especial aos da área da saúde, que colocaram a própria vida em perigo para ajudar os demais. Somos muito gratos a vocês.

GLOSSÁRIO DE TERMOS E NOMES PRÓPRIOS

Ahstrux nohtrum: Guarda particular com licença para matar, nomeado(a) pelo Rei.

Ahvenge: Cometer um ato de retribuição mortal, geralmente realizado por um macho amado.

As Escolhidas: Vampiras criadas para servir à Virgem Escriba. No passado eram voltadas mais para as coisas espirituais do que para as temporais, mas isso mudou com a ascensão do último Primale, que as libertou do Santuário. Com a renúncia da Virgem Escriba, elas estão completamente autônomas, aprendendo a viver na Terra. Continuam a atender às necessidades de sangue dos membros não vinculados da Irmandade, bem como as dos Irmãos que não podem se alimentar das suas *shellans*.

Chrih: Símbolo de morte honrosa no Antigo Idioma.

Cio: Período fértil das vampiras. Em geral, dura dois dias e é acompanhado por intenso desejo sexual. Ocorre pela primeira vez aproximadamente cinco anos após a transição da fêmea e, a partir daí, uma vez a cada dez anos. Todos os machos respondem em certa medida se estiverem por perto de uma fêmea no cio. Pode ser uma época perigosa, com conflitos e lutas entre os machos, especialmente se a fêmea não tiver companheiro.

Conthendha: Conflito entre dois machos que competem pelo direito de ser o companheiro de uma fêmea.

Dhunhd: Inferno.

Doggen: Membro da classe servil no mundo dos vampiros. Os *doggens* seguem as antigas e conservadoras tradições de servir a seus superiores, obedecendo a códigos formais no comportamento e no vestir. Podem sair durante o dia, mas envelhecem relativamente rápido. Sua expectativa de vida é de aproximadamente quinhentos anos.

***Ehnclausuramento*:** Status conferido pelo Rei a uma fêmea da aristocracia em resposta a uma petição de seus familiares. Subjuga uma fêmea à autoridade de um responsável único, o *tuhtor*, geralmente o macho mais velho da casa. Seu *tuhtor*, então, tem o direito legal de determinar todos os aspectos de sua vida, restringindo, segundo sua vontade, toda e qualquer interação dela com o mundo.

***Ehros*:** Uma Escolhida treinada em artes sexuais.

Escravo de sangue: Vampiro macho ou fêmea que foi subjugado para satisfazer a necessidade de sangue de outros vampiros. A prática de manter escravos de sangue recentemente foi proscrita.

***Exhile dhoble*:** O gêmeo mau ou maldito, o segundo a nascer.

***Fade*:** Reino atemporal onde os mortos reúnem-se com seus entes queridos e ali passam toda a eternidade.

***Ghia*:** Equivalente a padrinho ou madrinha de um indivíduo.

***Glymera*:** A nata da aristocracia, equivalente à Corte no período de Regência na Inglaterra.

***Hellren*:** Vampiro macho que tem uma companheira. Os machos podem ter mais de uma fêmea.

***Hyslop*:** Termo que se refere a um lapso de julgamento, tipicamente resultando no comprometimento das operações mecânicas ou da posse legal de um veículo ou transporte motorizado de qualquer tipo. Por exemplo, deixar as chaves no contato de um carro estacionado do lado de fora da casa da família durante a noite – resultando no roubo do carro.

***Inthocada*:** Uma virgem.

Irmandade da Adaga Negra: Guerreiros vampiros altamente treinados para proteger sua espécie contra a Sociedade Redutora. Resultado de cruzamentos seletivos dentro da raça, os membros da Irmandade possuem imensa força física e mental, assim como a capacidade de se recuperar rapidamente de ferimentos. Não é constituída majoritariamente por irmãos de sangue e são iniciados na Irmandade por indicação de seus membros. Agressivos, autossuficientes e reservados por natureza, são tema para lendas e reverenciados no mundo dos vampiros. Só podem ser mortos por ferimentos muito graves, como tiros ou uma punhalada no coração.

Leelan: Termo carinhoso que pode ser traduzido aproximadamente como "muito amada".

Lhenihan: Fera mítica reconhecida por suas proezas sexuais. Atualmente, refere-se a um macho de tamanho sobrenatural e alto vigor sexual.

Lewlhen: Presente.

Lheage: Um termo respeitoso utilizado por uma submissa sexual para referir-se a seu dominante.

Libhertador: Salvador.

Lídher: Pessoa com poder e influência.

Lys: Instrumento de tortura usado para remover os olhos.

Mahmen: Mãe. Usado como um termo identificador e de afeto.

Mhis: O disfarce de um determinado ambiente físico; a criação de um campo de ilusão.

Nalla/nallum: Termo carinhoso que significa "amada"/"amado".

Ômega: Figura mística e maligna que almeja a extinção dos vampiros devido a um ressentimento contra a Virgem Escriba. Existe em um reino atemporal e possui grandes poderes, dentre os quais, no entanto, não se encontra a capacidade de criar.

Perdição: Refere-se a uma fraqueza crítica em um indivíduo. Pode ser interna, como um vício, ou externa, como uma paixão.

Primeira Família: O Rei e a Rainha dos vampiros e sua descendência.

Princeps: O nível mais elevado da aristocracia dos vampiros, só suplantado pelos membros da Primeira Família ou pelas Escolhidas da Virgem Escriba. O título é hereditário e não pode ser outorgado.

Redutor: Membro da Sociedade Redutora, é um humano sem alma empenhado na exterminação dos vampiros. Os *redutores* só morrem se forem apunhalados no peito; do contrário, vivem eternamente, sem envelhecer. Não comem nem bebem e são impotentes. Com o tempo, seus cabelos, pele e íris perdem toda a pigmentação. Cheiram a talco de bebê. Depois de iniciados na Sociedade por Ômega, conservam uma urna de cerâmica, na qual seu coração foi depositado após ter sido removido.

Rihgido: Termo que se refere à potência do órgão sexual masculino. A tradução literal seria algo aproximado a "digno de penetrar uma fêmea".

Rytho: Forma ritual de lavar a honra, oferecida pelo ofensor ao ofendido. Se aceito, o ofendido escolhe uma arma e ataca o ofensor, que se apresenta desprotegido perante ele.

Shellan: Vampira que tem um companheiro. Em geral, as fêmeas não têm mais de um macho devido à natureza fortemente territorial deles.

Sociedade Redutora: Ordem de assassinos constituída por Ômega com o propósito de erradicar a espécie dos vampiros.

Symphato: Espécie dentro da raça vampírica, caracterizada por capacidade e desejo de manipular emoções nos outros (com o propósito de trocar energia), entre outras peculiaridades. Historicamente, foram discriminados e, em certas épocas, caçados pelos vampiros. Estão quase extintos.

Transição: Momento crítico na vida dos vampiros, quando ele ou ela transforma-se em adulto. A partir daí, precisam beber sangue do sexo oposto para sobreviver e não suportam a luz do dia. Geralmente, ocorre por volta dos 25 anos. Alguns vampiros não sobrevivem à transição, sobretudo os machos. Antes da mudança, os vampiros são fisicamente frágeis, inaptos ou indiferentes ao sexo, e incapazes de se desmaterializar.

Talhman: O lado maligno de um indivíduo. Uma mancha obscura na alma que requer expressão se não for adequadamente expurgada.

Trahyner: Termo usado entre machos em sinal de respeito e afeição. Pode ser traduzido como "querido amigo".

Tuhtor: Guardião de um indivíduo. Há vários graus de *tuhtors*, sendo o mais poderoso aquele responsável por uma fêmea *ehnclausurada*.

Tumba: Cripta sagrada da Irmandade da Adaga Negra. Usada como local de cerimônias e como depósito das urnas dos *redutores*. Entre as cerimônias ali realizadas estão iniciações, funerais e ações disciplinadoras contra os Irmãos. O acesso a ela é vedado, exceto aos membros da Irmandade, à Virgem Escriba e aos candidatos à iniciação.

Vampiro: Membro de uma espécie à parte do *Homo sapiens*. Os vampiros precisam beber sangue do sexo oposto para sobreviver. O sangue humano os mantém vivos, mas sua força não dura muito tempo. Após sua transição, que geralmente ocorre aos 25 anos, são incapazes de sair à luz do dia e devem alimentar-se na veia regularmente. Os vampiros não podem "converter" os humanos por meio de uma mordida ou transferência de sangue, embora, ainda que raramente, sejam capazes de procriar com a outra espécie. Podem se desmaterializar por meio da vontade, mas precisam estar calmos e concentrados para consegui-lo, e não podem levar nada pesado consigo. São capazes de apagar as lembranças das pessoas, desde que recentes. Alguns vampiros são capazes de ler a mente. Sua expectativa de vida ultrapassa os mil anos, sendo que, em certos casos, vai bem além disso.

Viajantes: Indivíduos que morreram e voltaram vivos do Fade. Inspiram grande respeito e são reverenciados por suas façanhas.

Virgem Escriba: Força mística que anteriormente foi conselheira do Rei, bem como guardiã dos registros vampíricos e distribuidora de privilégios. Existia em um reino atemporal e possuía grandes poderes, mas recentemente renunciou ao seu posto em favor de outro. Capaz de um único ato de criação, que usou para trazer os vampiros à existência.

CAPÍTULO 1

Oeste do Estado de Nova York, dias atuais

A TAL DA METÁFORA "a vida é uma autoestrada" era tão onipresente, tão excessivamente usada, tão trivial e desgastada, que enquanto estava sentada no banco do passageiro de uma caminhonete com dez anos de uso, encarando o caminho asfaltado iluminado pelo luar que cortava as moitas e os arbustos do oeste do Estado de Nova York, Nyx não dispensava sequer um minuto pensando em como o curso de estradas e vidas podia ser semelhante: era possível trafegar sem dificuldades em suaves declives; passar por trechos ruins, esburacados, a ponto de fazer com que seus dentes batessem; subidas íngremes cujo fim parecia nunca chegar; trilhas entediantes até uma saída distante.

E também havia os obstáculos, aqueles que apareciam de repente e que o desviavam tanto da viagem planejada que, depois deles, você acabava num lugar completamente diferente.

Alguns desses, tanto numa analogia quanto na realidade, tinham quatro patas e um filho chamado Bambi.

– Cuidado! – berrou, enquanto agarrava o volante com uma das mãos e assumia o controle.

Tarde demais. Sobrepondo-se ao ruído dos pneus guinchando, o impacto foi doentiamente suave, do tipo que acontece quando o metal atinge a carne, e a reação de sua irmã foi cobrir os olhos e encolher ainda mais os joelhos junto ao corpo.

O que não ajudou em nada, visto que Posie era quem tinha acesso ao pedal do freio. Mas era também bem característico dela.

A caminhonete, sendo um objeto inanimado lançado em movimento, não tinha um cérebro próprio, mas bastante motivação derivada dos quase cem quilômetros por hora a que vinham viajando. Dessa forma, a velha Volvo deu uma de cavalo galopante ao saírem da estrada secundária, sua estrutura rígida e desajeitada sacolejando numa dança de um lado a outro, o que fez Nyx bater a cabeça no teto acolchoado, embora estivesse presa ao cinto de segurança.

Os faróis foram iluminando o que aparecia diante do carro, os fachos de luz apontando para qualquer ângulo e direção em que o para-choque dianteiro os acabasse direcionado. Em grande parte, apenas amontoados de arbustos de brejo, o terreno verde e esponjoso apresentando um resultado muito melhor do que poderia ter antecipado.

Tudo isso mudou.

Tal qual uma criatura se erguendo das profundezas de um lago, algo marrom, espesso e vertical surgiu sob o show de luzes verdejantes, desaparecendo e reaparecendo enquanto os fachos de luz viravam de um lado para o outro.

Ah, merda. Era uma árvore. E não só a parada forçada arbórea era um objeto imóvel, mas foi como se uma correia de aço funcionasse entre seu tronco grosso e o chassi da caminhonete.

Se tivesse mirado em um curso de colisão, não poderia ter feito trabalho melhor.

O inevitável tratou do assunto.

O único pensamento de Nyx foi a irmã. Posie se preparava no banco do motorista, os braços esticados, os dedos afastados, como se fosse tentar empurrar a árvore para longe…

O impacto foi o mesmo de ser socado em todo o corpo, e deve ter havido o esmagamento de metal encontrando a madeira, mas, com o estampido dos airbags e o tinir nos ouvidos, Nyx não conseguiu ouvir muita coisa. Também não conseguia respirar. Parecia incapaz de enxergar.

Sibilos. Pingos. Borracha queimada e também alguma substância química.

Alguém tossia. Ela mesma? Não tinha certeza.

– Posie?

– Estou bem, estou bem...

Nyx esfregou os olhos para diminuir a ardência e tossiu. Tateando a porta, puxou a maçaneta e empurrou-a com força contra alguma coisa resistente.

– Vou dar a volta para te ajudar.

Assim que conseguisse sair do maldito carro.

Acrescentando o ombro no movimento, forçou a porta contra algo fofo e verde, e a vingança foi que a moita invadiu o local, expandindo-se para dentro do carro como um cão que quer farejar os arredores.

Caiu para fora do banco e rolou na moita. Engatinhando por um instante, conseguiu se pôr de pé e se firmar no teto enquanto dava a volta até o lado do motorista. Escancarando a porta de Posie, soltou seu cinto de segurança.

– Consegui – grunhiu ao arrastar a irmã para fora.

Apoiando Posie contra o carro, afastou as mechas loiras das feições suaves. Nada de sangue. Nenhum vidro na pele perfeita. O nariz ainda estava reto como um alfinete.

– Você está bem – anunciou Nyx.

– E quanto ao cervo?

Nyx guardou as imprecações para si. Estavam a cerca de dezesseis quilômetros de casa, e o importante era saber se o carro tinha condições de seguir viagem. Não queria ofender a Mãe Natureza nem os amantes de animais do mundo, mas o flagelo de quatro patas da interestadual estava muito aquém em sua lista de prioridades.

Avançando cambaleante um pouco mais à frente, balançou a cabeça ao ver o estrago. Uns belos sessenta centímetros de capô, e portanto de motor, estavam contraídos ao redor do tronco com toda a flexibilidade possível a uma viga de aço, e, por mais que não chegasse nem perto de ser uma perita em automóveis, aquilo devia ser incompatível com uma chegada em casa em segurança.

– Merda – sussurrou.

– E o cervo?

Fechando os olhos, lembrou-se da ordem de nascimento. Ela era a mais velha, a responsável, de cabelos escuros e brusca, como fora o pai delas. Posie era a caçula loira, de bom coração, detentora de toda a natureza acolhedora e resplandecente que a *mahmen* delas possuíra.

E a do meio?

Não poderia se meter na toca de coelho que era Janelle agora.

De volta à sua porta aberta, Nyx se inclinou para dentro e afastou o airbag murcho. Onde estava seu celular? Colocara-o no apoio de copos quando tinham saído de Hannaford. Maravilha. Não estava em lugar nenhum...

– Graças a Deus.

Apoiando a mão no banco, abaixou-se no espaço debaixo do volante. Só para espalmar algo que era uma péssima notícia.

A tela estava rachada e o aparelho, escurecido. Quando tentou ligá-lo, não deu em nada. Endireitando-se, olhou por cima do capô arruinado.

– Posie, onde está o seu...

– O quê? – A irmã estava concentrada na estrada, a uns belos 50 metros de distância, os cabelos lisos caindo emaranhados pelas costas. – Oi?

– Seu celular. Onde está?

Posie olhou por cima do ombro.

– Deixei em casa. Você estava com o seu, então...

– Vai ter que se desmaterializar até em casa. Diga ao vovô para trazer o reboque aqui e...

– Não vou sair daqui até cuidarmos daquele cervo.

– Posie, há humanos demais por perto e...

– Ele está sofrendo! – Lágrimas brilharam nos olhos dela. – E só porque é um animal não significa que a vida dele não seja importante.

– O cervo que se dane. – Nyx tentou enxergar alguma coisa através da fumaça. – Precisamos resolver esse problema agora...

– Não vou sair até...

– ... porque temos duzentos dólares em compras derretendo no porta-malas. Não podemos nos dar ao luxo de perder o equivalente a uma semana de...

– ... cuidarmos daquele pobre animal.

Nyx desviou o olhar da irmã, da batida, da merda toda que tinha que resolver, para que Posie pudesse continuar a ser generosa com o mundo, preocupando-se com outras coisas que não pagar o aluguel, colocar comida na mesa e se certificar de que teriam luxos exóticos como luz elétrica e água corrente.

Quando teve certeza de que poderia olhar para ela de novo sem lançar um monte de imprecações quanto à praticidade da vida para sua bendita irmã, não viu nenhuma mudança na determinação dela. E o problema era esse mesmo. Uma natureza gentil, sim. Aquele enfadonho coração generoso, a baboseira da empatia. Determinação de ferro? No que contava de verdade, ela tinha aos montes.

Aquela fêmea não desistiria do maldito cervo.

Nyx ergueu as mãos para o céu e praguejou. Alto.

De volta ao carro. Abriu o porta-luvas. Tirou a nove milímetros que mantinha ali para emergências.

Ao voltar para a parte de trás da caminhonete, espiou as sacolas reutilizáveis de compras. Estavam todas amontoadas contra o banco de trás em resultado da batida, e aquela era uma situação do tipo boa/ruim. Qualquer item quebrável já não tinha mais salvação, mas, pelo menos, os itens congelados estariam todos amontoados, unidos para lutar contra a noite de agosto de quase trinta graus.

– Ah, Nyx, muito obrigada. – Posie uniu as mãos debaixo do queixo como se fosse devota. – Ajudaremos o... Espere, o que está fazendo com a arma?

Nyx não parou ao passar por ela, por isso Posie a agarrou pelo braço.

– Por que está segurando a arma?

– O que acha que vou fazer com o maldito animal? Manobras de ressuscitação?

– Não! Nós temos que o ajudar...

Nyx aproximou o rosto do da irmã e falou num tom enfático:

– Se ele estiver sofrendo, vou sacrificá-lo. É o certo a fazer. É *assim* que vou ajudar aquele animal.

As mãos de Posie subiram para o rosto, pressionando as bochechas, que empalideceram.

– A culpa é minha. Eu atropelei o cervo.

– Foi um acidente. – Nyx virou a irmã para que ela ficasse de frente para o carro. – Fique aqui e não olhe. Eu cuido disso.

– Não tive a intenção de machucar o…

– Você é a última pessoa no planeta que atropelaria algo intencionalmente. Agora, vê se fica aqui.

O som do choro suave de Posie acompanhou Nyx de volta à estrada. Seguindo as marcas dos pneus na terra e na folhagem destruída, encontrou o cervo a cerca de cinco metros de onde tinham se desviado da estrada…

Nyx estacou. Piscou algumas vezes.

Pensou em vomitar.

Aquilo não era um cervo.

Eram braços. E pernas. Finas, era verdade, e cobertas por roupas esfarrapadas cor de lama. Mas nada do que fora atingido era de natureza animal. E o pior? O cheiro de sangue derramado não era humano.

Era um vampiro.

Haviam acertado um dos seus.

Nyx correu para perto do corpo, guardou a arma e se ajoelhou.

– Tudo bem com você?

Pergunta idiota. Mas o som de sua voz despertou o ferido, e um rosto horrível e aterrorizado se virou para ela.

Era um macho. Um macho pré-trans. E, ah, Deus, a parte branca de ambos os olhos estava vermelha, embora não conseguisse identificar se por causa do sangue que escorria pelo rosto dele ou se devido a algum tipo de hemorragia cerebral. O que era evidente? Ele estava agonizando.

– Me… ajude… – A voz fina foi interrompida por um acesso de tosse. – Saí… da prisão… esconda-me…

– Nyx? – Posie a chamou. – O que está acontecendo?

Por uma fração de segundo, Nyx foi incapaz de pensar. Não, isso era mentira. Ela estava pensando, mas não no carro, nem nas compras, tampouco no garoto moribundo ou na irmã histérica.

– Onde? – perguntou Nyx com urgência. – Onde fica o campo de prisioneiros?

Talvez depois de todos aqueles anos... ela poderia descobrir para onde Janelle havia sido levada.

Aquilo tinha que ser obra do Destino.

De acordo com a história que fora explicada ao Jackal,[1] "Hungry Like the Wolf" fora um *single* musical lançado em 1982 nos Estados Unidos pela nova sensação *new wave* britânica Duran Duran. O videoclipe, evidentemente inspirado no tema de Indiana Jones – fosse lá o que isso significasse –, fora mostrado num esquema de rotatividade pesada pela "MTV", e o "tempo de exposição na TV" fizera a canção disparar nos gráficos da Billboard, mantendo-a ali por meses.

Enquanto passava por um dos incontáveis túneis subterrâneos do campo de prisioneiros, ouviu a canção e revisitou os trechos que a identificavam como se relesse um livro já decorado. Mas assim era a natureza das informações ali embaixo. A mente ansiava e ardia por notícias, todavia raramente havia algo novo. Portanto, tinham que repassar as coisas, assim como seu colega de prisão precisava tocar diversas vezes a música no tocador de fita cassete.

Seguindo adiante, o Jackal projetava sua sombra enquanto acompanhava o pequeno refrão que ecoava pelas paredes de pedras úmidas. Lembrou-se do que haviam lhe contado sobre o clipe. Simon Le Bon, evidentemente o cantor principal, vestia um terno de linho claro e passava por ruas abarrotadas de uma localização tropical. Depois disso,

---

1 "Jackal", em inglês, significa tanto o animal chacal quanto pode se referir a um lacaio, atendente, servente. (N. T.)

seguia para uma floresta, para dentro de um rio... o tempo todo sendo perseguido por uma bela mulher – ou teria sido o contrário?

Ah, o drama e a intriga.

Como sentia falta do mundo lá fora.

Cem anos depois do seu encarceramento, o mundo acima, a liberdade, o ar fresco... eram como o som deturpado daquela canção: abafado pela passagem do tempo e pela ausência do frescor dos tempos atuais.

O Jackal virou em um trecho do caminho e entrou no bloco de celas para o qual há tempos fora designado. As jaulas gradeadas a cuja habitação tinham sido relegados eram dispostas a determinados intervalos dentro da rocha, ainda que as grades permanecessem abertas. Com os guardas de vigia, monstros no escuro, não havia a necessidade de trancar nada. Ninguém ousava fugir.

A morte seria uma bênção comparada ao que o Comando faria caso você tentasse escapar.

A origem da canção fantasmagórica, agora se aproximando do fim, estava três celas adiante, e ele se deteve no arco de entrada do prisioneiro em questão.

– Se for apanhado com isso, eles vão...

– Fazer o quê? Jogar meu traseiro na cadeia?

O macho que falou estava reclinado no catre, o corpo imenso numa postura relaxada, nada além de uma faixa de tecido amarrada ao redor do quadril para esconder seu sexo. Sem piscar, os olhos amarelos se ergueram de sua posição horizontal, o sorriso dissimulado revelando presas longas e afiadas.

Lucan era um filho da puta lacônico, ligeiramente maligno e talvez pouco confiável. Mas, comparado a muitos dos outros, era um verdadeiro príncipe.

– Só estou cuidando de você. – O Jackal apontou com a cabeça o tocador de K7 preto e prata junto ao corpo do macho. – E da sua maquininha.

– Todos estão na Colmeia, inclusive os guardas.

– Você confia demais na sorte, meu amigo.

– E você, Jackal, segue demais as regras.

Quando a canção chegou ao fim, Lucan apertou o botão para voltar e ouviu-se um som de algo rodando. Em seguida, a música recomeçou.

– O que vai fazer quando essa fita gastar?

O macho com *alter ego* deu de ombros.

– Eu a tenho agora. É só o que importa.

Licantropos eram uma subespécie perigosa e traiçoeira, e isso era um fato, quer estivessem soltos vagando pela noite ou enfiados ali na prisão. Mas o Comando tinha uma solução para manter o outro lado do macho sob controle. E esse, por acaso, era o mesmo procedimento usado em todos os prisioneiros: uma coleira pesada de aço presa ao redor do pescoço grosso do macho, que o impedia de se desmaterializar ou se transformar.

– Melhor seguir em frente, Jackal. – Um dos olhos amarelos piscou. – Não acho que queira se meter em apuros.

– Só abaixe o volume dessa coisa. Não quero ter que vir te salvar.

– Quem é que está pedindo isso?

– Peso na consciência.

– Não sei o que é isso.

– Sorte a sua. A vida é muito mais complicada com ele.

Deixando o camarada para trás, seguiu adiante, passando pela própria cela e chegando ao corredor principal. Ao se aproximar da Colmeia, a densidade do ar aumentou, o odor da população prisional pesando em suas narinas, o murmúrio de vozes sussurradas sendo registrado pelos seus ouvidos...

O primeiro dos gritos se sobrepôs aos murmúrios, fazendo os pelos de sua nuca se eriçarem, os músculos fortes dos ombros se contraírem.

Ao chegar ao grande espaço aberto, seus olhos passaram por cima de milhares de cabeças raspadas, até os três troncos de árvores sujos de sangue que tinham sido cimentados na saliência de pedra mais adiante. O prisioneiro amarrado ao poste central se debatia contra as correntes que o mantinham no lugar, os olhos injetados e arregalados de terror fitando o cesto de vime a seus pés.

Algo dentro do cesto se mexia.

Havia um par de guardas vestindo uniformes limpos, um a cada lado do acusado, os semblantes demonstrando uma tranquilidade tão letal que faria de fato uma pessoa sentir medo. Significava que eles não valorizavam nem um pouco a vida. Se um prisioneiro fosse viver ou morrer, não era algo que os preocupasse. Eles faziam seu trabalho e seguiam para o alojamento ao fim do seu turno, confiantes na consciência de que, qualquer dor ou sofrimento causados, qualquer tipo de destruição ou dano, fora feito no cumprimento do dever.

Pouco importava a depravação; a consciência deles estava tranquila.

Algo que aquele lobo estúpido tinha que considerar enquanto desafiava as regras como fazia.

A multidão maltrapilha e suja estava excitada com a adrenalina, os corpos se chocando uns nos outros enquanto cabeças se viraram para conversar, e depois se concentravam novamente, ansiosos pelo espetáculo. Aqueles pequenos "corretivos" eram ordenados pelo Comando de forma regular, em parte uma exibição sangrenta, em parte transformação comportamental.

Caso perguntasse a qualquer um dos prisioneiros, macho ou fêmea, eles diriam odiar essas torturas públicas frequentes, mas estariam mentindo – pelo menos em parte. Em meio ao tédio esmagador e à desesperança entorpecente, elas eram uma ruptura à monotonia.

A apresentação teatral sendo o programa predileto de todos.

Em retrospecto, não havia muito mais na Broadway.

Ao contrário do restante dos prisioneiros, o Jackal desviou o olhar para a lateral da plataforma. Sentiu que o Comando estaria presente naquela noite – ou talvez fosse dia. Não sabia se estava claro ou escuro do lado de fora.

A presença do líder deles não era habitual, e se perguntou se mais alguém percebera. Provavelmente não. O Comando se mantinha oculto, mas gostava dessas demonstrações de poder.

Quando a tampa do cesto foi erguida por um dos guardas, o Jackal fechou os olhos. O grito penetrante que ecoou pela Colmeia fez a medula dentro dos seus ossos doer. Em seguida, espalhou-se o cheiro de sangue fresco.

Tinha que sair dali. Estava morrendo por dentro. Já não tinha mais fé. Nem amor. Nenhuma esperança de que algo um dia mudaria.

Mas seria necessário um milagre para colocá-lo em liberdade, e, se sua vida lhe ensinara uma coisa, era que isso nunca acontecia na terra. E, muito raramente, se é que acontecia, também no Fade.

Quando a multidão começou a cantar, só o que sentia era o cheiro de sangue, e deu as costas para o espetáculo, cambaleando de volta pelo túnel principal. Mesmo em seu desespero, e apesar dos incontáveis machos e fêmeas reunidos na caverna, sentiu que olhos acompanhavam sua debandada.

O Comando o observava. Ele, somente.

Sempre.

CAPÍTULO 2

Caldwell, Nova York

RHAGE VIVIA O MELHOR DE SUA VIDA enquanto tomava a decisão mais importante da noite.

– Chocolate e nozes com marshmallows – anunciou. – Definitivamente.

Enquanto pegava duas tigelas e duas colheres Designadas para Uso Especial, sua filha, Bitty, inclinou-se dentro do gigantesco freezer e pegou o pote que ele escolhera. Depois estreitou os olhos diante das mais de trinta possibilidades.

– Está com vontade de que hoje? – perguntou ele ao apoiar o quadril na bancada, acomodando-se para esperar.

Não se deve interferir na escolha de sorvete de outra pessoa. Não importava quanto fosse demorar, não importava o resultado, aquele era um momento sagrado, uma junção de estado de ânimo e paladar, de capricho e extravagância. Não devia ser apressado nem influenciado por opinião alheia, mesmo que a pessoa que aguardava fosse do tipo parental.

– Ao que vamos assistir hoje? – perguntou a filha.

Por um momento, ele se perdeu observando os cabelos castanhos ondulados e os ombros finos. Ela vestia uma de suas camisas sociais pretas, e a peça mais parecia um vestido nela, a bainha da camisa chegando aos tornozelos, o tecido envolvendo-a como um manto cerimonial. Ela enrolara as mangas, e havia tanto pano em excesso ao redor dos braços finos que ela mais parecia usar boias salva-vidas infantis em formato de asas de morcego. Mas ela amava suas camisas, e ele amava que ela as quisesse vestir.

Amava tudo em sua filha, especialmente a maneira como o fitava – e não por ele ser um metro mais alto do que ela em seus coturnos. Pelos olhos dela, ele era um super-herói. Um protetor da raça. Um guerreiro que cuidava dos inocentes, dos enfermos, dos menos capazes.

E tudo isso era verdade, levando em conta seu papel na Irmandade da Adaga Negra. Ele estava na linha de frente da defesa da espécie diante de tudo e qualquer coisa que pudesse feri-los. Mas se sentia mais forte graças a ela. Mais poderoso. Mais bem preparado.

Não se sentia invencível, contudo. Ah, cacete, nada de invencibilidade. Como em tudo o que há de bom, havia um equilíbrio, e, no que se referia a Bitty, a despeito de todo o propósito e da força que ela lhe dava, sua filha o fazia se dar conta de sua mortalidade em um nível doloroso.

Ele, mais do que nunca na vida, tinha medo de morrer.

– Pai?

Rhage voltou à realidade.

– Hum? Ah, certo, o filme. Pensei em *Zumbilândia: atire duas vezes*.

– Nesse caso, hortelã com lascas de chocolate. – O tom decidido fez Rhage sorrir. – E da edição de inverno da Ben & Jerry's, não da Breyers.

Quando Bitty segurou sua escolha, endireitando o corpo, a porta de vidro voltou para o lugar com um clique suave, selando o frio lá dentro.

– Mas não acho que eu precise de uma tigela. A embalagem é só de meio litro.

Rhage baixou o olhar para o que segurava. Sentiu-se surpreendentemente desapontado. Sempre usavam tigelas e colheres, motivo pelo qual Fritz, o mordomo, mantinha os dois pares ali, naquele canto da cozinha. Era parte do ritual.

– Bem, então não vou usar também. – Deixou as tigelas de lado, abriu uma gaveta e pegou dois panos de prato. – Vamos envolvê-los com isto.

Jogou um para a filha, dando-lhe uma colher para o seu meio litro, e atravessaram a cozinha grande como a de um hotel, saindo pela despensa. Quando surgiram na base da escadaria do grandioso átrio, apoiou a mão no ombro de Bitty.

— Estou feliz por estar de folga hoje.

— Eu também, pai. Como está o pé? Você está bem?

— Ah, sim. Não se preocupe. — Escondeu a dor e dissimulou os passos manquitolas. — O osso vai se curar muito bem. Manny cuidou de tudo.

— Ele é um bom humano.

— É, sim.

Subiram juntos os degraus revestidos de carpete. Apesar da decoração de Sua Majestade, de todo aquele folheado a ouro e dos cristais, daquelas colunas de mármore e do teto pintado muito acima, aquilo era um lar. Era ali que a Irmandade da Adaga Negra morava com suas famílias, tomando conta de Wrath, Beth e L.W. Era ali que o melhor da vida acontecia para eles, debaixo daquele teto pesado, dentro daquelas paredes firmes, ali, protegidos pelo *mhis* que Vishous lançara.

Uma fortaleza.

Um maldito cofre, que era onde coisas preciosas tinham que ficar, protegidas de roubo e destruição.

O cinema ficava no fim do segundo andar, além do Corredor das Estátuas, mais próximo à ala dos criados. Visto que passava da meia--noite, numa noite de trabalho, não havia ninguém nas imediações. Os lutadores de turno estavam em campo. Os feridos que precisavam de tratamento ou reabilitação estavam no centro de treinamento. E os criados estavam na hora de descanso depois de terem cozinhado, servido e limpado após a Primeira Refeição. Nesse ínterim, Mary estava numa sessão com Zsadist no porão. Wrath e Beth brincavam com L.W. no terceiro andar. E as outras *shellans* e crianças estavam no castelo inflável pula-pula junto à piscina.

Portanto, tudo estava silencioso e tranquilo.

O cinema era do tipo profissional: inclinação de estádio com cadeiras acolchoadas, como um palácio para traseiros. Uma bancada de doces e uma máquina de fazer pipoca eram mantidas, como tudo o mais, por Fritz. Uma tela imensa, ladeada por cortinas de veludo vermelhas, tinha sido recém-modernizada. Havia um sistema de som *surround*, além de *woofers* que o fariam sentir as pegadas dos T. rex durante o *Jurassic Park* ecoando na espinha.

Rhage e Bitty se acomodaram nos assentos centrais, na metade das fileiras. Era onde tinham se sentado na noite anterior, portanto os controles para o sistema de computador estavam no porta-copo entre os lugares.

Um segundo apenas para alugar o filme na Amazon e fazê-lo rolar.

Em seguida, tiraram as tampas dos sorvetes e se acomodaram, e Rhage suspirou longa e lentamente.

Perfeito. Aquilo era simplesmente…

– Saúde, pai.

Bitty segurava a colher no ar, e Rhage bateu a sua na dela.

– Saúde, filha.

No escuro, quando a aventura do filme começou, Rhage abriu um sorriso tão amplo que se esqueceu por completo do sorvete. Tudo estava certo em seu mundo. Todos os círculos completos. Nada cinzento em nenhuma área da vida.

Tinha a sua filha.

Tinha a sua amada *shellan*.

Tinha seus Irmãos e amigos.

Sim, havia preocupações, e a ameaça à espécie continuava, e os malditos humanos estavam sempre metidos em confusão. Mas era como se sua vida fosse semelhante à fortaleza daquela casa.

Sólida contra as intempéries e os ataques do Destino.

Capaz de suportar tudo o que lhe fosse lançado.

Era a primeira e única vez em que se sentia assim, e isso o fazia acreditar, bem dentro dos ossos, que, não importava o que acontecesse, nada mudaria. Sua Mary era seu coração e sua alma. Sua Bitty, seu futuro e esperança. Seus Irmãos e amigos, os membros do seu corpo.

E que maravilha tudo aquilo era.

Enterrando a colher no sorvete... não fazia ideia do que vinha pelo caminho. Se fizesse, teria escolhido um sabor completamente diferente. Como um maldito sorvete de baunilha.

Caldwell, Nova York, 1913

— Ah, ela era linda, como era. E a irmã também. Certo?
Enquanto Jabon, o Jovem, continuava a falar sobre coisas que já tinham sido esquecidas pela parte a quem se dirigia, uma sensação de tédio inquietante se instalava no corpo de Rhage como se fosse água de esgoto se infiltrando pelas tábuas do piso da taverna. De fato, ele tinha que se livrar não só daquela companhia entediante, mas também do lugar em que estava. O ar ali era pesado devido aos odores acre de suor dos frequentadores barulhentos e nauseante do hidromel nas canecas que abundavam em cada um dos punhos parrudos.
Jabon se inclinou para mais perto.
— Conte-me o que fez com elas.
Rhage se concentrou em dois bêbados sentados em bancos do outro lado do estabelecimento abarrotado. Eram humanos com barbas espessas como o pelo dos cães e roupas da cor do esterco. Desequilibrados devido à bebida, os ombros se chocavam e se afastavam em intervalos, os contatos como um metrônomo numa contagem regressiva até que uma briga inevitável surgisse.
— Não vai me contar, então. — Jabon moveu a cadeira para mais perto e apoiou a mão macia e bem cuidada no antebraço de Rhage, mas reconsiderou esse impulso quando Rhage mudou a direção do seu olhar. No mesmo instante, ele retirou aquele peso-pena. — Mas conquistou as duas. Ao mesmo tempo, na mesma hora. Tem que me contar como foi.
Rhage voltou a fitar os trabalhadores sentados nos bancos altos. A situação começava a fervilhar, e ele estava preocupado com a possibilidade de um ou ambos estarem armados.
— Virá na próxima noite, pelo menos? À minha casa? Encontrará novas conquistas, prometo.

O trabalhador da esquerda, aquele de cabelos escuros, virou o rosto para o seu compatriota. Sobrancelhas unidas, queixo empinado, rosto rubro como a porta de um celeiro, cuspiu palavras que não podiam ser outra coisa que não imprecações. Em seguida, pôs-se de pé, tão firme quanto uma mesa de duas pernas. Chamado ao confronto, o compatriota de imediato equilibrou seu peso nas próprias botas.

Um empurrão. Um safanão. E logo a mão daquele que começara se enfiou dentro do casaco malfeito.

— ... você precisa ir amanhã. Contei a muitos que estaria lá. E, prometo, haverá fêmeas disponíveis...

Rhage segurou a parte de trás da lapela do casaco bem costurado de Jabon. Empurrando o macho para baixo do tampo da mesa, Rhage também se abaixou quando o primeiro tiro foi disparado. Com o disparo, a jovialidade ébria do estabelecimento perdeu sua efervescência. No entanto, ninguém gritou alarmado. Aquela não era a primeira vez que tal coisa acontecia e os humanos começaram a procurar abrigo como se estivessem bem treinados nesse tipo de reação.

Embaixo da mesa, os olhos de Jabon se arregalaram, e ele levou a mão com firmeza ao belo casaco, ajeitando as lapelas para perto da frente da garganta como se fosse uma frágil malha de lã, seda e algodão.

Houve uma subsequente comoção de corpos e pés se arrastando, a multidão apressando-se para se enfiar sob as mesas e cadeiras de carvalho, ao lado da lareira de pedras, atrás do bar — embora esse último acesso tivesse sido impedido pelo taberneiro, que empunhava uma arma, mais atento ao seu território do que ao que acontecia no restante da taverna. Aquele sim era um bom negociante...

— O que devemos fazer? — Jabon tinha a cara grudada nas tábuas sujas do chão. — O que fazemos, o que fazemos...

Rhage revirou os olhos. O perigo não perduraria; ele estava certo. Três tiros, e tudo acabou.

Em meio às pernas firmes das mesas e à profusão de cadeiras derrubadas, Rhage avaliou os estragos com pouco interesse. Ambos os combatentes estavam caídos, imóveis, por isso ele se levantou e se esticou, flexionando o ombro ruim. Jabon continuou deitado como se tivesse criado um súbito interesse em se tornar um tapete. A maioria dos demais fez o mesmo.

A porta da taverna se abriu e se fechou quando alguém entrou. Rhage não prestou atenção. Aquele estabelecimento humano era conhecido apenas pelos problemas de sua variedade. O inimigo não vinha àquele palco humano de depravação com frequência, visto que redutores *não conviviam com eles se podiam evitar tal coisa. O mesmo valia para os vampiros, embora os membros da espécie fossem passar desapercebidos com muito mais facilidade em meio aos ratos sem cauda. E alguém sempre deseja um pouco de aventura.*

Aventura era só o que havia ali, de fato.

O tapete humano formado por todos aqueles que tinham procurado evitar as balas começou a se desfazer à medida que cabeças se levantavam e troncos experimentavam se erguer.

A onda de impaciência tão característica ao confinamento da forma corpórea de Rhage quanto os cabelos loiros e os olhos azul-esverdeados aproveitou sua deixa e se infiltrou entre músculos e ossos. Sempre em movimento, ele se virou para ir embora e se livrar não só dos humanos e de suas tolices, como também da insistência incômoda de Jabon...

O golpe veio da esquerda e foi de corpo completo, algo largo e pesado derrubando Rhage ao chão novamente. Foi no ínfimo instante em que flutuou em pleno ar que notou duas coisas: uma, quando sua visão se desviou, ele testemunhou uma bala passando pelo espaço do qual suas carnes e seu sangue foram forçosamente removidos, enterrando-se no painel de carvalho que cobria a agradável parede da taverna, criando um caixão circular para seu corpo metálico.

E a segunda coisa que percebeu foi que conhecia quem se atirara sobre ele.

Seu salvador tampouco era uma surpresa.

A aterrissagem foi dura, uma vez que amparou tanto seu peso quanto a tonelada equivalente do outro, mas ele não se importava com alguns hematomas. Olhando em meio à floresta de mesas e pernas mais uma vez, avistou a briga retomada pelo combatente inicial, brevemente ressuscitado, que erguera a pistola de novo e tentava assegurar a morte que, de fato, abatera o ébrio colega.

A ameaça por ele representada no momento, porém, estava sendo assistida pelos demais clientes. Muitos saltaram sobre ele e o desarmaram.

Rhage conseguiu inspirar fundo quando o rochedo sobre ele se deslocou. Em seguida, uma mão se estendeu para ajudá-lo a se levantar.

Rindo, ele aceitou a ajuda.

— Isso foi bem divertido!

Darius, filho de Marklon, não sentiu o mesmo, de fato. Os olhos azuis do irmão eram da cor da ardósia em sua desaprovação.

— Sua definição dessa palavra e a minha não são a mesma...

— Você também tem que vir...

Rhage e seu irmão de serviço olharam ao mesmo tempo para Jabon, que saltara de baixo da mesa como uma toupeira de sua toca.

O aristocrata nauseante batia palmas.

— Sim, sim, sim, você também. Na noite de amanhã em minha casa. Sabe onde fica, não sabe?

— Estaremos trabalhando, lamento — anunciou Darius.

— Isso — concordou Rhage, embora não tivesse planos específicos.

— Haverá fêmeas de sangue nobre.

— Complicações nobres, você quer dizer. — Rhage meneou a cabeça. — Elas são um fastio de tantas maneiras que nem perco meu tempo.

Darius enfiou uma das mãos sob o braço de Rhage e o conduziu até a porta da taverna. Quando Jabon tentou se juntar a eles, só o que bastou foi um olhar sério por sobre o ombro, e o macho foi curado do impulso da saída à trois.

Do lado de fora, a lua cobria o cenário do vilarejo com sua iluminação tremeluzente, os contornos das construções comerciais de tijolos e madeira brilhando de modo sacro, como se tivessem se redimido de suas preocupações financeiras básicas e temporais. O verão estava em seu início em junho; as folhas das árvores na praça, completamente expostas, ainda que de um verde pálido. Jade, em contraposição ao verde-esmeralda do mês de agosto.

— O que estava fazendo num lugar como aquele? — Darius exigiu saber à medida que andavam pela rua de pedra.

— A mesma pergunta poderia ser feita a ti.

A contra-argumentação de Rhage não carregava censura. Não só não se dava ao trabalho de se preocupar com outros, mas sabia muito bem da reputação de decência de atos e pensamentos de Darius. Aquele protótipo de virtude não participaria da devassidão tão certo como não cortaria a mão que segurava sua adaga.

— Estou à procura de trabalhadores — declarou o Irmão.

— Com que propósito?

— Tenho em mente construir uma mansão segura e secreta.

O cenho de Rhage se franziu.

— Sua residência atual não lhe basta?

— Seria com outro propósito.

— E você usaria humanos para a construção de tal lugar? Teria que se desfazer da mão de obra quando tivesse concluído. Uma cova de cada vez.

— Procuro trabalhadores da nossa espécie.

— Não teria tal sorte naquela taverna, então.

— Não sabia mais aonde ir. A nossa espécie está tão dispersa. Não conseguimos nos encontrar em meio a esta confusão de humanos.

— Às vezes o melhor é permanecer invisível.

Quando uma série de sinos começou a tocar em meio à noite perfumada com um fragrância floral, Rhage espiou o relógio da torre na praça de Caldwell. Detendo-se, começou a sorrir ao se lembrar de uma fêmea bem graciosa e de feições agradáveis que morava a três quadras de distância.

— Perdoe-me, Irmão, preciso estar em outro lugar.

Darius também se deteve.

— Não para caçar, presumo.

— Sempre haverá tempo para isso amanhã. — Rhage deu de ombros. — Esta guerra jamais chegará ao fim.

— Com seu comprometimento com o conflito, você está certo.

Quando Darius se virou para partir, Rhage pegou o macho pelo cotovelo.

— Quero que saiba, abati dois redutores esta noite, ou crê que esta mancha de tinta seja mesmo de tinta?

Rhage mostrou a manga do casaco de pele de novilho para demonstrar. Mas o olhar de Darius não se abaixou.

– Parabéns, meu Irmão – disse ele num tom inflexível. – Tenho muito orgulho de você.

Dito isso, Darius tomou seu braço de volta e foi andando a passos largos, seguindo a margem do rio. Deixado a sós, Rhage encarou o espaço ocupado antes pelo Irmão. Em seguida, partiu na direção oposta.

Andou certa distância até se acalmar o suficiente para se desmaterializar até a fêmea que nunca rejeitara suas inclinações carnais. Disse a si mesmo que a emoção que o flagelara e retardara era raiva em relação à virtude daquele Irmão.

Era uma mentira na qual quase acreditou.

CAPÍTULO 3

NA NOITE SEGUINTE, DEPOIS DE O SOL se pôr e estar escuro e seguro o bastante do lado de fora, Nyx abriu a porta de entrada da casa de fazenda da família. A porta de tela que sempre rangia foi a seguinte, e, quando pisou na varanda, sua moldura bateu de volta no batente com um estrondo, ricocheteando.

Ouvira tal som a vida inteira, e, quando ele foi captado pelos ouvidos, todas as idades pelas quais já passara por ali surgiram em percussões cadenciadas. A criança. A pré-trans. Onde se encontrava agora... o que quer que aquilo fosse.

Janelle se fora havia mais de cinquenta anos...

A porta de tela se abriu e se fechou de novo, e ela sabia quem era. Desejara um tempo só para si porque as horas do dia tinham sido muito longas. Mas a presença silenciosa do avô era a segunda melhor opção. Além do mais, ele não ficaria muito tempo.

– De saída para o celeiro? – perguntou sem olhar para ele. – Está um pouco adiantado hoje.

A resposta foi um grunhido enquanto se sentava numa das cadeiras de vime que ele próprio fizera.

Desta vez, ela franziu o cenho e o olhou por cima do ombro.

– Não vai trabalhar, então?

O avô pegou o cachimbo do bolso folgado da camisa de trabalho. O saquinho de tabaco já estava na mão. O preenchimento do fornilho era um ritual íntimo demais para ser testemunhado, portanto Nyx foi para o primeiro degrau da escada e ficou olhando para o gramado, em direção ao celeiro. O som do isqueiro antigo foi seguido pelo cheiro adocicado de fumaça, outra lembrança familiar.

– Quando você vai embora? – perguntou ele.

Nyx se virou. Ao contrário da batida da porta de tela e do cheiro do cachimbo, a voz do avô não era algo que se ouvia com frequência. E foi tanta a surpresa que as sílabas suaves não se traduziram em palavras com significado de pronto.

Quando se traduziram, ela meneou a cabeça.

Mas aquela não era a resposta.

O avô se levantou e andou adiante, as bufadas de fumaça adocicada que escapavam pela boca subindo acima da cabeça dele e deixando um rastro para trás. Pensou que ele se aproximava para conversar, mas não parou ao passar por ela. Continuou descendo os degraus e andando pela grama.

– Venha caminhar comigo – disse ele.

Nyx deu um salto e se apressou para acompanhá-lo. Não conseguia se lembrar da última vez em que ele lhe pedira qualquer coisa, muito menos estar ao lado dele.

Ficaram em silêncio enquanto seguiam para o celeiro. Ele abriu a porta lateral, mantendo as portas grandes da frente fechadas. Quando adentrou a fresca escuridão e farejou os cavacos de madeira, Nyx percebeu que seu coração estava acelerado. Aquele era o lugar sagrado do avô. Ninguém entrava ali.

A luz flamejou no teto e ao redor, e Nyx tentou não arquejar em surpresa. Fios com luzinhas tinham sido pendurados ao redor das vigas, uma galáxia de estrelas, e a instalação elétrica antiga tremeluzia num tom dourado. Quando inspirou fundo, não pôde se impedir de seguir em frente, até o meio do celeiro, onde havia dois cavaletes.

Uma obra de arte estava sendo construída sobre eles.

Barcos-guias das Adirondacks eram uma coisa graciosa do passado, construídos a princípio em meados dos anos 1800 para servir às necessidades esportivas dos abastados que vinham para o norte para apreciar os lagos e as montanhas do norte do Estado de Nova York. Projetados para acomodar dois passageiros e seus equipamentos, tinham uma amurada mais baixa e um barrote mais largo que o das canoas, com remos que vinham de um assento central para o guia.

Ainda que muito tivesse mudado nos últimos 170 anos, havia aqueles que continuavam a valorizar o antiquado e belo deslizar dessas criações feitas à mão, e seu avô os fazia e entregava a uma breve lista de clientes fiéis.

Nyx deslizou a ponta dos dedos ao longo das abas de cedro cruas e compridas que corriam horizontalmente ao longo das vigas.

– Está quase acabando este aqui. – Tocou a fileira de pregos de cobre. – Está lindo.

Havia quatro outros barcos-guias sobre cavaletes no celeiro: dois já tinham recebido as primeiras demãos de verniz, destacando-se a cor amarelada e os veios da madeira. Outro era apenas um esqueleto. E havia mais um em conserto.

Nyx se virou. O avô estava diante das ferramentas perfiladas: uma formação de cinzéis, martelos, apoios de lixa e tornos pendurados na parede do celeiro acima de uma longa bancada de trabalho. Tudo tinha o seu lugar, e nada era elétrico. O avô fazia os barcos do jeito antigo... porque era assim que trabalhava desde que começara a construí-los, na era vitoriana. O mesmo processo. A mesma disciplina.

– Quando você parte? – perguntou o avô.

Ao se concentrar nele, ela percebeu que costumava baixar os olhos quando ele estava por perto. Em parte pela natureza reservada sobrenatural dele e pela sensação que tinha de que ele preferia não ser visto. Boa parte, porém, era porque sentia que ele conseguiria ler a sua mente, e ela preferia manter seus pensamentos para si.

Talvez ele pudesse ler seus pensamentos, talvez não.

Preferia não saber.

Deus, ele envelhecera. O cabelo agora estava todo branco, e as bochechas encovadas mais do que se lembrava, embora os ombros permanecessem retos, assim como a coluna. Por certo ainda teriam algum tempo com ele. Com os vampiros, era preciso se preocupar quando as primeiras mudanças físicas da idade começavam a se manifestar. O declínio costumava ser rápido depois disso.

– Vovô – ela tentou se esquivar.

– Não minta para mim, criança. Há outros que precisam ser considerados aqui.

Ele não se referia a si próprio, claro. Posie era o problema, quem sempre complicava tudo. Como de costume.

– À meia-noite – respondeu Nyx. – Quero partir à meia-noite.

– Eu a ouvi conversando com o pré-trans. Ele lhe contou onde o campo de prisioneiros fica?

– Foi difícil entender exatamente o que ele dizia. Mas acho que sei aonde tenho que ir.

– Ele parou de falar.

– Estará morto com a chegada da aurora. – Nyx esfregou os olhos. – Posie vai perder a cabeça. Ela precisa parar de ficar resgatando coisas. Nem tudo é um filhotinho de cachorro que podemos acolher.

– Sua irmã dá o coração livremente. Ela é assim.

– Ela deveria sair dessa. – Para não praguejar, Nyx ficou andando entre os barcos, as botas emitindo um som alto no piso bem varrido. – E eu tenho que pelo menos tentar.

– Janelle também é quem é. Você acusa Posie de tentar resgatar tudo e todos. Seria bom você ouvir o próprio conselho em relação à sua partida desta noite.

– Como pode dizer isso? – Nyx fitou o avô do outro lado. – Janelle está presa naquela prisão...

– Ela mereceu seu lugar lá.

– Não, *não* mereceu... – Nyx se forçou a se acalmar. – Ela *não* matou aquele macho.

O avô pitou seu cachimbo, a fumaça liberada no ar pairando e depois se dissipando. O rosto dele estava tão calmo e composto que ela teve de desviar o olhar por conta da raiva contrastante.

– Não vou demorar – disse.

– É mais provável que não volte – ele argumentou. – Precisa se afastar disso, Nyxanlis. É perigoso demais.

Às 23h53, Nyx enfiou seu último pertence na mochila. Tinha duas garrafas d'água, seis barras de proteína, uma lanterna, uma malha, um par de meias e a escova de dentes. Esse item foi colocado por último e era uma tolice. Até parece que ela precisaria se preocupar com sua saúde bucal e mau hálito.

Ao testar o peso ao ajustar a mochila às costas, pegou o boné de cima da cama. Depois fitou o travesseiro fino. Claro que voltaria a deitar a cabeça ali. Ela voltaria...

— Ele está muito melhor.

Nyx fechou os olhos antes de se virar para a irmã. E certificou-se de esconder do rosto sua descrença quanto a essa opinião.

Posie estava inclinada para dentro do quarto, os olhos brilhantes e alegres, os cabelos úmidos e lisos, recém-lavados. O vestido era amarelo-claro, com florezinhas azuis e rosa espalhadas e uma barra de renda resvalando nos pés descalços.

— Venha ver... — Posie franziu o cenho ao perceber as botas, a mochila e o boné. — Aonde você vai?

— Nenhum lugar. Só caminhar.

— Ah. Ok. — Ela gesticulou com animação. — Veja por si mesma como ele está melhor!

Nyx seguiu a irmã até o quarto de hóspedes ao lado. No interior escurecido, uma pequena silhueta jazia imóvel sob as cobertas pesadas.

Posie ergueu a saia comprida e atravessou o tapete na ponta dos pés.

— Estou aqui, Peter. Estou bem aqui.

A irmã se ajoelhou e pegou uma das mãos dele entre as suas. Quando seus polegares esfregaram uma palma acinzentada e dedos que não se mexiam em resposta, Posie aproximou o rosto do travesseiro. Havia cobertas demais para se ver algo, mas os murmúrios desesperados saídos da boca dela eram súplicas que, Nyx sabia, não seriam atendidas.

— Posie...

A irmã ergueu o olhar em expectativa.

– Viu? Ele está muito melhor.

Nyx inspirou fundo.

– Quando foi a última vez que ele falou?

Posie baixou o olhar para as cobertas.

– Ele está dormindo. Precisa descansar. Para poder melhorar.

Antes que dissesse algo do qual se arrependeria, Nyx assentiu, ajustou a mochila e foi para a cozinha para sair pela porta dos fundos. Olhou para os pratos empilhados para secar. Para as janelas que tinham as cortinas pesadas afastadas. Para o ramalhete confuso de flores do campo que Posie apanhara antes do trajeto decisivo das compras para a casa.

– Nyx? – Posie se aproximou, as sobrancelhas unidas de preocupação. – Não acha que ele está melhorando?

Nyx visualizou uma pá na mão macia da irmã. Suja pela cova recém-cavada a seus pés. Lágrimas rolando pelo rosto de pele macia.

– Não, Posie. Não acho.

– Mas ele comeu alguma coisa ontem à noite. – A irmã avançou segurando as saias com mãos inquietas e desesperadas. – E bebeu algo esta tarde.

Nyx olhou através da janela acima da pia. O celeiro parecia longe, a quilômetros de distância. O avô ficaria ali a noite inteira.

– Ele vai se recuperar, não vai? – A voz de Posie ficou mais aguda. – Quero dizer, eu não o matei, matei?

Com uma imprecação, Nyx tirou a mochila das costas e a segurou com uma das mãos.

– Não vai sair para caminhar? – Posie perguntou.

Nyx deixou a mochila no chão. Inclinando-se para baixo, abriu o zíper. Pegando uma das garrafas d'água, sorveu um grande gole.

– Posie, preste atenção. Acidentes acontecem. Você nunca teve a intenção de...

O avô delas entrou pela porta da cozinha, inesperada e silenciosamente como um fantasma. Não olhou para nenhuma das duas ao passar com um aceno de cabeça e descer para o porão. O fato de ter deixado a porta aberta atrás de si foi estranho, e seus passos foram sumindo à medida que descia os degraus construídos pelas próprias mãos. Talvez precisasse de algo de lá? Todas as suas ferramentas, madeira e equipamentos para a construção dos barcos estavam no celeiro, mas havia desenhos para canoas e esquifes de pesca. E outros projetos também.

O macho conseguia fazer quase qualquer coisa com madeira.

Quando os sons sumiram e ele não retornou, Nyx olhou para Posie. Voltou a olhar para a porta aberta.

– O que ele está fazendo ali? – murmurou ao apoiar a garrafa de água na mesa.

Aproximou-se da escada que dava para o porão e aguçou os ouvidos. Depois colocou um pé no primeiro degrau.

De lá de baixo, o avô disse com suavidade:

– Diga à sua irmã para esperar aí em cima.

Nyx apertou a mão na maçaneta.

– Posie, vá fazer companhia a Peter. Subiremos num instante.

– Tudo bem. Você vem me dizer tchau antes de sair?

– Claro.

Nyx esperou até que o vestido amarelo sumisse de seu campo de visão. Em seguida, desceu um degrau e fechou a porta atrás de si. No fim da escada, franziu o cenho ao olhar para a lavadora e a secadora. Para a porta fechada que dava para os aposentos subterrâneos e o túnel de fuga. Para as prateleiras bem-arrumadas com latas de tinta, ferramentas e equipamentos.

– Onde você es...

– Aqui.

Nyx seguiu o som da voz perto da base da escada e encontrou o avô diante de uma passagem estreita na parede de concreto que ela nunca vira antes. Quando ela se aproximou, ele se abaixou e sumiu de vista. Abaixando-se, ela avançou pelo túnel estreito na mais completa escuridão. Um pouco mais além, ouviu-se o som de uma trava pesada sendo solta, e, em seguida, uma única fonte de luz se acendeu.

– O que é...

Nyx ficou sem voz ao entrar num espaço de paredes de metal de um metro quadrado com pé-direito de cerca de dois metros e meio.

Suspensos em suportes do teto ao chão havia um arsenal de armas, munição e equipamentos táticos.

Enquanto ela lidava com o choque, o avô se adiantou e apanhou uma sacola de lona vazia. Apoiando-a numa mesa baixa, começou a pegar armas e pentes de balas que havia à mostra. Uma extensão de corrente. Uma faca. Uma estaca que parecia saída dos filmes do Drácula.

– O que está fazendo?

– Também não posso mudar a sua natureza – disse com uma resignação tranquila. – Por isso, vou mandá-la bem preparada. Sei que aprendeu a atirar. Sei que aprendeu a lutar. Pegue isto e vá. Cuidarei de Posie.

Dito isso, ele fechou o zíper da sacola, virou-se para ela e entregou a coleção de armamentos.

– Como vivi aqui a minha vida inteira e não sabia disso? – Quando o avô não respondeu, ela meneou a cabeça. – Não sei quem você é.

– Sabe o suficiente por eu ter mantido você e sua irmã em segurança durante todos estes anos.

– Contra quais ameaças?

– Nenhum lugar deste mundo, nenhum, é seguro. Você e eu sabemos disso. Somos parecidos nisso, embora eu tivesse tentado por anos ignorar tal semelhança. Preferiria que você aproveitasse a vida como Posie.

– Nunca serei como ela.

– E, no entanto, vai atrás de Janelle porque seu coração se recusa a esquecer. – O avô balançou a sacola. – Vai precisar do que está aqui se tem alguma esperança de retornar. Cuidarei de Posie.

De repente, Nyx se aproximou, cambaleante, de uma adaga com uma tremenda… lâmina negra.

– Isso é o que eu acho que é? – Ela o encarou por sobre o ombro. – Onde conseguiu isso?

O avô a encarou em resposta, a sacola de armas escolhidas por ele pendendo no ar.

Fez-se um longo momento de silêncio. Em seguida, Nyx deu um passo à frente e aceitou o arsenal.

– Você tem quarenta e oito horas – disse ele.

– E depois disso? Você vai atrás de mim? – Quando não houve resposta, ela quis praguejar. Só que... – Espere um pouco. Sabe onde fica a entrada da prisão, não sabe? – Quando ele não disse nada, ela ergueu a voz. – Sabe onde Janelle está. Não sabe?

– Você tem quarenta e oito horas.

– Como pôde deixá-la sofrer? Por cinquenta anos? – Olhou para as armas. – Maldito seja você. Sabe onde Janelle está, e não fez nada para ajudá-la a escapar, apesar de ela ser inocente...

– Acredite no que quiser.

– No que eu quiser? Ela não matou aquele macho!

– Sim, matou. E fui eu quem a denunciou.

Nyx reteve o fôlego. Inclinou-se para a frente. Posicionou a cabeça como se não estivesse ouvindo direito.

– O que acabou de dizer?

– Eu denunciei sua irmã pelo assassinato.

Nyx fez menção de balançar a cabeça, mas isso a deixou tonta.

– Por que faria isso? *Como* pôde fazer isso? Como pôde enviá-la para aquele lugar horrível? Ouvi boatos, sei que você também ouviu. Ela é uma fêmea!

Os olhos do avô a fitavam com aquela sua calma e, em resposta, uma fúria que ela nunca conheceu percorreu suas veias.

Apontando o indicador para o macho, falou num tom sério e grave:

– Quando eu voltar com ela, venho pegar a Posie, e vamos para longe de você e desta casa. O sangue não faz alguém ser da sua família, e eu o renego daqui por diante.

Nyx se virou para o túnel.

Pouco antes de abaixar a cabeça para entrar nele, o avô repetiu:

– Você tem quarenta e oito horas.

Chispando pelos olhos por cima do ombro, Nyx desejou poder deixar as armas para trás, mas agora estava mais determinada do que nunca a voltar inteira.

– Ou o quê? – disse com amargura. – Vai me entregar também?

CAPÍTULO 4

Nyx RETOMOU SUA FORMA A CERCA de oito quilômetros da casa de fazenda e a cinquenta metros do acostamento da autoestrada. Por um momento, só ficou ali parada, onde ressurgira no terreno plano de moitas baixas um pouco acima do vale. A cabeça estava em uma tremenda confusão, e se perdeu numa conversa mental com o avô na qual dublava a parte dele e movia os lábios em contra-argumentações. Desejou que sua fala de despedida tivesse seguido mais a linha de que não era *nada* parecida com ele.

Como tinha sido capaz de trair a própria neta daquela maneira?

Como conseguia dormir todos os dias sabendo que não só Janelle estava naquela prisão horrenda, mas que a colocara lá por um crime que não cometera? Aquilo era incompreensível. Janelle estava longe havia cinquenta anos. Cinquenta anos nos quais estivera sozinha num lugar perigoso, aterrorizante, sem ninguém para ajudá-la, ninguém que se importasse com o fato de passar fome, ficar doente ou se machucar – e só por um golpe de sorte, uma confluência aleatória de oportunidade e circunstâncias da estrada, Nyx enfim descobrira como chegar ao membro da família que faltava.

Agora ela sabia o motivo de o avô ter tentado dissuadi-la de sua partida.

Graças a Deus se esquecera de pegar o pacote de bagels no supermercado. Se não tivesse tido que voltar para a seção de pães quando ela e Posie já passavam as compras pela caixa registradora, não teriam se encontrado com o pré-trans que atravessava a estrada naquele momento.

– Concentre-se – disse em voz alta. – Você precisa se concentrar.

A verdade a respeito do que o avô fizera era horrenda e pensar mais sobre o assunto não alteraria o resultado. E, também, a contagem regressiva para o nascer do sol estava acionada.

Mudando a mochila de posição nos ombros, notou quanto mais pesada estava agora que acrescentara duas pistolas, as balas e a faca que ele lhe dera. Deixara a corrente e a estaca para trás. E aquela sacola do avô.

Mal podia esperar para lhe devolver as armas. E deixar a casa com ambas as irmãs. Cristo, o traidor com que estivera morando...

Ao longe, algo uivou para a lua, e ela disse a si mesma que era apenas um cão de guarda de alguma fazenda. Sua glândula adrenal, por sua vez, atribuiu o som a algo mais letal. A boa-nova era que tinha visibilidade de 360 graus ali onde estava, entre duas colinas altas.

Com isso em mente, avaliou a distância até a cidade. A faixa de asfalto ondulava entre baixos declives e subidas suaves, a autoestrada visível por uma bela distância graças ao inverno rigoroso que tinha acabado com o crescimento de qualquer coisa verdejante. Um carro – não, era um caminhão, robusto e sem nada de específico sobre o tipo de entregas que fazia – passou por ela, os faróis apontando para a estrada adiante. Quando se aproximou do exato lugar em que Posie atropelara o pré-trans, Nyx se virou e começou a andar na direção oposta.

Na cabeça, repassou as palavras desconexas do pré-trans moribundo.

Enquanto estivera falando, mencionara Deus, repetidas vezes.

A princípio, aquilo não fez sentido algum. Vampiros tinham tradições espirituais diversas das dos humanos. Se o pré-trans tivesse sido de outra espécie? Tudo bem. Sem problemas falar sobre o Pai Celestial e um salvador chamado Jesus, e de coisas como campanários e crucifixos quando se sabe estar à beira da morte. Mas aquela fixação não fazia sentido por conta da sua biologia.

Mas Nyx se deu conta, então, de que aquilo não era sobre religião e eterna salvação. Referia-se ao lugar de onde ele viera.

Por onde escapara.

À medida que avançava, desviando-se à direita ou à esquerda toda vez que algo grande ou fofo demais a impossibilitava de seguir adiante, Nyx enganchou os polegares nas alças da mochila. Na época em que ela e Posie tiveram cavalos, uns quinze ou vinte anos atrás, cavalgara por todo aquele vale, às vezes com a irmã, às vezes sozinha. Posie apreciava o cenário. Ela agora procurava por qualquer coisa fora de lugar, qualquer coisa que não fizesse sentido.

Mais especificamente, uma entrada para uma prisão subterrânea que todos sabiam estar ali, em algum lugar do vale.

Retrocedendo para aquelas cavalgadas noturnas, deixou que as lembranças lhe informassem as escolhas de direção, as estruturas decrépitas e as fileiras de árvores malcuidadas das fazendas já não servindo mais como estrelas num mapa de constelações. Quanto mais avançava, mais começava a se preocupar com ter entendido tudo errado. Talvez aquilo pelo que procurava estivesse mais a oeste? Ou...

Parou assim que chegou a um breve aclive.

– Aí está você.

A igreja abandonada estava semidesmoronada; a torre e o teto, afundados; as janelas de vitrais, inexistentes; os degraus de pedra até a porta vermelha descascada e descolorida; e ela comparou o estado de decadência com o que vira pela última vez, talvez uma década atrás?

O tempo não fora generoso.

Aquele assento de Deus, construído, mantido e por fim abandonado pelos humanos, outrora servira às necessidades espirituais dos fazendeiros que lavraram a terra fértil do vale. Essa era já tinha acabado, e a casa de adoração mais próxima que ainda funcionava ficava a centenas de quilômetros de distância, na periferia de Rochester. Mas, em retrospecto, a cidade mais próxima ficava a cinquenta quilômetros dali. Motivo dos trajetos infrequentes ao supermercado.

O pré-trans devia ter se referido a isso em seu delírio. O Deus na terra. Para os humanos.

E talvez para algo mais.

Quando chegou à entrada principal, tentou abrir as portas duplas. Trancadas. Não era um problema. Desejando com a mente que se abrissem, ela...

Não teve resultado algum com a tranca.

Tentou novamente, enviando um comando mental aos componentes de aço a fim de que mudassem de posição. Nada.

Inclinando-se para baixo, sentiu uma onda de triunfo invadi-la.

– Cobre.

Erguendo o olhar para onde a ponta da torre deveria estar, sentiu um formigamento na base da nuca e ao longo dos ombros. Humanos não usavam fechaduras de cobre. Mas vampiros usariam. Se quisessem manter membros da espécie afastados.

A manipulação mental não funcionava com o material usado nas moedas de centavos.

Ela tinha que entrar, mas desmaterializar-se para um local sobre cuja disposição e presença de escombros não se sabia nada era perigoso demais. Ainda bem que as janelas eram um queijo suíço. Dando a volta, escolheu uma das molduras altas vazias, deu um pulo e segurou a beirada.

Com um grunhido, içou o peso do corpo e apoiou a frente do quadril no beiral como se fosse um par de barras assimétricas dos Jogos Olímpicos. Inclinando-se para a frente, deu uma espiada no interior. Isso mesmo. Nada além de uma salada de vigas quebradas, bancos de igreja destruídos e azulejos fragmentados fazendo as vezes de *croutons*. Passando as pernas pelo beiral, ficou pendurada por um instante e depois se jogou do caixilho, as botas produzindo um som de trovão que lhe provocou uma careta.

Pombas revoaram de seus poleiros ocultos numa confusão, e ela se abaixou, cobrindo a cabeça enquanto penas flutuavam ao luar. Quando tudo se aquietou, endireitou-se e olhou ao redor. O teto caído criara um terreno intransponível na área destinada à congregação.

– Merda – disse para si mesma.

Deduzindo que "Peter" saíra de algum buraco secreto, ele não teria como ter passado por tudo aquilo. As madeiras quebradas e os pregos enferrujados eram um tremendo de um curso de obstáculos. Além do mais, se alguém, qualquer um, tivesse tentado passar por cima ou por baixo, o caminho estaria marcado. Haveria algum padrão de deslocamento das tábuas quebradas e das vigas caídas – e pré-trans não podiam se desmaterializar. A saída precisaria ter sido feita a pé porque ele era baixo demais para ter saltado por uma das janelas quebradas.

Ah, e também havia a fechadura de cobre.

Não, ele não viera dali.

Talvez estivesse louca. Talvez... ele se convertera à religião humana na prisão? Apesar de que, sendo ela apenas para vampiros, como diabos isso teria acontecido?

Antes de sair, olhou para o altar, que estava coberto com cacos de vidro vermelho, azul e dourado do vitral. Em seguida, olhou de relance para onde a torre caíra, a cruz de latão de alguma forma tendo aterrissado para cima sobre uma das poucas tábuas retas que não estava nem inclinada nem esmagada. O rosto dourado e empoeirado do símbolo da fé estava iluminado pelo luar, reluzindo de um modo tão acolhedor que, de maneira inexplicável, fez seus olhos marejarem.

Desejou ter algo em que acreditar.

Desmaterializando-se pelo buraco da janela pelo qual passara, retomou sua forma numa moita perto da igreja e verificou os alicerces da construção, procurando por janelas de algum porão... ou uma porta contra tempestades... ou uma fenda larga o bastante por meio da qual um pré-trans de cinquenta quilos pudesse se esgueirar.

– Maldição.

Aquilo não estava resultando em nada.

A ideia de voltar para a casa de fazenda de cabeça baixa por ter acreditado nos murmúrios de um garoto moribundo, confundindo-os com suas emoções sobre Janelle e, por isso, se metido numa busca insensata, fez com que se sentisse menor dentro das roupas, tornando a mochila com as armas do avô ainda mais pesada.

Nyx deu mais uma volta, procurando pegadas na terra. Nada...

Mais tarde, não saberia determinar o que a fizera virar a cabeça. Não fora um som ou uma luz, nem uma voz, mas algo tinha ordenado a ela que olhasse para trás.

A princípio, uma congestão de mata pareceu apenas mais um amontoado de árvores cobertas por trepadeiras. Mas, quanto mais olhava, mais reconhecia que havia contornos... ângulos.

Havia uma antiga cerca de ferro debaixo de toda aquela hera, cercada em quatro cantos por alguns bordos grandes. E, dentro dela, também coberto por trepadeiras... havia um cemitério.

Andando até lá, descobriu que as pontas de ferro tortas do portão tinham sido abertas à força. Alguém passara por ali recentemente, deixando heras quebradas, as folhas apenas começando a murchar. E, a julgar pelo espaço apertado, essa pessoa devia ser pequena.

Nyx teve que empurrar mais para fazer seu corpo de adulta passar e, na luz do luar, o caminho trilhado em meio aos túmulos era visível, mesmo que dissimulado. O solo coberto de ervas daninhas e mato fora pisoteado por pés que passaram por ali apenas uma vez. Há mais de uma semana? Depois de uma chuva forte? O caminho trafegado teria desaparecido por completo.

Nyx seguiu o caminho tortuoso em meio aos túmulos cobertos de musgo e imaginou Peter, confuso e assustado, talvez fugindo de alguém, tropeçando e caindo, orientando-se no luar em meio aos pilares de pedra e aquele portão. O medo que o garoto deve ter sentido? Não conseguia imaginar, e ele teria sabido para onde ir? Tivera um destino específico?

Tinha quase certeza de que só estivera fugindo assustado.

Direto para o acidente que o mataria com a caminhonete Volvo.

O rastro de destruição terminava numa cripta de pedra soterrada por vinhas tão grossas quanto galhos de árvores. Sua entrada de mármore tinha uma abertura estreita, a saída de seu interior, assim como o portão, tendo sido forçada em meio à trança de tentáculos da flora que tomara conta do monumento de pesar humano.

Segurando um painel de pedra grosso, ela pôs todo o seu peso nisso e soube, quando gemeu contra a resistência, que Peter devia ter sido motivado por pura adrenalina ao empurrar aquilo para sair. O terror era uma verdadeira fonte de força, a única graça salvadora com a qual se podia contar de fato quando a situação não estava a favor.

Pegou a lanterna e acendeu-a. Havia um lance de escadas que descia para um piso de mármore manchado e um sarcófago no centro do espaço. Quando moveu o facho de luz ao redor, algo fugiu do caminho...

Com um movimento ágil, olhou por sobre o ombro para o cemitério.

Seus olhos vasculharam novamente a vegetação, o portão que forçara, as lápides e o caminho criado pelo pré-trans.

Nada se moveu. Tampouco sentiu algum odor.

As batidas de seu coração estavam altas nos ouvidos, e uma camada de suor aflorou em seu peito.

– Está tudo bem – sussurrou ela.

Voltando para a cripta, verificou de novo o interior e depois entrou de lado pelo painel pesado. Descendo os três degraus de pedra, avistou a quantidade de pó. De teias de aranha. E, em especial, as pegadas ao longo do piso.

Pegadas pequenas, com um arco alto e dedinhos pequenos.

Pensou num recém-nascido e no modo como os pais sempre checam os dedos das mãos. E os dos pés.

Fechando os olhos, tentou imaginar como Peter havia nascido no campo de prisioneiros. O que devia ter sido...

– Não deveria estar aqui, vadia.

O clique bem ao lado do seu ouvido foi suave, mas ela sabia o que era.

A trava de segurança de uma arma sendo solta.

CAPÍTULO 5

*Na noite seguinte, Rhage correu rápido, correu vigorosamente, correu...
rápido demais, na verdade. Vigorosamente demais.*

*Mais tarde, depois que a primeira das surpresas da noite o assaltou,
refletiria que deveria ter desconfiado, por conta da velocidade com que
se movera, do que era inevitável. Mas tais presságios não estavam em sua
mente enquanto ele perseguia o redutor de olhos e cabelos claros.*

*Ele e seu inimigo estavam distantes de onde aquela corrida se iniciara,
na oficina do ferreiro atrás da hospedaria Village Arms. No segundo andar
desse dúbio estabelecimento de hospitalidade, Rhage saíra de uma sessão
particular com uma mulher de reputação questionável. Movido pelo desejo
de equilíbrio, em oposição ao verdadeiro desejo sexual, fez o que pôde para
liberar a sobrecarga de energia e, tendo se exercitado de tal forma, sua
intenção fora a de comer e beber, e depois sair à procura de assassinos para
acalmar ainda mais sua agitação. Enquanto prosseguia pela escadaria,
descontente com a irritação sob a pele, observou a noite através da janela,
na esperança de que não houvesse chuva.*

Através das bolhas do vidro, viu com clareza aquilo que agora perseguia.

*Só existia uma coisa com cabelos como palha de milho e feições da cor
da farinha para combinar.*

*O assassino estivera conversando com o ferreiro, e dinheiro fora trocado de
mãos. Animais com os quais viajar? Ou ferraduras novas para aqueles que já
possuía? Embora carros a motor já estivessem sendo comprados por humanos
mais recentemente, a Sociedade Redutora não abraçara o transporte moderno.*

Rhage havia pensado que era melhor deixar estar. Mas a imagem dos olhos de Darius o fez descer os degraus de dois em dois.

Aquele olhar condenatório foi o que o manteve acordado durante o dia também. E agora era o motivo da urtiga sob a sela do seu humor.

Enquanto Rhage saía do albergue pela porta dos fundos, o reconhecimento se passou num instante entre os inimigos, e a reação foi imediata. Afastando-se rapidamente do ferreiro, o redutor disparara a passos rápidos pelo beco que fedia a esterco de cavalo e comida estragada. O fato de o morto-vivo claudicar sugeria que aquilo terminaria antes mesmo de começar, e Rhage seguira num compasso tranquilo, acompanhando sem abordá-lo – enquanto estivessem próximos a tantos humanos, não haveria conflito.

Esse era o único ponto com o qual vampiros e a Sociedade Redutora concordavam. Nenhum lado desejava a interferência do Homo sapiens.

Depois de certa quantidade de quarteirões, o ritmo do assassino acelerou um tanto, e, de todo modo, levou-os para longe da região assentada do centro do vilarejo. Distante dos andarilhos que vagavam em busca de sexo e do entorpecimento da bebida. Distante dos olhos que deviam estar atrás das janelas das residências.

Enquanto Rhage continuava no rastro fedorento do assassino, percebia uma vibração ruim na cabeça e no corpo e refletiu se deveria ter ficado mais tempo com a mulher. Em retrospecto, o problema estivera fervilhando mesmo enquanto estivera com ela. De fato, não dormira nada durante as horas do dia em seu esconderijo subterrâneo. Assombrado por um fantasma conhecido trajando os fios esfarrapados do autodesprezo, virou-se e revirou-se no catre e depois desistira por completo de encontrar o descanso.

Seu Irmão Darius fora uma praga em sua mente, e ele encontrara muito que dizer ao outro macho. Fantasiara discussões que fizeram o tempo passar até o pôr do sol, embora fosse difícil discutir com uma pessoa que não estava no mesmo espaço físico que o seu. O benefício disso, contudo, era que, quando se chegava ao argumento e ao contra-argumento, ele vencera todas as rodadas contra Darius e tivera a satisfação rasa da vitória.

Agora ele e o inimigo estavam nesse campo às margens do rio. De forma que ele tinha mais oportunidades de melhorar sua sorte.

Espalmando ambas as adagas negras, Rhage se desmaterializou e se recompôs no caminho do redutor. *Quando ergueu as lâminas, planejou a hora seguinte. Isto. Alimento. Depois procuraria Darius e falaria com ele...*

Pela visão periférica, Rhage viu outros assassinos surgindo da fileira formada pelas árvores, seis espectros brilhando ameaçadoramente, sombras pálidas dos humanos que tinham sido antes da iniciação à liga de Ômega de assassinos de vampiros.

Frustração instantânea o acometeu. Deveria ter sabido. Ouvira falar daquele acampamento junto ao Hudson, e deveria ter percebido o trajeto ao qual era conduzido. Mas não havia tempo para autorrecriminações. Voltando a embainhar as adagas junto ao peito, levou as mãos aos quadris para as pistolas à espera.

Não foi rápido em atirar, contudo. O som de balas sendo disparadas das armas dos inimigos ricocheteou na noite, projéteis entraram em sua coxa. Na lateral. No ombro.

Sem aviso, sua pequena excursão tornara-se uma complicação letal, e ele só tinha a si mesmo para culpar. Fechando os olhos, passou a atirar prescrevendo um círculo ao mesmo tempo que se concentrava para poder se desmaterializar. Tinha que se acalmar a fim de...

Outro tiro no ombro, lançando seu corpo para trás.

Levantando as pálpebras, testemunhou que deixara sua marca na cerca de redutores *que o circundava. Havia buracos nos que estavam na vertical, pelo menos dois haviam sido abatidos, e outros se escondiam atrás dos troncos das árvores. Infelizmente, atiravam enquanto se protegiam. E continuariam a atirar depois que se protegessem...*

Sob sua pele, a maldição despertou.

Rhage se agachou e continuou a carregar e a disparar as armas, ciente de que estava plenamente sozinho naquela contenda — e, de modo trágico, isso estava prestes a mudar. Tentando respirar, não ousou uma pausa sequer antes da última tentativa de se desmaterializar, embora tivesse esperanças de que conseguisse talvez impedir...

Um rugido profano escapou de dentro dele, subindo pela garganta e irrompendo boca afora, e o som foi tão inesperado e alarmante para o inimigo que houve uma pausa na sequência de tiros. Em seguida, tudo convergiu para Rhage, seus sentidos, sua mente, seu eu interior, submergindo debaixo da terrível e imensa transformação.

Enquanto seus ossos se afastavam e as juntas estalavam, enquanto seu corpo se transformava e se expandia, enquanto sua visão o abandonava e ele foi forçado a ceder o controle de tudo o que era e de tudo de que era capaz à sua maldição, ele entrou em pânico.

Não havia como impedir aquela maré, e seu último pensamento foi que sua besta interior podia muito bem estar salvando sua vida.

Pelo menos no curto prazo.

Mas o problema não eram aqueles seis assassinos – bem, quatro agora – e seu camarada claudicante. O que o preocupava era o que aconte-ceria depois que despertasse. Se houvesse mais redutores *naquela floresta? Um acampamento inteiro deles?*

Então estaria desprotegido dos inimigos como um patinho na lagoa quando retornasse à sua verdadeira forma e não tivesse mais forças nem raciocínio do que um recém-nascido.

E se não houvesse nenhum redutor? *Havia humanos por perto e o sol nasceria em seis horas. Pior, seus Irmãos poderiam aparecer para defendê-lo, arriscando-se a serem devorados no processo, pois sua besta não discriminava entre amigos e inimigos.*

Aquilo era ruim. Tudo aquilo era muito ruim.

E ele temia que ficasse ainda pior.

CAPÍTULO 6

QUANDO NYX ESTACOU, SUA PERCEPÇÃO da realidade se bifurcou. Um lado do cérebro se concentrou no presente muito imediato: o cheiro do macho parado ao seu lado. O cheiro do metal da arma. O som da respiração firme dele.

O que sugeria que ele estava bem familiarizado em mirar armas em fêmeas.

A outra parte dela relembrou seu instrutor de defesa pessoal. Era um humano que conhecera em uma academia. As aulas de combate começaram como apenas algo para se fazer, uma maneira de se exercitar, mas, quanto mais ela aprendia, mais gostava de ser capaz de cuidar de si. Aprendera muito com seu professor, e a base de tudo fora algo que ele enfatizara incontáveis vezes: se um dia precisar se defender, não haverá tempo nem pensamento consciente para isso. As únicas coisas que a salvarão são seu treinamento e sua prática, porque a adrenalina vai sobrecarregar o lobo frontal e suas faculdades racionais, deixando-a apenas com a memória muscular.

Nyx inspirou longa e lentamente.

E, em seguida, moveu-se mais rápido do que acreditou ser possível.

Ergueu a lanterna, atingindo o agressor nos olhos com a luz, cegando-o. Abaixou o tronco, desviando de uma possível trajetória da arma dele. Girou o corpo, assumindo o controle da mão e do punho que empunhavam a pistola. Desferiu um chute com a bota, atingindo-o no joelho.

Movendo-se para a frente, quase derrubou a pistola ao trocar a mão no cano pela mão na empunhadura. E o macho se recuperou do ataque-surpresa, segurando-a pela trança e desequilibrando-a.

Foi nesse instante que a arma foi disparada.

O som do tiro foi alto na câmara de eco da cripta, o tipo de impacto que ela sentiu no crânio, mais do que ouviu. Abaixou-se num reflexo...

A mão em seu cabelo se soltou de imediato, e a liberdade foi tão inesperada que ela cambaleou para a frente, a força cinética derrubando-a de cabeça. Amparando-se no sarcófago, ela girou... e arquejou.

A lanterna caíra durante a luta e rolara de lado.

De modo que o facho de luz mirava o rosto do agressor.

Ou o que restava dele.

A bala o atingira na base do maxilar, e o ângulo de sua trajetória a conduziu pelas estruturas da frente do rosto. A saída fora pelo canto externo do olho esquerdo, e tinha levado consigo uma boa parcela de pele e osso em sua partida.

Bala de ponta oca, constatou ao sentir o estômago se revirar.

Estalidos emanavam do que restava da boca, e um sangue rubro vertia da anatomia destroçada, uma poça se formando larga e funda no piso de pedra empoeirado. Observou um tremor nas extremidades, mas, mesmo sem nenhum treinamento médico, sabia que ele não se levantaria tão cedo.

Nyx estremeceu e se recostou no sarcófago, os pulmões trabalhando tão rápido que as inspirações eram superficiais demais. Quando o corpo entorpeceu, a cabeça ficou enevoada e a visão deu uma de lâmpada falhando pra cima dela, oscilando entre visão e cegueira.

Controle a respiração, disse a si mesma. *Devagar, com tranquilidade. Reequilibre o dióxido de carbono no sangue.*

Foi só por meio do que praticara com seu instrutor de defesa pessoal que pôde resistir ao impulso de arfar, e os olhos foram a primeira função a se estabilizar. Em seguida, o tremor e a estranha paralisia que acompanha os ataques de pânico foram se dissipando – desde que ela não olhasse para o corpo. Difícil isso. Os restos do macho aos poucos perdiam seus espasmos automáticos, a morte clamando o que estivera vivo como uma refeição a ser consumida – em bocadas.

Afastando o cabelo do rosto, apesar de não haver mechas nos olhos, no nariz ou na boca, olhou ao redor. Nenhum ataque de apoio chegando. Nenhuma explosão. Nada do lado de fora da cripta.

Quando se abaixou para pegar a lanterna, percebeu que ainda segurava a arma na mão direita. Puxa.

Deus, odiava o cheiro cuprífero do sangue fresco, e uma parte sua, bem no seu interior, quis chorar apesar de ter sido uma situação de matar ou morrer. Precisava superar isso. Forçando-se a se aproximar, vasculhou o corpo e conseguiu um prêmio que fez valer a pena seu ataque de ansiedade. Chaves. Um comunicador. Um cartão de passe sem foto, nem nome, apenas uma tarja magnética. Três pentes cheios para a pistola.

Aquele era um guarda de uma instalação mantida profissionalmente. Ela tinha que estar perto da prisão.

Guardou tudo nos bolsos e na mochila e se pôs de pé, segurando a lanterna. Aguçando os instintos para o entorno, ouviu sons baixos e inspirou fundo, à procura de quaisquer odores além dos dela e do macho que...

Matara.

Debateu-se com a ideia de esconder o corpo. Os humanos não viriam até ali, mas talvez houvesse outros como ele? Seria possível que tivesse acionado algum alarme? Ou aquilo era parte de uma ronda regular de segurança? Ele viera por aquele lado, mas isso não servia muito de indício porque, evidentemente, se desmaterializara...

O rastro daquelas pegadas pequenas conduziu seus olhos até um ponto de ventilação no chão. A grade de ferro media sessenta centímetros por noventa, e, a julgar pelas marcas diante dela, havia sido dali que o pré-trans escapara de onde quer que estivesse. Para esconder seu rastro, ele devia ter reajustado a grade, ainda que a interrupção na camada de poeira fosse um sinal em neon.

Aproximando-se, Nyx se agachou, deixou a pistola e a lanterna de lado e comprimiu os dedos nos buracos da grade. Quando puxou, a grade se deslocou com um guincho agudo, e ela ficou imóvel. Quando nenhuma outra arma apareceu ao redor, voltou a respirar, apanhou a lanterna e apontou o facho para o interior.

Havia um espaço raso de cerca de um metro e meio abaixo, mas não tinha certeza se queria se desmaterializar nele porque não fazia ideia do que poderia estar à sua espera ali. Um grande ponto cego. Enorme.

Inclinando-se um pouco mais, preocupou-se com que talvez aquela fosse a sua única escolha...

Um bipe sutil disparou, seguido de um ruído.

Girando, espalmou a arma do guarda e apontou-a para o painel que deslizava do lado oposto ao sarcófago. Sob a sua luz, um corredor foi revelado, cinzento, estreito... e vazio.

Por enquanto.

Devolvendo a grade para o seu lugar, ficou de pé e olhou para o guarda. Uma fração de segundo depois, aproximou-se dos pés do macho e enfiou a nove milímetros dele na cintura.

– Desculpe... senhor. – Senhor? Como se precisasse ser educada com um cara que estivera pronto para matá-la? E que, P.S., estava mortinho da silva? – Só... hum... relaxe.

Ok, estava perdendo o juízo.

Inclinando-se para baixo, segurou o corpo pelos tornozelos e arrastou o peso morto – naturalmente – pelo chão. A parte das escadas foi dureza. Enquanto o arrastava escada acima, o som da parte de trás do crânio batendo a fez se retrair.

– Ai, ai, ai – sussurrou ela.

No ar quente da noite, inspirou fundo. Depois puxou o macho até o meio de duas lápides cobertas de líquen e deixou os pés caírem no meio da grama e das trepadeiras. Verificando o céu, tentou se lembrar da previsão do tempo. Sol. O dia seguinte seria ensolarado?

Um raio de sol e o corpo desapareceria, restando nada além de uma marca de queimado em meio à vegetação.

Nyx voltou a se armar e se apressou de volta à cripta, pensando na cena de *Os Sopranos* em que Tony matou Ralphie Cifaretto. Nos filmes, na TV – em grande parte –, assassinos eram espertos. As pessoas eram mortas num conjunto coordenado de ações. Na vida real? Alguém como Tony levaria um jato de Defende Spray na cara enquanto matava alguém por ferir um animal.

Ou, no seu caso, ela tinha deixado uma entrada secreta escancarada enquanto arrastava sua primeira vítima de homicídio para o lado de fora de uma cripta.

De volta ao interior, certificou-se de que não havia mais ninguém por perto e depois entrou na abertura da parede. Uma luzinha vermelha piscava ao lado da entrada e, quando ela se inclinou para espiar, ouviu-se outro bipe e o painel voltou a se fechar.

Franzindo o cenho, pegou o cartão de acesso do guarda de dentro do bolso da jaqueta corta-vento. Quando o aproximou da luz vermelha, o painel voltou a se abrir, deslizando, e depois ela o fechou, repetindo o movimento. Devia haver outro leitor junto à ventilação? Tanto fazia; tinha questões mais importantes a tratar. Um punhado de aulas de defesa pessoal e um ataque bem-sucedido não eram nada se comparados a uma força policial profissionalmente treinada e equipada numa instalação com um sistema de segurança sofisticado.

Visualizando o rosto de Janelle, virou-se para a esquerda e começou a andar. À medida que avançava, luzes ativadas por movimento afixadas ao teto do túnel ganhavam vida, embora pudesse passar muito bem sem essa ajuda. Mas até parece que a lanterna não a denunciaria.

Andou com o peso dos calcanhares na ponta dos pés, de modo a abafar os passos, mas isso não surtiu efeito algum no seu coração acelerado. A sensação de que fazia algo muito acima de suas capacidades a deixou com a sensação de estar sendo estrangulada, mas, pelo menos, o andar furtivo foi algo fácil de manter.

Olhava para trás a cada poucos passos.

Em seguida, deu de frente com uma parede sólida de metal. Pegando o cartão, passou-o diante de outra luz vermelha e virou de lado, tentando se encobrir enquanto o painel se abria, deslizando.

O cheiro de terra a fez se retrair.

O que havia do outro lado era rocha natural.

Não deveria fazer isto, pensou. *Preciso sair daqui, agora mesmo.*

Ao longo do século em que passara ali embaixo, o Jackal fizera um estudo dos guardas. Suas patentes e turnos. Seus pareamentos e rondas individuais. Os territórios deles dentro do complexo prisional. Conhecia seus olhos e a cor de seus cabelos, e quais se distraíam e os que eram cruéis. Sabia quem se descuidara da forma física e os que eram delgados e musculosos. Acompanhava o trajeto deles por onde entravam nos corredores comunais a partir dos aposentos particulares do Comando, até onde a responsabilidade deles alcançava.

Testemunhou quando vendiam drogas aos prisioneiros. Faziam sexo com os encarcerados. Davam socos nos que mereciam e atormentavam aqueles que seguiam as regras. Conhecia seus cheiros e vícios, os pontos cegos e seus campos de visão.

Tomou cuidado para nunca ser percebido. Não era difícil. Havia tantos prisioneiros.

Uma coisa, dentre tantas, que não estava facilmente disponível ali embaixo eram os relógios, mas os guardas ajudavam nisso. Com seus esquemas e rotas regulares, eram uma espécie de metrônomo, uma maneira de marcar o tempo. Desde que mantivesse os passos à mesma distância e na mesma cadência, podia rastrear e antecipar os turnos e suas responsabilidades, e, portanto, os ciclos de noites e dias. Ou algo parecido com noite e dia.

O Comando se certificava de que as pessoas aderissem às suas atribuições.

E era por isso que sabia que algo estava errado.

Abaixando os olhos, fitou as sandálias de couro que fizera para si. Suas passadas estavam corretas, uma extensão fácil da coxa estendendo-se da junção do quadril. Estava no túnel certo também. Espere... estava?

O Jackal parou e olhou por cima do ombro. Retraçando as esquerdas e as direitas mentalmente, pensou... Não, aquela era a localização correta. Fizera as rotas D, E e F nas últimas três noites e dias. Aquela era a G. Tinha que estar fazendo a G.

Portanto, estava certo.

Onde estava o maldito guarda?

Estreitando os olhos, visualizou o túnel diante dele. E esperou.

Sinos de aviso começaram a tocar em sua cabeça. O guarda devia estar passando agora, na mudança dos turnos. Teriam mudado o esquema?

Isso seria um problema. A previsibilidade deles era crucial.

Insistindo, fez uma curva e foi reto, chegando em seguida a uma bifurcação marcada com um ponto branco no arco cortado toscamente do túnel adiante. Antes de adentrar a área, certificou-se de não estar sendo seguido. Depois, avançou, ficando próximo à parede esquerda. Suas frouxas roupas pretas e cinza, que lhe permitiam mover-se com liberdade e rapidez, eram da cor das paredes, mas as luzes claras que se acendiam a cada seis metros deixavam-no exposto e indefeso...

O Jackal parou de pronto.

Erguendo o nariz no ar, inspirou fundo.

A fragrância que chegou a ele era tentadora a um ponto que o surpreendeu – absolutamente desconhecida. Durante todos aqueles anos, décadas, século, que passara no subterrâneo, nunca se deparara com aquilo, e era um comentário muito triste sobre sua vida o fato de ter que recuar tanto nas lembranças para poder defini-lo.

Flores frescas.

Fechando os olhos, inspirou fundo novamente, ávido por mais dessa fragrância. Sim, flores frescas, e não enjoativas do tipo que proliferaram nas mansões que outrora visitara e nas quais vivera. Aquelas eram viçosas e adoráveis de modo genuíno, não cultivado.

E estava ficando mais forte.

O Jackal fez com que três das lâmpadas se apagassem com a mente, criando uns vinte metros de escuridão.

O som dos passos era suave e, à medida que se aproximavam, só havia uma explicação para eles.

Alguém que não deveria estar na prisão encontrara uma entrada.

CAPÍTULO 7

O gosto na boca de Rhage era um castigo em sua língua, um concerto de carne estragada e morangos mofados esmagados. Mas esse era o menor dos males que o afligia. Deitado na grama, com os olhos cegos, estava tudo escuro ao redor de tal sorte, que não conseguia se orientar em relação às horas pelas constelações. Não tinha noção do tempo passado, nenhuma pista de se estaria próximo o alvorecer – e, com a dor nos braços e pernas, na cabeça e no tronco, não sabia dizer se a pele lhe enviava mensagens de aviso em relação à aproximação da luz solar ou se a agonia era a despedida da besta.

Rolando de lado, Rhage vomitou enquanto o estômago se encolhia em revolta. Consumira muitos assassinos. Sabia disso pela náusea nas entranhas e pelo gosto na boca. Mas quão bagunçada a cena estaria? A atenção dos humanos seria muito ruim agora, e cadáveres – ou melhor, pedaços deles – eram algo que chamava a atenção.

Seus ouvidos eram a única coisa na qual podia se fiar, e o que eles lhe forneciam não era nada bom. O som de algo pingando nas proximidades. Algo vertia. Seria seu sangue? Ou o dos assassinos? Ou será que perfurara um barril de hidromel? Suas narinas estavam saturadas demais pelo fedor dos mortos-vivos para lhe fornecerem alguma pista. Pensando nisso, ainda estaria na clareira junto ao rio ou teria vagado…?

– Meu Irmão…

Ante a voz conhecida, Rhage exalou, aliviado. Darius era o último macho que teria procurado, mas o mais perfeito numa situação assim. Além do mais, significava que ainda estava escuro, ainda havia tempo para buscar abrigo.

– *Você precisa me remover.* – *Sua voz não passava de um sussurro.* – *Preciso ser removido.*

Mas, repetindo, não sabia onde estava. A besta poderia tê-lo levado para longe de onde assumira o comando sobre ele de início.

– *Sim.* – *Na pausa que se seguiu, Rhage imaginou o Irmão olhando ao redor.* – *Deveras.*

– *Onde estou?* – *perguntou Rhage.*

– *Tenho um cavalo. Permita-me erguê-lo sobre ele.*

– *Estou me sentindo nauseado.*

Dito isso, vomitou, e levou um tempo antes que os espasmos passassem o suficiente para poder voltar a falar.

– *Ajude-me, Irmão.*

– *Eu cuido de você, meu Irmão.*

Quando braços o rodearam, Rhage gemeu em resposta, e tudo ficou muito pior. O movimento foi horrendo, os membros doloridos, o tronco inchado gritando enquanto Darius o pegava por sob os joelhos e pela cintura, e o colocava sobre o cavalo que relinchava e batia as patas em protesto. Por causa do cheiro? Ou do peso?

– *Santa Virgem Escriba* – *grunhiu Rhage ao se ver largado de cara para baixo como se fosse um saco sobre a sela.*

A pressão no estômago revirado era insustentável, e ele remexeu as mãos a fim de apoiar as palmas contra algo, contra qualquer coisa, para aliviar a pressão.

– *Não, não, não...* – *E voltou a vomitar.*

Depois que essa rodada terminou, Darius praguejou e voltou a erguê-lo. De volta ao chão. Mais vômito.

– *Vou escondê-lo* – *disse o Irmão.* – *E logo voltarei.*

Rhage perdeu a consciência por trás dos olhos cegos, ela desaparecendo não de forma gradual, mas de modo abrupto, como uma lamparina sem gás que se apaga.

Não havia como determinar quanto tempo se passara, mas só teve consciência, em seguida, de que uma levitação o despertara. Abrindo os braços, lutou contra o ar para o caso de isso não ter sido voluntário.

– Não, não, relaxe, meu Irmão. – O som da voz de Darius de imediato o tranquilizou. – Tohrment e eu o estamos removendo para uma maca.

– Obrigado. A ambos. – Pelo menos era o que tentava dizer. Não tinha certeza do que saía de sua boca. – Leve-me de volta para minha casa.

– Você necessita de cuidados.

– Isto é apenas o processo de recuperação...

– Foi alvejado pelo menos quatro vezes.

– Esta não é a primeira...

Tohrment, filho de Hharm, falou junto aos pés de Rhage:

– Fique em silêncio e guarde suas forças. Temos um belo trajeto até Havers.

Rhage quis brigar contra a maré que o carregava, mas lhe faltavam energias – e talvez esse fosse o ponto. Era difícil para ele discernir qual dor era de qual fonte e, portanto, quanto da sua fraqueza se devia à perda de sangue por causa das balas.

Talvez fosse melhor acreditar nas palavras daqueles que conseguiam enxergar os danos feitos.

Semelhante a quando a besta aparecera, ele agora não tinha escolha a não ser ceder o domínio de si e do seu corpo, e foi acompanhando o trajeto ao longo do qual era levado pelos sons e sensações: uma brisa sobre a pele nua enquanto era carregado sobre algo duro. Movimento de subida, e depois uma oscilação enquanto era transferido para uma maca. Rangido enquanto era acomodado em algum tipo de veículo. Cascos batendo e um relincho, como se tivesse agitado os cavalos. Solavancos enquanto seguiam por uma trilha num ritmo constante.

Quando pararam, muito tempo depois, mais dos seus sentidos começavam a voltar, e estava ciente de uma dor latejante na lateral do corpo. Havia três outros pontos focais de natureza semelhante, mas era a de baixo das costelas que o fez crer que os irmãos estavam certos em levá-lo ao curandeiro da espécie.

Outra transferência de maca. Uma porta se abrindo e fechando.

Vozes agora. Uma boa quantidade.

Junto com os aromas de bife e cordeiro assados. E... ao longe... o som de um quarteto de cordas?

Aquilo não fazia sentido.

Virou a cabeça de um lado para o outro, mas o movimento em nada ajudou sua visão.

— Esta é a residência do curandeiro? — murmurou.

E aí uma voz que reconheceu, mas que o confundiu ainda mais.

— Claro, ele ficará com um quarto. O melhor que minha casa tem a oferecer.

Que diabos fazia ele na propriedade de Jabon?

CAPÍTULO 8

Cada passo que Nyx dava adiante era uma luta. Embora o túnel pelo qual passava estivesse deserto, sem barreiras pela frente e sem perseguidores atrás, ela tinha que se forçar a seguir pela descida gradual. Tinha a lanterna numa mão e a pistola do guarda na outra, e a ansiedade vinha montada em suas costas como se tivesse jogado uma sela sobre a coluna, com as esporas. Ao se aproximar de outra virada no caminho e o piso se nivelar sob seus pés, quase não acreditava na distância que percorrera, e, para se certificar de que não se perderia, só virava à esquerda. Em cada uma das bifurcações com que se deparava, ela virava para a...

Ao virar, deteve-se.

Mais adiante, havia uma faixa escura, visto que as luzes no teto estavam apagadas.

Nyx deu um salto para trás, afastando-se daquilo que não podia ver. Apoiando as omoplatas contra a parede úmida do recorte do que se assemelhava a uma caverna, mentalizou a luz acima dela se apagando...

As mãos que a agarraram e a empurraram de cara contra a parede eram brutas, enterrando-se em seus braços. E, antes que conseguisse reagir, a pistola lhe foi tomada. A lanterna também. Em seguida, a mochila foi arrancada enquanto uma palma em sua nuca a mantinha no lugar.

Nenhuma palavra foi dita, e a velocidade foi tamanha que tudo aconteceu entre uma batida de coração e a seguinte.

Enquanto era mantida contra a parede, Nyx grunhiu e lutou com o macho. O castigo contra a tentativa de se libertar foi uma pressão ainda maior na nuca – e o cano da pistola pressionado sua têmpora.

– Você não pertence a este lugar.

A voz foi um sussurro baixo e muito, muito grave. Também havia um sotaque nela, mas não perdeu tempo tentando identificá-lo.

– Me solte – disse de modo ríspido.

– Como entrou aqui? – Ela ouviu uma inspiração. – E você matou um deles, não matou? Sinto o cheiro de sangue em você.

Antes que arranjasse uma resposta, um som cadenciado e suave foi captado pelos seus ouvidos.

– Maldição – sibilou o macho.

Foi então que seu cérebro caótico pôs uma definição naquele barulho. Marcha. Havia certa quantidade de pessoas marchando ao mesmo tempo. E, a julgar pelo modo como o som aumentava, estavam se aproximando.

– Não faça nenhum ruído – ordenou a voz masculina.

Quando a pressão foi aliviada na nuca, Nyx fez cálculos rápidos. Quem quer que fosse aquele, tinha suas armas e considerável controle sobre ela – por enquanto. Mas não achou que fosse um guarda. O que significava que era uma melhor aposta do que aquelas botas que vinham em sua direção. Mas havia alguma escolha?

Olhou por sobre o ombro para o macho...

Na luz fraca das sombras, não conseguiu acreditar nos olhos dele. Azul-esverdeados. Eram olhos brilhantes, de um tom que a fazia se lembrar do mar tropical que vira na TV.

O restante da primeira impressão veio rápido: cabelos pretos presos atrás, ombros largos, corpo alto.

Lábios que nem deveriam estar na sua lista de coisas a serem notadas.

Quando puxou seu braço, ela tropeçou, mas logo recuperou o equilíbrio. Ele a levou de volta ao caminho pelo qual viera, as luzes no teto agora apagadas e voltando a se acender assim que passavam por ela. Mas logo ele parou.

– Aqui – murmurou.

Ouviu-se um som de algo girando e logo um cheiro diferente chegou ao nariz dela. Antes que pudesse identificá-lo, foi empurrada para um espaço escuro como o breu, e o som de giro veio de novo.

— Matarão você se a encontrarem — sussurrou ele quando se viram fechados num espaço juntos. — Ainda mais com o sangue de um deles em você.

No vácuo sensorial, a voz sem corpo dele fez com que tudo parecesse o cenário de um sonho, e os olhos de Nyx brigavam contra a escuridão, embora de nada adiantasse. Nesse ínterim, do lado de fora de onde quer que estivessem, o som do conjunto de botas batendo no chão de maneira coordenada ficou mais alto.

— Quero a minha arma de volta — disse ela assim que os guardas pareceram ter passado.

Depois que o som de marcha sumiu, uma vela se acendeu.

Nyx piscou ante o brilho ardente e ficou feliz por ter visto os olhos dele no túnel. De outro modo, poderia ter revelado sua surpresa. Ou... algo mais que seria muito estúpido partilhar.

Ainda assim, sentia-se cativada. O olhar dele parecia iluminado por dentro do crânio, diferente de qualquer outra coisa que já tivesse visto antes. Pedras preciosas. Turmalinas Paraíbas.[2] Só que ainda mais belo que isso.

Não era capaz de desviar o olhar.

Em sua visão periférica, outros detalhes foram registrados. Ele tinha uma sarda abaixo do olho esquerdo, e seu contorno era singular. Como um coração. As roupas eram cinza-escuras e largas, mas não eram trapos. Ele estava limpo e relativamente bem alimentado. O cheiro dele era...

Recusou-se a pensar no cheiro. Não. Aquilo não ajudaria em nada.

— Precisamos tirar você daqui — disse ele com seriedade.

---

2 A Turmalina Paraíba é uma pedra preciosa super-rara e com beleza incomparável. Ela tem uma cor única que transita entre o azul e o verde, mas que após a lapidação fica ainda mais vívida. (N. T.)

Quando as palavras dele foram compreendidas, teve um pensamento fugaz de que queria só mais um tempinho para fitá-lo e poder memorizar todos os detalhes de seu rosto. Mas isso era ridículo.

– Não estou pensando em ir embora – rebateu.

O Jackal fechou os olhos por um instante. Apesar da realidade da própria situação, e da concentração dominante que isso exigia, o pensamento de que precisava tirar aquela fêmea da prisão o tomou. Com as roupas estranhas que vestia, suas provisões e a lanterna que tirara dela, estava bem nítido que não pertencia àquele lugar. E com o que fizera com um dos guardas do Comando? Se eles a pegassem com aquelas manchas de sangue na roupa, ela aprenderia coisas sobre dor que faria a morte parecer um presente.

Ela, no entanto, não era responsabilidade sua, e não estava em posição de assumir outras. Tampouco parecia frágil ou fraca.

Muito pelo contrário. A fêmea sustentava seu olhar e, mesmo estando desarmada, estivera disposta a lutar. A determinação estava em sua postura, no olhar firme, nos punhos fechados diante do peito. Os cabelos, que eram pretos, estavam puxados para trás, e a ponta era longa o bastante para passar pelo ombro, estendendo-se abaixo da clavícula. Os olhos eram da cor do conhaque sob uma boa luz.

A julgar pelo peso da mochila, e pelo modo como ela se movia, ele sabia que havia armas ali dentro. Provavelmente munição também.

– Me dê as minhas merdas de volta – exigiu ela.

O Jackal franziu o cenho.

– Como disse?

– Você me ouviu, cretino. – Quando não respondeu, ela vociferou: – Sei que fala inglês, então não finja estar confuso.

– Entendi cada palavra que você disse. Só não estou acostumado a ouvir fêmeas praguejando com a prontidão com que parece inclinada.

Ela piscou. Inclinou-se um pouco na direção dele.

– Onde acha que estamos exatamente? Num restaurante gourmet?

– Só acredito que o sexo frágil tem modos melhores de se expressar.

A fêmea apoiou as mãos nos quadris.

– Que sorte a minha. Fui roubada pela Emily Post.[3]

– Emily quem? – Ele estreitou o olhar. – E eu não a roubei.

– Então por que está com todas as minhas *merdas*.

Quando alongou a enunciação da última palavra, algo desconhecido despertou no fundo de sua mente. Para encobrir os pensamentos e os sentimentos, ele se forçou a se concentrar.

– Aonde acha que vai? – disse ele.

– Não precisa se preocupar com isso.

– Estou fazendo a pergunta errada – resmungou. – Por que está aqui?

– Também não é da sua conta.

O calor se espalhou por ele, que ignorou com zelo a região entre as coxas na qual se concentrou.

– Você não parece entender a sua situação. Vai morrer se não sair daqui, e, a menos que tenha alguma ajuda para sair do inferno que é este buraco, a sua cova é um caso de logo em vez de mais tarde.

– Não vou embora.

– O que vale mais que a sua vida?

– Não se trata de mim.

Quando ela o fitou, o Jackal desviou o olhar. Pareceu-lhe estranho esconder os olhos de uma desconhecida, mas sentia que era de vital importância que não adivinhasse nada sobre ele. Especialmente o que acontecia com seu corpo.

Embora algo lhe dissesse que ela não ficaria chocada. A fêmea era ousada, e não apenas no vocabulário.

– Quem está procurando? – Quando ela cruzou os braços e estreitou o olhar, ele sorriu. – Ah, pareço ter acertado isso, e poupe-me dos seus joguinhos. Não está em posição de brincar. Não faz ideia de onde está, para onde vai e como encontrar alguém neste labirinto subterrâneo.

---

3 Emily Post foi uma autora, romancista e socialite americana, famosa por escrever sobre etiqueta. (N. T.)

– Vou descobrir.

– Não, não vai. Passei cem anos nesta prisão. Sei mais sobre o sistema de túneis do que qualquer um que ainda viva nele. Você não faz ideia de onde está. Agora me diga: quem quer encontrar?

A fêmea se afastou dele e andou em círculos. Enquanto lhe dava espaço para chegar ao inevitável, ficou bastante consciente do que acontecia fora da passagem secreta. Um pelotão tinha ido ao local pelo qual ela entrara. E o guarda cuja presença não fora reconhecida, que não estivera onde deveria ter estado, era quem ela havia matado.

– Onde você colocou o corpo? – perguntou. Quando o fitou com atenção fingida, ele revirou os olhos. – Pare de dissimular. Depois que o matou, onde o deixou?

Silêncio. E daí ela recomeçou a andar.

Enquanto pensava na própria diretiva primordial, perdeu o interesse pela arte da persuasão. Ela era teimosa e arrogante, e a vida tinha corretivos para isso. Ainda mais ali, no subterrâneo.

Ele tinha coisas demais a perder para lhe poupar aquela evolução.

O Jackal voltou para junto do painel deslizante. Ouvindo com atenção, o que foi fácil, porque a fêmea não dizia absolutamente nada, não escutou nada no túnel. Acionando o painel para que recuasse, ficou ciente da constrição no peito ao tirar a mochila do ombro e jogá-la para ela. A arma e a lanterna foram as próximas, e ela apanhou cada um dos itens com uma surpresa carregada de suspeitas.

– Boa sorte – disse ao se virar. – O painel se fechará em três segundos, sozinho. Se vai ficar dentro ou fora é por sua conta, e o mesmo vale para o que vier depois. Boa sorte em sua busca.

Saindo para o túnel, encaminhou-se para a Colmeia. Teve que se apressar para alcançar o lugar onde deveria estar, na rota G, ainda que, com a perturbação causada pela fêmea, havia grandes chances de que todos os guardas ficassem fora de sintonia pelo restante da noite.

E tinha que ser noite, ou, como vampira, ela não estaria andando por aí. Provavelmente devia ser o começo da noite e não o fim, deduzindo que ela tivesse se permitido o máximo de tempo para sua viagem. Sem dúvida ela era tola o bastante para pensar que teria libertado quem quer que tivesse vindo libertar antes da chegada inevitável da aurora.

Enquanto fazia uma anotação mental do período e o integrava ao seu conhecimento dos turnos dos guardas, não gostou da sensação de expectativa enquanto esperava que ela o chamasse de volta.

Quando não o chamou, não se surpreendeu, embora a mortalha repugnante que escurecia suas emoções fosse uma surpresa. Por que deveria se importar com ela? Se a prisão lhe ensinara algo, era que cada um cuidava de si próprio.

Essa era a única maneira de sobreviver.

CAPÍTULO 9

Os olhos de Rhage voltaram a funcionar enquanto cuidavam dos seus ferimentos. Era cedo para que a visão retornasse, mas a combinação de ambiente desconhecido e o fato de que alguém o cortava parecia cultivar uma urgência em relação a esse sentido em particular.

Tudo estava bastante borrado, mas enxergava o suficiente para averiguar o curandeiro da raça, Havers, vestido num smoking e inclinado sobre ele com um bisturi. Mais além, Rhage avistava seus dois Irmãos, um a cada lado da cama na qual estava deitado, ambos com trajes de gala. E ali, do lado oposto do quarto opulento, junto a uma porta, estava Jabon. O dono da propriedade também estava vestido formalmente, e sua expressão era de grande satisfação, como se o fato de ter múltiplos membros da Irmandade da Adaga Negra debaixo do seu teto fosse uma recompensa concedida pelo bom caráter da Providência.

Em algum lugar do andar de baixo, instrumentos de corda eram tocados, e Rhage imaginou membros da glymera, *gentis machos e gentis fêmeas, atados por um toque delicado, as figuras elegantes movendo-se com suavidade ao longo dos passos de dança ditados com esmero sobre o piso preto e branco do salão de baile. Vestidos coloridos girariam e as saias se moveriam, e os diamantes e pedras coloridos ao redor de pescoços delgados e pulsos finos reluziriam. Ninguém estaria sorrindo, e haveria uma hierarquia dentro da hierarquia sobre quando, e de que maneira, e de quem para quem, contatos visuais seriam feitos.*

As regras da glymera *eram inúmeras e metódicas, e as consequências por violá-las eram pavorosas e afetariam potencialmente gerações. Mais do que dinheiro e terras, suas posses e posições na raça, a rigidez na conduta da aristocracia era seu bem mais precioso. Quer fosse na pureza de uma fêmea não comprometida ou na distribuição de assentos à mesa de jantar, ou ainda o modo como um indivíduo respondia a um convite, há muito tempo tinham criado um campo de batalha próprio, com minas terrestres de adequação prestes a detonar a qualquer momento.*

Rhage nunca entendera isso. Se era para ficar alerta assim? Seria para se impedir de ser esfaqueado. Decapitado. Alvejado. Não seria para se preocupar quanto a que garfo usar...

Gemeu quando uma pontada de agonia em suas costelas roubou seu ar. Estavam extraindo seus pulmões?

— Perdão — Havers disse num tom suave. — A bala foi removida.

Ouviu-se um claque quando algo metálico se chocou contra algo metálico. Em seguida, um alívio momentâneo antes da dor aguda novamente, desta vez mais embaixo, junto ao quadril. A sequência de dores agudas seguidas de claques foi repetida duas vezes mais.

— Obrigado, curandeiro — murmurou Rhage.

— É uma honra servi-lo.

Pontos se seguiram, mas era uma mera inconveniência em vez de algo verdadeiramente desconfortável. Em seguida, todos pareceram recuar um passo, como se esperassem mais ferimentos. Ou, quem sabe, sua morte.

— Aceita algo para aliviar a dor? — perguntou o curandeiro.

— Não, nada.

Hora de ir, *pensou Rhage.*

Com essa decisão, fez menção de se sentar, totalmente determinado em ficar sobre os pés, mas todas as mãos ao redor se puseram sobre ele. Quando um coro de "fique deitado" percorreu o quarto, ele se preparou para discutir — no entanto, a língua parecia lerda na boca, e seu cérebro não lhe permitia falar com clareza.

— Você precisa se alimentar — disse Havers. — Há alguma... haveria alguma...

— Uma fêmea da qual poderia me valer? — Rhage sugeriu ao despencar contra o travesseiro que devia ter manchado. — Tenho certeza de que poderia encontrar alguma.

— Essa é uma dificuldade pela qual ele jamais passou — murmurou Darius.

— Não, não. Permita-me trazer-lhe uma veia adequada — Jabon disse. — Certificar-me-ei de que será revitalizado por ela. Tenho uma em mente, e ela está no andar de baixo.

— Tudo bem. — Rhage encarou todos, embora não passassem de uma névoa ao seu redor. — Mas depois vou embora.

Havers pigarreou.

— Lamento, senhor, mas precisará descansar aqui durante o dia. E quem sabe um pouco mais. Tem muito do que se recuperar.

— Você tem que ficar aqui — apressou-se em dizer o aristocrata. — Todos nós cuidaremos das suas necessidades com presteza e precisão, garantindo sua pronta recuperação.

Bem do que ele precisava. Uma dívida com um bajulador. O pagamento infernal de tal obrigação seria mais do que ele conseguiria suportar com alegria.

— Estão superestimando meus ferimentos. — Para provar o que dizia, Rhage empurrou as palmas para longe dele e se sentou, lançando as pernas para a lateral da cama. — Não preciso me alimentar e estou...

Ao apoiar o peso nas solas, teve um breve momento de triunfo.

A queda foi um repúdio total à força e à independência pretensas. Se não fossem as mãos rápidas de Darius em seu bíceps, teria ido para o chão — e provavelmente se quebrado como vidro ao despencar no piso de pedra.

O outro Irmão não se dirigiu a ele.

— Sim, Jabon, usaremos da sua hospitalidade e, caso haja de fato uma fêmea disposta com uma veia, ficaríamos imensamente gratos pelo seu serviço. Além disso, por favor, tranquilize-a dizendo que a alimentação será testemunhada.

— Imediatamente — disse o anfitrião, feliz.

Quando a porta se abriu e se fechou, os sons e os aromas de baixo se infiltraram brevemente. Em seguida, tudo se aquietou.

— Fiz o que podia até o momento — disse Havers. — Envie um doggen a mim se ele necessitar de algo durante o dia. Minha casa fica do outro lado *da rua, como sabem, portanto poderei vir até ele num transporte coberto, se preciso. Acredito que ele ficará bem o bastante, porém, caso se alimente.*

— Obrigado, curandeiro — Tohrment entoou.

Quando Rhage se viu sozinho com seus Irmãos, fez uma careta.

— Talvez deva me limpar se uma fêmea estará presente?

— Sim — concordou Tohrment. — Darei início ao banho. Jabon não poupou esforços para me informar que suas banheiras têm aquecedor a gás por baixo delas, de modo que ficará aquecido.

Graças à Virgem Escriba, pensou Rhage quando o macho foi para o banheiro.

Quando o som de água corrente surgiu, ele virou a cabeça para Darius e franziu o cenho.

— Você também está vestido formalmente.

— Participava do baile quando você foi encontrado junto ao rio. Fui convocado até você.

— Quem me encontrou?

Fez-se uma pausa.

— Zsadist.

Nisso Rhage levantou a cabeça, apesar do pescoço dolorido.

— Está mentindo.

— Por que motivo? Essa é a verdade. Para mantê-lo em segurança, ele matou a população de redutores *daquele acampamento na floresta. Lutou com eles depois que você desmaiou, e com os vagabundos, que caçou e matou depois que veio aqui e me encontrou na celebração. Você deveria lhe ser grato.*

Rhage visualizou o Irmão de rosto coberto por cicatrizes e de olhos negros e inertes.

— Aquele macho mata porque gosta, não para proteger ninguém. Não se importa sequer com seu irmão de sangue.

— Qualquer que tenha sido sua motivação, você só está vivo por causa dele.

— Onde ele está agora?

— Quem sabe?

Depois de um momento, Rhage franziu o cenho.

— Então ele enviou a notícia a você de alguma forma?

— Ah, não. Ele entrou no salão de baile, com sangue de redutores *pingando dele e uma adaga negra na mão. A entrada dele foi uma cena a ser lembrada, eu lhe garanto.*

Rhage riu.

— Só posso imaginar.

— O anúncio da presença dele foi o desafino do violinista. Todos ficaram paralisados. Duas fêmeas desmaiaram, pelo menos três machos escapuliram do salão e correram. Como serviço público, fui direto a ele e o redirecionei para fora da congregação.

— Ele tem o olhar de um demônio.

— E o coração frio de um também. Ele é tão perigoso quanto a besta dentro de você, de várias maneiras.

Quando se calaram, Rhage considerou as horas insones durante o dia anterior.

— Meu Irmão, tenho que lhe explicar algo.

— O que seria?

— Sei que não me respeita...

Vagamente, Rhage percebeu o Irmão erguendo ambas as mãos e se inclinando para trás.

— Veja, Rhage, não vamos entrar...

— É a verdade. E você não é o único. — Pigarreou. — Sei que há outros na Irmandade que sentem o que você sente. Você acredita que sou frívolo e facilmente distraído pelas fêmeas, que não tenho foco, nem comprometimento.

— Meu Irmão, repito, agora não é a hora para...

— Agora ou mais tarde, a verdade é o que é.

Rhage desejou poder ler as nuances da expressão de Darius. Só que, então, percebeu que talvez fosse melhor tê-las borradas. Desdém e desgosto não o ajudariam a avançar em seu discurso.

— Você está bem ciente da maldição com que vivo — disse ele — e, esta noite, quando foi às margens do rio, viu novamente o que ela é capaz de fazer. Faço o que posso para controlá-la, e o modo com que lido com a besta é deitando-me com mulheres e fêmeas e lutando. Se eu não queimar minha energia, a besta escapa, talvez em momentos inoportunos. Talvez perto de todos vocês.

— De verdade, meu Irmão, existe uma circunstância melhor para esta conversa...

— Existe? Ou você evitará o constrangimento de novo? Não tenho certeza de que compreende a extensão da minha fraqueza de desejo e comando quando a besta se expressa. Não sei o que ela faz. Não consigo enxergar nem ouvir, tampouco controlar sua força ou fúria de maneira nenhuma. Mas tenho que viver com as consequências. Se um de vocês for ferido por ela? Então a culpa é minha e terei de carregar esse fardo pelo resto das minhas noites. O que seria insuportável. Jamais me recuperaria.

Empurrou-se para cima nos travesseiros e, nos recessos da mente, imaginou se teria manchado toda a roupa de cama, e não apenas a cabeceira.

Claro que tinha.

— Você acredita — continuou ele — que estou mais comprometido com a caça às fêmeas do que com a guerra. Isso não é falso. Sinto-me compelido a elas porque tenho que controlar a energia que fervilha dentro de mim em todos os meus momentos de vigília e também naqueles nos quais adormeço. Odeio o sexo. É uma refeição para a qual não sinto a mínima fome. A alternativa, no entanto, é algo que não posso suportar. Portanto, saiba, por favor, que estou tão concentrado quanto nunca na guerra. Mas, quando combato nosso inimigo, estou às vezes com você e com os outros Irmãos, ou prestes a ficar em sua companhia. Minha preocupação primordial é, e sempre será, a segurança da Irmandade. Foi uma bênção da sorte eu estar sozinho esta noite. No entanto, isso não é, nem sempre será, o caso.

Houve um momento de silêncio denso. E, então, Rhage sentiu a mão da adaga sendo tocada pela de Darius.

— Eu não sabia — o outro Irmão murmurou. — Não fazia ideia.

Envergonhado pela sua revelação, Rhage deu de ombros.

— Como já disse, é o que é.

— Por que não falou sobre isso antes?

— Vamos mudar de assunto...

– A sua honra foi injustamente difamada.

– Prefiro ser conhecido como mulherengo a covarde.

– Como você seria um covarde?

Rhage fechou os olhos.

– Temo o que há dentro de mim. A besta me aterroriza, pois não posso garantir a segurança daqueles a quem mais prezo, e não posso confiar em mim mesmo. Mas já chega disto. Está feito.

A água correndo no cômodo ao lado pareceu ficar mais alta no silêncio.

– Sinto muito, meu Irmão – sussurrou Darius.

– Eu não deveria ter dito nada. – No entanto, havia algo em Darius que fazia um macho querer seu respeito.

Pigarreando, Rhage tentou considerar o que mais poderiam discutir enquanto a banheira, que evidentemente era tão funda quanto um lago, se enchia no compasso de uma lesma.

– Devo confessar que estou surpreso que tenha vindo à fête de Jabon. – Rhage forçou-se a comentar. – Nunca demonstrou interesse pela companhia dele.

– Isso é verdade. – Darius pigarreou, como se mudasse o curso dos seus pensamentos. – Ao que parece, nosso anfitrião tem um conhecido que pode me ajudar.

– Também necessita de uma veia, meu Irmão?

– Não, de um responsável pela obra em minha casa nas colinas. Não tive sucesso em encontrar trabalhadores da espécie e, mais do que isso, creio que tenha colocado o carro diante dos bois. Preciso de plantas e de todos os suprimentos... bem como de uma pessoa para conduzir uma equipe. Só o que tenho é o topo de uma montanha. No entanto, existe um macho aqui esta noite responsável por diversas construções em Caldwell e também em Nova York e na Filadélfia. Eu o conheci. Ele parece ser bom, apesar de ter um nome estranho.

– Como ele é chamado?

– O Jackal.

CAPÍTULO 10

— Não posso lhe pagar muito!

Nyx gritou as palavras ao saltar para fora do esconderijo, pouco antes de o painel deslizar, fechando-o. Em seguida, praguejou por ter falado tão alto.

Mais adiante, o macho de costas largas e trança comprida parou. Quando não se virou para ela, Nyx não fazia ideia de que diabos ele faria. Do que tinha certeza? Era bom ter as armas de volta junto ao corpo. Na mão.

O macho lentamente deu meia-volta. Quando os olhos se encontraram, a respiração dela ficou presa, mas maldita fosse se o demonstrasse.

— Pagar? – repetiu ele. – Quer me dar dinheiro?

— Tenho quinhentos dólares. É só o que tenho.

O macho olhou para além dela e depois para trás de si.

— E o que exatamente você acha que vou fazer com dinheiro aqui embaixo?

— Não existe, não sei, um mercado clandestino ou algo assim?

— Um mercado clandestino?

— Você sabe, para subornar os guardas. Ou outros prisioneiros.

Claro, porque era perita em tais assuntos depois de todos aqueles episódios de *Lockdown* a que assistira da poltrona da sua sala de estar.

Por um momento, ele só a encarou. E quando um cheiro forte de especiarias picantes chegou ao seu nariz, ela franziu o cenho – assim como ele.

Quando voltou a se aproximar dela, foi fácil se manter firme, considerando-se que estava armada, e ele, não. O que foi difícil foi o modo com que acompanhou seus movimentos. A cada passo dado, havia uma mudança potente da esquerda para a direita, os ombros e os quadris contrabalanceando o peso muscular dele.

Era o tipo de coisa que fazia uma fêmea imaginar o que ele saberia fazer com o corpo. Se, por acaso, estivesse nu.

Os olhos dele vasculharam seu rosto.

– Vai ter que me contar o que está procurando.

O coração de Nyx bateu em falso. Mas não por causa do que ele exigia saber. Era aquele perfume que parecia sair de cada um dos seus poros. Deus, como o cheiro dele era bom, dissipando toda a terra úmida e o mofo em seu nariz.

– Minha irmã – disse ela. – Vou tirá-la deste pesadelo. Ela nem deveria ter vindo parar aqui.

– Qual o nome dela.

Não foi uma pergunta. Em retrospecto, estava em terras retóricas, não?

– Janelle. Ela foi encarcerada há cinquenta anos.

– Não reconheço o nome. Mas isso não significa nada.

– Então vai me ajudar. Pelos quinhentos dólares.

Os olhos dele, aqueles incríveis e brilhantes olhos azul-esverdeados, se estreitaram.

– Talvez.

Ah, pelo amor de Deus.

– O que quer dizer esse *talvez*? Ou você está dentro ou está fora.

O sorriso que fez os lábios dele se curvarem foi calculado. E sensual.

– Escolha interessante de palavras, fêmea.

Isto não está acontecendo, Nyx pensou. *Não está acontecendo.*

E, no entanto, ela se concentrou na boca dele. E pensou onde poderia colocá-la em seu corpo.

– Não – disse ela ao perceber a insinuação. Porque foi onde a idiota da sua mente também tinha ido parar.

– Eu a teria ajudado de graça antes – disse ele, com sua fala arrastada. – Mas, agora que mencionou um pagamento, descobri que mudei de ideia.

– Quinhentos. E vamos manter isto no profissional. É o que estou oferecendo.

O macho inalou profundamente, as narinas inflando. Depois gargalhou, o som grave ecoando na garganta. Como um ronronar.

– Acho que está me oferecendo um pouco mais, minha querida.

Nyx esticou a mão e agarrou a frente da camisa dele, puxando-o.

– Não. Me. Chame. De. Querida. E eu *nunca* serei sua.

Mais tarde, ela refletiria que tocar daquele modo o macho tinha sido um erro. Mais tarde… ela desejaria poder recuar no tempo. Mas não porque se sentisse fisicamente ameaçada.

– Vou chamá-la do que eu quiser – disse ele ao se concentrar em seus lábios.

– Hum, então vai ser assim, hein? Eu disparo duas imprecações e você acha que não precisa me mostrar nenhum respeito. Quanta classe.

Fez-se uma pausa elétrica.

– Muito pelo contrário. Estou mais do que preparado para lhe mostrar algo.

– Pois bem, pode ficar com isso para si mesmo. – Deu um soco no peito dele e depois recuou um passo. – Temos um acordo?

– Não quero o seu dinheiro.

Nyx gargalhou, nervosa.

– Bem, é a única coisa minha que estou oferecendo.

– Não lhe disse o meu preço.

– Sei o que quer.

– Sabe… – disse ele, a fala arrastada.

Sim, pensou ela, *porque é o que eu quero também.*

Mas aquela não era a hora para seu desejo sexual finalmente sair do ponto morto. Nem ela queria começar algo com um criminoso, pelo amor de Deus. Não só não conhecia esse macho, mas também não fazia ideia do motivo que o levara a parar ali. Embora… Bem, Janelle tampouco pertencia àquele lugar e…

Espere, estava mesmo arranjando desculpas para aquele cara? Que diabos havia de errado com ela?

Droga. O cheiro dele era bom mesmo.

Como se estivesse lendo sua mente, os olhos do macho correram pelo seu corpo, pela frente da jaqueta corta-vento, indo para as pernas. Quando voltaram de novo a encará-la, mostravam com clareza seu posicionamento à mesa de negociações sem palavras.

– Quinhentos dólares – repetiu ela.

– Diga o que eu quero.

– Como é?

– Você disse que sabe o que eu quero. O que é.

O macho voltou a olhar para a boca dela, como se quisesse vê-la se mover, e ela pensou que talvez ele imaginasse os lugares em que poderia colocar os lábios nele. Lugares firmes. Lugares que, com a devida atenção, poderiam causar muita, muita encrenca.

E não no mau sentido.

– Você quer fazer sexo – disse ela. – Mas não vai ser comigo. Portanto, sugiro que aceite os quinhentos dólares e pague outra pessoa para aguentar os seus grunhidos.

– Como sabe que som produzo quando gozo? – A voz dele era como veludo, as palavras fluindo em cadência. – Hum?

– Muito bem. Talvez você cantarole a música do KitKat. Talvez seja a lista de compras. Inferno, pode muito bem ser o maldito hino nacional. Tanto faz, não é da minha conta.

– Ah, mas sinto que é. Se deseja encontrar a sua irmã.

Nyx olhou de relance por cima do ombro. Não havia outros ruídos atrás dela, mas isso não duraria para sempre. Cedo ou tarde, os guardas voltariam e ela não podia acreditar que aquele macho estava ali parado, calmamente, negociando sexo, como se estivessem numa calçada de uma rua da cidade, num bairro bom, à uma da tarde.

Certo. Porque era nesse tipo de lugar que negociações como essa aconteciam.

– Não vou trepar com você – disse ela. – Portanto, ou supera isso ou…

Ele se moveu tão rápido que ela não teve tempo algum para reagir. Num segundo havia um espaço entre eles, no seguinte ele estava grudado em seu rosto. E inclinando a cabeça. E abaixando o nariz, de modo a ficar a centímetros do dela.

Quando arquejou, ela sentiu o odor daquela especiaria picante.

– Lamento, mas é o que quero de você – sussurrou ele. – E ouso dizer que é o que quer também. – Inspirou fundo. – Meu Deus, seu cheiro é de algo que desejo saborear.

– Não, não quero – disse ela, rouca.

Ela tentou estapeá-lo, mas ele segurou sua mão, os reflexos mais rápidos que os seus. E, quando ele forçou seu braço para trás, a pressão era tão firme que ela nem tentou se soltar.

Ele só ficou encarando-a com aqueles olhos hipnotizantes, e seu pensamento seguinte não foi de se afastar. Ela só pensava em se aproximar mais dele.

Era o estresse, disse a si mesma. Era aquela situação estranha, perigosa, carregada de adrenalina. Era por isso que estava ficando... excitada.

O macho abaixou seu braço e a fitou com triunfo.

– Vamos encontrar sua Janelle, então – disse. – Podemos?

O Jackal não devolveu a fêmea para o esconderijo. Ficou tentado, mas sempre tinha um sexto sentido a respeito dos guardas e algo lhe dizia que voltar mesmo que uma centena de metros naquela direção seria má ideia.

Mas tinham que se mexer.

Deus, havia tanto tempo que não desejava uma fêmea. E, depois de tudo pelo que passara, precisava daquela centelha de atração de novo.

Significava que não estava tão morto quanto pensava.

– Tire a jaqueta e a coloque por cima da mochila – instruiu quando começaram a andar e ele se forçou a sair daquele estado de desejo. – E mantenha os olhos abaixados e as mãos nos bolsos. Quero você logo atrás de mim, e perto. Minha reputação me precede e isso nos beneficiará, mas você não vai querer ser notada. Não podemos arriscar.

A fêmea obedeceu tão rápido na reorientação dos seus equipamentos e roupa que sua opinião sobre ela subiu alguns pontos. Talvez ela pudesse sobreviver àquilo. Todavia, enquanto ele a percebia seguindo seu rastro, desejou estar conduzindo-a para fora daquele buraco dos infernos em vez de mais para dentro.

Mas ela tentaria sozinha. Era temerária a esse ponto.

Os túneis da prisão tinham sido escavados na terra sem um layout definido, resultado obtido quando um sistema vai evoluindo em vez de ser projetado para determinada função. Tinha confiança de que muitos dos prisioneiros não conheciam metade do confinamento, e se perguntava a respeito dos guardas.

O Comando, contudo, conhecia. Aprendera isso do modo mais difícil.

Por pelo menos mais meio quilômetro, não se depararam com ninguém, mas, ao chegarem próximo à Colmeia, outros prisioneiros foram encontrados. Manteve-a distante da área comum, desviando-se das passagens mais movimentadas, só por garantia. E foi interessante como a presença dela mudou as coisas para ele. Normalmente, outros prisioneiros não estavam em seu radar; ele se preocupava com os guardas. Agora, tudo o que se aproximava deles era uma ameaça a ser avaliada.

Quanto mais se aproximavam de sua cela, mais rápido ele seguia, como se a ausência de complicações que haviam tido até então fosse o tipo de coisa que desapareceria conforme a distância.

As celas para os encarcerados eram divididas em blocos na parte mais antiga da prisão, se você tivesse a sorte de estar numa delas. Os machos e as fêmeas que não tinham eram forçados a dormir nas áreas comuns.

Onde a corrupção reinava. Ou coisa pior.

Seu compartimento escavado na rocha era o último na fileira dos mais antigos e, enquanto seguia pela sequência de cabinas, olhou deliberadamente para cada uma delas. Nenhum dos outros prisioneiros prestou atenção nele. A maioria estava deitada nos catres, dormindo após o turno de trabalho. Um lia uma revista *Life* com um macho humano cujo nome, "Richard Nixon", vinha embaixo de uma foto em preto e branco. Outro tinha um livro velho sem capa aberto.

Quando chegou à sua cela, deteve-se e acenou com a cabeça para a fêmea entrar. De fato, desejou ter algo melhor para oferecer a ela do que aquelas acomodações rudimentares, mal habitáveis. No entanto, os dias de luxo para ele tinham ficado para trás.

Ficando onde estava, olhou na direção em que vieram. Nenhum guarda. Nenhum prisioneiro. Nada.

Portanto o cheiro dela não tinha sido percebido.

Quando abaixou a cabeça para entrar no espaço de três metros por três, pigarreou. A fêmea desviou o olhar da plataforma de madeira dura na qual ele dormia.

— Onde estão as grades? — perguntou ao acenar para a entrada aberta.

O Jackal se inclinou para o lado e puxou um par de grades de ferro e tela de aço de dentro da parede de rocha.

— Aqui.

— Espere, você pode sair quando bem quiser?

— Foi fácil para você descer até aqui? — Quando ela fechou a boca, ele assentiu. — O problema para fugir não é a cela, mas a prisão em si.

— Mas como a ordem é mantida?

A gargalhada que escapou dele foi baixa e, mesmo para os seus ouvidos, cruel.

— O Comando dá um jeito.

— O diretor da prisão, você quer dizer? O chefe da prisão?

— Isso.

— A quem ele se reporta? — Ela gesticulou ao redor. — E quem está acima dele? Isto é administrado pelo Rei ou...

— A prisão sempre esteve sob o jugo da *glymera* e do Conselho.

A fêmea franziu o cenho.

— Tem certeza disso? Porque o Conselho foi desfeito pelo Rei, e os ataques mataram boa parte da aristocracia.

— Que ataques?

– A Sociedade Redutora atacou as Famílias Fundadoras em seus lares há três anos. Ninguém sabe como os encontraram. Assassinaram quase linhagens inteiras. – Quando o choque que ele deve ter sentido se mostrou em seu rosto, a fêmea inclinou a cabeça em sua direção, mas não o tocou. Abaixando o volume da voz, disse: – Exatamente há quanto tempo está aqui?

– Em que ano estamos?

– Você não sabe?

– Não teria perguntado se soubesse. – Deu de ombros. – E não é importante. Fui encarcerado em 1914 e, desde então, o tempo tem pouco significado para mim.

A fêmea piscou.

– Você está aqui há mais de cem anos.

– Sim.

– E não teve nenhum contato com o mundo externo desde então? – Ela balançou a cabeça. – Quero dizer, não teve visitas?

– Você acha que um lugar como este tem horário de visitas? Como se estivéssemos num hospital?

Ela começou a dizer algo àquela altura, mas ele se viu distraído pelo movimento dos lábios, prestando mais atenção a como se mexiam do que às palavras que soltavam.

– Fique aqui – disse ele, interrompendo-a. – E fique embaixo da plataforma de dormir.

– O quê?

– Não vou demorar mais do que cinco minutos. – Não que ele tivesse um relógio. Não que soubesse disso de verdade. – Vá para debaixo da cama. A menos que queira correr o risco de algum dos meus colegas prisioneiros vir a conhecê-la. E eu garanto que eles não a cumprimentariam com um aperto de mãos.

– Leve-me com você.

– Não. Vou para a Colmeia. Não posso protegê-la lá estando sozinho. – Apontou para o catre. – Vá ali para baixo e não faça nenhum barulho.

O JACKAL | 87

CAPÍTULO 11

Nyx nunca foi boa em seguir ordens, mas o instinto de sobrevivência a tornou obediente como nunca. Portanto, claro, engatinhou e se deitou no espaço estreito debaixo da mal construída "cama". Dali do chão, viu o macho sair e depois ficou ouvindo os sons da prisão: vozes ao longe, passos... alguém ouvindo uma música do Duran Duran?

Jesus, quando fora a última vez que a tinha ouvido? Devia ter sido enquanto Ronald Reagan estava no governo e as pessoas assistiam a *Caras e Caretas* – e, enquanto considerava a defasagem na cultura e no progresso, não podia conceber como tudo mudara tanto lá em cima, e como os encarcerados ali embaixo permaneciam os mesmos. Pelo amor de Deus, na época em que Simon Le Bon cantara quão faminto estivera, a internet sequer tinha sido inventada ainda, Amazon era apenas o nome da Amazônia em inglês e a eletricidade era utilizada em aspiradores de pó, e não em carros.

Janelle perdera tantas coisas...

Através do arco de entrada da cela, viu uma figura andando lentamente, a cabeça abaixada, nada de pés e mãos sendo revelados pelas barras das vestes cinza como o asfalto. Era pequena demais para ser um macho.

Tinha que ser uma fêmea.

– Janelle? – sussurrou.

Nyx saiu de baixo da cama como se fosse salvar alguém de um incêndio e, quando a mochila ficou presa em alguma coisa, ela a dispensou rápido, deixando a jaqueta para trás. Pondo-se de pé, saiu da cela e virou à direita. Não precisou correr muito para alcançar e, assim que estava perto o bastante, esticou a mão e tocou a manga da veste.

– Janelle?

A figura parou. Virou-se.

– Sou eu, Nyx...

Quando a fêmea olhou para cima, o capuz se ergueu e a luz do teto dissipou as sombras que escondiam o rosto. Nyx arquejou e deu um pulo para trás.

A fêmea perdera um olho em algum momento, e o ferimento fora mal curado, o globo ocular sendo costurado com um fio preto que permanecera no lugar, embora a pele já estivesse cicatrizada. A boca também fora arruinada; parte do lábio superior faltava, de modo que a longa extensão de dentes apodrecidos e parte das gengivas acinzentadas estavam à mostra.

O rosnado emitido por baixo das vestes foi tão malévolo quanto o de um cão raivoso, e o que restava da boca se curvou...

Algo rosado estava preso nos dentes lascados. Pedaços de... carne?

– Vamos, vamos... – disse uma voz masculina arrastada –, siga em frente. Sei que não pode estar com fome. Acabei de vê-la comer.

Nyx não se deu ao trabalho de olhar para quem interferia. Estava ocupada demais se preocupando com o fato de seu rosto ser atacado e consumido como sobremesa.

Depois de um momento de tensão – durante o qual uma poça de saliva escorreu pelo queixo enquanto o olho ia de Nyx ao macho atrás dela –, a fêmea abaixou o olhar e foi se afastando.

Quando uma onda de alívio substituiu o pânico, Nyx se virou para agradecer...

O prisioneiro que intercedera em seu favor era enorme, o que explicava o motivo de a fêmea coberta de cicatrizes ter feito seus cálculos e ido embora. Mas ele não era um salvador. Enquanto se recostava de modo casual na parede de pedra, os olhos amarelos brilhantes tinham as pálpebras semicerradas de um modo calculista, e o corpo musculoso era evidentemente capaz de conseguir o que quer que ele quisesse.

O aviso sobre conhecer pessoas estivera correto. Aquele predador não estava querendo apertar sua mão.

– Não creio tê-la visto por aqui antes, vi? – disse ele.

Nyx olhou de volta para a cela da qual saíra. Pensou em sua mochila. Na segurança relativa que deixara para trás num impulso desesperado.

– Se for nova aqui – ele cruzou os braços diante do peito largo –, vou lhe dar uma instrução rápida. A primeira regra é: não aborde ninguém que não estiver querendo a sua companhia.

Com o coração acelerado, olhou para outra direção. A outra fêmea já se perdia de vista.

– Só para você saber – o macho declarou com uma falsa suavidade –, estou muito disposto a conhecê-la.

Nyx voltou a se concentrar no prisioneiro diante dela. Não perdera tempo notando seus cabelos ou suas feições, mas tracejou cada nuance dele agora, desde os cabelos longos e ondulados com mechas grisalhas até o arco das sobrancelhas e o perfil de seu queixo. Em outras circunstâncias, poderia tê-lo considerado atraente, mas não ali embaixo. E não com aquele olhar.

Ele era um matador.

E era... algo mais também.

Havia alguma coisa de diferente nele.

– Pode correr se quiser – ele murmurou enquanto os olhos desciam pelo seu corpo. – Vai fazer tudo ficar mais divertido.

O Jackal esperava não ter que ir até a Colmeia para encontrar quem procurava. E aquilo não era a única coisa em sua mente ao entrar no túnel principal. Seguindo em frente, descobriu-se analisando os outros prisioneiros. A altura deles. Se eram fortes. Fracos. Rápidos. Lentos. Quase todos vestiam o mesmo tipo de roupa folgada e de cores neutras que ele, mas havia bastante variedade em todas as demais características físicas à mostra. Diferentes cores de cabelo. De olhos. Idades e pesos.

Lembrou-se de ter feito a mesma coisa na época em que fora mandado para o subterrâneo.

Depois disso, a questão era apenas o desejo de sobrevivência.

Agora, era pelos olhos daquela fêmea que ele media aqueles com quem já estava familiarizado: havia pelo menos 1.500 prisioneiros ali embaixo, o que parecia bastante até passar uma centena de anos com os mesmos rostos – e não que pessoas novas fossem ainda enviadas para lá. De fato, não conseguia se lembrar de uma nova aparição nos últimos dez anos.

Em retrospecto, o que aquela fêmea dissera? Os ataques. O Conselho sendo desfeito. Grande parte das Famílias Fundadoras morta.

Há 75 anos, se tal ruptura de autoridade tivesse acontecido? Há cinquenta anos? Talvez a população dali de baixo tivesse se revoltado e fugido. Mas não agora. A despeito do que dissera à sua hóspede, a *glymera* não estava mais encarregada da prisão que tinham criado – e não mais por pelo menos duas décadas.

O Comando assumira as rédeas do controle por algum tempo...

Mais adiante, uma figura em meio a outras se destacava. Mais alto que a maioria, com o que o avô do Jackal teria chamado de "porte majestoso", o macho de alguma forma transformava as roupas comuns em peças de arte feitas sob medida apenas pelo balanço do andar controlado.

Falando em aristocracia...

O Jackal deu um pulo adiante, seguindo o rastro de seu alvo. Numa voz baixa, disse:

– Preciso de um favor.

Nada ter mudado no macho era um testemunho do tipo de vampiro com que lidava. Nada em seus passos, nem no foco concentrado adiante, nem no movimento dos braços.

Mas houve uma resposta tranquila, baixa e suave:

– Do que precisa, meu amigo?

– Venha até a minha cela.

– Quando?

– Agora.

Fez-se o mais breve dos acenos e, em seguida, na bifurcação seguinte, o macho se desviou do fluxo de corpos que seguia para a Colmeia e penetrou num túnel com paredes mais estreitas e sem tráfego algum. O Jackal ficou com o prisioneiro, e os dois seguiram a certa distância antes de pararem.

Nada foi dito enquanto esperavam.

Quando não houve mais rastro, nem guardas, o Jackal andou algumas centenas de metros adiante e parou com as costas para a parede de pedra. O outro macho ficou de guarda enquanto o botão oculto era acionado, e um clique suave foi emitido quando o painel deslizou para trás.

Um momento depois, o par estava do outro lado da passagem escondida para a qual o Jackal tinha levado a fêmea.

– Diga – disse Kane quando velas se acenderam, e eles começaram a andar.

. Kane foi a maior das surpresas quando o Jackal começara a aprender sobre o funcionamento da prisão. Outro aristocrata que era tanto instruído quanto esperto – nem sempre a mesma coisa –, o macho tinha, sem dúvida graças a uma cortesia social regressa, estendido a mão sobre sua mentoria. Os dois tinham muito em comum, e não só no que se referia a experiências passadas e à queda de status social.

– Vou deixar que ela lhe explique – murmurou o Jackal.

– Ela?

O Jackal deixou a pergunta sem resposta e seguiu em frente com mais rapidez, cobrindo a distância para a mais próxima das três saídas com presteza. Sair da passagem era sempre um risco, e ele se forçou a parar e ouvir. Quando nada surgiu do outro lado, soltou o mecanismo e o painel deslizou sem emitir som algum.

A saída foi mais rápida que um piscar de olhos, e quando ele e Kane estavam quase de volta à sua cela...

O Jackal parou de repente. Mesmo que esse fosse o instinto errado. Mas não conseguia entender o que estava vendo.

A fêmea civil, que ele vira se esconder debaixo da sua cama, parecia estar do lado de fora, e ela conseguira cruzar caminhos com o pior de toda a prisão. Estava de pé bem perto daquele licantropo – e Lucan olhava para ela como se tivesse encontrado a Chapeuzinho Vermelho sozinha na floresta. O híbrido imenso a encarava com avidez estampada no rosto e no corpo poderoso, a intenção sexual emanando dele em ondas.

O Jackal teria gritado, só que não queria atrair a atenção de ninguém. Em vez disso, avançou, preparado para atacar o macho...

A fêmea se moveu tão rápido que ninguém antecipou seu movimento.

Nem mesmo o lobo.

Num ataque único e decisivo, ela sacou uma faca afiada, plantou a palma no esterno do híbrido e enfiou a ponta afiada na virilha. Numa voz calma, disse:

– Eu te castro aqui, agora. Ou você pode me deixar em paz. O que vai ser, valentão? Para mim, não importa a sua decisão, mas tenho a impressão de que vai querer manter o que está aí embaixo ou o seu andar de pavão vai voar pela janela.

Para enfatizar seu ponto de vista, imprimiu mais um pouco de força à arma.

O licantropo emitiu um gemido que era completamente contraditório com seu tamanho e... como a fêmea descrevera mesmo? Andar de pavão?

Atrás do Jackal, Kane emitiu uma risada suave.

– Bem – disse o aristocrata –, pelo menos agora sei com que estamos lidando.

CAPÍTULO 12

Depois do enfrentamento à faca de Nyx com as partes mais delicadas do macho de olhos amarelos, tudo ficou um pouco tenso. Pensando bem, os caras tendem a se retrair quando qualquer um com anatomia semelhante à sua tem suas partes ameaçadas por algo pontudo e brilhante. Depois que a situação acalmou, e os outros foram capazes de ficar de pé sem se cobrirem com as palmas, ela seguiu os três ao longo de um túnel oculto até uma parte de teto baixo onde todos, exceto ela, tinham que se abaixar para poder entrar. Velas, e não lâmpadas, iluminavam o caminho e o ponto de encontro, o círculo de "assentos" de pedras achatadas que cercavam uma lareira no chão, fazendo-a imaginar quanto não ficaria frio ali durante o inverno.

Sentou-se quando os outros se sentaram, e ela deu um meio-sorriso ao notar que o macho enorme de olhos amarelos e ideias brilhantes se sentou beeeem longe dela.

E juntou os joelhos como se não tivesse muita certeza de onde ela guardara a sua faca.

– Este é Kane – o macho de olhos azuis brilhantes disse. Depois acrescentou com secura: – E você já conheceu Lucan.

Fez-se um silêncio durante o qual ela encarou seu guia pago na prisão. Ele ficara perto dela enquanto passavam pelo túnel, e se sentou na pedra ao lado. A julgar pela carranca, devia estar falando com ela mentalmente, sem dúvida admoestando-a pelo impulso que a fizera sair de baixo da cama dele e lhe propiciara a oportunidade de fazer interessantes e novas amizades.

Deus, aquela fêmea de rosto arruinado.

Nyx olhou para o que lhe fora apresentado como Kane. Os olhos prateados eram firmes, seu corpo não emanava nenhum sinal de agressão ou descarga sexual, e ele tinha o tipo de rosto franco e belo que a fazia pensar que, pouco importando o que estivesse acontecendo, tudo ficaria bem.

Esta situação bem que se valeria de mais uns quinze ou mais como ele, pensou.

– Como posso ajudar? – perguntou num tom neutro e tranquilo.

Em comparação com a fala dele, a sua foi apressada. Ríspida.

– Estou procurando pela minha irmã. Seu nome é Janelle. Ela foi falsamente acusada de assassinato e sentenciada a 250 anos. – Pelo avô delas, pelo amor de Deus. – Está aqui desde 1967. Dois de junho de 1967. Eu lhe contarei tudo o que precisar saber sobre ela.

– Todos foram falsamente acusados de algo nesta prisão – Lucan, aquele que ela quase transformara em Lynette, resmungou.

Kane baixou o olhar por um breve instante.

– Se me permite perguntar, o que pretende fazer se a encontrar?

– *Quando* eu a encontrar. Vou tirá-la daqui.

– Como fará isso?

– Sei o caminho por onde entrei. Farei o caminho inverso e a levarei para casa.

– E crê que eles não irão atrás de vocês? – Ergueu uma mão e gesticulou ao redor. – Os guardas daqui têm um trabalho e são responsabilizados por ele. A contagem de presos deve bater com os registros para os turnos de trabalho. Se não bate, aqueles machos são surrados, ou algo pior. Eles escolherão a si mesmos em detrimento de você e da sua família, eu lhe garanto.

– Terei ido embora antes que saibam que estive aqui.

Enquanto os outros machos se entreolhavam e balançavam a cabeça, Kane disse:

– Você mora com alguém de quem gosta? Porque eles matarão todos ao redor se preciso for para recuperar um prisioneiro, e trarão os corpos para cá para mostrar que o dever deles foi cumprido. Vida e morte não são apenas para os prisioneiros daqui. Servem para todos os que o Comando administra e para todos os que buscam a desordem na ordem. Nesse ponto, os guardas não são diferentes dos prisioneiros.

– A minha irmã é inocente.

– Na sua cabeça, talvez. Mas isso não é uma defesa se a ajudar a fugir.

Uma parte de Nyx quis argumentar que sua situação era diferente, que por mais que muitas pessoas ali merecessem ser encarceradas, Janelle não era uma delas. Mas, então, pensou no guarda da cripta. Ela nunca matara antes, todavia levou apenas um instante para escolher entre a própria sobrevivência e uma ameaça a ela.

– Levarei Janelle para longe – disse. – Ninguém nos encontrará.

Kane ergueu a mão e puxou a frente da camisa frouxa. Ao redor do pescoço uma faixa larga de três centímetros, evidentemente usada por muito tempo, estava descolorada e enterrada na pele.

– Sim, encontrarão. – Girou o objeto até que um ponto piscante aparecesse. – Eles a encontrarão com certeza. E a ela. Estas coleiras rastreadoras são nossas rédeas.

– Posso tirar dela...

– Não, não pode.

Seu macho de olhos azuis brilhantes falou:

– São coleiras explosivas. Se a conexão é rompida, a carga é detonada de imediato. Não há como sobreviver. Também são envoltas por aço por dentro, de modo que se desmaterializar é impossível.

Ok, em primeiro lugar, o macho não era "seu", lembrou a si mesma. *E, segundo...*

– É por isso, então, que as portas das celas estão abertas. – Olhou para os três prisioneiros. – É por isso que ninguém escapa. Mas as baterias não acabam em algum momento?

– Quando a luz fica laranja – explicou Kane –, você tem vinte e quatro horas para substituí-las. Se a bateria baixar disso, a coleira explode.

Lucan falou:

– É um tremendo de um incentivo para checar as baterias, se quiser saber minha opinião.

– É assim que fazem o registro das contagens para os turnos. – O macho ao seu lado esfregou o rosto como se sua cabeça doesse. – Há um receptor de rádio em cada uma que confirma a localização da coleira.

– Mas esta passagem é secreta, correto? – disse ela. – Como eles não sabem que vocês estão aqui agora?

Kane fechou o colarinho como se escondesse sua nudez, como se estivesse com vergonha.

– Não é algo tão preciso. Mas o sistema é mais do que suficiente no que se refere aos limites da prisão. Se alguém tentar subir à superfície, ela notificará nossa localização e nos rastreará.

Nyx balançou a cabeça lentamente.

– Tem que haver uma maneira de contornar isso. Tem que haver.

– Kane, por que não conta à bela fêmea há quanto tempo você está aqui? – sugeriu o macho ao seu lado.

Os olhos de Kane se desviaram para o buraco da fogueira, onde havia cinzas e restos de achas cobertas de fuligem.

– Que dia é hoje, exatamente?

Quando Nyx informou, os ombros dele penderam, e houve uma breve pausa para o cálculo.

– Duzentos e setenta e três anos, onze meses e seis dias.

Nyx sentiu o ar sair dos pulmões.

– Nem consigo imaginar.

Levou mais um instante antes que Kane voltasse a se concentrar.

– Nem eu. E a questão é: muitas pessoas aqui embaixo têm tentado descobrir uma maneira de fugir. Determinação e um olhar novo neste problema não vão mudar a nossa realidade, e lamento muito ser aquele quem lhe conta isso. Libertar a sua irmã é impossível.

Aquele olhar firme estava carregado de compaixão, e o coração de Nyx atendeu ao chamado para descarregar seu fardo. Quando lágrimas encheram seus olhos, ela as escondeu, olhando para as mãos.

— Tem que haver uma saída – disse ela com voz emocionada. – Simplesmente tem que haver.

A fêmea era tão forte, o Jackal pensou enquanto observava a sua luta em permanecer composta. E o fato de se sentir tocado por ela, de querer estender-lhe a mão e oferecer apoio, era um impulso desconhecido.

Pensando bem, parecia que ela era a chave de muitas das suas travas.

Ainda posso fechar essas portas, pensou consigo.

Enquanto ela permanecia sentada ali, ninguém interrompeu seu processo de pensamento interno. Em retrospecto, ali embaixo, ninguém desperdiçava energia em coisas inevitáveis ou fora do seu controle.

— Deixe-me levá-la de volta ao local de onde veio – ofereceu o Jackal. – Onde é seguro. Vamos tirá-la daqui...

— Quero vê-la. – A fêmea ergueu o olhar de pronto. – Quero encontrar minha irmã e vê-la.

— Há quase duas mil pessoas aqui – argumentou ele. – Levaria um mês ou mais para passar por todos os rostos, e é mais provável que os guardas a notem antes que você cruze o caminho dela.

— Não me importo. Não vou embora até vê-la.

— Mesmo que isso a mate.

— Não matará.

O Jackal emitiu uma risada áspera enquanto esfregava a cabeça dolorida.

— De verdade, não consigo decidir se você é corajosa ou louca.

— Nenhum dos dois. Sou só a irmã de alguém. Se tivesse algum irmão perdido no mundo, precisando de você, não iria atrás dele?

— Como sabe que ela está viva? – O modo como a fêmea se aprumou o fez lamentar sua escolha de palavras. Mas ela nunca considerara tal possibilidade? – Lamento, mas a morte é prevalente aqui. Doenças, má nutrição, causas naturais. Você deduz que ela ainda esteja viva, e, repito, perdoe-me por ser tão franco.

– Poderíamos lavá-la até o Muro – sugeriu Kane. – Se nós três...

– Não. – O Jackal se pôs de pé. – Não vamos ao setor do Comando com ela.

– O que é o Muro? – ela exigiu saber.

Os outros dois machos se voltaram para o Jackal. Por isso foi ele quem respondeu.

– É um registro de todos que aqui morreram.

A fêmea correu os olhos ao redor.

– Temos que ir lá.

– Não – repetiu o Jackal. – Eu mesmo irei para ver se o nome dela está listado...

– Não confio em você. – Ela se levantou e o encarou. – Você quer que eu vá embora. Como saberei que não vai mentir, dizendo que viu o nome dela só para que eu vá embora?

– Eu lhe dou a minha palavra.

– Não o conheço o bastante para julgar se a sua "palavra" vale mais do que o ar que usará para proferir as sílabas. Quero ir e ver eu mesma, e se fosse alguém do seu sangue, você sentiria o mesmo.

O Jackal cruzou os braços diante do peito.

– Você fica falando como se tivéssemos esses laços sanguíneos em comum. Não temos. Portanto, não vai me convencer usando esse tipo de discurso.

– Muito bem. – Ela ergueu o queixo. – Ou vou até o Muro ou até a Teia para ver se consigo encontrar o rosto dela na multidão.

– Colmeia, você quer dizer.

– Tanto faz.

Quando seus olhos se encontraram, o Jackal sentiu o sangue se mover.

– Você não vai querer ir lá.

– Não quero estar *aqui*. Por inúmeros motivos. Mas estou onde estou.

Depois de um momento de tensão, Kane se pronunciou:

– Podemos esperar até a troca dos turnos. Existe uma pausa entre as entradas e saídas. Podemos fazê-la passar por lá e voltar antes que alguém a note.

– Ótimo plano. – A fêmea se aproximou de Kane. – Quanto tempo até a troca dos turnos?

– Faz mais de um século e meio desde que consegui medir a passagem do tempo pelo ponteiro de um relógio. Mas seria uma noite de trabalho.

– Doze horas?

– Ou oito. Ou dez. Mas a troca acabou de acontecer, portanto será um turno completo.

– Então eu espero. Onde posso encontrá-los de novo?

O Jackal considerou os méritos de discutir, mas, a julgar pelo modo como os molares dela estavam travados e a forma como o queixo estava empinado, não teria sucesso algum em fazê-la ter juízo.

– Nos reencontraremos aqui – disse ele, sério. – E você ficará comigo.

Os outros machos não se opuseram a isso, e ele não se surpreendeu. Kane era cavalheiro demais, e quanto a Lucan? Bem, ao que tudo levava a crer, ele preferia ter seu equipamento de sedução onde estava agora.

Portanto, o licantropo pareceu bem contente em sair com o aristocrata.

O Jackal esperou até ouvir o som suave da saída da passagem se abrindo e fechando. Em seguida, olhou para a fêmea.

Ela encarava o fogo não aceso, e ele teve a sensação de que, se ela soubesse quanto a exaustão estava aparente em suas feições, teria escondido isso.

Ela pareceu estremecer para voltar ao momento.

– Quero pegar as minhas armas em sua cela. E ficarei aqui sozinha até vir me buscar.

Quando ele não respondeu, ela meneou a cabeça.

– Não, você não vai me convencer do contrário.

– Algo me diz que poucos podem fazer isso.

– Tente nenhum.

Ele a avaliou por um instante.

– Qual o seu nome? Parece que pelo menos isso eu deveria saber a esta altura.

– Nyx. – Ela estendeu a mão. – Você?

Inclinando-se à frente, ele deslizou a palma pela dela e percebeu a sensação da pele quente e calejada. Ele aprovou essa última característica, sem se surpreender. O calor? Teria sido melhor não ter percebido isso.

– O Jackal. – Curvou-se um pouco, como se estivessem se apresentando numa sala de estar. – E, sim, esse é o meu nome.

Não, não era. Mas ele não usava seu verdadeiro nome. Não fazia isso desde... Bem, desde a transição.

– O seu primeiro nome tem "o" na frente? – observou ela com secura.

– Foi um apelido que pegou.

– Aqui embaixo?

– E lá em cima. – Deu de ombros. – Não importa.

Houve um longo silêncio, e, quando ela soltou sua mão e andou ao redor da fogueira apagada, ele avaliou seus movimentos.

– Gostaria de um banho quente? – perguntou.

– E este lugar tem água corrente?

– De certa forma, tem. Mas, mais do que isso, a piscina de banho é um lugar ainda mais seguro. Sugiro que me deixe pegar sua bolsa e mostrar o caminho.

– Eu mesma pego. Pra que lado?

O Jackal apoiou as mãos no quadril e encarou o piso de pedra. Depois se aproximou, parando bem diante do rosto da fêmea.

No rosto de Nyx.

– Chega. – Pairou acima dela. – Pra mim chega. Você vai ficar aqui. Eu vou buscar sua bolsa. E depois iremos à piscina de banho.

– Não, eu vou...

– O seu desespero em encontrar sua irmã a deixa negligente. Se isso fizer com que apenas você morra, tudo bem. Você merece. Mas Lucan e Kane estão envolvidos agora, e eu não vou permitir que coloque a vida deles em risco.

– Como é que eu ir buscar as minhas coisas tem alguma coisa a ver com eles?

– Porque me verei obrigado a salvá-la e o que acha que eles farão? Virão me ajudar. Ou está dizendo que eles não importam? Que são apenas prisioneiros dispensáveis. Hein? É assim que se sente?

– Claro que não – disparou ela.

– Então, para variar, faça o que lhe digo e fique aqui.

Nyx cruzou os braços diante do peito e o encarou. A julgar pelo modo com que o queixo se movia, ela devia estar cerrando os molares, e os olhos cuspiam fogo.

Só que ela murmurou:

– Está bem.

O Jackal ergueu as mãos para o alto e se virou.

– Até que enfim. Uma porra de um avanço.

– Pra sua informação, você acabou de praguejar. E foi um palavrão da pesada.

– Viu o que você leva um macho a fazer?

Enquanto ele se afastava, ela disse:

– Eu me dou bem com a maioria das pessoas, sabe.

– Se acredita nisso, é tão delirante quanto obstinada – disse ele por sobre o ombro enquanto seguia em frente.

Antes que fizesse algo estúpido.

Como beijá-la.

Embora esse fosse o trato deles, não? Ele a levava até a irmã. Ela lhe dava o que ele queria.

Puxa, que barganha traiçoeira, pensou ao deixá-la para trás. Porque tinha que ser só sexo. Não podia demonstrar emoções e tinha que se distanciar dela, apenas a parte física se conectando.

– Não é um problema – garantiu a si mesmo.

Se as coisas continuassem como andavam, ele não *via a hora* de se livrar dela.

CAPÍTULO 13

ENQUANTO ESPERAVA JUNTO À FOGUEIRA apagada, Nyx manteve a faca que quase usara em Lucan contra a palma da mão dominante. Deixada a sós, seu coração acelerou e os olhos esquadrinharam o ponto de encontro secreto, acompanhando as sombras que não se moviam e os contornos que permaneciam os mesmos. A água subterrânea que minava das fissuras da parede lambia as pedras e, à luz de velas, ela conseguia enxergar as marcas dos entalhes, testemunhos dos esforços despendidos na criação daquele lugar.

O Jackal criara aquilo junto com os outros. Num período de anos? Décadas? Não conseguia imaginar o tempo perdido.

Pegou o celular descartável e verificou as horas. Quatro horas se passaram desde que ela deixara a casa de fazenda. Sentia como se fossem quatro anos. Naturalmente, não havia sinal ali – e ela não esperou que houvesse –, mas tinha ainda bastante bateria. E com a ausência de notificações, ficou imaginando se Posie enviara alguma mensagem que ainda não tinha sido recebida. A irmã deve ter notado sua longa ausência a essa altura. A menos que... talvez Peter estivesse em crise. Teria morrido já?

Provavelmente.

A ideia de que teve que escolher entre irmãs era uma droga.

Nyx verificou a tela do celular outra vez, concentrando-se no papel de parede. Era uma fotografia tirada em junho, diante da casa de fazenda. Suas luzes estavam acesas, a iluminação amarelada e alegre derramando-se pelo gramado e cobrindo o campo de peônias todo florido.

Mentalmente, disse a Posie que voltaria logo. Mas não disse as palavras em voz alta por temer que fossem mentira.

Em seguida, desligou o aparelho para poupar a bateria e o fechou com o zíper dentro do bolso interno.

Olhando por sobre o ombro, pensou ter ouvido passos. Não. Não era o Jackal voltando, e tampouco outra pessoa.

O macho a enlouquecia. Ainda mais por ter razão. Estava sendo descuidada, e, se continuasse jogando os dados, os olhos da serpente – o número 1 do dado, que significa azar, por ser a menor combinação de pontos – acabariam aparecendo.

Deus, esperava muito que ele estivesse sendo honesto com ela.

Incapaz de permanecer parada, rodeou a fogueira três ou quatro vezes. Parou, olhou de novo para o túnel pelo qual seu anfitrião se fora. Quando ele sugerira ser aquele que buscaria sua mochila, ela concordara. Teria sido um erro? Estaria ele vendendo as armas e a munição do seu avô naquele mesmo instante no mercado clandestino da prisão? Ou sabe-se lá como o chamavam...

Deveria ter ido com ele...

O som de passos pesados fez com que erguesse a cabeça, e quando ela reconheceu o cheiro, não sabia se deveria ficar aliviada ou não.

O Jackal emergiu na escuridão e trazia algo nos braços.

– Trouxe comida – disse ao se aproximar dela. – Imaginei que estaria com fome.

Quando ele continuou seguindo em frente e ela não o seguiu de pronto, ele olhou por cima das provisões na direção dela.

– Você vem?

– Não vamos ficar aqui?

– Parece ter alguma banheira onde você está?

Seguindo-o, pegou a mochila dos ombros dele e a acomodou.

– Onde fica esse lugar de banho?

– Perto.

Um pouco mais além, ele parou. Olhou para ambos os lados. Apertou um ponto.

– Aqui estamos.

Uma seção da rocha deslizou para trás e Nyx se retraiu. Mas não porque o cheiro fosse ruim.

Muito pelo contrário, o cheiro de água limpa era tão evidente quanto uma surpresa.

Nyx se adiantou, atraída pelo alívio do aroma nauseante da terra. Ao entrar na passagem estreita, apressou-se adiante, o caminho iluminado por velas que se acendiam uma a uma no chão. Nos recessos da mente, teve a impressão de que ele iluminava seu caminho, acendendo os pavios com a mente.

Em seguida, fez uma curva e falseou ao se ver confrontada com um espaço escuro. O som, porém... Ah, o som era de água caindo suavemente. E havia umidade no ar – e calor.

O Jackal entrou na escuridão atrás dela.

– É aqui que venho quando preciso...

Ele não concluiu a frase. Mas, pensando bem, quando as velas se acenderam num círculo amplo ao redor da fonte natural de água, ele não precisou dizer mais nada.

– Ah... Meu Deus... – sussurrou ela.

De algum lugar no teto, um fluxo de água natural caía numa piscina de três metros de largura, com algum tipo de ventilação aquecida no fundo da cuba que fazia a água fervilhar e o vapor subir.

– Achei que fosse gostar daqui. – Ele abaixou o embrulho que carregava. – Bem. É isso.

Sentou-se na face lisa de uma rocha imensa, desembalando pão e o que parecia ser queijo. Também havia uma garrafa de leite antiga com algo da cor das fichas vermelhas de apostas.

– Não é nada refinado – disse ele –, mas pode ficar com tudo.

Nyx se aproximou dele e se abaixou no "sofá" de granito.

– E quanto a você?

– Posso encontrar mais para mim. É mais importante que esteja forte.

Ele se inclinou de lado e tirou algo do bolso do quadril. Desdobrando um tecido, arrumou uma toalha para uma espécie de piquenique.

– Gostaria de ter algo melhor para oferecer. – Abriu a garrafa de vidro. – O gosto disto é horrível, mas foi o que me impediu de ter escorbuto.

Ele sorveu um bom gole e engoliu. Enquanto fechava os olhos, ela pensou que parecia um tanto estranho que ele saboreasse a coisa como se fosse vinho e...

As pálpebras dele se ergueram.

– É seguro.

– Seguro?

– Não foi adulterado. – Ofereceu a bebida a ela. – Não fui eu quem fez, por isso tive que verificar se estava bom para você.

Nyx pegou o recipiente de vidro, os dedos resvalando nos dele.

– Obrigada.

Ele assentiu e depois cortou um pedaço do pão. Enquanto mastigava, voltou a fechar os olhos. E depois fez o mesmo com o queijo.

– Estes também são seguros.

Encostando os lábios no gargalo da garrafa, ela pensou que a boca dele estivera onde a dela estava agora – e isso não deveria ter importância.

Quando sorveu um gole para experimentar, franziu o cenho e encarou o líquido.

– Isto é Kool-Aid. Ou pelo menos o sabor é igual.

– O que é isso?

– Não sei se tem alguma vitamina aqui. – Bebeu um pouco mais. – Mas é gostoso.

Engraçado como tudo era relativo. Em casa, ela teria recusado aquilo sem pestanejar. Ali embaixo? Era estranhamente reconfortante.

– Não bebo isso desde a década de 1970 – murmurou. – Costumava preparar para Posie antes da transição dela.

– Outra irmã?

– Sim, a mais nova da família. Quer um pouco mais disto?

– Não, é todo seu.

– Estou disposta a partilhar.

Quando ele só se recostou na parede de pedra e esticou as pernas compridas, ela deu de ombros e terminou o que havia ali. Depois pegou o pão, que tinha sido assado fresco e tinha excelente gosto, e o queijo, que quase não tinha gosto algum, mas definitivamente não estava estragado. Comeu rápido, sua fome muito maior do que imaginara.

Em retrospecto, a sensação de perigo iminente fez com que achasse que poderia ser interrompida, de uma maneira ruim, a qualquer segundo.

E logo a comida acabou.

Nyx desviou os olhos para a água que rodava porque as coisas ficavam intensas demais quando olhava para ele. Mas, à medida que o silêncio se estendeu, ela teve que olhar para o macho.

Os olhos dele estavam fechados; a respiração, cadenciada. Mas não dormia.

– Terminou? – perguntou ele com suavidade.

– Sim.

As pálpebras se ergueram, mas não muito, e aquele vívido olhar azul reluzia.

– Quantas pessoas sabem deste lugar? – ela se ouviu perguntar.

Que importância tem isso, pensou ela. Apesar de saber exatamente o motivo de estar fazendo aquela pergunta.

– Kane e Lucan. Dois outros. Mas eles não virão aqui. Disse a eles que não viessem.

– Por que fez isso?

– Por que acha?

A fêmea – Nyx – olhou para a queda-d'água de novo, e, enquanto o Jackal reconhecia onde estavam os olhos dela, também sabia onde seus pensamentos tinham ido. Ela não queria dizer em voz alta, e ele respeitava isso, mas o cheiro dela a denunciava.

– Ninguém virá aqui. Você está em segurança – ele disse.

– Não me sinto segura.

– Você tem as suas armas. – Ele pensou em Lucan. – E eu a vi usá-las.

– Não cortei aquele macho.

— Teria, caso ele tivesse se mexido.

— Verdade. — Os olhos dela retornaram aos seus. — Quem é ele?

O Jackal até pensou em se fazer de desentendido, mas apenas meneou a cabeça em vez disso.

— A história é dele, não minha.

— Então ele não é apenas um vampiro.

— A história não é minha para contar. — Deixou o olhar pousar nos lábios dela. — Quer entrar na água?

— Vai ficar aqui?

— Eu lhe darei as costas. Se quiser.

Enquanto ele aguardava pela resposta, lembrou-se a si mesmo do que aquilo se tratava. Estavam usando um ao outro, e era um alívio estabelecer esses limites. Nesse meio-tempo, dentro do seu corpo, até na medula, tudo se mexia, coisas que não sentia há tanto tempo que passara a acreditar e a aceitar que tinham sido mortas, fatalidades da sua experiência na prisão. Essa fêmea provava o contrário; havia a satisfação de que, ao deitar-se com ela, feriria outra, a outra que lhe causara tantos danos. Mesmo sendo ele o único a saber — e ele manteria isso assim —, o reequilíbrio no poder, a retomada da sua autonomia, era a nutrição para sua alma enegrecida.

Antes que pudesse agir segundo seus instintos, contudo, algo lhe ocorreu.

— Por que sua família lhe enviou nesta missão suicida? – perguntou de repente. — Não tem irmãos? Um pai?

As sobrancelhas dela se arquearam.

— Os machos não são os únicos capazes de fazer coisas.

— Não. Isso deveria ter sido feito por um macho da sua linhagem. Eles não têm vergonha?

Nyx pareceu precisar de um momento para se acalmar.

— Uau. Sabe, nos cem anos desde que acabou aqui embaixo, muito mudou. Eles deixam que nós, as garotas, dirijam carros e tenham empregos... E, ah, podemos votar. Bem, se eu fosse humana, poderia votar. Ainda assim...

– Eu a ofendi – disse ele com tranquilidade. – Sinto muito por isso.

Nyx inclinou a cabeça.

– Mas, espere, deixe-me adivinhar. Vai manter suas opiniões antiquadas e posição sexista.

– Espera que eu me desculpe por querer proteger as fêmeas? Não conseguirá isso, nem agora, nem nunca.

– "Proteção" é outra palavra para subjugação.

– Será? Você precisa me explicar.

– Você acha que tem que me proteger porque sou mais fraca do que você.

– Por certo consigo levantar mais peso do que você.

– E isso é tudo? Ora, por favor. Poupe-me da rotina de homem das cavernas. – Apontou um dedo para ele. – O seu problema é pensar que conseguir fazer o levantamento de um carro lhe dá o direito de ditar coisas às quais não lhe dizem o mínimo respeito.

– Terá que me lembrar disso quando eu garantir a sua segurança contra os guardas.

– Eu mesma me salvarei, muito obrigada...

– Deve ser bom saber tudo sobre tudo. E você me acusa de ser soberano. Você só precisa de um castelo e de um fosso, e será um cavaleiro medieval. Pelo menos na sua cabeça.

– É onde conta, meu chapa...

– Puxa, você não consegue ceder um milímetro...

Os dois falavam mais rápido e mais alto e, nos recessos da mente dele, o Jackal sabia o que estava acontecendo. Ambos estavam desconfortáveis com a atração sexual, incertos quanto até que ponto ir, mas, Santa Virgem Escriba, ele estava com fome. Dela.

E o mesmo acontecia com ela. Seu cheiro mudara, e tudo o que era macho nele reconhecia a excitação dela – e estava movido a fazer algo a respeito.

– ... machos como você, nos acuando, fazendo com que nos sintamos menores... – Ela parou. – O que foi?

– Continue. – Cruzou os braços diante do peito. – Aprecio vê-la discutindo consigo própria.

— Para sua informação, você também estava tecendo alguns comentários, juiz McJudgerson.

Ele meneou a cabeça e franziu o cenho.

— O que disse? Não sou um magistrado.

Nyx abriu a boca. Fechou.

— Já ouviu falar em meme?

— Claro. É um artista em preto e branco que não fala.

— Isso é um mímico. Um meme é... — Quando pareceu deixar os pensamentos recuarem, a braveza dela pareceu diminuir. — Você não sabe nada sobre a internet, sabe? Mídia social. Microsoft. Apple.

— Com Microsoft você quer dizer Supersuave? E a última é uma fruta que há tempos não vejo. Quanto ao resto, sinto dizer que você me deixou confuso. — Enquanto se encaravam, soube que ela registrava suas deficiências em relação ao mundo moderno. — Pode parar agora mesmo. Não *ouse* sentir pena de mim. Não preciso nem desejo sua empatia.

Ela voltou a olhar para a água em movimento.

— Só não consigo imaginar ficar aqui por tanto tempo, é só isso.

Enquanto ela se debatia, o Jackal imprecou baixinho.

— Perdi tanto assim?

— Em cem anos, sim. — Ela pigarreou. Olhou de novo para ele. — A propósito, tudo bem se eu só te chamar de Jack? Essa coisa de "o" é meio estranha.

Ele teve que sorrir.

— Pode me chamar do que desejar.

— Mesmo que seja uma imprecação?

— Fique tranquila que não seria a primeira.

— Nisso eu consigo acreditar.

Ele se descobriu querendo sorrir.

— Conte-me, qual escolheria?

— De todo o catálogo dos palavrões? — Ela o observou com seriedade. — Acho que eu escolheria... "machão retrógrado chauvinista e cabeça-dura".

O Jackal piscou algumas vezes.

– Não reconheço essas palavras como xingamentos. E não tenho certeza do que é um machão retrógrado?

Abaixando a cabeça, ela escondeu o sorriso que ele desesperadamente queria ver.

– Imagino que eu seja mais dama do que supunha. "Bunda-mole" e "zé-ruela" pareceram injustos e inapropriados.

– "Bunda-mole"? O que é isso?

– Não sei, mas não é nada bom.

O silêncio se fez novamente, mas a tensão tinha desaparecido – ainda que não o desejo. Com isso, ele se sentiu compelido a dizer:

– Eu a beijaria agora, se isso não a ofendesse.

CAPÍTULO 14

FOI DEVIDO A UM SENSO DE obrigação a tudo o que era racional que Nyx pensou num punhado de respostas à pergunta do beijo em sua cabeça, fazendo um profundo mergulho cognitivo. Na Netflix, no Spotify.

Emma Thompson, em *Razão e Sensibilidade*: *Você tem que desistir de todos esses pensamentos luxuriosos, sua fera.*

Emma Stone, em *Zumbilândia*: *Por cima do seu cadáver.*

Julia Roberts, em *Uma Linda Mulher*: *Grande erro. Enorme.*

Cardi B, em qualquer situação: *Vadia, por favor.*

Todas essas funcionavam. Infelizmente, o que era mais provável sair de sua boca seria Jennifer Lawrence: *eu me voluntario como tributo.*

Oito horas, Nyx pensou. Não foi o que o cavalheiro em roupas de prisioneiro havia dito? Talvez dez.

Portanto demoraria muito até que ela e Jack pudessem ir até o Muro.

E conversar era algo superestimado, não?

– Eu dou o beijo – murmurou. – Muito obrigada.

Dito isso, ela atravessou o espaço entre eles com os lábios, colocando os seus sobre os dele. E, quando a maciez da boca dele foi registrada, ela se surpreendeu, mas isso não fazia sentido. Todas as bocas são suaves, mesmo quando anexadas a corpos fortes e grandes. E sabe de uma coisa? À despeito da evidente excitação dele, Jack não partiu para cima. Em vez disso, ficou onde estava, reclinado contra a pedra lisa, deixando que ela estabelecesse o ritmo enquanto explorava… e aproveitava.

Inclinando a cabeça, ela aprofundou o beijo, deslizando a língua ao longo do lábio inferior dele. E depois o lambeu por dentro.

O tremor que se fez no corpo dele foi erótico. O modo com que a respiração ficou presa ainda mais. O sabor dele, o cheiro e...

Ele se afastou de repente, os olhos reluzentes procurando os seus. Havia um rubor em seu rosto, e as cordas do pescoço estavam tesas, como se ele se forçasse a ficar imóvel.

– Você não desaponta – disse ele, rouco. – Nem um pouco.

Foi nesse instante que ele a agarrou e a puxou para o seu peito. O beijo não foi nada como o seu. Não foi experimental. Não foi uma carícia de lábios. Não foi suave, ligeiro, uma exploração educada, prelúdio da paixão.

Ele foi um macho totalmente excitado de sangue quente que tomou o que queria, as mãos prendendo seus braços, a boca firme na sua, apanhando... possuindo. E ela disse a si mesma que sentiu tudo isso com tanta intensidade porque seus sentidos estavam mais vívidos naquela prisão desconhecida e perigosa.

Mas isso era bobagem. Ela teria sentido o mesmo lá em cima, no mundo real, se estivessem num encontro e ele a houvesse beijado contra um carro no estacionamento de um restaurante. Seu corpo estava vivo por causa dele, não pelo lugar em que estavam.

– Vai me deixar entrar? – perguntou ele contra sua boca.

– Sim – sussurrou ela. Mesmo enquanto se dizia para ficar quieta.

Sua necessidade por ele era algo que sentia que devia esconder. Dava-lhe poder sobre ela, o tipo de coisa que não tinha nada a ver com o levantamento de carros ou das asneiras que acompanhavam a visão antiquada dele sobre as fêmeas.

Mas a sua reação era lá um segredo? Ainda mais quando ela afastou as pernas e se sentou na coxa firme e musculosa, o centro se esfregando contra ele, criando uma deliciosa fricção. E, como se ele soubesse o que ela fazia, ronronou, o ruído saindo do fundo da garganta, a mão subindo para segurá-la pela nuca. Quando o elástico que prendia seus cabelos foi puxado, ela soube que era o prelúdio para ele despir suas roupas, e estava pronta para ficar nua, ávida para a próxima etapa de tudo aquilo...

Exatamente como quando Jack a dominara assim que ela entrara no labirinto da prisão, ele se moveu tão rápido que ela não conseguiu acompanhar. Num momento, estava debaixo dela, as bocas fundidas. No seguinte, estava do outro lado da piscina.

Quando ele começou a andar de um lado para outro, apoiou uma mão na testa. Nesse ínterim, ela ficou presa ao sofá de pedra, perguntando-se que diabos acontecera.

Que diabos tinha dado errado.

Mas ele havia sentido. Sabia disso.

Infernos, ela conseguia ver o volume da frente nas calças folgadas.

— Tudo bem com você? – perguntou ela.

— Sim – ele falou. – Estou perfeitamente bem.

— Bem, isso é bom. Você sabe, estar bem. Você me parece perfeito e totalmente bem. Quero dizer, o pôster perfeito de quem está bem.

— Pode parar de falar – ele resmungou.

— Pode me fazer parar. Se me beijar de novo.

Com isso, ele parou de andar e a olhou. Ela se preparou para ser chamada de atirada, ou de qualquer outra palavra em desuso. Em vez disso, a força total do desejo sexual dele atravessou o espaço quente e úmido.

— Você está com medo de mim – disse ela. – Não está?

— Não estou.

— Sim, está. Começou um jogo e agora está com medo de terminá-lo. – Cruzou os braços diante do peito. – Por quê?

— Não tenho medo de nada. – A voz dele estava sem vida. – Este lugar me ensinou a não ter medo.

Nyx abriu a boca para discutir, mas não deu seguimento ao seu impulso involuntário quando toda a vida fluiu para fora dele. Não havia mais luz por trás dos olhos azuis. Nem excitação naquele corpo magnífico. Nenhuma conexão com nada ao redor dele, nem mesmo com ela.

— O que fizeram com você... – disse ela, a garganta apertada.

O macho desviou o olhar, e ela estudou o belo rosto à luz das velas. Quando não estava ocupada ficando irritada com ele, sua beleza masculina a cativava. Ele tinha uma estrutura óssea perfeita, lábios sensuais que ela conhecia muito bem, e aquele tronco, tão forte e largo nos ombros, tão estreito nos quadris, era o tipo de coisa que os machos lá em cima iam à academia para conseguir.

– Não importa. – Ele balançou a cabeça. – Depois que o estrago é feito, a causa já não é mais relevante. Tudo o que você tem é o que foi quebrado.

– Sinto muito...

– A sua piedade é desnecessária e indesejável...

– ... por não ter levado isto tão a sério quanto eu deveria. – Baixou os olhos. – Você tem razão. Acho que não faço ideia de quão ruim é este lugar.

Afinal, se conseguiam destruir um macho como ele?

E foi isso o que aconteceu. Não precisava dos detalhes, como ele mesmo dissera, a perda do espírito bastava, e seu peito doeu por ele – e por Janelle. Bom Deus, o que teriam feito com Janelle?

– Gostaria de um banho? – ele perguntou com voz rouca.

– Sim. – Qualquer coisa para parar de pensar.

Ele deu as costas para ela e se sentou no chão num lugar qualquer – e ela estava disposta a apostar que ele não fazia ideia de onde estava na caverna. Ele era como uma estrela numa órbita estranha, fora da galáxia. Fora da realidade.

– Posso lhe dar mais privacidade – disse ele. Como se lhe oferecesse algo mais tangível, algo que pudesse colocar na palma da mão e estender a ela. – Posso sair.

– Fique – respondeu. – Só para eu saber que tenho alguém na retaguarda.

A cabeça dele assentiu.

– Está bem.

Ela esperou um instante, embora não soubesse o que esperava que fosse acontecer ou mudar nessa pausa, e ela passou um longo tempo olhando para o rabo de cavalo que descia pela coluna dele. Era muito comprido. Mas, em retrospecto, ele vinha deixando o cabelo crescer há cem anos.

Como seria ele solto, espalhado pelo peito nu, como o de Fabio Lanzoni?

Ela se virou de costas para as costas dele e rapidamente tirou as roupas. Cobrindo os seios com um dos braços, foi para a água, a pele toda arrepiada, tanto por causa da consciência de estar nua em pelo quanto pela queda de temperatura. Felizmente, ainda de pé junto à piscina, o calor que subia atenuou os arrepios, embora não resolvesse sua sensação de vulnerabilidade – a qual, sendo bem justa, não era um problema tão grande.

De alguma forma, sabia que poderia confiar nele quanto a isso.

– Ahhhh...

Quando entrou na água, a sensação do calor perfeito, da água se movendo com suavidade contra seu corpo, foi uma revelação certa como se nunca tivesse tido um banho antes. Mas tudo era muito inesperado. A profundidade. A temperatura – que ela não teria ajustado nem para mais, nem para menos. O movimento das correntes.

O fato de que tudo aquilo estava acontecendo.

– Sente-se bem? – Jack comentou num tom baixo.

– Sim.

A cabeça dele assentiu.

– Isso me salvou. Muitas vezes.

Afastando os braços, Nyx empalmou e soltou ondulações dentro da piscina.

Não faça isso, ela pensou. *Não pergunte.*

– Do quê? – perguntou.

O Jackal tentou imaginar como ela estaria submersa naquilo que pensava ser de sua propriedade, seu domínio. Havia outras piscinas na prisão, de uso comum, nas quais os presos mergulhavam de tempos em tempos – ou nas quais eram lançados –, mas aquela era sua. Se outros do seu grupo, como Kane e os demais, partilhavam daquilo? Ele sempre vira isso como uma cortesia sua estendida a eles.

Os cabelos negros dela estariam soltos, as pontas se movendo ao sabor do movimento suave da superfície, e ele imaginou que as mechas começariam a se curvar ao redor do rosto dela. As faces ficariam coradas, embora já estivessem coloridas pelo desejo. A pele ficaria úmida e tentadora.

Não que já não fosse assim por si só.

Quanta explicação devo a uma desconhecida?, pensou ao contemplar a pergunta dela.

– Esta prisão é um lugar sujo. – Esfregou o rosto ao não responder à pergunta de modo algum. – Muito suja. É difícil ficar limpo.

– Não precisa falar sobre isso.

– Não faço ideia de a que está se referindo.

Para dar certa credibilidade às suas palavras, ele a olhou por cima do ombro. Ela estava concentrada nele, e ele tinha razão em relação aos cachos que se formariam ao redor do rosto dela. E também quanto ao rubor. Mas sua expressão não estava relaxada como ele visualizara em sua mente. Estava intensa, e ele teve a sensação de que abrira uma porta antes de ter avaliado se queria de fato passar por ali.

Pensando bem, isso acontecera muito antes com ela, não?

– Você vai me deixar trepar com você? – ele perguntou numa voz baixa. – Mesmo?

Os olhos dela se estreitaram, mas não porque estivesse ofendida. E a ausência de reação antecipada o fez perceber que fizera a pergunta de maneira grosseira porque desejara que esse fosse o caso.

– A pergunta está mais para se você vai se permitir me foder – respondeu. – Conte para mim, quem é ela?

Ele virou o rosto bruscamente.

– Não há ninguém para mim.

– Mentiroso. – Ela riu um pouco. – Pode ser franco. O que me contar não vai a lugar algum. Não conheço ninguém aqui e não vou ficar. Além do mais, somos desconhecidos.

Quando ele não disse nada mais, ela praguejou baixinho.

– Vamos lá, o que mais temos a fazer a não ser conversar pelas próximas oito horas? Ou seriam dez? Claro, eu tinha outros planos sobre como passar o tempo.

– Mesmo? E quais seriam eles?

– Fazer sexo com você pareceu uma boa maneira de passar o tempo.

– Apenas um exercício casual – murmurou ele. De novo, deveria estar acostumado a isso, não?

– E seria diferente da sua parte?

– Isso não a incomoda?

– Ah, voltamos ao assunto das virtudes das fêmeas, então? – Exalou longa e lentamente. – Acredito em viver o momento. É só o que tenho a dizer sobre isso.

– Eu não menti – disse ele no silêncio entre ambos. – Não há nenhuma fêmea para mim.

Ele a observou brincar com a água, movendo as mãos por ela.

– Ela morreu? Você tinha uma *shellan* que morreu?

– Nunca estive num compromisso, e nunca estarei.

– Por que isso?

– Acredito que seja evidente. – Gesticulou ao redor. – Estamos numa prisão, lembra?

– Quantos anos você tinha quando chegou aqui? E quanto tempo até que...

– A sentença é perpétua. Por enquanto, pelo menos.

– O que você fez?

– Não fazemos esse tipo de pergunta aqui.

– Bem, sou estrangeira por estas partes. Como você vive pontuando.

Quando ela baixou os olhos para a água, ele esperou que dissesse algo mais, que o desafiasse. Em vez disso, permaneceu em silêncio, e lhe ocorreu que ela precisava responder à própria pergunta para ele.

– E você – disse ele. – Está vinculada?

– Cruz-credo, não! – Lançou a cabeça para trás e riu. – Não.

Isso era bom. Significava que não teria que matar outro macho. Bem, pelo menos não porque estava com ela...

Grunhindo para a sua territorialidade descabida, levou a mão à têmpora.

– Se eu perguntar de novo se você está bem – disse ela –, vou acabar ouvindo outro monólogo defensivo do quão maravilhoso está se sentindo?

– Não. Acho que vou apimentar um pouco e descrever a dor de cabeça latejante que você está me causando.

– Meu Deus do céu. Você fez uma piada.

Abaixando a mão, ele a encarou, bravo – e, de pronto, perdeu a onda de irritação. De onde estava na piscina, ela sorria para ele, os lábios se erguiam nos cantos, os olhos cintilavam. Seu coração parou. E depois dobrou de velocidade. Ela ficava sexy quando estava brava. Enfurecedora o restante do tempo. Mas assim?

As sobrancelhas dela se abaixaram e ela pressionou os lábios.

– O que foi?

Quando ele não respondeu, ela franziu o cenho.

– Por que diabos está olhando assim para mim?

Abaixando os olhos, ele disse com suavidade:

– Não vejo o sol desde a minha transição. Pode me culpar por encará-la?

CAPÍTULO 15

Foi uma infecção que acabou derrubando Rhage, e ele ficou tremendamente desapontado no fracasso de determinação do seu corpo no que se referia ao ferimento na lateral do corpo. Os outros três pontos de invasão do chumbo e a operação cicatrizaram bem o bastante. Aquela debaixo das costelas, contudo, persistia, um hóspede com hábitos irritantes e total falta de urgência em partir.

Dessa forma, ele jazia deitado na cama de hóspedes de Jabon, num quarto de cavalheiro, e era atendido incessantemente. Todas as suas necessidades eram cuidadas. Alimento, bebida, higiene, vestimentas. Sexo e sangue. Tinha a sensação de que, caso necessitasse de alguém para respirar por ele, essa função seria atendida com presteza pela criadagem. De fato, parecia tolice não acolher tais atenções com gratidão efusiva, mas, Santa Virgem Escriba, mal podia esperar para voltar ao seu humilde lar e para a ressonante solidão dali.

Como ansiava pela ausência de companhia.

Além do mais, não era que os criados não tivessem nada mais a fazer. Havia inúmeras oportunidades para os doggens *da casa oferecerem seus serviços a outros convidados. Havia uma boa quantidade de fêmeas e machos sob o teto de Jabon. Rhage os ouvia andando pelos corredores e captava seus cheiros nas correntes que passavam por debaixo da porta. Além do mais, havia muitas conversas dos dois lados das suas acomodações. A mansão parecia mais um hotel do que uma residência, e as coisas nunca ficavam quietas, nunca paradas. Não durante as horas do dia. Não durante as refeições. Certamente, não durante as festas que pareciam acontecer todas as noites.*

Era de se contemplar o objetivo de tal existência ociosa e destrutiva. Em retrospecto, Jabon não era compromissado, e houve boatos, não que Rhage se interessasse, de que o pai e a mahmen do macho estavam mortos. Portanto, era como se o aristocrata comprasse sua família, a hospitalidade sendo a moeda usada para garantir afeto, constância e apoio...

A batida foi suave e respeitosa. E Rhage cerrou os dentes. No começo, concluíra que os criados estivessem apenas se certificando de que ele respirava ou não. Agora acreditava que estivessem lhe demonstrando tamanha atenção acima de quaisquer padrões porque tinham sido instruídos quanto às suas afiliações. Membros da Irmandade da Adaga Negra estavam num patamar social acima até das Famílias Fundadoras. Jabon, muito bem versado nas exigências do receber bem, evidentemente via a acomodação de tamanho guerreiro como uma maneira de elevar sua posição social e, portanto, alguém a quem pretendia fornecer toda possível cortesia.

Com o auxílio de cada um dos doggens na face da Terra.

– Sim – respondeu Rhage com rispidez. Porque, caso não respondesse, eles voltariam e voltariam.

A porta se entreabriu. E um rosto que ele não esperava espiou dentro.

– Darius, o que faz aqui? – perguntou.

O Irmão entrou e fechou a porta atrás de si. Que colírio para os olhos. O rosto conhecido do Irmão era como a luz do luar depois de um longo período de nuvens, um farol. Não foi surpresa que ele não estivesse vestido para a guerra, mas tomara o cuidado de vestir-se elegantemente em roupas civis. Todavia, haveria armas cobrindo-o, escondidas debaixo da delicada lã azul de seu terno de corte elegante.

Rhage mal podia esperar para empunhar sua adaga outra vez.

– Como tem passado? – perguntou Darius.

– Você faria a gentileza de me remover destas instalações?

– Elas não são do seu agrado? – Darius correu os olhos pelo quarto luxuoso. – Ouvi dizer que tem sido bem tratado. Jabon me envia relatos noturnos detalhando os seus cuidados. Ele me fornece pormenores sem os quais eu ficaria muito bem.

– Busco me libertar desta cama a fim de que possa ser prontamente ocupada por outrem. Outros deveriam partilhar deste prêmio.

– *Quanta consideração da sua parte* – Darius comentou com uma risada. – *Mas conversei com Havers.*

– *Ah.* – Rhage subiu o lençol, cobrindo mais o peito nu. – *Como ele está? Bem, espero.*

– *Acha que perdi tempo ao perguntar sobre a vida dele? Mesmo?*

– *Muito bem. O que ele disse sobre o meu estado?*

– *Você ainda não está curado o suficiente para ser liberado do seu incômodo aqui. Lamento, mas terá que continuar acamado e atendido a cada necessidade.*

Rhage gemeu ao se sentar, mas conseguiu subir o tronco um pouco mais alto nos travesseiros.

– *Para mim, isto acabou, apesar do que diz o curandeiro...*

– *Sabe o que mais admiro em você?*

– *Minha ausência em qualquer lugar?*

Darius franziu o cenho.

– *Não tenho uma opinião tão baixa a respeito da sua companhia.*

Como o lutador pareceu honestamente ofendido, Rhage contemporizou:

– *Estou brincando, meu Irmão.*

– *Bem, permita-me dizer que o que mais admiro é a sua habilidade de seguir conselhos convincentes e sensatos. É uma das suas características mais perceptíveis. De fato impressionante.*

– *Jamais possuí tal virtude e você sabe muito bem disso.*

– *Deveras? Porque considero essa uma das suas mais importantes e louváveis qualidades.*

Enquanto Darius curvava uma sobrancelha e observava com expectativa impassível o pedaço de carne ferido e nu diante dele que, mesmo agora, sentia-se tonto ao ter a cabeça erguida da pilha de travesseiros, foi um tanto difícil argumentar uma posição contrária.

– *Você me entedia com a sua análise de caráter* – murmurou Rhage.

– *Contudo, não pode discordar, Irmão.* – Darius sorriu. – *Vê? Considere o quanto está sendo tão absolutamente sensato...*

– *Se começar a me aplaudir, eu me levanto desta cama e lhe darei um resultado muito ruim.*

Darius inclinou a cabeça.

— Devidamente anotado.

Permitindo-se se reclinar mais uma vez, Rhage fitou o Irmão.

— Veio aqui apenas para caçoar da minha falta de paz e bem-estar?

— Não estou fazendo tal coisa. E permanecer aqui de fato o exaure tanto assim?

— Ser atendido com tanta constância, sim — disse Rhage com secura. — Não mereço atenções extensivas, evidentemente.

— Então está trabalhando com o tipo correto de machos na Irmandade. — Darius retirou do colete um relógio de bolso de ouro e consultou as horas. — E, além de verificar seu estado de saúde, vou me encontrar com o contramestre sobre o qual lhe falei.

— Sobre a casa?

— Ele também é hóspede aqui, no fim. Espere... O que está fazendo?

— Acredito que seja óbvio. — Rhage empurrou-se para longe dos travesseiros e virou as pernas para fora dos lençóis. — Traga-me aquele roupão, por favor.

Darius olhou para a seda que estava sobre uma cadeira junto à escrivaninha. Sua expressão pétrea foi como se desconhecesse tal peça de vestimenta e, quem sabe, estivesse preocupado com a possibilidade de ela ser venenosa de alguma forma.

— Meu Irmão — Rhage o incitou. — Traga-o para mim ou prefere que eu o acompanhe nu?

— Se não está bem o bastante para buscar as próprias roupas, não deveria estar de pé no andar de baixo.

— Estou forte o bastante para apanhar o roupão. Só estou tentando poupá-lo da comparação inevitável entre a nossa masculinidade. O seu desapontamento seria lendário. Sou bastante ríhgido.

— Você é convencido demais. — Mas o irmão sorriu ao se aproximar da cadeira. — E só estou atendendo ao seu pedido porque temo que tentará descer as escadas nu em pelo. Não por causa de largura ou comprimento.

— Se assim crê. — Rhage engoliu um gemido ao se colocar de pé. Para evitar cambalear, plantou uma mão sobre a cabeceira entalhada... e tentou

fazer parecer que não precisava de fato do apoio para permanecer erguido.

— Não desejo destituí-lo das suas ilusões. Com muita frequência, elas são só o que nos resta...

— Meu Irmão, você não está bem.

Rhage abriu os olhos que nem sequer tinha se dado conta de ter fechado. Darius tinha parado à sua frente, e o Irmão parecia estar tomando nota de todas as fraquezas demonstradas.

— Prefiro discordar. — Rhage encarou o Irmão. — Vou descer, nem que seja para ficar num sofá ouvindo a sua conversa.

Darius pareceu triste.

— Deve estar desesperadamente solitário, meu Irmão.

— Não, só não quero que mais ninguém venha me perguntar se preciso de alguma maldita coisa.

E foi só o que foi dito. Apesar de Darius ter que ajudá-lo a cobrir o corpo com a seda, mesmo quando ajuda foi necessária para que a verticalidade fosse completamente aproveitada, mesmo que o trajeto até a escada tivesse sido lento e árduo, nada mais foi dito sobre o assunto da saúde e do relativo bem-estar.

Ou sua ausência.

Para se distrair da sua enfermidade, Rhage correu o olhar pela casa de Jabon enquanto descia as escadas. Não notara o ambiente ao subir, e não se surpreendeu que tudo fosse grandioso, com ricas tapeçarias de rubis, safiras e esmeraldas nas paredes e um quadro cheio de querubins e deuses no teto acima da escadaria imperial. Todavia, na muito impressionante área de recepção de entrada, havia cristais demais reluzindo de candelabros e arandelas, e os retratos a óleo com molduras de ouro e esculturas estavam próximos demais.

No fim, a decoração era como os hóspedes do anfitrião, excessivos e espalhafatosos.

Quando Rhage conseguiu chegar ao piso de mármore do átrio, concluiu que a necessidade de Jabon de se provar transformara a mansão num mostruário tanto de objetos quanto de pessoas. E, de certa forma, a proliferação de... tudo... fez com que Rhage se sentisse melhor quanto à sua convalescência forçada. Certamente, não teria escolhido Jabon como anfitrião, e com tantos outros ali, isso tornava tudo menos pessoal.

– Qual o nome do macho mesmo? – perguntou ao Irmão enquanto entravam na sala de estar. – Percebo que não consigo me lembrar.

Antes que Darius pudesse responder, um macho do outro lado do cômodo excessivamente mobiliado se levantou. E, quando Rhage fitou o "mestre de obras", foi tomado por uma centelha de reconhecimento. Não conseguia determinar onde vira o vampiro antes, todavia.

O macho, do mesmo modo, o fitou duas vezes.

– Ah...

Mas, evidentemente, devia ser por outro motivo. Quando o olhar do macho desceu e de pronto se desviou para outro ponto, Rhage olhou para si mesmo. Bem, isso era algo que não havia considerado. O roupão bastava para prover certa modéstia, mas era absolutamente incapaz de servir ao seu propósito no que se referia a braços e pernas, e também brigava com coisas pertencentes ao tronco, o V criado pelas lapelas era tão profundo que boa parte do peito estava à mostra. Incluindo a cicatriz sagrada em formato de estrela da Irmandade.

Mas qual era o problema, pensou Rhage.

– Está tão quente aqui dentro – disse de modo arrastado ao dar um leve giro – que considero isso refrescante.

O macho inclinou a cabeça, como se estivesse tratando com alguém com dificuldades para lidar com a realidade.

– Mas, claro. Está bastante quente esta noite.

– Isso. – Rhage sorriu. – Você entende.

Darius fez as apresentações, e Rhage estendeu a mão da adaga para "o Jackal".

– É um prazer.

Quando as palmas se apertaram, o macho estreitou os olhos.

– Perdoe-me, mas não me parece bem.

– Ele está se recobrando de um ferimento – murmurou Darius ao se aproximar de uma mesa larga que era o único espaço livre da sala. – Santa Virgem Escriba...

O JACKAL | 125

Com o comentário do Irmão se esvaindo, o interesse de Rhage o levou adiante. Ao se aproximar o bastante, reconheceu algo com que tinha pouca familiaridade: plantas arquitetônicas de uma construção, papéis largos com linhas de cômodos e telhados inclinados numa pilha de...

— Quantos ambientes isso tem? — Rhage perguntou ao apoiar as palmas na beirada da mesa e se inclinar para aliviar o fardo do seu peso sobre as pernas. — E quantos andares?

O Jackal afastou a folha de cima.

— Há três ou mais andares acima da terra, dependendo da elevação que se procura.

As páginas foram viradas uma a uma, e os olhos de Rhage não conseguiam acompanhar todas as instalações.

Olhando para o Irmão, balançou a cabeça.

— Quantas pessoas pretende que morem debaixo desse teto?

— Quantas conseguirmos pôr.

— Quer dizer que pretende acomodar toda a espécie em sua residência. Terá que competir com Jabon por convidados.

— Dificilmente. — Darius estendeu a mão e tracejou as linhas de algo rotulado como "Ala Leste". — Mas, quem sabe, um dia, haverá shellans. Crianças. Uma comunidade que formará uma família.

— Então isto será para a Irmandade?

— Exato.

Rhage abriu a boca para dispensar a fantasia frívola. Wrath, o suposto Rei, que se recusava a liderar há séculos, e os Irmãos eram personagens singulares que, em raras ocasiões, se juntavam — em grande parte porque os caminhos de dois redutores perseguidos separadamente se cruzavam. Que ideia na mente de Darius podia talvez fundir aquele cenário solitário e passageiro em algo inteiro?

Por exemplo, Zsadist? Vinculado?

Em retrospecto, era provável que aquele macho destruído acabaria morto em alguns anos. Ainda que... as pessoas vinham afirmando isso já havia certo tempo.

— É bom ter sonhos — Rhage murmurou remotamente.

– Talvez aceite estes desenhos com meu mais sincero respeito – disse o Jackal para Darius quando ele devolveu as folhas aos seus lugares. – Depois de estudá-los, pode voltar aqui e poderemos discutir se vai querer usá-los e, nesse caso, o que gostaria de alterar.

O olhar de Darius se moveu pela folha de cima como se traduzisse os desenhos das salas e dos corredores em algo tridimensional em sua mente.

– Tem tempo para repassá-las comigo agora?

– Mas é claro, não há pressa, porém, se desejar estudá-los a seu bel prazer. Ficarei aqui por duas semanas.

– É parente de Jabon, então?

– Não partilhamos uma linhagem. Contudo, nos conhecemos já há algum tempo. Quando fiquei órfão, seu pai me ajudou a encontrar o meu caminho.

– Não possui parentes vivos?

– Minha mahmen faleceu dois anos após minha transição.

– E quanto ao seu pai?

O Jackal bateu com o dedo nas plantas.

– Quer começar pelo topo e descer por andares? Ou começamos pelo porão?

Darius inclinou a cabeça, reconhecendo a firme tentativa de mudança de assunto.

– Pelo porão. Vamos começar pela base.

O Jackal cuidadosamente virou as folhas, por fim expondo uma folha que continha menos compartimentos.

– Primeiro, permita-me explicar o sistema de encanamento e as provisões de calefação. Tenho algumas ideias novas, e eu o incentivo a considerar equipar a estrutura com eletricidade. É o padrão nas construções do futuro.

– Sim, percebo que tem se tornado popular hoje em dia.

Quando as cabeças se aproximaram, e o mestre de obras começou a descrever todo tipo de coisas de pouco interesse, Rhage arrastou uma cadeira para perto e se afundou no confinamento de seda. A lateral do seu corpo conversava com ele – "praguejava" seria um conceito mais adequado –, mas ele não desejava retornar para a cama. No mínimo, se permanecesse ali e observasse os dois discutindo a casa na montanha de Darius, que para sempre permaneceria vazia, ele se distrairia da dor infernal...

Fora da sala de estar, a porta de entrada da mansão se abriu e se fechou, uma rajada de vento entrou como se fosse mais um convidado entusiasmado. Mas algo mais chegou às suas narinas. Perfume.

Rhage olhou por sobre o ombro. E abruptamente desejou ter permanecido no andar superior deitado.

O anfitrião gracioso e desesperado da casa, notando quem estava na sala de estar, apressou-se, e o sorriso amplo no rosto de Jabon foi o tipo de coisa que fazia Rhage incitar que sua ferida infectada tivesse se apressado em sua recuperação nos últimos minutos. Quando se encolheu, temeu ter que ficar preso ali por um tempo muito mais considerável.

Talvez uma eternidade. Ou, pelo menos, pareceria como tal.

— Venham, venham, precisam conhecer meu hóspede especial — disse Jabon ao gesticular para aqueles que entravam com ele. — Venham!

O cavalheiro adentrou na sala de estar, vestido como se estivesse prestes a posar para um retrato formal, a gravata de seda, o colete com desenhos de padrão, a jaqueta muito bem cortada e as calças de modelagem perfeita. Em seu rastro? Duas fêmeas de evidente boa criação, distinção e relacionamento, a mahmen e a filha trajando vestidos longos e capas bem coloridas e enfeitadas com pérolas e pontos de costura muito decorativos.

Como se o gosto pela decoração de Jabon tivesse sido transmitido para os tecidos.

Rhage deu as costas para as fêmeas, bem ciente de que, assim que a demonstração de coxas e panturrilhas fosse percebida, ela cuidaria da intromissão.

E, como esperado, dois gritinhos gêmeos e movimentos rápidos das fêmeas acompanharam a retirada rápida junto com risinhos.

Meneando a cabeça, Rhage aguardou a censura de seu anfitrião.

Em vez disso, Jabon riu.

— Salvem-se, belas damas. Desviem os olhos!

Mais risadinhas fora da sala de estar.

— Nossos olhos estão bem desviados — uma delas respondeu.

Os olhos de Jabon cintilaram de prazer.

– O Irmão da Adaga Negra Rhage causa bela impressão, não é mesmo? Assim como o Irmão da Adaga Negra Darius.

Rhage cerrou os molares, e seu Irmão pareceu igualmente incomodado. A resposta das fêmeas, nesse ínterim, foi imediata. Pelo canto do olho, Rhage notou o modo com que o par se inclinou pelo canto da soleira da porta, encarando a ele e a seu colega guerreiro com interesse ardente.

O decoro aparentemente era algo relativo. Dependendo do status social do ofendido.

Meneando a cabeça, Rhage pensou: É fato, eu deveria ter ficado acamado.

CAPÍTULO 16

PENSE EM DORMIR COM UM olho aberto.

Sentada com as costas apoiadas na parede úmida da caverna entalhada, com os pés esticados na direção da piscina, Nyx concluiu que nunca pensara de fato nessa expressão. Semelhante à frase "a vida é uma estrada", as palavras eram o tipo de coisa que se ouve de tempos em tempos. Que se lê em artigos de revistas. Que se percebe no meio do capítulo de um livro – ou no início. Como todas as outras frases formadas, porém, a combinação de palavras era usada tão excessivamente que deixava de ter um significado real. Além do mais, se você a dissecasse, tudo caía por terra. A menos que alguém segurasse sua pálpebra com um palite de dente, o padrão de fato por trás do ditado não tinha fundamento. De qualquer maneira, se alguém tivesse mesmo feito isso com você, não estaria dormindo. Estaria tirando o palito e agradecendo à pessoa pelos seus esforços com um sanduíche de nós de dedos.

Ok, eis ali outra combinação inútil de palavras que simplesmente não funcionava: "nós de dedos" e "sanduíche".

Tanto faz. Seus olhos – ambos – estavam fechados, e ela tinha ciência de que perdera a noção da passagem do tempo, portanto devia estar conseguindo dormir um pouco. Mas pense em interrupções. Sua consciência, seus sentidos, sua paranoia aumentada pela adrenalina, eram um contador Geiger disparando constantemente.

Havia muitos falsos positivos.

Sons, reais e imaginários. Cheiros, reais. Mudanças na temperatura ou nas correntes de ar, reais, mas, no fim, indicadores de nada.

Toda vez que despertava, seus olhos disparavam para Jack.

Do lado oposto da piscina, ele estava na mesma posição que ela, o corpo num ângulo reto em relação à verticalidade da parede, as pernas grossas e pesadas esticadas diante do corpo, os ombros largos ocupando bastante espaço.

Quando as pálpebras se abriram pela centésima septuagésima quinta vez, ela não teve certeza do que exatamente chamou sua atenção, mas, assim como tracejar os rastros de vapor dos ditados vernaculares em sua mente, os "o que foi?" se transformaram numa espécie de jogo. Divertido, bem divertido.

Quando não houve nada de alarmante – prisioneiros, guardas – vindo em sua direção, e Jack não reagindo a nada, ela voltou a fechar os olhos.

Mas não havia como voltar ao sono com um olho só dessa vez.

Descruzou e recruzou as pernas. Fez o mesmo com os braços. Estalou o pescoço.

Olhando ao redor, desejou saber exatamente o que a havia perturbado, como se a resposta fosse lhe trazer alguma medida de paz. Ou, pelo menos, desconectasse a mangueira de adrenalina que estava ligada ao músculo cardíaco.

A única coisa que lhe veio foi o modo como Jack respondera à sua pergunta.

O que você fez?

Não fazemos esse tipo de pergunta aqui.

Depois que dissera essas palavras, ele fora para onde estava agora e se sentara. Por um tempo depois disso, relatara coisas relevantes a respeito da situação deles: turnos dos guardas; quanto tempo teriam que esperar; como ele iria verificar em intervalos regulares para acompanhar o ritmo de onde estavam naquele turno de trabalho.

Não acompanhara muito do que ele dissera. E teve a sensação de que nem ele.

E agora estavam ali, fingindo cochilar. Ou, pelo menos, ela fingia. Ele parecia de fato adormecido, embora já devesse estar acostumado à rotina de cochilos breves a esta altura.

Jesus. Cem anos ali embaixo. Ela não conseguia compreender isso.

Abrindo o zíper da frente da jaqueta corta-vento, pegou o celular e o ligou. Quando o aparelho se acendeu, ela se preparou para descobrir que apenas dez minutos tinham se passado. E também que eram dez horas mais tarde e estava na hora de irem embora.

Quando o relógio apareceu, tinham se passado seis horas desde que verificara da última vez, e surpreendeu-se por não ter nenhuma reação real com a novidade. Pensando bem, ela não chegara com um chamado para a ação, certo? Não sairia correndo dali para ir ao lugar dos nomes. O Muro.

Desligando o celular, pensou que não considerou nem uma vez nos cinquenta anos que a irmã estivesse morta. Nenhuma. Ainda se recusava a acreditar que fosse possível. Em sua mente, ela se via se aproximando de uma superfície achatada com nomes entalhados, verificando a lista e não encontrando nenhuma Janelle. E quando isso acontecesse? Sabia o que viria em seguida.

Jack a pressionaria a ir embora. Ela iria ficar. E os dois teriam uma briga.

Nesse meio-tempo, só o que ela podia fazer era esperar.

Ao fechar o celular dentro do zíper de novo e ajeitar o corpo na posição vertical – como a mesa-bandeja dos aviões –, ela estava ansiosa demais para fingir dormir. E sua bunda estava tão dormente que estava convencida de que se tornara um objeto inanimado.

Confrontando a realidade de que não podia ir a parte alguma e não tinha nada para distraí-la a não ser uma coleção tola de pontuação de jogos e flexões mentais, lembrou-se do ano após Janelle ter ido embora. Todos aqueles dias maldormidos foram exatamente assim, a tortura especial matizada de exaustão e consciência nervosa e agitada em batalha debaixo do crânio, debaixo da pele.

Seria assim para aqueles que cumpriam pena? Ela não conseguia imaginar sofrer esse tipo de coisa por...

O som foi agudo e inesperado, e ela tentou entender o que era, o cérebro lhe dizia que não era a primeira vez que o ouvia. De fato, a estranha vocalização fora o que a despertara.

Abaixando a mão, espalmou a arma que deixara na rocha junto ao quadril, e destravou a trava de segurança. Sem pensar, concluiu que seria irônico se acabasse atirando em outro guarda com a nove milímetros que pegara do primeiro que matara – e logo o cérebro deu seguimento a outra pergunta: o sol teria clamado o macho morto que ela arrastara para o meio dos túmulos? Àquela altura, devia haver mais que suficiente luz do sol para incinerá-lo…

O som se repetiu pela terceira vez.

Franzindo o cenho, ela olhou para o outro lado da piscina. O rosto de Jack estava crispado; as sobrancelhas, abaixadas; os lábios, repuxados para trás num rosnado agressivo… ou talvez fosse de dor. Difícil saber. E ele produzia sons guturais que, quando chegavam a certo volume, bastavam para atravessar o espaço até ela, apesar da queda-d'água.

Grunhidos. Rosnados. O pomo de adão dele subia e descia diante da coluna no pescoço.

No colo, as mãos sofriam espasmos. E depois se cerravam. E os pés se flexionavam e relaxavam como se ele corresse para a frente. Ou para trás?

– Jack? – ela o chamou.

A cabeça se moveu, mas logo voltou à posição anterior. Depois que a boca se mexeu como se ele murmurasse e, em seguida, pareceu ser tomado pelo que seu subconsciente pensava.

– Jack.

Mesmo aumentando o volume ao chamá-lo, ficou naquele estado sonhador e as coisas ficaram mais intensas para ele. Agora ele se debatia, os braços balançavam, a cabeça se moveu para a frente. Para trás.

Uma única lágrima escapou pelo olho dele e desceu pela face.

Nyx saltou de pé e deu a volta na piscina.

– Jack! – exclamou.

Nada pareceu alcançá-lo. Nada verbal, de um jeito ou de outro.

O JACKAL | 133

Assim que ela se agachou e tocou em seu braço, os olhos dele se abriram e a cabeça se virou rápido na direção dela.

— *O quê?*

— Você estava sonhando.

Ele a encarou como se não a reconhecesse. Depois piscou. Numa voz rouca, disse:

— Não foi um sonho. Foi feito comigo.

— O que foi feito com você?

Mesmo enquanto a fitava, havia um estranho vazio em seu olhar, como se ele não a enxergasse.

— Tudo. Fizeram de tudo comigo.

Antes que pudesse perguntar mais, ele a puxou para si, o corpo duro dela desequilibrado, o peito dele um colchão de aterrissagem.

— É você? — perguntou, rouco. — É você mesmo?

A mão dele passou pelos seus cabelos e desceu até o pescoço.

— Preciso saber se é você.

Debaixo dela, ele estava completamente excitado. Conseguia senti-lo. Mas o olhar dele revelava tortura, e havia uma súplica em seu tom de voz.

— Sim, sou eu — sussurrou ela.

— Pode fazer isso ir embora? — Antes que ela perguntasse a que se referia, ele afagou o lábio inferior dela com o polegar. — Não quero te usar, mas preciso… Pode fazer isso desaparecer, mesmo que só por um pouco?

Os rostos estavam tão próximos que ela se sentiu banhada na luz dos olhos azul-esverdeados dele – e também capturada, embora não porque a segurasse. A dor dentro do macho era o que a chamava.

— Quem te machucou? — sussurrou.

— Não importa. Pode me ajudar? É só o que preciso de você. Nenhuma pergunta, nenhuma amarra… só isto.

Quando ele inclinou a cabeça e se aproximou, ela fechou os olhos. A sensação dos lábios dele nos seus atravessou o corpo todo e, embora ela não compreendesse muito, o calor que espessava seu sangue e descia ao seu centro era tudo o que importava agora.

Quando Jack recuou, como se lhe desse um tempo para pensar, Nyx respondeu sentando em sua pelve, a coluna dura da ereção pressionando-a. Com mãos firmes, ela tirou a jaqueta e depois ergueu a camiseta por cima da cabeça.

O ronronar que saiu dele se ergueu no ar eletrificado entre os dois; em seguida, ele tocava as laterais de suas costelas, seguindo a curva do tronco até o fim do sutiã.

– Você é linda – disse com suavidade – à luz de velas. Quando olho para você, estou em outro lugar, um lugar bem distante daqui.

As mãos dele espalmaram o peso dos seios, e ela deixou a cabeça pender para trás quando começou a cavalgá-lo, aquela ereção firme como rocha movendo-se contra o seu sexo.

– Só quero tocar você. – Os polegares dele resvalaram nos mamilos. – Para sempre.

Ele se inclinou para a frente e beijou a lateral de seu pescoço, uma presa comprida trafegando por cima da jugular enquanto erguia o sutiã. Nyx arquejou quando sentiu a pele dele na sua, o toque acariciando e depois brincando com as pontas que estavam tão prontas para a boca dele.

– Isso, assim, monta em mim, fêmea. – Mais um ronronar. – Você é tão boa para mim.

O sutiã dela desapareceu naquele momento, o fecho sendo solto, a liberdade fazendo-a se sentir lasciva e faminta. Ainda mais quando a boca foi descendo... descendo... descendo...

Foi um truque de contorcionismo continuar inclinada para trás para que ele pudesse cobrir a distância, e ela teve que afastar a parte de baixo das pernas onde estava apoiada antes que os joelhos se separassem. Mas logo se viu deitada nas coxas dele e conseguiu ver a cabeça escura se abaixar sobre o seio. A boca era quente e deslizava enquanto ele sugava e, quando recuou, os olhos reluziam ao fitá-la.

– É você – disse ele. – Isto tudo é você.

A cabeça voltou a se abaixar, a língua liderando o caminho enquanto a lambia. Sugava novamente e a cheirava.

Quando os ossos se liquefizeram e o sangue rugiu de desejo, os quadris voltaram a se mexer, o centro se esfregando no baixo-ventre dele, as roupas no caminho atrapalhando. Ela o agarrou nas coxas, desejando poder tocá-lo, mas ele não parecia estar com muita pressa, e sabe de uma coisa, ela estava muito bem exatamente onde ele estava.

Quando, por fim, ele levantou a cabeça, fitou-lhe os seios, inchados e duros, depois de sua atenção. Percorrendo uma palma larga pelo centro dela, ele acariciou seu corpo como se memorizasse cada detalhe.

– Tire as minhas calças – disse ela.

– Pensei que nunca fosse pedir.

Ele trabalhou rápido nas calças folgadas de trilha que ela vestia, pulando o cordão de nylon, ajudando-a a despir as nádegas. As coisas ficaram um pouco descoordenadas àquela altura, as pernas necessitando ser viradas, nada dando muito certo.

Por isso se ergueu e despiu-as ela mesma.

Quando ele soltou um grunhido baixo e gutural, ela percebeu que estava completamente nua diante de alguém que não passava de um estranho. Só que… Jack não parecia um estranho. Sentia como se fosse seu amante, apesar de o sexo ainda estar para acontecer.

Mas aconteceria.

Ainda mais quando uma das mãos foi para aquele seu volume, rearranjando a ereção que forçava a frente das calças.

– Vire para mim – disse ele. – Quero te ver por inteiro.

Erguendo os braços acima da cabeça, ela ficou na ponta dos pés e fez um lento rodopio para ele. Não fazia ideia de onde vinha aquela audácia, mas não perdeu tempo tentando descobrir.

– Venha aqui, fêmea. – Ele esticou os braços. – Deixe-me estar onde preciso?

Nyx assentia quando voltou para junto dele. Apoiando um pé de cada lado das pernas dele, andou ao longo dele e se ajoelhou.

Ele a beijou de novo, a língua penetrando-a, as mãos gentis apesar de saber, pelo pulsar nos ombros dele e pelo modo com que começou a arfar, que estava faminto por ela. Em seguida, Jack abaixou os braços e desfez o laço na virilha. Ela teve um breve vislumbre de algo comprido e muito grosso, mas logo ele começou a tocá-la entre as coxas.

– Você está tão pronta – ele grunhiu ao acariciá-la. – Santa Virgem Escriba...

Ela cavalgou no toque dele, os seios formigando enquanto os mamilos expostos se esfregavam em sua camisa áspera. Como tudo aquilo lhe parecia natural, ela não entendia, mas, assim como sua confiança recém-descoberta, só aceitou as coisas como eram. Aceitou... e precisou que fossem adiante.

Como se tivesse lido sua mente, a ponta dos dedos dele, agora escorregadios por causa dela, desapareceram e ela sentiu algo rombudo e quente inspecionando a pele hipersensível que ele estivera acariciando. Foi ela quem se abaixou e ambos arquejaram quando ele deslizou para dentro, a fricção, o alargamento, a profundidade que alcançou ligando todos os receptores do seu corpo.

A cabeça voltou a pender para trás, e ela teria gritado se soubesse com certeza que estavam em segurança. Contudo, não tinha essa certeza.

E era isso o que tornava tudo aquilo tão mais urgente.

Começou a se mover, as coxas fazendo o trabalho de erguê-la dele e se empalando novamente. E subindo... descendo de novo... a penetração fazendo com que ela cerrasse os dentes. Envolvendo os braços ao redor do pescoço dele, segurou-se firme quando ele aumentou a pressão em suas nádegas.

Nyx gritou quando o gozo veio rápido, e ele não demorou muito mais também. Quando os quadris dele subiram e depois ele a travou em sua ereção, os olhos dela se arregalaram no teto de rocha acima enquanto ejaculava, preenchendo-a. Debaixo das unhas dela, a camisa de Jack se agrupou, e ela teve que morder o lábio para se impedir de produzir mais sons do que os arquejos desesperados.

– Fêmea – disse ele junto à sua garganta. – Você acaba comigo...

E voltaram a se mover novamente.

Ela era tudo o que ele desejava.

Quando o Jackal gozou tão forte que teve que fechar os olhos ou se arriscar a fazê-los saltar das órbitas, inspirou através dos dentes cerrados e deliciou-se com o fato de estar dentro do sexo de Nyx, enterrado fundo, ejaculando um pouco mais.

Estava deixando seu cheiro ali, marcando-a, de modo que todos saberiam que ela era sua...

Pare, ordenou-se. Não havia espaço para isso.

Forçando os olhos a se abrirem, deixou a cabeça pender para trás e olhou para ela. As faces estavam coradas e a boca, aquela boca incrível, estava aberta. As pontas das presas, brancas e afiadas, se revelavam apenas, e ele as queria em sua veia. Queria que ela bebesse dele enquanto a fodia.

Ou o contrário, ele sorvendo dela enquanto ela o fodia.

Escolher isto. Sentir isto. Estar aqui... fazendo isto... era do que ele precisava, o acordo feito por eles completo de sua parte. Todavia, descobriu que não desejava que aquela fosse a única vez.

Movendo as mãos para a cintura dela, deslizou-a pelo seu pau e voltou a descê-la, para cima, para baixo. Ela o acompanhava, no mesmo ritmo. Olhando entre eles, observou-se penetrando-a e saindo escorregadio e lustroso. A visão das coxas dela afastadas e do sexo acontecendo incitou outro orgasmo, e ele se esforçou para manter os olhos abertos. Não queria perder nada, ainda mais do corpo dela. Dos seios, fartos e rosados, balançando, e da cabeça jogada para trás, o belo tronco tão nu, tão poderoso, arqueado contra suas mãos.

Nos recessos da mente, pensou... Ela era a coisa mais bela que já tinha visto.

Era isso o que ele estivera querendo dela.

Isso era exatamente do que precisara.

Ela se juntou a ele no clímax, e ele sentiu as contrações ritmadas ao longo do seu mastro. Seguiu em frente. Não queria parar jamais. Ela era o prazer que o purificava de uma maneira que a piscina nunca conseguiria, a primeira vez em muito tempo em que podia escolher alguém, estar com alguém, pura e honestamente.

Todavia, no fim, tinha que terminar.

Quando, então, ele parou, ela abriu os olhos e se deparou com seu olhar, desejou poder pintá-la, embora não fosse hábil com um pincel nas mãos. Queria se lembrar daquilo pelo resto da vida, porém – e se lembraria. Ainda assim, como com todas as lembranças, ela desapareceria depois que o deixasse para trás ali embaixo, e esse era o motivo pelo qual tudo deveria ser mais permanente.

Aquilo teria que durar muito mais depois que ela se fosse. Para sempre, depois que ela se fosse.

E agora, especialmente com este presente que ela lhe dera, ele se certificaria de que sairia dali viva. Não suportaria viver se fosse de outro modo.

Com os diabos se não a manteria a salvo.

Com os diabos a deixaria ir.

– Está tudo bem – sussurrou ela.

Mil deflexões passaram por sua mente. Sua resposta, contudo, foi sincera.

– Não – disse, rouco. – Não está.

A compaixão no rosto dela o arruinou de maneiras que ele nem teria como começar a imaginar. Por um instante traiçoeiro, considerou revelar-lhe toda a verdade. Mas não. Isso a colocaria em risco.

– Sinto muito – disse.

– Pelo quê?

– Não sei.

– Bem, não se sinta assim.

– Eu deveria...

Tirar, completou na cabeça. Só que, a despeito de todo o caos que de repente retornou à sua mente – ou talvez por causa de todo esse caos –, ele descobriu que não queria se afastar dela. Nesse meio-tempo, Nyx acariciou seus cabelos, a carícia acalmando-o debaixo da pele. E, enquanto ela continuava a fitá-lo nos olhos, ele teve a sensação de que ela não esperava nada da parte dele. Nenhuma explicação, nem mesmo mais sexo. Ela só... o aceitava.

O Jackal voltou a encostar os lábios nos dela...

No instante em que o contato foi feito, sentiu como se a tivesse beijado por anos e, mais do que isso, sua fome ressurgiu. Ele acolheu o instinto de se vincular. Abraçou-o. Segurou-se a ele como se fosse precioso.

Porque era.

Instintivamente fechou os olhos...

E de imediato voltou a abri-los. A escuridão por trás das pálpebras o levou de volta ao sonho – ou ameaçou –, e ele não queria arriscar esse tipo de confusão.

Olhar para o rosto de Nyx era a cura. Teve que parar de beijá-la para fazer isso, mas, enquanto preparava o quadril e a penetrava em seu centro, o modo como ela arquejava... o modo como sua cabeça se lançou para trás de novo... o modo como os longos caninos se fechavam no lábio inferior... deu-lhe mais do que o necessário para compensar a relativa ausência de contato.

Observou-a no orgasmo. Sentiu-o também, bem ali embaixo, na parte da sua anatomia da qual se separara. Ela o remontou, porém, reunindo a alma que um dia fora uma parte necessária e definidora dele, mas que se tornara nada mais do que um apêndice vestigial.

A alquimia que ela criava não deveria surpreendê-lo. No instante em que seus caminhos se cruzaram, sua presença o agitara inesperadamente. Mas não previra esse nível mais profundo.

Jamais antecipara que ela... o curaria.

E isso a tornava perigosa.

CAPÍTULO 17

— TEM CERTEZA DE QUE NÃO posso pegar algo para você comer?

Enquanto Jack fazia a pergunta, Nyx o fitava. Estavam ambos de pé – completamente vestidos.

Tudo bem, ele sempre esteve completamente vestido, a não ser por onde de fato contava. Foi ela quem teve que se vestir de novo.

Foi quase como se o sexo que partilharam nunca tivesse acontecido. Bem, desde que ela não se mexesse. Toda vez que o fazia, uma dor interna a lembrava do que tinham feito juntos. Não que precisasse de um lembrete. Lembrava-se de cada beijo. De cada arqueada. Cada arquejo, cada toque, e de todos os orgasmos entre uma coisa e outra. Quando, por fim, pararam, teve que continuar deitada no peito dele, e esse tempo segurando-o perto de si lhe pareceu arriscado. Em seguida, vieram as perguntas embaraçosas sobre voltar a se banhar, e ela retornara à piscina.

Depois que ele lhe dera uma barra de sabonete áspero da prisão, saiu por um dos túneis.

Enquanto lavava bem os cabelos, o cheiro sutil de tabaco chegara até ela, intrometendo-se no aroma de abetos do sabonete. Ele fora fumar? Quem mais poderia ter sido?

Logo depois que ele saiu, Nyx ficou esperando que ele voltasse e talvez se juntasse a ela na água quente. Mas, depois de um tempo, teve a impressão de que Jack aguardava que ela saísse e se vestisse, por isso foi o que fez. Assim que estava de volta em calças e camiseta, ele emergiu das sombras como se estivesse a observando todo o tempo.

Em seguida, voltou a se acomodar do outro lado da piscina, esticando as pernas diante do corpo. Como se talvez, em sua mente, nada do que tinha acontecido entre eles... tivesse acontecido.

Quando seguiu o exemplo dele de voltar a ficar onde estivera, estava no estado de espírito de exigir que conversassem. Mas isso seria um lance de um relacionamento e, convenhamos, conhecia-o havia menos de vinte e quatro horas. Num ambiente hostil.

Pelo menos era hora de saírem dali. Estava cansada de se preocupar com o que fora feito a ele e sobre o que ele estivera sonhando.

E sobre que diabos acontecera para que fosse parar ali.

— Nyx? Gostaria de comer?

Voltando a se concentrar, ela balançou a cabeça.

— Estou bem. Quer sair para ir buscar algo para você?

— Não vou deixá-la...

Ambos se viraram na mesma hora, na mesma direção, para o túnel à esquerda. A julgar pelos cheiros, quatro machos se aproximavam, mas maldição se ela conseguia ouvir alguma coisa acima do barulho da cascata.

Quando foi pegar a arma enfiada na cintura, Jack disse de pronto:

— São apenas Kane e os outros.

— Outros? No plural?

Das sombras, os machos chegaram, um a um. Ela relaxou ao reconhecer Kane, o aristocrata, e Lucan, aquele de olhos amarelos.

O macho seguinte era mais alto que os outros, o corpo ligeiramente mais magro, mas não menos firme. Tinha cabelos brancos com mechas negras, embora não por estar nos últimos estágios de vida, e eles estavam presos atrás, trançados, como parecia ser o costume ali. O estranho a respeito dele, porém, era que as íris tinham a mesma ausência de pigmentação que os cabelos. Como resultado, as pupilas eram buracos, inescrutáveis de certa forma. Claro, ele sorria – uma bela surpresa nisso. Mas havia profundezas que ela não conseguia adivinhar, e isso significava que ele era perturbador.

— Olá! – anunciou a Nyx quando saltou, aterrissando numa espécie de posição de surfista. Estendendo as mãos entre eles, disse: – É você. Sou eu. Estamos aqui juntos!

Em seguida, passou os braços ao redor dela, envolvendo-a num abraço que surpreendentemente não pareceu assustador: não havia nada de sexual no contato; ele cheirava bem, e não a reteve por mais de uma fração de segundo. Quando saltou para trás e entrelaçou as mãos, como se fosse hora de começar um jogo e estivesse pronto para enfrentar o time adversário, ele revelou um par de presas já alongadas.

– Vamos em frente, caras.

Quando Nyx olhou para Jack, este revirou os olhos.

– Fazemos o que podemos com ele, o que não é muito.

– Ah, merda. Desculpe... Mayhem. – O macho estendeu a mão. – Desculpe, deveria ter me apresentado antes de te abraçar.

Nyx apertou o que lhe era oferecido.

– Prazer em conhecê-lo.

– Nyx, eu sei. – Enquanto ele dava um amplo sorriso, ela de novo se viu boquiaberta por não ter absolutamente pista alguma do que estava por trás daquela expressão. – Lindo nome, a propósito.

– Alguém já lhe disse que você se parece com um labrador amarelo? – ela perguntou. Pelo menos na superfície.

– O tempo todo.

– Ninguém lhe disse isso sequer *uma* vez – murmurou Jack.

Mayhem inclinou a cabeça e abaixou a voz.

– Estou tentando fazer com que ela se sinta mais à vontade. Li isso num livro de autoajuda.

– Não leu, não. Você não sabe ler e não há livros desse tipo aqui. E, falando nisso, ela está numa prisão. Quanto *à vontade* você espera que ela fique?

– Primeiro, meus olhos têm problemas, ok? Não é que eu seja analfabeto. Segundo, poderia haver, teoricamente, livros de autoajuda por aqui. E, terceiro, admito o segundo ponto, pois creio que o conforto dela seja território seu, se é que entende o que quero dizer. Piscadela, piscadela.

Nyx começou a sorrir enquanto Jack parecia prestes a transformar o macho num tapete a socos.

– Relaxa, Jack, ele é bonzinho – disse ela. – Está tudo bem.

– Ah, apelidos. – Mayhem deu uma cotovelada em Jack. – Isso foi rápido. Já estamos na fase dos apelidos.

– Juro por tudo o que há de mais sagrado, eu te mato com as minhas próprias mãos.

– Jack – ela interferiu. – Sério, está tudo bem…

A voz dela sumiu quando a quarta presença foi percebida. Quem quer que fosse tinha ficado nas sombras, fora do brilho das velas ao redor da piscina, mas ela teve a sensação do tamanho dele. Da malignidade, também.

A ameaça emanava da escuridão, curvando-se ao longo das rochas, tão tangível quanto uma nuvem negra de magia ameaçando subir pelas pernas e pelo corpo de alguém até sufocá-los com mãos fantasmagóricas. Nyx deu um passo involuntário para trás – e pensou que, ao contrário dos outros, sobre os quais ficava imaginando os motivos de terem ido parar naquele lugar infernal, ela sabia exatamente a causa de aquele outro estar ali.

Nada de detalhes, não. Mas ele era um assassino porque gostava.

– Aquele é Apex – Jack disse com suavidade. – Não ligue para ele.

Ah, claro. Isso era o mesmo que sugerir que ela ignorasse um predador que escapara da jaula do zoológico antes do almoço. E sentiu-se tentada a perguntar se poderiam deixá-lo para trás, mas ela estava armada e, não importava quão feroz ele fosse, não poderia ganhar de uma bala mirada no cérebro.

– Está na hora. – Jack foi até a pilha de roupas dobradas da prisão. – Vou pedir que vista isto por cima da mochila.

– Boa ideia. – Ela ajustou a mochila e depois passou a camisa folgada e de cor estranha por cima da cabeça. – Para que lado vamos?

– Para o saguão principal. Você ficará no meio de todos nós. Mantenha a cabeça abaixada…

– E não faça contato visual. Você já me contou o esquema. Mas qual é exatamente o plano? O que eu faço…

– Você fica no meio de nós quatro. Nós cuidaremos de todo o resto…

– Que envolve o quê, exatamente?

– Mantê-la viva.

Franzindo o cenho, ela se aproximou dele e o encarou.

– Para sua informação, eu cuido disso.

Lucan se pronunciou.

– Isso é verdade. Já estive nessa situação com ela.

Quando Jack não respondeu, ela pensou que fosse dispensá-la. Ou sair batendo os pés. Mas ele esfregou os olhos.

– Vamos andar com você ao longo da Colmeia, e vamos fazer isso quando for a hora da troca dos turnos dos guardas. O Comando tem aposentos particulares e é lá que fica o Muro. Estes machos nos ajudarão a entrar lá e, uma vez dentro, teremos apenas alguns minutos, por isso você tem que ser rápida.

– Isso não será problema – disse ela em um tom seco.

Quando se virou, ela o segurou pela mão. Quando ele voltou a ficar de frente e interrompeu o contato, tinha uma expressão séria no rosto, como se não quisesse que ela o tratasse de modo muito pessoal diante dos outros. Ou talvez fosse uma situação do tipo "de modo algum".

Tanto faz. Ela não perderia tempo com bobagens românticas naquela situação.

– Tome. – Pôs a arma do guarda na palma dele. – Pegue esta. Tenho outra.

Quando deixaram a piscina, o Jackal instruiu Kane a ir na frente da fila porque, de todos eles, era o menos controverso, o menos provável de ser notado pelos guardas. Mayhem estava na lateral esquerda. Lucan, na direita.

Nyx estava entre os dois.

O Jackal estava logo atrás. Com a arma que ela colocara em sua mão.

Por fim, no rastro do pequeno esquadrão, um tanto mais para trás, no último vagão do trem deles, estava Apex. O macho ficaria mais distante, algo que era uma vantagem tática, assim como o tipo de coisa que ele faria de qualquer maneira. Ele não se aproximava de ninguém, e alguém poderia pensar que esse hábito solitário seria incompatível com aquele esforço concentrado deles. Mas Apex amava matar guardas. Era seu passatempo predileto. Não estava ali por Nyx, nem mesmo pelo Jackal, a quem devia um favor.

Não, ele buscava derramar sangue – e, com frequência, o fazia. Se um guarda desaparecesse e nenhum corpo fosse encontrado? Eram grandes as chances de Apex ter sido o responsável pelo feito, e depois ter cozinhado os restos e os ingerido para acabar com as conversas. Seu sucesso e privacidade cercando esses homicídios clandestinos eram garantidos pelo código dos prisioneiros. Por mais maldosos e egoístas que a maioria dos encarcerados fosse, eles nunca cruzavam o limite de partilhar tal tipo de informação – além do mais, havia a realidade de que temiam Apex mais do que os seguidores do Comando. E quanto ao Comando? Teria percebido a ausência de algum guarda? Por conta da complexa grade horária, devia, mas não retaliara contra Apex. Ainda não, pelo menos.

Incluir aquele macho no plano deles era uma aposta arriscada. A última coisa de que o Jackal precisava era um agressor perigoso no time deles. No fim, porém, decidira que o valor que o lutador violento agregava numa possível luta valia o risco e, em todo caso, era tarde demais para mudar algo agora. Apex já estava à espreita.

Quando emergiram com cuidado da passagem secreta e andaram numa configuração esparsa avançando na prisão, depararam-se com alguns prisioneiros. E, logo, com muitos outros. Havia sempre um fluxo de pessoas entrando e saindo da Colmeia. Em retrospecto, era onde o mercado clandestino acontecia. Muitos dos acordos tinham início ali – e alguns de fato eram fechados. Era onde as pessoas se conectavam por qualquer motivo, quer fosse discutir, brigar ou até rir e jogar cartas. Ou por causa de sexo.

Por conta do que o trabalho era para muitos deles, e devido à existência desoladora que suportavam nas horas de folga, ninguém poderia condenar a congregação dos amaldiçoados. Mas, com todos aqueles períodos de ócio, ele se preocupava em chamar atenção – e não só por parte dos guardas.

Felizmente, Kane, Lucan e Mayhem com frequência eram vistos em sua companhia. E ele tinha que acreditar que se ficassem próximos, e Nyx ficasse de cabeça abaixada, deduziriam que não havia nada ali, nada mesmo.

E ninguém mexia com Apex. Portanto, nada começaria ali...

Quando os primeiros vestígios do fedor chegaram às narinas do Jackal, ele o analisou pela primeira vez, como Nyx o perceberia. A combinação de suor e sujeira, de sexo e decomposição corpórea, era uma mancha no nariz, algo que se sente muito depois de ter estado em sua proximidade.

Queria segurar a mão dela. Só uma esticada à frente num toque fugaz para que ela soubesse que estava a seu lado.

Em vez disso, segurou a arma que ela colocara em sua mão com mais força.

O barulho da Colmeia foi o precursor seguinte a ser percebido. O zunido ressonante e baixo era a gênese da nomenclatura, e ele pensou que a referência às abelhas fosse adequada em outro nível. Os guardas não eram estúpidos. Uma concentração de tantos prisioneiros era um ninho de vespas à espera da explosão, e eles não se arriscavam com nenhuma agitação nem turba.

Mas os turnos tinham que trocar. Nem mesmo o Comando podia manter aqueles guardas trabalhando sem parar. O Jackal e Nyx só tinham uma ínfima oportunidade, cuja duração não era muito maior do que o piscar de um olho. Ele estudara os padrões durante décadas. Sabia exatamente quando aconteceria e quanto tempo duraria, e aonde eles iriam.

Concentrando-se na fêmea diante dele, pensou no que tinham partilhado junto à piscina. Quando ela cedera. Irônico que a mesma coisa que ele exigira dela criara um débito em seu favor. Ele faria o que era certo e honraria a necessidade dela de saber o destino da irmã.

E depois a tiraria daquele inferno.

CAPÍTULO 18

Três noites mais tarde, perto do alvorecer, Rhage estava recostado na cama de hóspedes de Jabon, as cobertas enroladas até logo acima do seu sexo, a bandagem de gaze que cobria o ferimento afastada. Enquanto estudava os contornos do anel vermelho ao redor do corte cirúrgico, tentou avaliar a mínima alteração no cenário da infecção. Maior? Menor? Melhorada na lateral esquerda? Um pouco pior da direita?

Praguejando, voltou a cobrir a extensão de pele feia e inflamada. A maldita coisa era como outro apêndice, um terceiro braço que brotara e prontamente se distendera de modo a necessitar de constante acomodação. Em acréscimo ao seu constante monitoramento do passo de lesma da cura, tinha que observar como se sentava, como se levantava, como andava, como dormia, para evitar incomodar as sensibilidades preciosas da ferida. De fato, as lamúrias eram um tanto constantes, e ele estava mais que aborrecido com sua persistência.

A verdade era que passara a sentir como se estivesse numa prisão naquela mansão, e a chave da sua cela era o ferimento. O diretor da prisão era Jabon, e seus guardas eram o fluxo incansável dos doggens *obsequiosos. Ser cuidado e estar confortável não significavam nada quando não se podia deixar um lugar por vontade própria, e as paredes se fechavam ao redor dele com regularidade, pouco importando serem de seda com quadros a óleo de ovelhas pastoris e córregos em corredeiras.*

No entanto, com certeza a maré viraria a seu favor logo – e ele teria ido embora contra os conselhos de Havers e outros. O problema era que as pernas estavam bambas, o equilíbrio pouco confiável e, na verdade, ele se sentia de fato mal, apesar de não estar às portas da morte. Não, estava naquele purgatório entre a doença sobrepujante e a saúde relativa, enfermo apenas o bastante para ter suas atividades restringidas, mas não delirante e acamado de tal sorte a não ter ciência do tempo langoroso se demorando a passar.

Quase preferiria que a segunda opção fosse verdadeira. Para ele, as horas se arrastavam, e se sentia dolorosamente ciente da preguiça perniciosa delas.

Retornando a cobrir o abdômen com o lençol, grunhiu ao girar e se esticar para a lamparina ao lado da cama. Ao apagar a chama baixa, deitou-se por completo e esticou os membros numa imobilidade severa para evitar quaisquer conversas com o ferimento. Por mais que se tornasse uma estátua, congelado a não ser pela respiração, ele tentou não se demorar no fato de que uma noite dessas, talvez mais cedo ou quem sabe muito mais tarde, ele ficaria assim por toda a eternidade, morto e desaparecido, a alma no Fade.

Enquanto contemplava a vida após a morte, perguntou-se se assim seria. Tranquilidade eterna, todas as necessidades atendidas, sem futuro com que se preocupar a respeito porque existia um 'para sempre' tão vasto a ser compreendido à frente, significando que se teria apenas o presente e nada mais. Afinal, era a raridade do tempo que levava o mortal a se preocupar com coisas como destino e acaso, e talvez o alívio dessa preocupação e angústia fosse o objetivo do Fade, a recompensa da luta na face da Terra. Mas depois da sua experiência ali? Rhage não tinha certeza de quanta bênção seria dispensada após o último respiro de alguém. O infinito lhe parecia entediante.

Caso tivesse uma shellan, *porém...*

Bem, se tivesse encontrado o amor verdadeiro, alguém para acender seu coração e não apenas seu sexo, uma fêmea de força e inteligência que o complementasse, então a perspectiva da eternidade seria totalmente diversa. Quem não desejaria estar com seu amor para todo o sempre?

Mas o amor para ele era como a fantasia comunitária de Darius.

Nunca uma realidade, para sempre um sonho.

Aquele macho de valor poderia construir uma centena de casas em centenas de colinas... A Irmandade jamais apareceria para preencher aqueles cômodos. Assim como Rhage poderia imaginar um amor mais profundo do que sexo, mas isso não significava que iria aparecer para encontrá-lo...

A porta do quarto de hóspedes se abriu, e a faixa de luz que atravessou a escuridão o atingiu em cheio na cabeça dolorida.

Com uma imprecação, ele ergueu o antebraço para proteger os olhos.

— Não — vociferou. — Não necessito de nada. Por favor, me deixe a sós.

Quando o doggen não aceitou de imediato a dispensa de suas tarefas, ele abaixou o braço e encarou a luz.

— Se eu tiver que me levantar para fechar essa porta, não lhe serei grato por me obrigar ao esforço de me levantar da cama.

Houve uma pausa. Em seguida, a voz de uma fêmea, de uma fêmea jovem, fez uma pergunta:

— Sente-se mal, então?

Quando ele reconheceu quem era, o cheiro afirmando a identificação da voz, quis praguejar. Era a filha solteira de boa criação, aquela que chegara com a mahmen e Jabon enquanto Darius estivera revisando os desenhos da mansão.

Aquela que se curvara ao redor do batente da sala de estar e o observara com curiosidade franca.

De fato, ele estivera se esforçando para descer à mesa de jantar para as Primeiras e Últimas Refeições. Pensara que a atividade apressaria sua recuperação e, até este momento, sentiu como se fosse certo forçar-se a ir.

Mas não tinha nem interesse nem energia para lidar com o que aparecera à sua soleira.

— Está no quarto errado — disse ele. — Vá agora.

A fêmea deu mais um passo à frente, a luz por trás dela iluminando o contorno do corpo que estava coberto por um roupão diáfano.

— Mas está doente.

— Estou bem o bastante.

— Talvez eu possa ajudá-lo. — A voz dela era suave. — Talvez... eu possa fazê-lo se sentir melhor.

Quando ela se virou para fechar a porta — para garantir uma privacidade que era exatamente a última coisa que Rhage desejava —, ele se sentou *de uma vez e emitiu um gemido. Em seguida, o quarto se viu mergulhado na escuridão mais uma vez, e ele teve a impressão de que ela caminhava na sua direção.*

– Não – ele disse com rispidez enquanto ordenava que a porta se abrisse. Ela parou quando a luz entrou de novo.

– Mas, senhor... Não me considera... aceitável?

– Como companhia nas refeições, certamente. – Ele segurava os lençóis com força junto ao peito, uma pose clássica de virtude risível visto suas propensões. – Nada além disso...

Ah, Santa Virgem Escriba. Lágrimas.

Apesar de não conseguir vê-las por conta da direção da luz do corredor, ele estava bem ciente do estado de agitação e sofrimento crescente dela. O cheiro acre das lágrimas emanava dela, tanto quanto a fragrância delicada da excitação dela e ele, de verdade, desejou ardentemente a ausência de ambas.

– Perdoe-me por falar com tanta franqueza – murmurou ele. – Você é cheia de beleza e de virtudes. Mas não sou o que está procurando.

A fêmea voltou o olhar para a porta, como se contemplasse outra tentativa de fechá-la – sem dúvida porque recebera ordens de completar aquela missão e não retornar para qualquer que fosse a ala em que ela e sua mahmen *foram acomodadas. Sim, podia desejá-lo, mas nenhuma fêmea de qualquer linhagem viria assim para o quarto de um macho – a menos que a sugestão tivesse sido feita por um parente mais velho que via benefícios a uma cerimônia de vinculação forçada.*

– Aquela porta vai continuar aberta – disse ele com firmeza – e você voltará para o quarto que partilha com sua mahmen.

– Mas... mas...

– Volte para junto de sua mahmen. *– Ele fez o que pôde para impedir que sua exaustão tornasse seu tom cortante. – A questão aqui não é você, e não há nada de errado com você. Mas isso jamais vai acontecer entre mim e você. Nunca. Só gosto de fêmeas experientes e livres de complicações. Você, minha cara, não preenche nenhum desses requisitos.*

Pense em fechamento de portas – bem, de certas portas. Mas ele tinha que garantir que ela entenderia que não havia futuro naquilo.

– Você merece muito mais do que posso lhe oferecer – disse ele, acalmando a voz. – Portanto, vá e encontre um macho bom de uma boa linhagem, está bem? E deixe os tipos como eu a sós.

Àquela altura, ele não fazia ideia do que lhe dizia. Só queria que ela fosse embora.

– Você é um herói. – Ela fungou e enxugou os olhos. – Luta pela raça. Nos mantém a salvo. Quem poderia ter mais valor que você...

– Sou um soldado e um assassino. – E amaldiçoado pela Virgem Escriba. – Não sou o que procura. Você tem uma linda vida à sua espera, e precisa se esforçar para encontrá-la. Em algum outro lugar.

No corredor, uma figura passou, e Rhage assobiou.

O Jackal, que era quem passava, girou e se apresentou na porta aberta. Numa voz seca, murmurou:

– De alguma forma, não creio que esta seja uma situação que requeira uma plateia.

Não imagina o quanto está errado, *Rhage pensou. E não por ser exibicionista.*

– Ellany estava de saída – disse ele. – Talvez você possa ser gentil de segurar a porta para ela.

Ao longo do ar tenso, a fêmea abaixou a cabeça e fungou. Em seguida, prendeu a vestimenta diáfana junto aos seios e passou se apertando pelo outro macho.

– Merda – resmungou Rhage ao se deixar cair nos travesseiros. – Mal posso esperar para dar o fora daqui.

– Devo confessar – disse o Jackal – que não sei como responder a isso. Visto a oportunidade que acabou de refutar.

– Isso não é uma oportunidade, é outro tipo de prisão, cujo sentinela é a virtude dela, ou melhor, a perda dela. E não é necessária uma resposta de sua parte; não, espere. Isso está incorreto. Eu lhe peço, inspire fundo agora.

O outro macho olhou para o corredor. Depois olhou novamente para a cama. Depois de uma inspiração longa e lenta, assentiu.

– Não há provas da sua excitação. Se é isso o que procura que eu ateste.

– Exato. E eu posso precisar que você partilhe essa inexistência com outros, caso a necessidade se faça.

— Mas é claro. — O Jackal riu de leve. — Uma armadilha de mel afastada, então.

— Pobre fêmea. Ela foi lançada nas profundezas para se afogar graças àquela sua mahmen.

— Recursos devem ser utilizados pela glymera de quaisquer formas que surgirem, sejam eles casas, cavalos ou filhas. É o traço mais confiável deles, além da censura.

— Não faz parte, então? O seu sotaque contradiz o seu status. Bem como suas roupas, e o fato de que Jabon o recebeu aqui.

— Aquele macho cultiva uma multidão de grã-finos, não? E quanto à mahmen da sua visita parcialmente vestida? Ela tem conexões com nosso anfitrião. Esteve aqui diversas vezes e não dorme sozinha, se entende o que estou sugerindo.

Rhage teve que sorrir. Podia respeitar qualquer um que desejasse manter seus detalhes privados.

Não que tal reticência fosse impedi-lo de fazer perguntas.

— Você mesmo tem vindo com bastante frequência ou não saberia disso.

— A mahmen se esforçou em me contar a frequência com que vem. Contudo, fiquei sabendo de outra fonte que ela anda com má sorte, lamento dizer. Seu hellren faleceu inesperadamente com dívidas de jogo. Creio que ela encare a natureza bela da filha como um bote salva-vidas para ambas. Jabon as acomoda com alguma regularidade por conta de certas... preferências, digamos... esbanjadas sobre ele pela mahmen. Creio, porém, que, no fim, ela acabará desapontada com ele. Por mais generoso que seja com os quartos dos hóspedes, ele tende a ser mão fechada quando se refere a gastos em espécie.

— Que história enrolada.

— Nem tanto.

Rhage pensou na filha.

— O triste é... não consigo sequer me lembrar da cor dos cabelos dela. Nem a dos olhos.

— Ambos são claros. E bem atraentes.

— Ah. — Rhage ergueu uma das sobrancelhas. — E você, então? Talvez queira se aproveitar de tal oportunidade.

O JACKAL | 153

— Nunca.

Enquanto Rhage continuava correndo o olhar pelo quarto, o Jackal mais uma vez olhou para trás de si, observando o corredor vazio.

— Algo errado?

— Nada errado. — Rhage sorriu de novo. — Mas me sinto compelido a comentar algo.

— Creio que já comentou muito bem sobre a jovem fêmea e sua parenta.

— Há dois tipos de pessoa que escondem coisas dos outros...

— Bem, devo prosseguir para meu quarto...

— Aqueles que têm algo a esconder e aqueles que desejam esconder o fato de possuírem pouco. — Quando o macho fez menção de se virar, Rhage aumentou o volume da voz. — Quero que saiba que, em ambos os casos, eu não julgo.

O Jackal parou, as sobrancelhas baixando.

— Não sabe nada de mim.

— Não estou tão certo disso. Eu o reconheci no primeiro momento em que o vi.

— Nossos caminhos nunca se cruzaram.

— Eu o conheço de algum lugar e você teve a mesma sensação. Vi sua expressão quando nos conhecemos. — Rhage balançou o indicador para a frente e para trás. — E nada do que disser ou fizer mudará minha opinião...

— Venho do sul. Nasci lá e fui criado lá. Eu lhe disse que o pai de Jabon me ajudou quando fiquei órfão e, portanto, tenho ficado em contato com o filho, claro. É só isso, temo dizer. Tão desinteressante.

— Seus pais são do sul, então. — Quando o macho fechou a boca com firmeza, Rhage piscou. — Cuidado, o seu muro impenetrável de discrição tem uma pequena parte fragmentada.

— Não divulguei nada. Você não sabe nada.

— Meu caro camarada, mesmo que revelasse tudo, ainda não saberia nada. Não subestime a minha capacidade de silêncio.

— Tenho mais dificuldades é com as suas perguntas.

Ficaram se encarando por um momento. Em seguida, Rhage não ficou nada surpreso quando o macho se curvou em respeito e saiu.

Quando a porta se fechou em silêncio no rastro do Jackal, o quarto ficou escuro.

Quando Rhage fechou os olhos, tentou ficar confortável em sua cama perfeitamente macia contra os travesseiros perfeitamente macios. Na rua, do outro lado das cortinas pesadas e das venezianas internas que cobriam os vidros das janelas, ouviu a atividade das horas do dia começando, o sol chamando os humanos à rua na qual a mansão se localizava. Os cascos dos cavalos. Carruagens rangendo. O motor agora. Logo haveria pessoas.

Ocupados, ocupados. Os humanos estavam sempre tão ocupados...

A porta do quarto de hóspedes se abriu novamente, e Rhage não se deu ao trabalho de erguer a cabeça.

— Estou morto. Deixe-me assim...

Uma voz suave, mas desta vez não feminina.

— Não deveria estar aqui.

Rhage suspendeu o crânio pesado. O Jackal se inclinava para dentro do quarto, com boa parte do corpo ainda no corredor, como se desejasse evitar tudo aquilo.

— Está sendo perseguido? — Rhage exigiu saber. — Porque posso cuidar disso.

Outra risada áspera.

— Não consegue nem ficar de pé sem ajuda.

— Espere e verá.

— Obrigado, mas não preciso de proteção. Não estou sendo perseguido.

A gravidade na qual Rhage falou em seguida não fazia sentido para ele.

— Se um dia precisar desse tipo de ajuda, venha me procurar.

— Você não me conhece.

— Conheço. De alguma forma, conheço.

O macho olhou ao redor. Ou, pelo menos, Rhage deduziu isso, a julgar pelo círculo delineado preto que a cabeça dele fez.

— Por que... por que faria tal juramento a mim?

Na verdade, Rhage não tinha certeza, e se sentiu compelido a fabricar uma.

— Porque você tem sido de ajuda a meu Irmão Darius.

— São muito próximos, então?

— Nem um pouco. Somos opostos. Ele é um macho de grande valor. Grande coragem, grande força. — Enquanto pensava em Darius, percebeu que não estava mais mentindo. — Por um Irmão como ele? Qualquer um que o ajudar, eu cuido.

Todavia, esse não era o único motivo no que se referia a esse macho, a quem não conseguia determinar de onde conhecia.

Abruptamente, a cabeça do Jackal se abaixou. Por um tempo, ele não disse nada.

— Prometi à minha mahmen que nunca viria a Caldwell, pouco antes que ela fosse para o Fade. Levei dez anos para superar essa promessa, que eu jamais deveria ter feito, e confesso que essa violação da minha palavra ainda me fere.

— A quem deve evitar neste vilarejo?

— Meu pai. — Houve uma risada breve. — Claro, ele é o mesmo por quem procuro. Um tanto irônico, não acha?

Dito isso, o macho saiu do quarto e desapareceu, a porta se fechando num clique.

CAPÍTULO 19

Nyx estava escondida atrás de uma fortaleza feita de ombros. Na frente, atrás. Dos lados. Estava circundada por troncos largos e musculosos.

Numa circunstância totalmente diferente, poderia estar numa festa de despedida de solteira.

Enquanto ela se movia com os machos pelo que tinha que ser o túnel principal da prisão, a julgar pela sua largura, manteve a cabeça abaixada, mas não desviou os olhos. Acompanhava tudo. Cada pessoa que passava. As viradas que eram feitas. O peso do teto, a sensação da terra compactada debaixo das botas, a mudança de temperatura.

Estava ficando mais quente.

O fato de estarem se aproximando de alguma espécie de fulcro fez com que a nuca se eriçasse e as palmas suassem. Havia muitos prisioneiros ao redor agora, indo em todas as direções. Quase todos eles estavam por conta, caminhando sozinhos, e ela ficou se perguntando se aquele agrupamento deles não levantaria suspeitas. Mas não havia tempo para se preocupar com isso. Nem uma alternativa, de fato.

A entrada para a Colmeia se apresentou com pouca ostentação. A impressão do local, contudo, era desproporcional à sua falta de demarcação.

Uma última virada e depois o túnel se abriu num espaço tão vasto que o primeiro pensamento dela foi como diabos o teto encurvado permanecia suspenso, mas logo viu os suportes, as colunas de concreto largas como carros e espaçadas sem equidistância, como se os arquitetos que desenharam a prisão não dessem a mínima para estética e mal se importassem com a integridade estrutural. Puta merda, o espaço interno era cavernoso, tendo facilmente trinta metros de largura e sendo igualmente comprido. E lá na frente havia um ponto focal para tudo aquilo. Na outra extremidade, havia uma plataforma elevada, com três troncos de árvores sem casca e galhos, erguendo-se como se suas raízes estivessem fincadas profundamente na rocha.

As manchas marrons-escuras fizeram seu estômago se revirar.

Não pense nisso, disse a si mesma. *Em vez disso, preocupe-se com...*

Os pés de Nyx falsearam quando a quantidade de prisioneiros foi percebida na luz fraca. Havia centenas deles, todos vestidos com roupas escuras e folgadas, movendo-se como espectros no mesmo andar bamboleante – que ela não sabia determinar se era para impressionar ou por sofrimento. Talvez dependesse do indivíduo.

O cheiro era horrível. Como se um celeiro não tivesse sido limpo por duas semanas.

E teve poucas esperanças de encontrar Janelle naquela multidão. Estava escuro demais para divisar as feições, e o fedor significava que o cheiro da irmã não seria notado.

Nyx queria perguntar a Jack o quanto faltava ainda. E como ele a alertaria quando fosse a hora de correr – ou seria melhor andar? Deveria ter falado sobre isso antes...

O primeiro guarda que ela viu estava parado com as costas na parede, junto à plataforma. Uma arma de cano longo e de um preto opaco cruzava o peito, e ele tinha o dedo no gatilho e a boca acima do ombro. A cabeça se movia de um lado a outro enquanto ele perscrutava a multidão, e sua expressão era uma máscara de compostura letal. E havia outro oposto a ele. Armado do mesmo modo com a mesma calma profissional. E outros ainda, uns que ela não percebera por causa dos uniformes pretos que se camuflavam à rocha, aquelas armas poderosas capazes de disparar balas em meio à multidão de machos e fêmeas num piscar de olhos.

Era testemunho da eficiência deles o fato de eles não terem sido a primeira coisa que ela vira.

A rota que Jack tomou para a plataforma era circular, lenta e com desvios. Eles seis continuavam a se mover como uma unidade, mas ela estava ciente de que os machos criavam um espaço, depois se aproximavam, depois se afastavam de novo. Não entendia por que se davam a esse trabalho, até perceber que era para fazer parecer que talvez estivessem juntos, em vez de definitivamente estarem. De fato, a coordenação era tão sutil e aleatória que tinham que já ter feito isso antes, e ela ficou imaginando quando. Em que circunstâncias. Mas isso lá era importante?

Quando chegaram à plataforma, seus olhos se fixaram nos postes. Em suas bases, havia montes de correntes, com os elos enegrecidos empilhados.

Havia manchas frescas de sangue em um dos troncos.

Seus olhos se desviaram para o guarda mais próximo. Ele não olhava para ela. Seu olhar estava fixo atrás dela, acompanhando algo.

Tinha que ser aquele macho, Apex...

Lucan olhou para ela.

– O que disse para mim? Que porra disse para mim?

Nyx parou de pronto.

– Espere, o que...

Mayhem se inclinou para dentro.

– Disse que você é feio e impotente. E, quando está transformado, é peludo como uma manta.

Lucan mostrou as presas.

– Seu filho da...

Os dois se atracaram, os corpos grandes colidindo ao redor dela e chocando-se com força, os punhos cerrados, os rostos rubros de agressividade e, assim que a briga começou, um flanco de guardas jorrou da lateral direita da plataforma, correndo de algum local escuro. Estariam sempre na retaguarda? Ou aquela seria a troca da guarda...

A mão de Jack agarrou a sua e lhe deu um safanão forte para a frente.

Quando os outros prisioneiros se aproximaram da briga, com notas amassadas surgindo e sendo apostadas enquanto Mayhem e Lucan brigavam, os guardas os circundaram, e ela e Jack se apressaram pela beirada da tremenda e crescente massa de corpos, indo contra o fluxo de prisioneiros que se direcionavam para a confusão.

Puxando-a, Jack evitou a perturbação e a conduziu por uma fina fissura na parede de rocha cerca de sete metros distante da plataforma, da briga, dos guardas. A fenda escura na caverna era tão estreita que tinham que entrar nela em fila, e depois tiveram que virar e andar de lado quando nem mesmo os ombros dela cabiam. O cheiro era de mofo, estagnado, e ela se viu cara a cara com um ataque inesperado de claustrofobia graças ao fedor sobrepujante, da escuridão prevalente e da proximidade do local estreito.

Sem nenhuma outra orientação, ela se agarrou aos sons dos movimentos de Jack como se fossem uma luz com a qual se guiar. O farfalhar das roupas dele, o sussurrar dos pés, o grunhido ocasional enquanto ele evidentemente tentava apertar seu tamanho muito maior numa passagem sempre muito estreita, foram os únicos motivos pelos quais ela conseguiu ir em frente.

Jack não desacelerou. Até ter que fazer isso. Quando a fissura se tornou tão apertada que ela tinha rocha contra o rosto, contra as nádegas, as costas, chocou-se com ele.

– Não é muito mais adiante – sussurrou ele. – Você consegue.

Ele deve ter sentido o cheiro do seu medo.

– Não é comigo que estou preocupada.

Mentirosa, pensou.

Bem quando estava prestes a se descontrolar, quando estava para abrir a boca e dizer que não conseguiria dar nem mais um passo, o cheiro mudou.

Isso é ar fresco?, perguntou-se.

Jack parou e teve que forçar a cabeça para trás. Ou, pelo menos, foi o que ela deduziu que ele tivesse feito, visto que a voz dele de repente lhe chegou mais diretamente.

— Vamos para a esquerda e teremos que nos mover muito rápido. Não preciso lhe dizer quanto isto será perigoso.
— Entendido.
— Nyx, estou falando sério...
— Cale a boca. Se isso fracassar, não será por minha causa — jurou ela.

Por um breve instante, o Jackal fechou os olhos no vazio escuro da fissura. Coragem era uma necessidade tão básica quanto o ar na vida. Como o oxigênio, ela mantinha uma pessoa viva e, nas horas escuras, na pior das circunstâncias, nos despenhadeiros mais perigosos, as pessoas precisam dela mais do que nunca.

Não se surpreendeu com a determinação de ferro de Nyx.

Mais do que isso, inspirou-se nela. E fazia muito, muito tempo mesmo desde que aquela luz piloto no meio do seu peito se acendera com qualquer tipo de entrosamento com o sexo oposto. Todavia, lá estava ele agora, amparado pela determinação firme dela, impulsionado pelo seu exemplo.

Se pudesse ter baixado os lábios nos dela, era o que teria feito. Em vez disso, fez o que pôde.

Levou-a aonde ela precisava ir.

Os últimos catorze metros foram os mais difíceis, os mais estreitos. Mas, finalmente, apareceu um brilho no qual conseguiu se concentrar, e ele se certificou de não haver nem sons nem cheiros do lado de fora antes de sair daquele aperto. Ao se libertar numa área de teto baixo abastecida com comida enlatada em engradados, seus olhos arderam ante a luz. Girando, pegou Nyx quando ela cambaleou à frente, puxando para junto do corpo e segurando-a com firmeza por um átimo. Ao inspirar fundo, a fragrância dela substituiu tudo.

Quando recuou um passo e assentiu, ela retribuiu o gesto. Prontos. Preparados. Hora de ir...

Ele a beijou rápido, apesar de provavelmente não dever ter feito isso, e depois disparou, saindo da despensa e avançando rápido pela passagem de seis metros de comprimento. Nyx o acompanhava bem de perto.

Quando ele levantou uma mão e parou, ela parou também.

Nenhum som adiante. Nenhum cheiro. Tampouco algum alarme.

Ao seu sinal, eles entraram no complexo do Comando em si – que em nada se parecia com o resto da prisão. Ali, todos os corredores e quartos eram decorados, as paredes de rocha e os tetos eram escondidos atrás de gesso, as luzes eram afixadas em painéis, o chão, azulejado. Não havia mofo em parte alguma, nem umidade, nem cheiro de terra, por conta do sistema de aquecimento ligado constantemente, soltando ar fresco e quente no frio covil subterrâneo. Havia outros tipos de conforto também, como água corrente e caixas de luzes com fotos que mudavam, além de outros aparatos tecnológicos cujo propósito estava ligado aos negócios da prisão.

– Há diferentes setores aqui – disse ele em voz baixa. – Os alojamentos dos guardas, a área de trabalho, os aposentos privados.

– Para qual deles iremos?

– Para os aposentos privados.

Moveram-se juntos, ele na frente, ela logo atrás, os corpos ligeiros e silenciosos nos calcanhares dos pés, as armas abaixadas junto às coxas. Num determinado nível, surpreendeu-se por formarem uma aliança de trabalho funcional. De outro, pelo modo com que fizeram sexo, devia ter desconfiado. Seus corpos se moviam bem juntos em quaisquer e todas as situações.

Ao se aproximarem dos aposentos privados, ele ficou paranoico com a possibilidade de estarem sendo seguidos. Quando isso se mostrou uma inverdade, preparou-se para que um guarda saltasse diante deles. Todavia, se ele estivesse certo quanto à hora – e a julgar pela troca de turno dos guardas, ele devia estar –, o Comando estaria no setor de trabalho, pois verificava a produtividade pessoalmente no início e no fim de cada ciclo de trabalho. O Comando levava o produto muito mais a sério que os prisioneiros, e alguém poderia imaginar o motivo de os negócios da prisão não serem deslocados para outro local, um lugar mais seguro e menos complicado. No entanto, mão de obra era algo necessário, e eles a forneciam de graça; no fim, não havia a questão de salários com que se preocupar. De fato, ele estava ciente de que o único motivo pelo qual os encarcerados eram alimentados e recebiam cuidados médicos mínimos era por causa das exigências dos turnos das estações de trabalho. E mais, baseado no relato de Nyx quanto ao ano em que estavam, ele tinha a sensação de que muitos prisioneiros excediam suas sentenças. Trabalhadores eram necessários, contudo, portanto ficavam ali presos, naquela terra subterrânea sombria.

Era inescrupuloso. Tudo aquilo.

Quando ele chegou a uma bifurcação no corredor, levantou a palma de novo e ambos pararam. Pausa, pausa... pausa.

Nada. Nenhum som, nenhum cheiro.

Ante seu aceno, eles continuaram. Os aposentos privados eram bem protegidos quando o Comando estava no local. Quando não estava, o lugar era uma cidade-fantasma. Mesmo assim, enquanto conduzia Nyx com eficiência e em silêncio em direção ao destino deles, passando por todo tipo de porta e ramificação de corredores, seu coração batia de maneira desproporcional à quantidade de exercício que ele vivenciava.

E não só porque se preparava para se deparar com guardas e um Comando fora de hora. Ao se aproximar do Muro, ele percebeu que havia outro motivo pelo qual insistira em acompanhar Nyx nessa missão. Outro motivo pelo qual ele queria retornar ali.

Ao virarem em um dos últimos corredores, ele falseou.

Tropeçou.

Apoiou-se na parede de gesso com a mão.

– O que foi? – sussurrou Nyx. – Está se sentindo mal?

Adiante, a cela que fora construída uns vinte anos antes, equipada com coisas do mundo acima, se apresentava como um diorama. O cenário de um filme. Uma exposição ilustrando a vida do jeito que devia ser vivida.

O Jackal se aproximou das barras com mãos trêmulas e coração acelerado. Quando a boca secou, ele tentou engolir em seco para poder dar algum tipo de resposta a Nyx. Nenhuma surgiu, ainda mais quando espiou através das barras de ferro e malha de aço.

Não havia ninguém ali. Não na cama macia de lençóis e cobertas limpos. Nem na escrivaninha com livros e blocos de anotações e canetas. Nem na banheira de porcelana ou na área de vestir atrás da tela.

Inspirando pelo nariz, ele sentiu o perfume conhecido, e tentou se tranquilizar de que ainda havia tempo, mas, na realidade, não fora o tempo que o retardara na derradeira tarefa que ele precisava cumprir.

De repente, pensou na determinação e na coragem de Nyx.

– Quem vive aqui? – perguntou ela com suavidade.

CAPÍTULO 20

QUANDO FALOU, NYX SENTIU QUE JACK não a ouvia. Parado diante da cela equipada como um quarto de um bom hotel, ele parecia completamente desconectado: o corpo imenso estava imóvel, a não ser por um uma inspiração profunda; era como se tivesse virado pedra.

Era ali que a fêmea dele devia ficar, pensou quando apoiou a palma com reverência contra a tela de aço que cobria a frente do espaço. A saudade, a tristeza, o lamento que permeavam não apenas o rosto e os olhos dele, mas todo o corpo, eletrificou o ar ao seu redor, carregando-o com uma aura escura, incômoda.

A fisgada de ciúme que a trespassou era inaceitável em muitos níveis, mas não havia como conter a onda rubra de agressividade que foi direcionada à fêmea que ela não conhecia, não conseguia ver, nem estava por perto. Antes que conseguisse se conter, também inalou profundamente, curiosa quanto à fragrância da companheira dele, mas só o que sentiu nas narinas foi uma revisita ao fedor da Colmeia.

Melhor assim.

Aquilo não era assunto seu.

– Melhor irmos – disse. – Precisamos ir...

Os ombros de Jack se contraíram e os olhos dele se viraram. Por uma fração de segundo, quando a fitou, sua expressão estava completamente vazia.

Nyx balançou a cabeça.

– Agora não. Não podemos fazer isso agora. Preciso que você volte para cá.

Quando ela apontou para o piso de concreto entre eles, ele olhou para baixo. E foi quando voltou ao presente.

– Por aqui – disse em voz baixa.

À medida que prosseguiam, ele não voltou a olhar para a cela, e Nyx considerou isso um bom sinal. Distrações no único que sabia onde diabos estavam e para onde tinham que ir eram como um carro sem volante. Numa perseguição de vida e morte. Pouco antes de o carro ser arremessado sobre um despenhadeiro.

A mão dela apertou o cabo da arma que o avô lhe dera, e ela olhou para trás de novo. Ninguém. Ainda.

Mais adiante, não parecia haver nada além daquilo pelo que estavam passando, o corredor acabado lembrando-a de alguma instituição de um livro de Stephen King. Mas, no fim, chegaram a uma bifurcação no túnel. Ela sabia que direção tomariam antes mesmo de ele apontar para a direita, para onde tudo voltava a ser pedra bruta e tochas cuspiam e sibilavam fogo em suas arandelas. Agora retornavam ao que tinham deixado para trás: pedras pretas ásperas por toda parte, cheiro de terra, umidade não mais atenuada pelo sistema de aquecimento central.

Uns trinta metros adiante, Nyx parou sem que ele lhe pedisse. Em retrospecto, não havia para onde ir.

Chegaram ao Muro.

Na luz tremeluzente de velas, inscrições de centenas e centenas de nomes se moviam ao longo da pedra na qual foram entalhados. E foi só quando se aproximou que percebeu que a listagem era formada pelos símbolos do Antigo Idioma em vez de letras. As linhas das inscrições eram desiguais, algumas se erguendo, outras descendo, e pessoas diversas tinham feito os entalhes, pois os nomes tinham sido executados em estilos variados e inconsistentes. Não havia datas, nem décadas ou anos, muito menos meses e dias. Mas ela imaginou que começava na extremidade superior à esquerda porque o primeiro nome estava bem perto do teto… e na extremidade oposta havia uma coluna pela metade, com bastante rocha abaixo, pronta para a continuidade do memorial quando o dia chegasse.

Visto que o aprisionamento de Janelle era relativamente recente, Nyx foi para o último nome da fila. A princípio, seus olhos se recusaram a se concentrar na pedra lisa e reflexiva, o efeito estroboscópico da luz das velas tornando-se um desafio mesmo para uma visão não afetada pela emoção exacerbada.

Nesse ínterim, seu coração acelerou.

Passando o indicador ao longo do nome no fim, ela emitiu o som das sílabas dos símbolos mentalmente. *Peiters*. E depois fez o mesmo com o de cima a esse. *Aidenn*. E o anterior. *Obsterx*.

Repetiu o processo vez após vez, um acima, outro acima e mais um...

Foi devagar, e descobriu que muitos dos nomes estavam grafados errados. Com isso, não se precipitou com o que viria em seguida por medo de deixar algo passar inadvertidamente. Só havia uma oportunidade de fazer aquilo. Não voltariam ali. E, se ela errasse, poderia acabar colocando a própria vida em risco procurando por uma irmã que poderia estar...

J.A.N.N.E.L.

Com um arquejo, tracejou os símbolos um a um. Depois voltou a tracejá-los.

Ao cambalear sobre os pés, seus olhos se encheram de lágrimas – o que foi estranho, visto que não sentia absolutamente nada. Ficou entorpecida de imediato, o corpo esfriou, os pulmões congelaram dentro das costelas, o sangue pareceu parar nas veias.

– Jannel – sussurrou. Como se as sílabas resultassem em algo diferente caso fossem pronunciadas em vez de apenas traduzidas da inscrição em sua cabeça.

Janelle. O nome da irmã era Janelle. Portanto, aquela devia ser outra prisioneira, com um nome semelhante, mas não exatamente igual...

Fechando os olhos, deixou os ombros penderem. Ela estava certa. Só o nome é que fora escrito errado, como muitos dos outros. Talvez os entalhadores não conhecessem tão bem o Antigo Idioma, assim como ela. Ou talvez fossem só filhos da puta que não entendiam que estavam desrespeitando os mortos quando não escreviam corretamente.

Ali de pé, com o som suave dos pavios acessos em toda a sua volta, com os pingos da cera das velas pretas de um metro de altura altos como um coro desafinado aos seus ouvidos, ela se sentiu tentada a sucumbir, mas, mais do que tudo, queria gritar. Janelle. Jannel. Puta que o pariu, pelo menos o cara com o cinzel podia ter soletrado o nome corretamente.

– É ela? – Jack perguntou rouco.

O som da voz dele a fez lembrar de onde estavam.

– É.

Mas antes de se virar, se afastar, iniciar o processo de sair da prisão, foi tocar de novo a inscrição com a ponta dos dedos...

Mas o que...?

O celular não só estava em sua mão como ela já o ligara, e só o que conseguia fazer era encarar o aparelho, perguntando-se como diabos aquilo acontecera e para que droga aquilo servia.

Ah... certo. Uma foto. Ela precisava tirar uma foto.

Ergueu o aparelho e bateu uma fotografia do nome da irmã. Depois se virou e...

Congelou exatamente onde estava. Jack prendia um guarda contra a parede, uma das mãos travando a garganta do outro macho. Antes que Nyx pudesse reagir, dois tiros foram disparados, e ela se atirou para a frente, preparada para entrar na briga – só que Jack era o atirador, e não o contrário. E não houve som algum, nenhum eco dos disparos ao redor de toda aquela pedra. As balas foram abafadas, como se a arma tivesse um silenciador na ponta do cano, só que não tinha. Os músculos do guarda, o corpo no qual as balas se alojaram, foram o que abafaram o barulho.

Quando Jack soltou a pegada, o corpo despencou no chão. Depois, olhou para ela.

As presas dele estavam alongadas como adagas, e sua expressão não se assemelhava a nada que ela tivesse visto no rosto dele antes.

– Temos que sair daqui – sibilou ele. – *Agora*.

CAPÍTULO 21

Na noite seguinte, enquanto saía das suas acomodações na muito ocupada casa de Jabon, Rhage estava de melhor humor. Fechando a porta, alisou o casaco que adornava seu peito e fitou com olhos preconceituosos as calças que foram ajustadas para suas medidas enormes. O alfaiate de Jabon entregara as vestes de lã fina uma hora antes e insistira em vesti-las nele – não algo a que Rhage teria se voluntariado em qualquer outra circunstância. No entanto, visto que todas as suas roupas tinham desaparecido quando a besta saíra de dentro dele naquela campina junto ao rio, cedeu à intervenção têxtil.

E isso o alegrava um tanto. Todavia, a verdadeira melhora em seu humor vinha diretamente da melhora de sua forma corpórea, uma que ocorria sem tontura e a necessidade de ajuda.

Boas notícias finalmente se apresentavam, as que vinha aguardando com ansiedade por fim chegando à sua soleira, um embrulho se materializando, um cartão de visita obtido, uma audiência concedida: pela primeira vez desde que a infecção se apresentara com fanfarra rubra no local de entrada da bala, ele testemunhara neste anoitecer uma verdadeira reviravolta no seu curso para uma melhora. De fato, quando espiara debaixo das bandagens ao despertar, vira uma redução verificável no tamanho e na intensidade. E não apenas isso. Conseguia mover-se muito melhor agora, os marcadores de dor que se acendiam a cada reorientação mínima dos membros ou redistribuição do peso haviam se aquietado, até mesmo silenciado, por certo período.

Portanto, sim, havia uma leveza em seus passos enquanto ele descia a escada até a sala de jantar. Na hora certa. Da Primeira Refeição.

A sala de jantar ficava à esquerda, e já havia convidados ao redor das cadeiras junto à mesa entalhada, porcos elegantes perto do cocho proverbial, mas ele não seguiu para lá. Uma voz conhecida na sala de estar chamou sua atenção e, logo em seguida, suas passadas.

Entrando na sala, ele sorriu.

— Vejam só vocês dois, ainda trabalhando, ora, ora.

Seu Irmão Darius e o Jackal ergueram o olhar da sua avaliação das plantas ainda espalhadas sobre o tampo limpo da mesa. O par estava perfeitamente trajado, como de costume, e os machos sorriram de pronto. Parecia que todos estavam de bom humor naquela quente noite de junho.

— E veja só você — disse Darius ao se endireitar com um lápis na mão. — Tão ereto e móvel, tão melhor. Eu ia visitá-lo, mas você me encontrou antes. Muito bem.

— Obrigado, meu Irmão. — Rhage curvou-se de leve e, ao se endireitar, preparou-se para uma tontura que não o assolou. — Sinto-me muito bem. Uma esquina foi dobrada.

— Chamarei Havers assim que terminarmos aqui. — O sorriso de Darius permaneceu amplo, enquanto os olhos se tornavam sérios. — Nos certificaremos de que ele concorde com sua avaliação, antes da sua iminente partida que pressinto, a julgar por essas roupas, está mais imediata que a refeição prestes a ser servida do outro lado do vestíbulo.

— Traga o curandeiro. — Quando Rhage ergueu os braços, ignorou um guincho de dor debaixo das costelas. Ainda assim, estava muito melhor. — Estou pronto para ele concluir a minha convalescença.

— Muito bem. — Darius o chamou com um gesto. — Nesse meio-tempo, veja aqui o nosso produto final. Estou muito orgulhoso do resultado.

O Jackal assentiu.

— Ele fez muitas melhorias em minhas ideias. Este será um palácio e tanto, construído para uma longa viabilidade por artesãos habilidosos.

Rhage fez a vontade deles, atravessando o cômodo até pairar acima dos desenhos, assentindo e exclamando excelência a cada virada das amplas folhas e de indicadores apontados — ainda que, a bem da verdade, não fizesse ideia do que olhava e do que falavam. Para aqueles machos, a tradução de duas dimensões para três era um feito imediato. Para ele? Tal tarefa não passava de um bloqueio de cognição. O amontoado de linhas sem sentido daqueles desenhos arquitetônicos não iam a absolutamente parte alguma dentro do seu crânio.

No entanto, por certo sabia apreciar o entusiasmo e a sinceridade deles e, além do mais, em seu atual estado de humor, ele estava tão contente que tais elogios temperados eram fáceis de ofertar. De fato, estava disposto até a agradecer Jabon a caminho da saída da mansão – e não apenas de modo compulsório e educado. Por pior que sua provação tenha sido, ele de fato apreciava toda a hospitalidade. Embora muito certamente não fosse sentir saudades dos doggens.

– Então está tudo pronto para a construção? – perguntou ele quando houve uma pausa na discussão de vigas e esteios e coisas como "paredes estruturais".

O Jackal assentiu em deferência a Darius, e o futuro proprietário foi quem respondeu.

– De fato está pronta para ser construída. Graças a este macho que trabalhou arduamente. Quantas horas despendeu sobre isto nas últimas três noites?

– Não importa. Eu não durmo. – Enquanto Darius se concentrava no macho, o Jackal voltava a colocar os papéis em ordem. – E é um esforço fácil quando o proprietário é um cliente tão decidido e incisivo.

Depois de um momento, Darius voltou o olhar para os projetos.

– E você também me arranjou todos os trabalhadores. Como conseguiu tal feito?

– Pode dar os créditos a nosso conhecido em comum, Jabon. Ele me forneceu as referências, que demonstraram ser uma fonte providencial de mão de obra.

– Mas você continuará para ver o andamento do projeto, não?

O Jackal inclinou a cabeça.

– Pretendo acompanhá-lo da pedra fundamental até os últimos detalhes, e, para centralizar meus pensamentos na correta sequência de tudo, delineei a ordem aqui. – Bateu numa pilha considerável de páginas brancas com o

dedo. — Esta é uma cópia para você guardar e comentar. Estou ansioso por este projeto como nenhum outro antes.

— Bem, estou feliz por você estar encarregado. Será um grande alívio para mim...

Mais tarde, quando Rhage fosse repassar em sua mente a sequência da série de catástrofes, ele se lembraria de que os passos descendo a escada, aqueles urgentes ainda que delicados passos, foram os precursores da derrocada. De muitas derrocadas. Todavia, como costuma ocorrer com muitos presságios, ele não reconheceu, a princípio, o seu significado.

O grito do segundo andar foi outra história.

Quando ele se virou para ver do que se tratava toda aquela comoção, Ellany descia pelos últimos degraus, a camisola de seda em nada apropriada para as áreas públicas da casa. E, no instante em que ela o viu, cambaleou e parou, e a seda cor de pêssego rodopiou num giro perfumado. Se ele não estivesse parado na sala, tinha quase certeza de que ela teria escapado da casa de vez, correndo pela rua.

A voz da mahmen *era aguda ao repetir o nome dela. Duas vezes mais. E, quando Ellany sequer olhou de relance para a escada, outro par de passos desceu.*

Ellany não prestou atenção. Seu olhar estava fixo em Rhage, os olhos marejados de lágrimas.

— Fiz por você — sussurrou ela. — Fiz isso por... você.

Foi quando ele notou o sangue na seda. Na parte da saia.

Sinos de alarme dispararam com insistência em sua cabeça.

— Do que está falando, fêmea?

Ellany por fim olhou para sua mahmen *quando a fêmea mais velha desceu até o piso de mármore e se apressou até sua prole. A* mahmen, *que estava vestida adequadamente, agarrou o braço fino e sacudiu a moça.*

— O que você fez? — a fêmea exigiu saber.

Os olhos desesperados de Ellany voltaram-se para Rhage.

Do outro lado do vestíbulo, no arco de entrada da sala de estar, Jabon apareceu, com um guardanapo de linho na mão e uma expressão de indagação tranquila no rosto.

Quando viu o que acontecia no vestíbulo, tudo isso mudou. Levou a mão para trás de modo cortante, como se ordenasse aos demais na sala de jantar que se sentassem e ali ficassem. Em seguida, deu um passo adiante e fechou as portas duplas atrás de si.

Com um olhar grave em total contradição com seu caráter, dirigiu-se às duas fêmeas:

— Esta não é a hora nem aqui é o lugar.

Ambas o procuraram com o olhar e houve um longo momento de comunicação silenciosa. Mas Rhage não se importava com o que se passava entre os três. Disse em alto e bom som para que todos o ouvissem:

— Nego qualquer conhecimento carnal com essa fêmea debaixo do seu teto. Não tenho intenções para com ela e o Jackal pode atestar esse fato.

Quando deu um passo para o lado e indicou o outro macho, Ellany se retraiu como se não soubesse que havia outros com Rhage na sala.

Juntando a camisola de seda nas mãos de modo a cobrir as manchas, olhou para todos os mais velhos ao seu redor, uma nadadora de pouca perícia e muito menos força a afundar numa cova de água.

— Foi ele quem me deflorou — anunciou ela. — Foi ele.

Rhage abriu a boca para refutar tal acusação difamatória... até perceber que ela não apontava para ele.

Ela indicava o Jackal com mão tremula e olhos trágicos e vermelhos de choro.

— Ele me deflorou.

CAPÍTULO 22

O Jackal agarrou a mão de Nyx, mas não houve necessidade de puxá-la para a fuga. Ela acompanhou o ritmo de corrida que ele impôs, e eles voltaram apressados para a parte bem-acabada dos aposentos do Comando.

Errara no que se referia ao horário? Entendera os turnos de maneira errônea? Quando aquele guarda apareceu no Muro, ele se surpreendera – mas também o outro macho, e aquele momento de confusão lhe deu a oportunidade da qual tirou vantagem de imediato. Agora, porém, preocupava-se com o fato de as tarefas terem mudado. E, pior, que reforços tivessem sido chamados antes de ele ter matado o guarda.

Virando a esquina, ele…

O flanco de quatro guardas estava numa formação dois a dois, marchando de modo coordenado que logo foi interrompido. O primeiro par de pronto se ajoelhou enquanto as armas eram sacadas dos coldres, e quatro canos apontaram adiante.

O Jackal saltou à frente e afastou os braços.

— Sabem que não podem atirar em mim.

— O quê? – Nyx sibilou atrás dele.

— Não podem atirar em mim. – Abaixando a voz, ele disse com suavidade para ela. – Faça.

Ele não fazia a mínima ideia se ela entenderia o que ele queria dizer. Mas, então, sentiu a mão dele em suas costas, entre as omoplatas e a arma dela apareceu debaixo do seu braço direito.

Ela puxou o gatilho. Repetidas vezes.

Quando a arma disparou, ele ficou pensando sobre a extensão da moratória quanto à agressão física por parte dos guardas em relação a ele. Em seguida, parou de pensar de vez enquanto se abaixava e protegia quantos órgãos internos podia sem sacrificar a cobertura que oferecia a Nyx. Que se revelou uma excelente atiradora.

Um guarda caiu no chão. Um segundo cambaleou de sua posição ajoelhada.

O terceiro foi lançado para trás quando algo vermelho explodiu pela parte posterior do seu crânio.

E o último do quarteto se virou e fugiu.

O Jackal correu atrás do macho. Se o comunicador fosse acionado para a central dos vigias, Nyx estaria morta. Abaixariam as barreiras desenvolvidas para evitar fugas e o lugar estaria tomado por guardas. Quando eles a pegassem – e a pegariam –, ela acabaria naquela plataforma.

E as fêmeas eram feitas de exemplo antes da morte na maneira mais violenta e degradante imaginável. Ele já vira isso antes.

Incitado pela ameaça a ela, Jack se lançou na perseguição que não durou muito. Saltando à frente, derrubou o macho no piso de rocha e, quando seu peso aterrissou nas costas do macho, algo se soltou bem em seu íntimo. Expondo as presas, ele espalmou o crânio e empurrou o rosto, o som de uma batida forte ecoou quando o rosto foi forçado contra o chão inclemente.

O cheiro de sangue se espalhou.

E, então, tudo ficou embaçado.

O Jackal não teve o pensamento consciente de ter rolado o guarda de costas. Não percebeu quando sua mão forçou o queixo para cima. Mal estava consciente de ter abaixado a própria cabeça.

Mas soube quando o gosto em sua boca mudou. Tudo ficou cuprífero...

E agora ele cuspia algo. Algo com sabor de pele, de carne crua.

Quando sua cabeça se abaixou de novo, ele teve um pensamento fugidio de que precisava parar com aquilo. Tinha a sensação de ter removido pelo menos parte da laringe do macho. Nenhuma outra vocalização aconteceria, portanto o propósito de silenciar o guarda fora servido, e a prioridade seguinte seria levar Nyx à piscina secreta.

Só que ele não conseguia parar. Seu íntimo estava ativado a ponto de se libertar, um monstro chamado para fora da caverna do seu autocontrole e, uma vez liberado, recusava-se a voltar para o cabresto.

Continuou a morder e teve certeza de ter chegado a engolir parte da anatomia. E deveria ter se importado com o impacto visual a que sujeitava Nyx – mais que isso, deveria ter se importado com o risco crescente à vida dela enquanto brutalizava sua vítima. Mas todos esses pensamentos racionais e sensatos submergiram sob a onda da sua agressividade...

Seu nome foi chamado repetidamente. Teve bastante certeza disso. Contudo, ouviu as sílabas como se elas viessem de muito, muito longe.

Em seguida, algo o tocou.

O Jackal tentou dar uma dentada na mão. E se virou para sua presa...

De uma vez só o guarda foi tirado dele, arrastado para longe por uma força desconhecida, invisível.

Não, isso estava errado. Ele fora o removido, sua visão oscilava, aleatória, enquanto era apartado à força do guarda. O que percebeu em seguida foi ter sido empurrado de frente para a parede do túnel, preso no lugar.

Brigou contra o que o prendia, batendo os dentes, movendo as pernas e os braços, empinando o quadril.

Só parou quando ouviu uma voz baixa e ameaçadora em seu ouvido.

– Ele está morto. Não há mais nada que você possa fazer com ele.

O Jackal parou de lutar contra seu captor.

– Apex?

Era bizarro como, em tempos de crise aguda, o seu cérebro consegue acionar algo aleatório por sobre o limiar de consciência.

Enquanto Jack visceralmente destruía a garganta do guarda e boa parte do rosto do macho, a mente de Nyx resolveu levá-la de volta a um ano antes de Janelle ter sido levada à prisão. Houve um tumulto ruidoso e horrendo da floresta nas cercanias da casa de fazenda. Ela e o avô tinham ido ver o que era enquanto Posie foi para o porão com uma manta em cima da cabeça. Janelle estivera fora de casa. Ela sempre estava fora de casa.

Tanto ela quanto o avô estiveram armados com um par de espingardas apoiadas nos ombros. A preocupação era que algo estivesse atacando uma das cabras no cercado.

Mas não tinham sido coiotes.

Dois lobos cinzentos enormes foram a causa. Os animais estavam apoiados nas patas traseiras, os dentes expostos, as garras atacando. Os corpos poderosos pareciam tão grandes, grandes demais, mas a selvageria tinha seu modo de aumentar o volume. Ambos sangravam de diversos ferimentos, ainda que a coloração preta, marrom e cinzenta dos pelos mascarasse a especificidade das feridas.

O par estivera tão envolvido em sua agressividade que a presença dos dois vampiros não fora percebida. Só quando o avô descarregou a espingarda no luar que os dois combatentes de quatro patas se separaram e fugiram.

Jack tivera o mesmo grau de selvageria agora há pouco. E se aquele assassino, Apex, não tivesse chegado, afastando-o do guarda? Ele ainda estaria atacando.

E agora tinham um problema novo, não? Com mãos trêmulas, ela chutou o clipe vazio de sua pistola e trouxe a mochila para a frente do corpo debaixo da túnica folgada, pegando uma outra carga, colocando-a no lugar com um golpe do punho.

Seus olhos voltaram para o guarda.

As botas dele se remexiam, mas não porque o macho fosse se levantar tão cedo. Apex, aquele assassino, estava certo – e, veja, de morto ele entende, certo?

Ah, bom Deus… aquele rosto. Não que restasse muito dele. Sangue brilhava e escorria livremente pela anatomia, partes brancas de ossos apareciam em meio às carnes. A língua clicava – ou talvez fossem os dentes – e o maxilar subia e descia, como se parte da consciência do guarda ainda enviasse pedidos de socorro.

Saindo daquele estado, Nyx apontou a arma para a cabeça raspada de Apex.

– Solte-o.

A cabeça – ou melhor, o crânio, sendo mais específico – lentamente se moveu na direção dela. Os olhos que a encararam estavam mortos, sem animação nem personalidade por trás das pupilas negras enquanto o macho se concentrava nela.

– Atire de uma vez se vai mesmo fazer isso – disse ele entediado. E não soltou Jack.

– Solte-o.

– Onde estão as minhas mãos, fêmea?

Foi então que ela percebeu que ele já o tinha soltado.

– Recue, então. Se não vai feri-lo, vá para trás.

– Se eu quisesse matá-lo – disse Apex de modo arrastado –, eu teria feito isso há uma década. Está atrasada para essa festa, fêmea.

– *Para trás.*

O lábio superior de Apex tremeu, e ela pensou que precisaria ficar atenta depois disso. Mas, em vez de mostrar as presas para ela, ele sorriu de modo maligno, revelando dois sólidos caninos de ouro.

Jack resolveu a questão ao sair da posição entre a parede e o outro macho. Limpando a boca cheia de sangue com a manga, não enfrentou o olhar dela. As roupas folgadas e escuras estavam manchadas e desaprumadas, a túnica virada, não que ele parecesse notar. Não que importasse.

– Precisamos nos livrar desses corpos, mas não há tempo – disse ele, rouco.

– Cuido deles. Vão. Agora.

Jack olhou para o outro prisioneiro.

– Estamos quites, então.

– Sim. – Apex apontou com a cabeça para o túnel. – Vão. Mais virão.

O assassino não precisou pedir duas vezes. Nyx estava mais do que pronta para deixar tudo aquilo para trás. Pretendendo se aproximar de Jack, foi passar por cima do guarda morto e ensanguentado...

Quando transferiu o peso, o cadáver ganhou vida. Com um arquejo e os olhos selvagens arregalados, o macho esticou a mão para seu tornozelo. A pressão foi forte o bastante para desequilibrá-la e, enquanto despencava em queda livre, o guarda ergueu uma arma de lugar nenhum...

Apontando-a diretamente para ela, puxou o gatilho...

Jack saltou ao longo da distância quando a arma foi disparada, só que demorou demais – assim como os reflexos de Nyx. Antes que ela conseguisse mudar de posição em pleno ar, a bala atravessou sua pele numa dor ardente, mas não teve tempo de acompanhar onde foi a entrada nem se havia uma saída. Aterrissou com força, um pouco sobre o guarda, outro tanto sobre o chão, a lateral do rosto sofrendo parte do impacto.

Ficou atordoada, deitada onde aterrissou, e quando houve um som forte ao lado de sua cabeça, percebeu que a arma do avô tinha escorregado da sua mão.

Merda, pensou ao pegá-la novamente.

– Nyx!

Os olhos de Jack entraram em seu campo de visão quando ele se ajoelhou. O rosto manchado de sangue estava pálido como a neve, as pupilas, dilatadas, a expressão de horror do tipo que a fazia pensar nos antigos filmes de terror como *Sexta-feira 13*. O que não fazia absolutamente nenhum sentido. Mas, convenhamos, devia ser o choque.

– Fui baleada. – Fechou os olhos em frustração. – Um tiro. Levei um tiro.

– No ombro. Eu sei.

– Não no peito, então?

Fora apenas uma bala? Ou duas? Por que não sentia dor?

Debaixo dela, o guarda começou a se mexer de novo, e uma súbita descarga de adrenalina renovou suas forças. Empurrando Jack, ela enfiou o cano da arma na ferida aberta daquele rosto.

E puxou a droga do gatilho.

Não ficou sequer horrorizada quando o corpo saltou debaixo dela, as extremidades ricocheteando no chão, um gorgolejo horrível se erguendo quando o som do tiro se propagou.

Onde tinha se metido?, pensou ao erguer os olhos para Jack.

Ele a fitava com uma expressão remota e, nesse ínterim, Apex pairava acima dos dois, não uma ameaça, mas algo mais para uma condenação a ela e suas ações. Em algum momento entre a sua entrada na cripta e a localização da entrada na prisão, uma parte dela se perdera. Ou, quem sabe, se arruinara.

E ela sabia que isso não teria volta.

Apex riu com secura.

— Belo tiro. Mas, pensando bem, a proximidade melhora a acuidade.

— Cala a boca – vociferou Jack.

Oferecendo a mão para ele, Jack leu sua mente. Ajudou-a a ficar de pé e, quando ela se equilibrou no seu braço, ele a inspecionou à procura de hemorragias arteriais. Com uma deferência pouco característica, ela esperou sua inspeção, apesar de o corpo ser seu e ele não ser médico. Mas, em retrospecto, sentia como se não pudesse mais confiar em suas interpretações.

— Temos que nos mover com rapidez – disse ele.

Antes que ela pudesse voltar a correr, ele se abaixou e a pegou nos braços.

— Sem discussões – ele ordenou. – Você precisa atirar se encontrarmos mais problemas. Deixe minhas pernas fazerem o trabalho por nós dois.

Pouco antes de eles saírem, Apex sorriu de novo, revelando aquelas presas de ouro.

— Que bela lua de mel vocês dois estão tendo.

— Vá se foder, Apex – Jack disse por cima do ombro ao disparar num trote.

CAPÍTULO 23

Só o que o Jackal conseguia cheirar era o sangue de Nyx. Só o que conseguia sentir era o calor dele ensopando as roupas que ela vestia e a manga da sua túnica prisional enquanto a carregava. Só o que sabia era a distância que tinha que percorrer se iria levá-la à segurança.

Digamos, à segurança relativa.

Correu o mais rápido que pôde sem sacudi-la demais, mas, a julgar pelo modo como ela grunhia e se enrijecia em seus braços, ele sabia que a machucava. No entanto, ela não abaixaria aquela arma. Enquanto ele fazia o caminho inverso ao longo do complexo do Comando, ela mantinha o cano erguido e firme e estava alerta, inclinando-se nas curvas que ele fazia e permanecendo firme nas retas em que ele disparava.

Mas que droga, perdera a arma que ela lhe dera quando partira em perseguição àquele guarda. Não houve tempo, porém, para procurar por ela. Pelo menos Nyx dispunha de mais naquela mochila dela, visto o barulho metálico que produzia toda vez que ela era movimentada.

Quando chegaram à cela fechada com aquela rede metálica, ele não conseguiu se impedir de espiar dentro dela...

O grito de Nyx fez com que voltasse a prestar atenção.

Merda, pensou ao parar derrapando. Quatro guardas estavam perfilados diante deles, uma parede uniformizada de "tu não passarás" com muita munição em mãos.

O Jackal considerou recuar correndo, mas não havia nenhum lugar para ir. Pior, o Comando logo retornaria para aquelas instalações. Quer porque a revisão da área de trabalho tivesse sido concluída ou, mais provavelmente, porque um alarme fora disparado. Mais reforços para aqueles guardas com certeza estavam a caminho e Nyx não tinha forças para outra batalha prolongada.

— Arma na têmpora — sussurrou. Quando os olhos de Nyx se arregalaram, ele expôs as presas. — Encoste a arma na minha têmpora. *Agora.*

Enquanto ela fazia o que ele lhe dissera, ele se dirigiu aos guardas.

— Quero que todos vocês joguem suas armas aos meus pés e deitem de cara no chão ou ela vai atirar em mim. Ela vai fazer isso, caralho, e daí vocês vão ter que explicar como me deixaram morrer bem diante de vocês. Querem ser os mensageiros dessa notícia?

Para provar seu ponto de vista, o cano da arma de Nyx, que ainda estava quente e cheirando à munição descarregada, foi pressionada no seu crânio, bem no canto do olho.

— Não, não — ele avisou quando um guarda loiro à esquerda inclinou a boca na direção do ombro, onde seu comunicador ficava acoplado na dragona. — Nada disso. Cara no chão, agora. Ou a situação vai ficar muito, muito feia — e não só porque meu cérebro vai explodir pela parede.

Quando os guardas jogaram as armas e se abaixaram, uma figura entrou no corredor da fissura que dava para a Colmeia. Quem quer que fosse estava coberto em dobras de tecido negro da cabeça aos pés, com o rosto escondido debaixo de um capuz. Também encobrira seu cheiro, mascarando sua identidade com os aromas da cozinha da prisão. Pão. E alho.

Graças à Virgem Escriba, o Jackal pensou ao gesticular para que o espectro se aproximasse com a mão que estava debaixo dos joelhos de Nyx. Kane se aproximou rapidamente.

Que macho muito, muito inteligente ao disfarçar seu cheiro. E, como de costume, o bem-nascido era pontual.

— Mãos atrás das costas — o Jackal ordenou aos guardas.

Houve movimentação no chão, punhos se apresentaram nas lombares, e Kane se moveu com a graciosidade que somente a aristocracia possuía, o corpo ágil debaixo daquelas vestes cheio de elegância

— todavia, ele tinha a praticidade e a eficiência de um soldado. Apanhando uma das armas descartadas do lugar em que tinham sido jogadas, algemou cada um dos guardas com os próprios equipamentos num segundo. E, no decurso da sua tarefa de imobilização, o macho também lhes tirou toda munição e comunicadores, bem como certa quantidade de facas, criando uma pilha de equipamentos aos pés deles.

Quando Kane assentiu, o Jackal disparou outra vez, segurando sua carga preciosa com o máximo de cuidado que podia enquanto passava apressado pelo seu caro amigo e todos os guardas incapacitados.

— Eu deixei a arma travada o tempo todo — Nyx disse enquanto avançavam apressados. — Só para você saber.

O Jackal só pôde balançar a cabeça. Suas emoções estavam caóticas demais para ordená-las adequadamente, mas ele suspeitava, mesmo se pudesse separá-las, não haveria de querer que ela soubesse quanto ou o que ele sentia.

O fato de não poder ter pedido por uma parceira melhor parecia algo a ser mantido em segredo.

Assim como a realidade de que iria reviver o momento em que ela foi alvejada pelo resto da vida.

Quando Jack os levou até a fissura, Nyx estava pronta para descer e avançar por conta própria. O que era uma boa coisa, porque seria impossível para ele carregá-la naquele aperto. Mal havia espaço para uma pessoa caber, muito menos para carregar no colo uma vítima de bala.

Não que ela fosse uma vítima.

Empurrando-lhe o ombro, ela se afastou dele e soube pelo modo com que as mãos se demoraram em sua cintura que ele não queria soltá-la, mesmo quando suas pernas aceitaram o peso do corpo. Não era hora de conversar. Ela foi direto para a escuridão, pressionando o corpo no abraço estreito e terroso da fissura — e não olhou para trás. Não havia motivo. Jack estaria atrás dela. Ele protegeria a sua retaguarda. E, à medida que seguia em frente, a rocha úmida resvalando na mochila debaixo da túnica, ela, curiosamente, não sentiu medo.

O que não fazia sentido. Pensando bem, pelo menos ninguém estava atirando nela dentro daquele buraco superescuro, superestreito.

Embora, quando chegassem ao fim, talvez isso fosse mudar.

Um brilho suave marcou o fim da fenda no centro da caverna, e a mão de Jack em seu ombro a refreou quando ela alcançou a saída. Por um momento, esperaram. Inspirando fundo, ela sentiu um lembrete do fedor da Colmeia, mas reconheceu que estava menos intenso de alguma maneira. O barulho também estava mais baixo. Talvez depois da briga que os amigos de Jack fingiram começar, o lugar tivesse sido esvaziado?

Era mais provável que algum alarme tivesse soado como resultado ao saldo de corpos equivalente a um jogo de vídeo game que deixaram no setor do Comando.

— Não ouço nada — sussurrou ela. — É seguro?

— Mantenha a arma a postos, mas escondida.

Como Nyx fora a primeira a entrar, tinha que ser a primeira a sair e, em retrospecto, talvez ela devesse tê-lo deixado ir à frente. Tarde demais. Não havia como trocarem de lugar.

Virando a cabeça, desejou poder vê-lo, nem que fosse para extrair um pouco de forças ao ver seu rosto. Estava escuro demais, porém.

— Estou bem — ela disse com suavidade. — Só para você saber.

— Está em estado de choque.

— Não estou...

— Claro que está...

— Não me diga como estou...

Ambos pararam ao mesmo tempo. E ela teve que sorrir — mesmo a expressão não durando muito.

— Em outras circunstâncias — disse ela —, eu poderia mesmo ter me apaixonado por você.

Não esperou uma resposta. Mas, então, a voz dele, tão profunda e baixa, teceu um caminho na escuridão até ela:

– Em circunstâncias diversas, eu teria me apaixonado ainda mais por você. E não teria lamentado o tropeço do meu coração nem por um momento.

Fechando os olhos, ela sentiu uma dor que não tinha nada a ver com o ferimento à bala lancetar o meio do seu peito. Ao inferno com aquela asneira de "melhor ter amado e perdido do que nunca ter amado". Preferia nunca ter conhecido Jack.

Agora teria que viver com tudo o que nunca teria.

Desde que saísse viva daquela prisão.

Inclinando-se à frente, ela espiou dentro da Colmeia.

– Está completamente vazia. Isso é normal?

– Não. Nem um pouco.

– O que faremos?

– Não podemos ficar aqui e não podemos voltar. Precisamos retornar à passagem oculta. Siga para a esquerda e vá rápido, mas não corra. Apenas ande como se soubesse para onde está indo.

Inspirando fundo, ela fez uma rápida prece e, quando escapou pela cobertura da fissura, não olhou para os lados. Ateve-se à beirada da Colmeia, tão próxima que o ombro ferido resvalava a parede de pedra, cada impacto fazendo com que seus dentes se cerrassem. Cabeça abaixada. Olhos abaixados. Ombro na parede. Cabeça abaixada. Olhos abaixados. Ombro na...

Jack saltou à sua frente e ela se sentiu aliviada. Na proteção do corpo imenso dele, sentia-se mais segura – até perceber que a arma estava na sua mão direita. Debaixo da folga do tecido, ela trocou a arma para a esquerda de modo que ficasse do lado da parede. A última coisa de que precisava era que um brilho metálico os denunciasse.

Foi só quando voltaram ao túnel principal, aquele largo que estivera repleto de prisioneiros, que ela percebeu que tinham deixado a Colmeia para trás. Nem percebera. Onde estava a curva... onde estava a curva... que os levaria de volta ao lugar escondido. À cachoeira. À piscina.

Ansiava pelo claustro como se ele fosse algo da sua infância, um destino visitado muitas vezes, um enclave de segurança de quaisquer tempestades fora do lar familiar.

Ah, emoções. Inexistentes se você procurasse por algo para tocar ou segurar na palma, mas ainda tão corpóreas haja vista sua capacidade para grandes feitos de transformação. Certo como se tivessem mãos para construir, para pintar, para acarpetar e colocar papéis de parede, elas transformavam uma caverna entalhada no meio de um acampamento prisional num lar utópico.

Era isso o que passava pela sua cabeça quando Jack puxou a manga da sua túnica e a levou por uma esquina até fazê-la parar. Enquanto verificava se estavam sendo seguidos ou logo atacados, ela o estudou. A parte inferior do rosto ainda estava manchada com o sangue do guarda que ele praticamente comera, e mechas dos cabelos negros compridos tinham se soltado da trança. Sangue fresco manchava a túnica dele em alguns lugares, e cada vez que ela inspirava pelo nariz, sentia o próprio cheiro. Nesse meio-tempo, Jack arfava e estava muito corado, mas não estava distraído. Os olhos estavam centrados, decididos. Assim como seus movimentos quando ele passou o braço ao redor dela e apertou algo na parede.

Quando o painel escondido deslizou, faltou pouco para ela se jogar para dentro da passagem protegida. Ainda assim, ela não relaxou até eles estarem fechados ali, em segurança.

Luzes de velas se acenderam perto do chão. Mas Nyx sabia para que lado ir.

Liderou-os outra vez – não que existisse qualquer decisão quanto a que direção tomar –, e quando o som da queda-d'água e o cheiro fresco do ar atingiram seus sentidos, ela começou a tremer.

Suas pernas cederam quando chegou à última curva e viu a piscina.

Jack a apanhou. Como sempre, ou assim parecia.

Quando ele a abaixou num dos assentos de pedra lisa, ela cedeu à pegada avarenta da gravidade e encarou o teto brilhante. Os movimentos deles tinham atrapalhado as chamas no topo dos pavios em toda a volta, e ela observou as sombras na rocha áspera do teto dançarem acima dela.

Deus, as costas doíam. Não, espere. Estava deitada em cima da mochila.

Com um grunhido, despiu a túnica e depois o fardo de náilon cheio de armas, e, quando essa última caiu no chão, ela relaxou na exaustão. Ou talvez estivesse desmaiando. Difícil saber.

Quando o rosto de Jack apareceu acima do seu, ela quis beijá-lo. Só porque ele estava vivo e ela também.

Por enquanto.

– Deixe-me tirar a sua jaqueta – disse ele. – Precisamos ver o estado do seu ombro.

Ela assentiu, e fez o que pôde para ajudá-lo a retirar as camadas que a cobriam. Quando só estava com a camiseta de manga curta, ambos inspecionaram o ferimento.

– Foi só de raspão – disse ele ao fechar os olhos e se sentar para trás. Esfregando o rosto, murmurou: – Abençoada Virgem Escriba.

Quando ela cutucou a mancha vermelha do lado externo do antebraço, voltou a sangrar, então parou de mexer. Graças à forma com que os vampiros se curavam, o ferimento, que não fora profundo o suficiente para atingir a musculatura por baixo, já estava cicatrizando sozinho. Se ela agisse certo e não fizesse esforço físico nas próximas duas horas, logo ele estaria completamente fechado.

Mas teriam todo esse tempo?

Deixando a cabeça cair na pedra, ela fechou os olhos e tentou se lembrar da última vez em que se sentira cansada assim. E, então, ouviu a voz de Jack na cabeça, repetindo o pronunciamento sobre ser apenas um ferimento de raspão e...

Monty Python.

No meio de seu cansaço absoluto, ela viu aquela cena do *Em Busca do Cálice Sagrado*, onde o cavaleiro que perdia na batalha de espadas, enquanto jorrava sangue pelas pernas e braços, exclamava a mesma coisa com sotaque britânico afetado.

Foi só de raspão.

– Está bastante aliviada, então? – perguntou Jack.

Nyx abriu os olhos.

– O que foi?

— Estava sorrindo.

— Ah, não, é por causa... de um filme, você já deve ter visto... — Deteve-se. — Quero dizer, não foi nada.

Ele não assistira àquele filme. Nem a nenhum outro.

Concentrou-se nele de novo. E quando esticou a mão na direção dele, ele esfregou o queixo e o maxilar com a palma, como se estivesse envergonhado pela mancha do macho que mataram juntos — como se desejasse que ela não tivesse visto aquilo.

— Venha cá – disse ela.

— Precisamos de um plano.

— Eu sei. Mas venha aqui primeiro.

Quando por fim ele chegou perto o bastante, ela afastou a mão dele do rosto. Indo para a túnica, abriu os botões da gola alta e afastou as lapelas.

Os olhos dele ficaram reservados. Como se ele soubesse para o que ela olhava.

— Você não tem uma coleira como têm os outros – disse ela. – E os guardas não podem feri-lo. Quem é você de fato e por que escolhe estar aqui?

— Sou como qualquer outro prisioneiro.

Nyx meneou a cabeça.

— Está mentindo para mim.

CAPÍTULO 24

De pé na sala de estar de Jabon, Rhage absorveu os detalhes do diorama da catástrofe como se a triangulação das figuras de alguma forma fosse revelar a verdade implícita na alegação: Ellany, com a camisola cor de pêssego manchada e rosto pálido e destroçado. Sua mahmen*, disposta a fugir com seu vestido elegante com as saias suspensas – ainda que, visto a fúria em seu rosto, ela parecesse mais interessada em brigar do que fugir.*

Com a filha?, *Rhage se perguntou.* Ou com o macho que fora acusado?

O Jackal, nesse ínterim, parecia consternado; seu choque era tamanho e de tão aparente honestidade, que ficou claro que ele não sabia como responder.

E, por fim, havia Jabon, parado diante das portas fechadas da sua sala de estar, sua expressão uma máscara distante escondendo o que só podia ser alarme em sua mente: um membro da glymera *podia entreter incontáveis convidados – inclusive alguns de reputação menos louvável – de modo, às vezes, questionável, mas desde que atividades "questionáveis" com convidados menos que "respeitáveis" ocorressem por trás de portas fechadas, sem chamar a atenção indevida das idas e vindas entre os quartos; sendo assim, haveria poucas consequências. Verdade, tinham ocorrido convites a Jabon que seriam, e que, sem dúvida, já tinham sido, cancelados, e haveria algumas fêmeas de certas famílias de boa linhagem que se recusariam a se sentar ao seu lado em festivais, mas, de modo geral, ele seria deixado em paz, livre para abrir sua mansão para quem bem escolhesse.*

Contudo, toda essa liberdade seria rescindida num instante apenas se uma fêmea bem-nascida em idade ideal de compromisso fosse desonrosamente desprovida de sua virgindade sob o teto dele.

A derrocada que Jabon vivenciaria seria rápida, épica e duradoura por incontáveis futuras gerações.

— Fiz isso por você — Ellany repetiu para Rhage.

Ele meneou a cabeça para a jovem fêmea.

— Não fez nada, uma vez que nunca lhe pedi nada. Mesmo quando me procurou.

— Ellany! — a mahmen *dela exclamou. — O que você fez...*

— Basta! — Jabon vociferou com surpreendente força.

Desaparecido estava o bon-vivant. *Em seu lugar aparecera o absolutamente sério dono da casa que apreciava sua posição social — e, pelo visto, queria mantê-la.*

— Desgraçou meu lar — disse ele ao Jackal. — Maltratou uma inocente de boa criação debaixo do meu teto...

— Não fiz tal coisa! — O Jackal deu um passo à frente, uma figura imponente, também de boa criação, que sabia exatamente o que lhe aconteceria caso a acusação prevalecesse. — Não pus a mão nela, e ela sabe disso...

— Arruinar o corpo não basta, você precisa macular o caráter dela? — Jabon cortou o ar com uma das mãos. — Como ousa! Sairá da minha propriedade de imediato e haverá consequências disto.

— Ela está mentindo. — Os olhos do Jackal se enterraram em Ellany, que não suportou o exame minucioso. Quando ela abaixou o olhar, ele praguejou. — Mas, claro, sairei de imediato e nunca mais retornarei. Minha honra foi ofendida pela conveniência de uma trama social que não me envolve, e me ressinto da implicação em qualquer que seja o esquema que está sendo tramado aqui. Isto não tem nada a ver comigo.

O cavalheiro saiu a passos largos da sala e, quando chegou perto da mahmen *e da filha, disse num tom baixo:*

— Meu cheiro não está na pele, nem na cama dela. Sabe muito bem disso, assim como ela.

Quando ele inspirou, as narinas se dilatando, sua expressão ficou mais séria e seu olhar se desviou para o anfitrião.

— Você instruiu esta moça a fazer isto antes ou depois de deixar o jardim dela tão bem aparado?

— Saia — Jabon disse enquanto corava, encolerizado. — Saia!

O Jackal subiu a escada trotando, com as costas eretas, o queixo elevado. Em sua ausência, Rhage praguejou e meneou a cabeça.

— Não acredito por um segundo sequer que esse macho fez o que...

— Uma palavra — Jabon interveio —, se me permitir.

Quando o anfitrião deles atravessou a sala de estar, ele instruiu algo em voz baixa às duas fêmeas, e, o que quer que tenha sido, a obediência foi imediata. E suspeita. A despeito do fato de que o macho que supostamente lhes fizera uma coisa terrível subira para o segundo andar, elas também voltaram a subir no rastro do aparente agressor.

Quando Ellany olhou por cima do ombro, Rhage meneou a cabeça. Mas não para ela. Para toda aquela situação.

Jabon entrou na sala e fechou as portas duplas, cerrando os painéis de madeira lustrada. Suas roupas refinadas e o estilo garboso pareciam um cenário montado, mas não era assim com tudo? Aquela casa, aqueles convidados, aquela sua posição social.

— Eu lhes peço — disse ele. — Ouçam a verdade antes de chegarem a um julgamento.

Rhage farejou o ar ao redor do macho. Só o que sentiu foi o buquê sufocante dos óleos caros que Jabon regularmente aplicava em si. O que importava, porém, era o que estava naquela fêmea; Rhage, contudo, não a traumatizaria ainda mais indo atrás dela só para sentir seu cheiro.

— Tomou aquela inthocada. *— Rhage cruzou os braços diante do peito. — E não minta para mim.*

— Não, claro que não. — Jabon pôs a mão direita sobre o peito. — Pela minha honra.

— O protesto do Jackal foi bastante veemente. Bem como a acusação que fez a você.

Darius se pronunciou:

— E o macho foi muito honrável nas minhas relações com ele.

— Você não o conhece tão bem quanto eu. — Jabon andou até a lareira e fitou a pilha de achas brancas de bétula que permanecia sem ter sido acesa. — Ele é um mentiroso. Mentiu sobre tudo. Sobre quem é, de onde vem, o que faz.

— E qual é a versão dele? — entoou Rhage.

— Ele alega ser de linhagem aristocrática e que está aqui em Caldwell com todos os diretos e privilégios ligados a isso. Mas sempre se recusou a divulgar as cores da sua família. Não passa de um andarilho e um vigarista que seduziu meu pai a patrociná-lo...

— Então por que o tem debaixo do seu teto?

— Acabei de expulsá-lo — Jabon contra-argumentou com irritação.

— Porque foi acusado de uma impensável violação a uma inocente — Rhage rebateu. — De alguma forma, creio que, se não tivesse acontecido isso agora, eu estaria sentado diante dele à Primeira Refeição neste exato instante.

— Ele é culpado! Esperam que eu tolere tal desobediência social e todos os males a que isso me expõe?

— Não é essa a questão. — Rhage moveu o quadril para a frente. — E não estou me importando quanto ao que é apropriado. Estou preocupado com aquela pobre fêmea. Danem-se as regras sociais; são só elas que o incomodam nesta história?

— Claro que não. — Jabon gesticulou com os braços. — E, quanto às acusações infundadas do macho a meu respeito, o cheiro dela não está em mim. Inspire fundo e conheça a verdade.

Rhage meneou a cabeça. Jabon saíra da sala de jantar no mesmo instante que as fêmeas tinham descido, por isso era impossível saber se o cheiro dele estava no ar por causa da sua presença no vestíbulo ou porque o deixara na camisola e na pele da jovem fêmea.

O anfitrião deles segurou a frente do paletó de seda.

— Eu jamais teria convidado o Jackal para debaixo do meu teto e, mais importante, quando sua história começou a lançar suspeitas em minha mente, deveria ter colocado sua presença dúbia para fora desta casa de imediato.

Lamento não ter agido assim e, mais que tudo, lamento que alguém que jamais deveria ter sofrido tenha passado por isso em razão de minha falha de julgamento. Acertarei isso. Juro pela alma de meu falecido pai.

Do outro lado das portas fechadas, os ouvidos de Rhage perceberam o som abafado de passos descendo a escada. Em seguida, a porta da frente sendo aberta e fechada ruidosamente.

Pelo vidro das janelas que davam para a frente da mansão, testemunhou uma figura escura com uma mala na mão caminhar pela entrada e virar à direita até sair da propriedade.

O Jackal fora embora com seus pertences.

De repente, Rhage baixou o olhar para o casaco que fora preparado para ele. Para as calças. Para os sapatos de couro.

Despindo o paletó formal, dobrou-o sobre o encosto de uma cadeira estofada com seda. Depois arrancou a gravata, afrouxou o cós da calça e chutou os sapatos.

Enquanto se despia, Jabon piscava confuso como se nunca tivesse feito nem tivesse visto esse tipo de ação. Darius, por sua vez, revirou os olhos.

Rhage despiu-se até ficar nu.

Tirou tudo e depois coçou as costas e alongou os ombros.

— Obrigado por sua hospitalidade. Pode ficar com as roupas. Vou partir do mesmo modo como cheguei.

Jabon gaguejou.

— Você... você... não pode partir assim! O que...

— Não me peça nada, especialmente nesta casa – anunciou Rhage. – E, se me vir na cidade, desvie o olhar, atravesse a rua. Não desejo ser associado a nada que fica sob este teto e não acredito na sua história sobre o macho que acabou de nos deixar. Não tenho provas, contudo. Portanto, faça o que achar melhor, mas não tente me enredar, ou talvez eu sinta a necessidade de partilhar minhas opiniões a seu respeito, sobre esta casa e esta situação, com outros dispostos a ouvir.

— Está errado quanto a mim e errado quanto a ele! – Jabon balançou a cabeça ao se lançar em súplicas. – E verá. Garantirei que isto seja reparado do melhor modo. A punição será dada e servida pelo que ele fez. Por favor,

não renegue a hospitalidade que sempre estará disponível para qualquer membro da Irmandade da Adaga Negra!

— Não acredito em você. — Rhage deu de ombros. — A respeito de nada.

Dito isso, ele assentiu por sobre o ombro para seu Irmão e saiu, desmaterializando-se pelos painéis de vidro através dos quais assistira à partida do Jackal. Enquanto ele se dissipava na noite, dirigindo-se, enfim, para o lar isolado que estabelecera para si bem distante do centro da cidade, resolveu evitar todas as pessoas, a menos que fosse absolutamente necessário.

Nada de bom vinha dessa interação. E isso antes mesmo de contemplar a complicação estrondosa da sua besta.

Bem como a completa incredibilidade dos outros.

Melhor que seguisse em frente como devia.

Sozinho.

CAPÍTULO 25

— SOU COMO QUALQUER OUTRO PRISIONEIRO.

Quando o Jackal repetiu as palavras, fechou o topo da túnica, mantendo as duas partes unidas.

— A minha história não é diferente de qualquer uma das dos outros, e a minha sentença é o que é.

— Não é, não. — Nyx meneou a cabeça. — Você poderia ir embora. Se os guardas não podem tocar em você e você não tem a coleira, pode apenas se desmaterializar daqui. Está escolhendo ficar...

— Não — disse ele com firmeza. — Não *escolho* ficar. Eu sairia daqui se pudesse, assim como os outros.

Quando ela voltou a menear a cabeça, ele se levantou e se aproximou da pilha de túnicas e calças bem dobradas. Arrancando a túnica suja, amassou o tecido e o jogou nas sombras. Ao vestir uma limpa, quis tomar um banho completo. Em vez disso, contentou-se em se aproximar e se ajoelhar junto à água borbulhante. As mãos não estavam tão firmes quando as uniu para pegar água e jogar no rosto, repetidas vezes. A água estava quente. Desejou que estivesse fria o bastante para formar gelo na superfície.

Ah, ainda sentia o gosto do sangue daquele guarda, contudo achou bizarro não poder se lembrar de nada das feições dele. Não se lembrava da cor dos olhos, nem da dos cabelos. Sequer se era bonito ou feio.

Sentando-se sobre os calcanhares, secou o rosto com a ponta da túnica.

Nesse meio-tempo, Nyx apenas o fitava, e ele sabia sem ter que perguntar o que aquele silêncio significava. Ela não iria a parte alguma sem ele, não faria nada para garantir sua própria segurança até ele se explicar.

O Jackal pigarreou.

— Fui acusado de levar uma inocente para a cama. De tê-la tomado sem um compromisso e, pior, sem o consentimento dela. Na verdade, eu não tive conhecimento carnal com ela. O mais próximo que cheguei dela foi sentar-me a três cadeiras de distância à mesa de jantar. Juro pela minha honra, nunca estive a sós com aquela fêmea. Fui sacrificado para salvar a ela e a reputação da *mahmen* quando a trama para um compromisso fracassou.

Os olhos de Nyx se estreitaram.

— Não fez sexo com ela e mesmo assim acabou aqui. Por um século. Por causa de uma acusação falsa.

— Não havia uma corte objetiva que eu pudesse procurar, ninguém imparcial que pesasse a verdade e as mentiras. Fui chamado diante do Conselho, e provas foram mostradas contra mim por um macho que mentiu para se proteger, uma *mahmen* que precisava que a filha fosse uma vítima em vez de uma consorte solteira e uma fêmea jovem que não sabia o que fazer por não ter mais sua virtude a oferecer a um futuro *hellren*. Não tive a mínima chance.

— Mas isso não é justo. — Nyx se ergueu, apoiando-se no cotovelo. — Por certo a verdade é a defesa máxima.

— Não seja ingênua. Como acha que este lugar acabou ficando tão cheio? — Revirou os olhos. — A prisão foi estabelecida e administrada pelo Conselho para servir às necessidades da *glymera*. Eu fui um sacrifício fácil, considerando os outros envolvidos. E claro que me apresentei ao Conselho pretendendo provar minha inocência, mas não tive a oportunidade de falar. Fui sentenciado de pronto e arrastado pelos guardas; meus direitos civis, ignorados; minha vida, meus objetivos, meu futuro, dizimados. Morri naquela noite em todos os modos que importavam. — Com uma risada dura, ergueu-se. — Mal sabia eu que haveria momentos ainda piores adiante, pesadelos que, na época, por mais horrorizado e chocado que estivesse, não teria como começar a imaginar.

Ela se calou por um instante.

— Mas você poderia ir embora.

— Não.

— Não entendo… — Nyx parou. Depois imprecou baixinho. — Claro. Aquela cela bem mobiliada. É lá que está a sua fêmea. Ela é o motivo de você não ir embora. É ela quem o mantém aqui.

O Jackal cruzou os braços diante do peito.

— Não é uma situação simples.

— Explique-me.

— Não posso. Mas, juro, isso não afeta… — Gesticulou entre eles. — Não tem nada a ver com a gente.

— *A gente?* — Ela se sentou de vez, deixando os braços penderem dos joelhos. — Como se estivéssemos namorando? Como se esta fosse uma conversa sobre monogamia ou não monogamia entre duas pessoas prestes a decidir sobre serem ou não exclusivos? Não seja ridículo.

— Mas não nos afeta. — Ele não sabia o que mais dizer. — Não se trata de… você e de mim.

— *Não existe* um você e eu. — Ela alisou mechas que escaparam do cabelo trançado. — Vou embora daqui assim que puder e nunca mais vou voltar. Você nunca mais me verá. Em vez disso, ficará aqui sentado, neste subterrâneo, apodrecendo até morrer e seu nome ser gravado naquele muro. Mas a diferença entre você e os outros listados ali, como a minha irmã? Você está escolhendo esse tipo de morte… assim como está escolhendo este tipo de vida.

— Você não entende.

— Tem razão. Não entendo. A boa notícia é que não preciso entender. Ou você é um puta de um covarde e quer evitar o que está lá em cima ou está me contando uma historinha idiota e acha que vou acreditar porque fizemos sexo. De qualquer maneira, não é da minha conta. E, mais importante, estou cansada dos seus joguinhos.

O Jackal olhou para a passagem que poderia usar para ir embora com ela. E incitou-se a dar os passos que o levariam dali. Seus pés, no entanto, não se moveram.

Em vez disso, voltou a olhar para a fêmea.

— Você tem as suas conclusões a meu respeito — disse ele numa voz rouca. — E, tenho que confessar, estou confuso que sejam tão baixas. Pensando bem, eu deveria estar acostumado a isso, considerando-se que as ações de outros me trouxeram para cá...

— O trouxeram para cá? Mas que porra. Você pode sair! E poupe-me das justificativas...

— Não vou poupá-la de uma defesa às suas acusações — ele estrepitou. — Tive esse direito negado uma vez, e acredite quando eu lhe digo que isso nunca mais vai acontecer. Você acusou, e agora vai ouvir o meu lado.

As sobrancelhas de Nyx se ergueram. E quando ela permaneceu calada, ele continuou:

— Eu não lhe devo uma explicação, algo que me parece bem conveniente já que está claro que você não me estenderá nenhuma imparcialidade. Isso, apesar do fato de eu não ter feito nada além de garantir a sua segurança e o sucesso da sua missão no tocante ao que aconteceu com a sua irmã. Isso, apesar de você não saber nada sobre mim a não ser pelo que lhe demonstrei, o que creio ambos podemos concordar não foi nada além de atenção e proteção.

Quando ela exalou, disse numa voz baixa:

— Quando é a próxima mudança de turno? Só isso me interessa.

O Jackal abriu a boca. Voltou a fechá-la.

Depois de um instante, disse baixo:

— Você está preocupada consigo. Mas é claro.

— Só quero sair daqui.

— E o estranho, ou talvez não, é que me vejo em total acordo com esse seu objetivo. — Esfregou os olhos. — Passamos do ponto de nos preocuparmos com a troca dos turnos. Há guardas mortos agora num lugar a que apenas um número limitado de pessoas tem acesso. A prisão está bloqueada, por assim dizer, e com isso eu preciso voltar para a minha cela para uma contagem mandatória. Desde que já não tenham dado pela minha falta.

– Como descobrimos isso? – perguntou ela. – Se a prisão está bloqueada, quero dizer.

– Eu irei...

– Não. – Ela se levantou. – Vamos juntos.

O Jackal encarou a fêmea com a qual parecia estar em tanta sintonia enquanto escapavam dos guardas. Todo aquele companheirismo e comunhão tinham desaparecido. Ele agora lidava com uma completa desconhecida, que, mais que tudo, era completamente incompatível com ele.

– Como desejar – murmurou. – Longe de mim atrapalhar você.

Aquilo tudo acabou, Nyx pensou ao vestir a jaqueta, prender a mochila e caminhar até a piscina. Aquele interlúdio bizarro, comovente e perigoso demais tinha acabado. Voltaria ao lugar por onde entrara e depois retornaria à casa de fazenda da família e...

Quando pensou em seu lar e em sua irmã remanescente, praguejou, lembrando-se da foto que tirara do nome de Janelle no Antigo Idioma.

Distrações demais aconteceram desde que se viu diante daquele Muro, mas a dor surgia agora: Janelle estava morta. E muito provavelmente morrera sozinha. Será que seu corpo fora enterrado? Ou fora jogado fora como lixo?

E tudo por culpa do avô delas.

– Vista uma túnica por cima – instruiu Jack.

– Não quero.

Ele se aproximou da pilha, pegou uma e a jogou para ela.

– Vista isso agora.

Puxando a peça por cima da cabeça, ela prometeu a si mesma que iria queimar a maldita coisa assim que conseguisse encontrar uma fogueira.

Enquanto Jack seguia pela passagem e as velas iam se apagando em seu rastro, ela o seguiu, mantendo o foco na única coisa que importava. Ele podia escolher ficar ali, mas ela estava livre para ir embora – e não olharia para trás. Literal ou figurativamente. Não arruinaria seu futuro por conta de um macho que não conhecia e que estava preso a uma situação que ela não entendia – e em quem tampouco acreditava, de um jeito ou de outro.

Aquelas eram as resoluções que a moveram para longe da piscina e a fizeram seguir em frente enquanto ele a liderava até uma das principais artérias da prisão.

Não havia mais ninguém por perto. Nem um som, tampouco. Como ratos fugindo num sistema de metrô, todos os prisioneiros procuraram refúgio.

O bloqueio da prisão definitivamente tinha sido acionado. E tudo bem. Ela não precisava dele. Se a levasse ao ponto em que ela entrara, podia dar conta do resto do caminho – e ele poderia voltar para sua cela e desperdiçar o resto da sua vida ali.

Excelente escolha da parte dele. Maravilhosa mesmo.

– Pare – disse ela.

Ele não parou.

– O que foi?

– Conheço o caminho daqui.

Dessa vez ele olhou para trás. Fitando-a do alto de sua imponente altura, ele ergueu uma sobrancelha.

– Conhece.

– Esquerda aqui, depois quatro direitas, uma seguida da outra. – Ela deu de ombros. – Não é difícil.

– Claro que não é. Não para você.

– Só virei à esquerda quando entrei.

– O quê?

Nyx reajustou a mochila por baixo da túnica que ele a obrigou a usar.

– Quando entrei, para que não me perdesse, só virei à esquerda. Este túnel aqui – apontou para aquele diante do qual estavam – me levará à primeira das viradas que dei. Três mais e estarei lá. Por isso, acabamos aqui. Pode voltar sozinho para a sua cela, que é o que você quer.

Os brilhantes olhos de água-marinha dele se estreitaram para ela.

– Você tem todas as respostas, não?

– Sei como me salvar. E sei o caminho para fora daqui. Essas são as únicas respostas de que preciso.

– Muito bem, então. – Com uma curvatura elegante, ele deu um passo para o lado e gesticulou para que ela seguisse em frente. – Permita-me sair do seu caminho.

– Obrigada.

Nyx se viu tentada a lhe estender a palma, mas não havia motivos para ser mesquinha e isso pareceria um gesto provocador. Portanto, em vez disso, passou por ele...

E seguiu em frente.

Nos primeiros cinquenta metros, ela manteve um ouvido no que estava atrás dela. Esperou que ele a seguisse ou que a chamasse. E quando não houve nenhum passo nem seu nome foi dito, ela ficou aliviada. Não gostava da frustração que ele causava, e ela sabia muito bem cuidar de si...

– Chega – murmurou. – Chega dessa coisa com ele.

As direitas que ela tinha que pegar chegaram em intervalos adequados, as distâncias de que se lembrava entre as viradas foram as mesmas encontradas. Quando chegou à última esquina, sem cheiros em seu nariz ou sons nos ouvidos, sentiu-se triunfante. Virando a última direita, ela...

Parou de repente em frente de uma imensa parede de aço.

Virando-se, recontou as viradas na cabeça. Voltou a virar.

Não, aquilo estava errado. Havia mais cinquenta metros e, em seguida, os painéis de aço com trancas, a entrada que usara para chegar ali. Aquela para a qual tinha o cartão de acesso.

Apoiando as palmas contra o metal frio, empurrou a barreira apesar de saber que não conseguiria nada. Os malditos painéis desciam do teto e estavam presos um ao outro. Achava que conseguiria abrir um buraco a socos?

– Merda.

Quando o suor brotou debaixo dos braços e no rosto, ela sentiu que começava a entrar em pânico. Mas, em seguida, virou a cabeça e viu uma luz piscante na parede.

– Cartão de acesso... cartão de acesso...

Com mãos trêmulas, tateou cada bolso que tinha debaixo da túnica. Bem quando se convencia de que o tinha perdido em algum lugar do caminho, sentiu o cartão duro. Puxando-o, aproximou-o do leitor que estava acoplado à rocha da parede.

Nada.

Passou de baixo para cima. De cima para baixo. De um lado a outro. Os dois lados do cartão. Duas vezes.

– *Droga*.

Enquanto considerava suas opções, o tempo não era seu amigo e, se seus cálculos estivessem corretos quanto às distâncias, então a barreira também bloqueava seu acesso para a primeira passagem secreta na qual Jack a levara – porque ela ficava mais próxima do local em que entrara na prisão a partir da cripta. Sua única opção de se esconder e reavaliar seus planos era voltar para a piscina.

Se conseguisse...

Vozes.

E a marcha reveladora. De muitas, muitas botas.

Nyx começou a tremer. Apoiando as omoplatas contra o painel de aço, fechou os olhos por um breve momento. Voltando a abri-los, rapidamente enfiou a mão na mochila e empunhou não uma, mas duas armas.

Imaginando que os guardas vinham em sua direção, sua única chance seria sair dali a tiros.

Não que isso fosse levá-la para muito longe dali. Estava presa ali embaixo, uma prisioneira como todos os outros.

CAPÍTULO 26

O Jackal voltou à sua cela bem a tempo. Assim que entrou no seu espaço particular, ouviu o primeiro dos guardas entrar na outra ponta do corredor. Houve gritos de nomes e respostas dos outros prisioneiros enquanto o destacamento do Conselho andava em fila, os sons das botas aumentando à medida que se aproximavam dele.

Cacete, cheiro de sangue o impregnava. Apesar de ter trocado de túnica e lavado o rosto, isso não adiantou muito.

No fundo da sua cela, num dos cantos, havia um fluxo constante de água que descia pela fenda onde as paredes se encontravam, e ele arrancou a túnica, avançou e enfiou a cabeça nele. Num beiral, ele mantinha uma barra do sabão feito na prisão, uma ordinária combinação de detergente com ervas como lixa, e ele massageou a pedra-pomes em formato de ovo nas palmas debaixo do fluxo, formando bolhas anêmicas.

Rosto. Pescoço. Peito.

Debaixo dos braços.

Não havia nada que pudesse fazer com a trança, mas não achava que tivesse muito sangue nos cabelos...

— Lucan — os guardas chamaram.

Três celas mais para trás.

— Siiiim — respondeu o licantropo, de maneira arrastada. — Ah, desculpem, isto os está incomodando?

Pegando uma túnica limpa, o Jackal tentou se secar e estava para se deitar na cama quando olhou para as calças.

– Porra.

Mais sangue nelas do que achou que havia.

Enquanto o licantropo malcriado trocava farpas com os guardas sobre sabe lá Deus o quê, o Jackal soltou as calças, lavou o que pôde da parte inferior do corpo e se secou a caminho da cama. Escondeu as calças sujas debaixo da plataforma.

Embora deitar-se fosse a última coisa que desejava fazer, esticou-se sobre o catre, apoiou a cabeça na parede de pedra e puxou uma coberta puída sobre sua nudez. Lançando uma mão para a pilha de livros, apanhou o primeiro que bateu em sua palma e levou o volume para junto do peito, segurando-o aberto diante do rosto.

De ponta-cabeça. As palavras estavam de ponta-cabeça.

Com uma imprecação, virou o livro e estava se concentrando numa linha de diálogo quando dois guardas apareceram na frente da sua cela.

Espiando por cima de *Macbeth*, ergueu a sobrancelha, como de costume.

– Chamaram?

Os guardas eram parentes, a julgar pela cor idêntica dos olhos, as alturas semelhantes, e o fato de que ambos tinham topetes estranhos no início da testa. Mas não eram gêmeos, e ele não se lembrava de tê-los visto antes. Mas, em retrospecto, a julgar pela hesitação deles, deviam ser recém-contratados.

– Estou aqui. Podem tranquilizar o Comando. – Quando eles não se moveram, ele perguntou: – Gostariam de entrar e me observar ler?

Os olhos deles se estreitaram da mesma maneira ao mesmo tempo. Mas, por mais vocais que tivessem sido com os outros, não aceitaram sua provocação, nem o advertiram, nem castigaram. Apenas deram as costas e seguiram em frente.

O Jackal esperou, mantendo sua posição ainda que os pés nus batessem um no outro, uma energia cinética fluindo por todos os músculos, impossível de conter por muito tempo.

Os guardas voltaram logo em seguida. Se isso era um teste para ver se ele tinha se mexido ou parte do curso natural dos deveres deles, ele não sabia. Não importava. E, dessa vez, eles seguiram a fila de celas até o fim, os passos ficando mais fracos e desaparecendo de vez.

O Jackal jogou o livro na cama e se sentou. Da sua pilha de roupas, pegou um par de calças limpas e as vestiu pelas coxas. Enquanto amarrava na cintura, o licantropo apareceu na entrada da sua cela.

Para variar, Lucan não estava sorrindo.

– Tudo está trancado. Todos os túneis periféricos. E cancelaram os turnos de trabalho.

O Jackal ergueu o olhar rápido.

– Nunca fizeram isso antes.

– Quantos guardas você matou no setor particular?

– Essa é uma pergunta retórica? – Quando o licantropo apenas o encarou, ele deu de ombros. – Quatro com certeza. Outros quatro foram algemados juntos no chão. Apex estava encarregado da limpeza.

– O quarteto ainda estava vivo quando foi até eles?

– Pode ser que ele não tenha sido quem os encontrou.

– Se foi ele, estão mortos também...

O Jackal se endireitou. Inspirou fundo. Abaixando a voz, sussurrou:

– Volte para a sua cela. Agora.

– Olha só, se a sua namoradinha com habilidades de faca está solta por aí, ela está em sérios apuros...

O Jackal socou o ombro do seu camarada.

– Vá! Você não vai querer estar aqui.

O licantropo abriu a boca como se fosse discutir, mas, nessa hora, virou a cabeça para o lado ao evidentemente também perceber o cheiro.

– Cacete. Tome cuidado.

Lucan desapareceu enquanto o Jackal mergulhava na plataforma que era seu leito. Voltava a cobrir o corpo quando uma figura alta, coberta da cabeça aos pés de preto, apareceu no arco de entrada da sua cela.

Mas não era Kane.

Cheirava a óleo de sândalo.

O estômago do Jackal se revirou com tanta violência que teve de engolir a bile que chegou à garganta. Não por causa do cheiro, especificamente. Mas pelo que o cheiro representava.

Olhou para a figura, fixando-se na malha densa que cobria o rosto com olhos impiedosos.

— Pois não?

A voz do Comando era grave e baixa.

— Pelo que entendo, você esteve na área restrita e teve uma pistola apontada para a sua cabeça. Que uma prisioneira o ameaçou. Isso é verdade?

Túnica da prisão. Ele fizera Nyx vestir uma das túnicas da prisão.

Os guardas não sabiam que ela era uma forasteira. Mas, então, por que o bloqueio da prisão se eles a consideravam um deles?

— É – respondeu. – Mas acabou.

— Quem era. Quero encontrá-la e aquela arma também.

— Não sei.

Houve uma pausa, e ele sabia muito bem que o Comando estava testando o ar à procura de outros cheiros além do seu.

— Acabou de se banhar?

— Não tenha ciúme. Não lhe cai bem.

— Cuidado, Jackal. Estou de mau humor hoje.

— As coisas não estão acontecendo como gosta? Que pena...

Um guarda do Comando se aproximou, apressado.

— Há uma fêmea com roupas prisionais acuada no ponto de saída oeste. Está armada, mas está prestes a ser subjugada.

A cabeça do Comando se voltou novamente para o Jackal.

— Muito bem. Parece que nosso probleminha se resolveu. Gostaria de me dar alguma explicação antes que eu me deleite interrogando-a?

O Jackal se reclinou contra a parede, levando a mão à pilha de livros de novo. Quando *Macbeth* retomou sua posição bem diante do seu peito, ele deu de ombros.

— Não a conheço, nem sei de onde veio. – Tudo verdade. – Ela tinha uma arma. Fiz o que ela me disse para fazer. Depois ela me fez ficar de frente para a parede e contar até dez antes de me virar. Contei até quinze, só para garantir, e descobri que tinha desaparecido. Ela é problema seu, não meu. Afinal, você é responsável por este lugar.

– O que ela lhe pediu para fazer?

– Para levá-la até o Muro.

Houve uma pausa, e ele imaginou o rosto do Comando.

– Por quê?

– Estava procurando por um dos seus. Não sei.

– Então ela não é prisioneira.

– Como já disse, ela tinha uma arma, então não me vi inclinado a forçar os detalhes. Fiz o que exigiu de mim. Ela me deixou ir sem me ferir. É só o que sei.

Uma das mangas pretas se ergueu para ele, como se fosse a Dona Morte apontando para ele.

– Saberei se está mentindo. A dor tem um jeito peculiar de trazer à tona a verdade, ainda mais das fêmeas.

– Faça o que quiser com ela. Não me importa.

– Espere ser convocado mais tarde.

– Não se apresse por minha conta.

O Comando se moveu debaixo daquelas vestes, o corpo mudando de posição.

– Não banque o difícil. Não combina com você.

O Jackal balançou a cabeça com severidade.

– Muito pelo contrário, esse é o único motivo pelo que me quer.

– Ah, não. – A voz debaixo daquele capuz foi baixa e sensual. – Está muito errado a esse respeito.

Quando o Comando se virou, o Jackal manteve os olhos no livro e o corpo o mais imóvel que conseguia.

Santa Virgem Escriba, Nyx estava pior do que morta.

CAPÍTULO 27

Enquanto encarava a fila de guardas armados diante dela, Nyx se sentiu recuar da realidade. Considerando-se a quantidade, o lapso mental parecia bem razoável, ainda que totalmente inútil. Mas, pensando bem, nenhuma quantidade de pensamentos a livraria daquilo. Não haveria como sair dessa na conversa. Nem atirando, mesmo com as duas armas.

— Abaixe as armas — um dos machos uniformizados ordenou. — Ou a mataremos aqui, agora.

Sentiu-se tentada a responder que aceitava o que havia por trás da porta número dois, mesmo que fosse o proverbial *Goodnight, Irene*.[4] Não queria morrer, mas sabia que cair nas mãos deles iria ser pior do que inspirar pela última vez naquele túnel.

— Abaixe as suas armas! — repetiu ele.

Guardas demais. Armas demais neles, e tinham sido treinados para usá-las...

Vencerá aquele que souber quando lutar e quando não lutar.

Do nada, ouviu a voz do seu instrutor de defesa pessoal na cabeça, e variações daquela fala se repetindo, uma depois da outra. *Se não pode vencer, não lute. Fuja.*

Sun Tzu. *A Arte da Guerra.*

Inspirando fundo, Nyx lentamente abaixou ambas as armas. Depois voltou a fechar os olhos e visualizou a piscina, com sua cascata e seu

---

4   "Goodnight, Irene" é uma canção popularizada por Eric Clapton. (N. T.)

cheiro límpido, e as velas acesas no chão. Imaginou-se sentada ao lado dela, no sofá de pedra, quente e segura.

Não bastou. Não estava calma o bastante...

– Largue as armas no três! Um, dois...

Do nada, Jack apareceu na imagem, e ele estava como estivera na noite anterior, observando-a, aqueles incríveis olhos azuis fixos nela...

Nyx se desmaterializou bem diante dos guardas.

Num segundo estava bem na frente deles, as armas apontadas para o seu rosto. No seguinte, ela estava espalhada em moléculas dispersas, trafegando pelo ar, invisível.

Intocável.

No início de tudo aquilo, quando chegara à igreja velha e decrépita, não poderia ter se desmaterializado para dentro de onde estivera no nível acima porque não conhecia o interior. Agora pelo menos conhecia o sistema de túneis até certo ponto, embora rezasse para que não houvesse mais barreiras de aço descidas do teto. Se houvesse? Ela se chocaria em todo aquele aço e morreria uma panqueca.

Incitando-se a se mover rápido no trajeto contrário, reformou-se quando estava uns vinte metros de onde acreditava ser a entrada do corredor da piscina secreta. Seu coração batia acelerado e a mente estava dispersa, e ela chegou a pensar que ter conseguido se desmaterializar fora praticamente um milagre. Não conseguiria repetir aquilo. Aquela coisa de se acalmar e se concentrar saíra voando pela janela.

Lado esquerdo. A trava não estivera do lado esquerdo?

Guardou uma das armas e tateou com a palma pela rocha entalhada. Não sabia bem o que estava procurando e desejou ter prestado mais atenção para saber como a maldita coisa era...

Nyx congelou e olhou por cima do ombro. Gritos.

Prisioneiros? Ou guardas? Provavelmente guardas procurando por ela. Seu coração enlouqueceu dentro do peito, e passeou a tatear a rocha de modo frenético...

Sem aviso, houve um clique e uma parte da parede deslizou para trás, sem fazer barulho.

– Graças a Deus! – disse ela ao saltar para dentro da escuridão.

Mas, em seguida, foi um caso de espera em pânico. Três segundos, certo? Jack dissera que levava três segundos até o painel se fechar automaticamente.

Mais gritos. Passos apressados e pesados que se aproximavam.

– Perto... *perto*... – Ela estendeu a mão e tentou puxar a barreira para o lugar. – Maldição!

Sentiu como se estivesse num filme de terror, parada num elevador, rezando para que as portas se fechassem antes que o monstro derrapasse pela curva com suas patas cheias de garras afiadas e dentes pontudos. Mas a urgência não era só pela sua sobrevivência. Por mais irritada que estivesse com Jack, não queria ser aquela que revelaria a existência do lugar secreto dele...

O painel enfim começou a se fechar. Quando as botas ficaram ainda mais próximas, a maldita coisa levou 25 milhões de anos para se fechar. Bem quando fez isso, e a passagem escondida foi envolvida pela escuridão, o barulho ficou muito mais alto.

Bem na frente do painel.

Nyx recuou e ergueu a mão livre para a boca. Enquanto arfava pelo nariz, disse a si mesma que eles não sabiam para onde ela tinha ido. Não tinham como saber da trava. Não a encontrariam.

No sufocante vácuo de sentidos, gritou dentro da pele.

– Não, ela dever ter ido por aqui! – um dos guardas ladrou numa voz abafada. – Os outros túneis estão bloqueados...

– Ela não pode ter vindo tão longe...

– Pelo amor de Deus, parem de gritar. Não consigo ouvir meu comunicador...

E uma quarta voz, baixa e sinistra:

– Atiro nela no segundo em que a vir.

– Não pode matá-la. O Comando a quer. Vai fazer com que todos nós sejamos mortos.

Nyx recuou mais um passo. E outro. A ideia de que não sairia da prisão não foi só percebida. Ela a envolveu, fazendo-a mergulhar num terrível estado mental.

Esticando os braços, moveu-se para um lado para se orientar, e acabou chegando à parede quando o cano da arma em sua mão bateu na rocha. Ante o eco do ruído metálico, ela parou, o suor aflorando em sua testa.

O coração batia tão forte que não sabia se o que ouvia vinha do peito ou se podiam ser mais guardas marchando para procurá-la. Tropeçando, cambaleando, ela recuou na escuridão, o som da jaqueta se movimentando sobre o corpo debaixo da túnica, o som sutil da mochila, o movimento das botas no chão, altas como bombas explodindo. O desespero e a exaustão a fizeram superar o ponto de torpor desesperado. Tropeçou em alguma coisa. Seguiu em frente.

Depois do que lhe pareceu uma vida inteira, seus ouvidos começaram a ouvir a queda-d'água.

O doce e suave tinir da origem da piscina foi um alívio tão grande que ela temeu tê-lo imaginado. Mas quando a água ficou mais audível, e as vozes dos guardas discutindo desapareceram, ela se viu tentada a correr em direção ao santuário.

A possibilidade de tropeçar e cair era grande demais e, além disso, não havia magia naquela piscina. Ela não oferecia nenhuma cobertura especial, nem proteção.

Quando, por fim, parou na beirada da piscina, não acendeu as velas de imediato. Ficou de pé, bem onde estava, uma mão voltando a cobrir a boca, a outra segurando firme a arma. Os pulmões ardiam mesmo enquanto inspirava o ar pelo nariz, e ela tinha ciência de que a caverna rodava ao seu redor. Temendo desmaiar, deixou os joelhos afrouxarem e aterrissou de bunda no chão duro.

O tinir em seus ouvidos não estava ajudando. Não estava conseguindo ouvir bem.

E o ferimento no ombro doía.

Depois de um tempo, depois de muito, muito tempo, abaixou a mão. Quando a respiração se acalmou, ouviu atentamente, e, ao não ouvir outro som além da queda-d'água, desejou que uma vela se acendesse.

A luz amarelada fraca não avançou na escuridão densa. Estava mais para uma estrela numa galáxia, um brilho distante que não revelava nada do ambiente em sua proximidade imediata.

Abaixando a cabeça para as mãos, estava muito ciente do metal da nove milímetros ao longo da testa, frio, duro. A cada inspiração, ela sentia o cheiro residual das balas descarregadas, e isso não era nada tranquilizador.

A prisão fechada. Guardas à sua procura. Nenhuma saída que ela conhecesse.

Jack estava certo. Fora descuidada e ingênua ao vir até ali. Nunca pensara em um risco mortal para si. E agora estava presa...

Sem aviso, todas as velas se acenderam e ela ergueu a cabeça assustada, piscando no brilho da luz. Quando seus olhos se ajustaram, ela não conseguiu entender o que estava vendo.

— É você? — sussurrou.

Jack — ou o que a sua mente lhe dizia ser Jack — parecia parado diante dela, vestindo uma túnica limpa, sem sangue, de rosto lavado, com aroma de ervas emanando dele. Havia algo nos braços, uma trouxa.

— É você? — repetiu ele com suavidade.

Pão, ela pensou. Sentia cheiro de pão.

— Trouxe comida? — disse ela com voz emocionada.

— Eu não sabia... se você tinha conseguido. E pensei que, se tivesse...

Encararam-se por longos instantes, e ela percebeu que, em sua mente, o abraçava. Viu tudo a respeito do encontro — desde o salto dado e o avanço até os braços dele envolvendo-a, o peito dele, forte e quente contra o seu.

Mas, então, lembrou-se do que havia lhe dito.

Também estava fresco na cabeça dele, pois ele ficou para trás.

No fim, ele pigarreou e se sentou no sofá de pedra. Desdobrando o tecido da trouxinha, pegou um pão branco e, quando deu uma mordida nele, ela achou que a mão dele tremia. Talvez, sim. Talvez, não.

Inclinando-se à frente, ele lhe ofereceu o pão.

— Melhor você comer. Vai precisar ficar forte para o que está por vir.

Em comparação, quando esticou sua mão, ela tremia violentamente, e, ao dar uma mordida no que ele lhe trouxera, a boca estava tão seca que achou que não conseguiria mastigar. Mas conseguiu. E estava com fome de novo...

– O seu ombro está incomodando? – perguntou ele ao experimentar o queijo.

– O quê... Ah, não sei. – Baixou o olhar para o braço. – Está bom.

– Você precisa se alimentar. – Ofereceu um pouco do queijo. – Logo.

– Estou comendo... – Nyx parou ao entender que ele se referia a uma veia. – Oh. Ah... Acho que estou bem.

– Podemos falar sobre isso mais tarde. – Abriu um contêiner de Kool-Aid, ou o que quer que aquela bebida vermelha fosse. Depois de sorver um gole, estendeu a garrafa. – Pegue.

Nyx apoiou o pão no colo, deixou o queijo no chão na sua embalagem e pegou a bebida. Enquanto engolia da garrafa, percebeu que estava sedenta.

Abaixando o contêiner da boca, olhou na direção de Jack. Seus brilhantes olhos azuis estavam fixos na cascata, mas ela tinha a sensação de que ele não enxergava nada. O ar distante da sua expressão sugeria que estava pensando em opções para ela.

Para a sua segurança e para a sua fuga.

Depois de tudo o que ela lhe dissera, ele ainda estava cuidando dela.

– Sinto muito – disse de uma vez. – Sabe, por tê-lo agredido antes.

– Não há motivos para discutirmos nada disso. – Ele balançou a cabeça e pareceu voltar a se concentrar. – Mas como conseguiu se livrar dos guardas?

Para esconder suas emoções, Nyx deu uma mordida no queijo. Bebeu um pouco mais. E comeu mais pão.

Depois franziu o cenho.

– Como sabe dos guardas?

CAPÍTULO 28

O Jackal ainda não conseguia acreditar que estava sentado diante da sua fêmea – e graças a Deus que conseguira surrupiar aquelas provisões. Enquanto se apressava para lá da sua cela, com o coração na garganta, o terror atravessando o corpo, passou diante de um carrinho de entrega de comida abandonado e pegou uma porção num impulso.

Ao diabo que fora num impulso. Agarrara o fardo como se fosse um talismá, como se talvez a comida que tinha para ela garantiria a sua presença, sua sobrevivência. Quanta asneira.

A única coisa que ele soubera com certeza era que, caso ela estivesse viva, viria até ali.

Quando avistou a luz de uma única vela acesa, ainda ao longe, no fim da passagem pela qual entrara sorrateiro, sentiu uma centelha de esperança. Em seguida, quando fez com que as velas se acendessem e ela estava ali... quis se lançar sobre ela. Abraçá-la. Sentir o calor do seu corpo.

Ciente da opinião dela a seu respeito, ficou para trás.

Aceitou o pedido de desculpas atual pelo que de fato era: agradecimento pela comida.

O que ela perguntara mesmo? Ah, sim...

– Os guardas passaram por todas as celas e fizeram uma contagem. Durante o processo, um deles se apressou para os outros, relatando uma comoção. – Não falaria do Comando com ela por perto. – Mas eles disseram que a tinham na mira das armas. Não entendo como você conseguiu voltar para cá.

– Eu me desmaterializei – disse ela entre mordidas de pão e queijo.

Caramba, mas a parte mais masculina dele – por mais idiota que isso fosse – ficou grata em vê-la comer o sustento que ele providenciara; estava preocupado com o ombro dela, porém. Havia uma mancha recente de sangue na túnica que ele a forçara a vestir...

– Espere, o que disse? – Balançando a cabeça para clarear os pensamentos, inclinou-se para a frente. – Você se *desmaterializou*?

Com certeza ouvira mal.

Nyx deu de ombros e sorveu mais um gole da garrafa de vidro. Houve um estalo suave quando ela afastou os lábios do gargalo.

– Os guardas estavam na minha frente e eu estava contra uma espécie de parede de aço que desceu do teto. Eu não tinha como recuar mais e não havia como ir à frente, e eu não iria vencer num tiroteio contra eles. Então fiz a única coisa que podia fazer. Saí dali.

O Jackal piscou.

– Não consigo... Como fez isso? Como conseguiu se acalmar?

– Eu fiz isso acontecer. Você faz o que tem que fazer em certas situações. – Tomou outro gole longo, quase acabando o que havia no recipiente de vidro. Depois completou com secura: – E foi assim que acabei de volta aqui. A propósito, quer um pouco disto?

– Não, obrigado. Trouxe tudo para você. – Descobriu-se ainda balançando a cabeça. – Isso é... notável. O fato de ter presença de espírito, autocontrole, naquele confronto para se salvar.

– Como disse, eu só fiz o que tinha que fazer. – Pegou o pão, soltando uma parte do miolo. – E agora cá estou eu.

– Tenho outro modo de tirar você daqui. – Quando ela levantou a cabeça num movimento rápido, ele disse a si mesmo que não sentiu nada. Nada mesmo. – Os turnos de trabalho foram cancelados e, assim que forem restabelecidos, eu a levarei por ali. Estarão atrasados com a produção, e haverá confusão para recuperar o ritmo. Aposto que dobrarão os trabalhadores e o caos estará a nosso favor.

Houve um silêncio demorado, e ele ficou confuso.

– O que foi?

– Está me ajudando. – Mastigou lentamente. – De novo. Apesar de eu lhe dever um pedido de desculpas.

O Jackal observou a luz das velas brincar com o rosto dela. Ela tinha um arranhado no rosto. Terra na testa. Os cabelos tinham se enrolado acima da orelha esquerda.

Ela parecia exausta, e ele preferia quando estava toda irritada, mesmo quando berrava com ele, mesmo quando seus comentários eram injustos. Isso significava que ela conseguia lutar. E sabia, sem ter que perguntar ou esperar para ver se estava errado, que a comida não a reavivaria o suficiente.

Para o que a aguardava, ela precisaria de mais força física e acuidade mental do que o racionamento da prisão lhe daria.

– Você tem que se alimentar. – Quando as sobrancelhas dela se arquearam, ele mostrou a palma. – Está sangrando, de novo, e aposto que nem sabe disso.

O modo como ela olhou para o ombro confirmou isso.

Ele praguejou baixinho.

– Se vamos fazer você passar por isso, você precisar estar forte, e já gastou energia demais. Sabe disso também.

Ela murmurou algo muito baixo.

– Não quero que…

– Não quer que seja eu? Tudo bem. Use Kane. Ele é um cavalheiro e não vai tirar vantagem de… digamos, da situação.

– Não quero que seja ninguém além de você – disse ela com rispidez. Mas a luta a abandonou muito rápido. – Só não quero usá-lo de novo.

– Quando foi que me usou até agora.

– Sério? Está me perguntando isso?

– Eu me prontifiquei. – Além do mais, ele precisara dela para seus propósitos, portanto estavam quites. – E estou oferecendo a minha veia, se é isso o que quer.

– Não consigo acreditar que ainda esteja me ajudando. – Os olhos dela voltaram para a comida, que ela parara de comer. – Você é um santo.

– Nem perto disso – disse ele com amargura. – Lembra como vim parar na prisão?

– Você disse não ter tocado naquela fêmea. – Os olhos dela se acenderam. – Disse ter sido falsamente acusado.

– E você não acreditou em mim. Só estou dublando os seus pensamentos.

– Você não sabe o que se passa na minha mente.

O Jackal se esticou, cruzando os pés na altura dos tornozelos.

– Sei, sim. Agora, termine a comida e depois podemos discutir o fato de você tomar da minha veia...

Nyx o interrompeu.

– Eu estava brava com você antes porque não entendo o motivo de não se libertar disto. Ainda mais por estar aqui sob falsos pretextos, porque alguém mentiu a seu respeito. – Balançou a cabeça. – Também fiquei puta porque você sabe as razões para eu ter vindo aqui, e me ressinto do fato de não ter me contado as suas para ficar.

Antes que ele pudesse responder, ela esfregou os olhos.

– Olha só, sei que não faz sentido. E nada precisa ser justo entre nós. Mas é por isso... bem, é por isso que eu disse o que disse, e eu sinto muito. Você tem razão. Não foi nada além de bom comigo e não me deve nada. Nem mesmo explicações.

Depois de um momento, o Jackal disse:

– É mais seguro para você não saber de nada.

Nyx meneou a cabeça.

– Tudo bem. Você não tem que...

– Mas é a verdade. Quanto menos souber sobre mim, menos perigo corre.

– Pode ao menos me contar o motivo? Por que você fica?

Quando os olhos dela se ergueram para os seus de novo, o coração dele deu um salto dentro do peito. Ela era tão linda para ele, mesmo desarrumada – ou, quem sabe, especialmente por causa disso, por causa do seu feito inacreditável de autopreservação –, e ele criou uma breve e vívida fantasia entre eles, no mundo exterior, lá em cima, antes de

Ellany ter espalhado as suas mentiras e Jabon ter feito algo com elas, e tantas outras coisas terríveis terem acontecido depois.

— Você tem razão — sussurrou Nyx na luz das velas. — Existe um você e eu. Não queria reconhecer isso porque não quero me sentir tão dilacerada quanto me sinto... Você sabe, quando penso que vou embora... e você, não. Isso me mata, mesmo não devendo. E o motivo de eu estar tão brava... é que eu quero que venha comigo.

Enquanto falava, Nyx estava ciente da mais completa imobilidade de Jack. E a julgar pela sua ausência de movimentos, ela deduzia que o tinha chocado.

— Acho que eu não deveria estar dizendo isso. — Deu de ombros para minimizar as coisas muito importantes que revelara. — Mas alguma coisa a respeito de quase ficar cheia de buracos de bala — pela segunda vez em 24 horas, ou seria a terceira? Quarta? — me fez querer conversar.

A piada caiu em ouvidos moucos, mesmo os seus.

— Desculpe.

— Nyx...

— Eu sei. Vou parar. — Forçou-se a comer mais apesar de não estar sentindo o gosto de nada. — Então, qual é o novo plano?

Jack desviou o olhar para a parede. Quando voltou a concentrá-lo nela, sua expressão era neutra.

— Tenho que me encontrar com os outros. Vamos precisar deles novamente.

— Lucan e Mayhem vão ter outra "luta" — fechou aspas ao redor da palavra — conveniente? Ou será outra estratégia desta vez? A esta altura, estou aberta a qualquer sugestão.

Enquanto esperava que ele falasse, quis tocá-lo. Abraçá-lo. Mas ficou onde estava e terminou a comida enquanto ele a observava comer.

— Vamos dar uma olhada no seu ombro — disse ele. — E depois vou procurá-los.

– Ok.

Quando Nyx foi tirar a túnica, fez uma careta. O ombro doía mesmo, no fim das contas. Quem é que podia saber?

Também despiu a jaqueta e levantou a manga da camiseta.

– Puxa... É, está sangrando.

Apesar do fato de ter conseguido se salvar sozinha e ter ido parar ali, sentia como se estivesse metendo os pés pelas mãos.

Quando ouviu o som de algo se mexendo, ergueu o olhar. Jack tinha se aproximado e, quando se inclinou para inspecionar o ferimento, ela sentiu o corpo todo corar.

– Voltou a abrir – disse ele com gravidade. – Eu bem que queria poder dar uns pontos aí, mas de jeito nenhum posso levá-la à enfermaria.

– Vou ficar bem.

– Quando tomar da minha veia, sim, vai.

A declaração inflexível dele a fez se lembrar de outra frase onipresente, uma usada amplamente quando uma ideia não muito brilhante era mencionada em qualquer cenário: *agora não é a hora nem aqui é o lugar.*

Isso cabia muito bem na situação atual. O problema não era a veia dele. Era o que aconteceria no instante em que a tomasse: agora definitivamente não era a hora/nem o lugar de deixá-lo completamente nu. Não que ela desse como certo que ele aceitaria isso de novo.

Nesse meio-tempo, enquanto ele a fitava, seus impressionantes olhos azuis estavam neutros. Calmos. Sensatos.

– Prometo que não levará a nada.

Só o que ela conseguiu fazer foi balançar a cabeça para si mesma.

– Não é com você que estou preocupada – murmurou.

– Com o quê?

– Com nada. – Esfregou os olhos. – Não, na verdade, não quero mentir para você. A verdade é que temo o seu gosto.

– Por que isso?

Uma perda mais a lamentar, pensou.

– Vou querer você por inteiro – ela respondeu, rouca, enquanto o fitava.

Os olhos dele se acenderam, como se o tivesse surpreendido. Em seguida, ele abaixou as pálpebras pela metade.

— Eu nunca direi não para você. — A voz foi de uma sensualidade rouca quando ele falou. — Nunca.

Antes que ela pudesse responder, ele puxou a manga da túnica para cima e estendeu o braço.

— Pegue o meu pulso.

Os olhos dela se fincaram nas veias que corriam desde a base da palma até a parte interna do antebraço. Eram grossas comparadas com as suas e, debaixo da proteção da pele, ela conseguia enxergar a pulsação.

Uma fome surgiu que a deixou trêmula. De antecipação.

— Tem certeza de que quer isso? — perguntou-lhe, pensando na cela diante da qual ele parara. Naquela fêmea a quem ele era tão ligado, não obstante o que dissera.

— Você precisa de mim — respondeu ele. Como se isso explicasse tudo.

— Quando cheguei aqui no escuro — disse ela —, eu não tinha nada para me guiar, e isso aumentou o meu medo até eu estar me engasgando na minha paranoia. Assim que tive certeza de que não tinha sido seguida, acendi uma única vela. Isso aumentou o meu risco, mas era uma coisa pequena e ela me manteve concentrada. Me impediu de me descontrolar. Se conseguir entender só um pedacinho seu, será como aquela única vela. Isso vai fazer com que me mantenha concentrada.

Jack abaixou a cabeça. Enquanto o silêncio se estendia, ela não tentou persuadi-lo. Ele tinha que decidir sozinho — e, ainda assim, a veia dele permanecia exposta entre eles, a tentação forte demais que ela teve que cerrar os punhos. Sabia, porém que estes seriam os últimos momentos que teriam juntos.

— Ou me conte por que a fêmea daquela cela não nos afeta — sugeriu com um dar de ombros inútil. — Só me dê algo para seguir em frente. Qualquer coisa.

— Não há nenhuma fêmea para mim. — A voz dele estava rouca. — Nada nos afeta… porque você é a única que tenho. A única que quero.

– De verdade? – sussurrou ela.

Ele pegou sua mão cerrada e a depositou sobre seu coração.

– Pela minha honra, você é a única aqui. E bem que gostaria que as coisas fossem diferentes para mim, de verdade. Não são, porém, e o que sinto por você não muda a minha situação.

Fechando os olhos brevemente, ela percebeu a derrota esmagadora. Mas ficou contente pela franqueza porque lhe dava mais fé no que ele revelara.

Já tinha a sua única e minúscula chama. Tinha uma luz para orientá-la. Tinha o que a centraria.

E era isso o que mais importava.

– Tome de mim – Jack disse, rouco, como se soubesse exatamente o que se passava pela sua cabeça.

Quando ele levantou o punho para a sua boca, com os olhos luminosos, tão claros e tão azuis ela sentiu como se estivesse caindo dentro deles. O seu corpo grande era lindo, e também o rosto, mas aqueles olhos... O modo com que ele revelava sua alma era o que mais a atraía.

Com uma mão trêmula, esticou-se e puxou a longa trança por cima do ombro dele.

– Posso vê-lo com os cabelos soltos?

Houve uma pausa, em seguida, Jack foi pegar a amarra de couro que prendia a ponta grossa. Desfez o laço, e logo os dedos atravessaram o fim da trança, começando a separar as mechas.

– Deixe que eu faça isso – ela pediu.

Quando abaixou as mãos, ela assumiu a tarefa, e levou o tempo que quis. Pedaço por pedaço, foi desfazendo as dobras, o cabelo negro aumentando conforme era libertado do seu confinamento, os cachos brilhantes e iluminados por centelhas azuis e pretas. Comprido... grosso... cheirando a sândalo, seu cabelo era exuberante à luz de velas, as pontas se estendendo além do tronco, pelos ombros largos e braços fortes.

Passando os dedos pelos fios, afastando-os do rosto dele, sua respiração ficou em suspenso. Ele fora belo antes. Agora... ele se transformara em algo sobrenatural, uma espécie de anjo caído ou deidade torturada, expulsa do paraíso para sofrer aqui na Terra.

– Sim – sussurrou ele.

– O quê?

À guisa de resposta, ele levou a ponta dos dedos para o colarinho da túnica. Um a um, ele foi soltando os laços, revelando a coluna forte do seu pescoço.

– Não precisa fazer isso – disse ela com suavidade.

– Como já disse, nunca negarei nada a você.

– Não sabia que tinha pedido isso em voz alta.

E, quanto a nunca lhe negar nada, isso era verdade... a não ser no que se referia a sair dali com ela. Mas chega de pensar nisso.

Jack puxou a túnica por cima da cabeça, revelando-se nu para ela da cintura da cima, os peitorais e estômago trincados acariciados pela luz das velas, o cabelo incrível se derramando por toda parte, o olhar aceso pela chama azul.

– Você não tem que falar. – Estendeu o braço ao longo do ar eletrificado entre eles e acariciou sua bochecha com os nós dos dedos. – O que você quer está no seu olhar.

Moveu o polegar para o lábio inferior, percorrendo sua boca antes de penetrá-la e afagar primeiro uma, depois a outra presa. Com um gemido, Nyx sentiu o contato descer até o seu centro, golpes de desejo endurecendo seus mamilos, fazendo-a arfar.

Jack ronronou, como se soubesse o que estava fazendo com ela. Ou talvez estivesse ansioso para ter os caninos dela em sua garganta. Ambos eram lados diferentes da mesma moeda.

– Mais – disse ele, ao repetir o círculo ao redor da presa. – Quero ouvir mais desse som.

Cedendo ao comando, Nyx relaxou, o sangue faminto, a avidez sexual, sobrepondo-se a todos os seus sentidos. E, quando ela pendeu para o lado, ele a pegou, colocando-a sobre seu colo, amparando-a com seu tronco nu.

– Tome de mim – disse ele, rouco.

– Jack, tem certeza?

– Como nunca antes.

– Serei cuidadosa.

– Não seja.

Nyx gemeu de novo quando seus olhos se fecharam, a corrente sexual atravessando seu corpo como se alguém tivesse derramado mel com acelerador dentro dela – para depois atear fogo ao coquetel.

Quando ele a ergueu na posição, segurando-a com seus braços fortes, ela passou as mãos por sob os cabelos dele, encontrando muito mais pele macia e quente, e muitos músculos firmes. Nos recessos da mente, ouviu-o dizer-lhe que ela era sua única fêmea.

Que o que quer que estivesse naquela cela não tinha nada a ver com eles.

E, ao fungar no pescoço dele, pensou: não é a hora, não é o lugar é uma expressão sem sentido.

Ainda mais no que se referia a momentos como aquele.

– Jack – suspirou ela ao revelar as presas com um sibilo e percorrer uma das pontas afiadas pela sua jugular. – Ah, Jack...

CAPÍTULO 29

O Jackal espalmou a nuca de Nyx e a segurou junto à sua veia da garganta. Fechando os olhos, percebeu seu corpo ganhando vida, uma sensação de antecipação urgente, crescente, espessando seu sangue... engrossando outra parte da sua anatomia também. Enquanto endurecia, seu pau foi ficando apertado num ângulo desconfortável, mas não se importou com isso.

Estava ocupado demais imaginando como seria. A mordida dela. A sugada. Ela sorvendo-o para dentro de si...

A ferroada foi tudo o que ele antecipara. Aguda. Decidida. Ávida.

Jack arfou e se sobressaltou. Depois pendeu a cabeça para trás e gemeu.

– Porra... Ah, isso. *Porra*...

A imprecação explodiu para fora dele – e sua ereção se moveu e coiceou no quadril. Mas ela tinha que conseguir os nutrientes de que precisava primeiro. Por mais que a desejasse, aquilo se tratava da sobrevivência dela.

Aquilo era sua força amplificando a dela.

Enquanto se nutria dele, engolindo de uma maneira cadenciada que o fez pensar nas penetrações no sexo dela, ele sentiu a premência de um orgasmo, de gozar dentro dela, de preenchê-la enquanto ela o drenava. Também houve a sensação esmagadora de uma satisfação muito masculina, a de que cuidava dela.

O que ele não sentiu? Nem mesmo por um instante? Nem mesmo numa única batida de coração?

Confusão sobre com quem estava. Não havia nenhuma dúvida de que eram os lábios de Nyx à sua garganta, que eram as presas dela que perfuraram sua veia, que era a boca dela que chupava seu sangue. Sabia exatamente com quem estava e, mesmo enquanto absorvia todas as sensações, seu corpo tomava o prazer e o propósito como uma terra seca debaixo da chuva fresca da primavera; pensou na vela singular dela, na necessidade de se sentir centrada.

Ela era o que brilhava na sua escuridão. Ela era a luz para a qual ele se sentira atraído e que agora seguia com presteza.

Subindo a mão à cintura de Nyx, espalmou um seio por cima da camiseta e foi recompensado por um gemido dela, que o atingiu em cheio na sua excitação. Enquanto a acariciava, concentrando-se no mamilo rijo, seu quadril começou a se movimentar, a golpear.

Seu corpo procurava o dela.

E preocupou-se em não conseguir ser capaz de negar o impulso, mesmo tendo que se concentrar na alimentação dela...

Nyx resolveu seu debate interno ao mudar de posição e montar nele. Em seguida, sem romper o contato com a sua garganta, ela se retorceu e se livrou das próprias calças. Como ela conseguiu fazer isso, ele não sabia. Porém, não estava em posição de discutir. Libertou a ereção e...

O som que escapou da sua boca quando deslizou para a pressão quente e úmida dela não foi nada que já tivesse vocalizado antes. E, enquanto a fêmea continuava a se alimentar da sua veia, sorvendo profundamente, ele abriu a mente e a alma enquanto ela balançava sobre seu quadril, a ereção penetrando e recuando, penetrando e recuando, tudo por causa dos seus movimentos. Queria ajudá-la de alguma forma, mas não queria arriscar a atrapalhar sua alimentação. Ela estava no controle, a boca e o sexo dela ordenhando-o, tirando dele, usando-o...

E ele consentia tudo.

Não estava preso. Não estava sendo forçado. Não estava amarrado e sendo tomado contra a sua vontade, usado para o prazer de outro que desconsiderava o que ele queria.

Aquilo era escolha sua, e muito mais delicioso, mais livre, melhor por causa disso. Ele a escolhia. Escolhia aquilo.

Nyx era o seu farol na escuridão, e ele lhe daria tudo o que pudesse.

Sem pânico. Sem arrependimentos. Nada além... da sua fêmea.

Aquela era a bênção inesperada pela qual vinha esperando a vida inteira. E, embora fosse abrir mão dela, ao menos saberia que tivera esse tipo de conexão uma vez.

Conhecera... o amor... uma vez.

E, quando a palavra lhe veio à mente, quando a definição do calor em seu peito se manifestou, chocou-o tanto que seus olhos se arregalaram.

Amor.

Enquanto se concentrava no teto da caverna da piscina, percebeu que seus olhos marejavam, que a visão se borrava. Estava confuso a princípio, e ficou imaginando se a água do teto tinha, de alguma forma, caído no seu rosto.

Mas não era isso.

Com as mãos nos quadris dela e Nyx cavalgando-o, com o prazer tomando conta dele, tão inesperado e selvagem... o que chamou a dor de dentro dele não foi o agora. Foi o inevitável que não havia como desconsiderar:

Quando o Comando viesse tomá-lo novamente.

O poder que tinha sobre ele, e o controle que lhe dava, eram tamanhos, que não tinha como dizer não, e logo ele seria chamado para servir – e este lindo momento, esta purificação, esta paixão recompensadora, seria substituído por aquilo que era pior do que a falsa acusação que o levara àquela prisão, e à perda de dez décadas da sua vida, e à escuridão na qual vivia e na qual continuaria a viver.

A mancha retornaria.

Fechando os olhos, não conseguiu suportar.

Mas Jack não tinha escolha.

Nyx poderia ter ficado na veia de Jack até ele secar – e esse era o problema. Teve que se forçar a parar de beber dele embora essa fosse a última coisa que quisesse fazer. O sabor dele, o vinho escuro no fundo da sua garganta e em seu corpo, o aumento de poder e força que ele estava lhe fornecendo eram mais entorpecentes que qualquer droga.

E isso ainda antes que o sexo, o sexo incandescente, fosse acrescido à mistura.

Ela o devoraria se pudesse.

Ela o *estava* devorando.

Mas, em retrospecto, Jack atendia à sua necessidade sedenta como nada com que pudesse ter sequer sonhado, e fazia o mesmo com seu sexo. Ele a preenchia, sua ereção massiva expelia um jorro incessante, e, vagamente, ela imaginou como seria tê-lo para servi-la em seu cio.

Esse pensamento deveria tê-la chocado. Mas não chocou.

Numa descarga de imagens sensuais, nuas, desenfreadas, ela o imaginou sendo aquele a aliviar a dor do seu período fértil, dando-lhe prazer e mantendo o ardor sob controle, seus corpos se fundindo e permanecendo assim por horas e horas.

Deus, como desejou que estivessem completamente nus.

E, sim, queria continuar aquilo por seis horas. Oito horas. Dez. Cavalgava-o com força, o sexo dele entrava e saía do seu, da ponta à base, uma vez e outra, e de novo, e ele gozava e ela gozava, e eles gozavam juntos enquanto ela bebia dele. Tudo era demais, e ela só queria mais. Queria ser coberta por ele, molhada por ele, frouxa e tonta, em outro planeta por causa da exaustão de fazer amor a noite toda e o dia todo. Queria que ele a tomasse em todas as posições, de todas as maneiras...

– Pare!

Quando ela gritou, despencou para a realidade. A despeito da fantasia, do sexo, do gozo, ela arrancou as presas da garganta dele e se concentrou na parede da caverna, arfando, na luxúria do sangue, ainda faminta.

Mas estava aterrorizada em tomar demais da veia dele.

– Jack... – disparou em pânico.

– Não, você não me matou. – Ele sorriu, embora houvesse perfurações sangrando em sua garganta, dois rastros gêmeos provocando-a, fazendo com que lambesse os lábios. – Nem perto disso.

Enquanto o fitava, quis se lembrar dele assim para sempre: um leve sorriso nos lábios, os cabelos soltos espalhados pelos ombros fortes, um estranho ar de contentamento cercando-o como uma aura tangível, apesar da intensidade do sexo. Ele era lindo enquanto a penetrava, enquanto se doava tão generosamente.

– Preciso selar a mordida – disse ela, mais para si mesma; um lembrete para quando sua boca estivesse sobre ele de novo, e *não* seria para beber.

– Eu bem que gostaria de te dizer para não se preocupar com isso – sussurrou ele. – Gostaria que pudéssemos continuar.

Em seguida, inclinou a cabeça para o lado, expondo-lhe as perfurações. Ainda assim, ela hesitou, porque não estava segura do seu autocontrole. Mas ele era bom. Simplesmente bom demais.

Quando foi se inclinar para ele, o quadril se moveu contra o dele – e foi lembrada de que, embora tivessem que parar com a alimentação, o sexo poderia continuar, e continuaria. E, a julgar pelo modo com que as mãos dele se enterravam em suas coxas, ele tampouco queria que aquela parte do ato terminasse.

– Gostaria que você não tivesse que parar – repetiu ele com um gemido enquanto se arqueava sob ela.

Nyx lambeu a coluna da garganta dele, selando-o, certificando-se de que estaria em segurança. E, assim que concluiu sua tarefa, como se ele estivesse esperando por isso, Jack rolou e se acomodou entre as suas pernas, seu tamanho tremendo forçando seus joelhos a se afastarem, o peso prendendo-a ao chão.

Olhando para o rosto dele, ela passou as mãos pelos seus cabelos. Inspirando fundo, soube que o que acontecia era especial. Especial de uma maneira que definia uma vida. Aquilo não era uma única vez.

Nunca fora.

Enquanto ele abaixava a boca para a dela, ela o beijou com tudo o que tinha, tentando comunicar sem falar aquilo que teria dificuldade para pôr em palavras de todo modo. E, como se entendesse aquilo de que ela precisava, o ritmo estabelecido foi intenso. Ela aceitou tudo o que lhe era dado, ainda mais depois que ele enroscou um antebraço por trás de um dos seus joelhos, erguendo mais a sua perna. A mudança de posição possibilitou que ele a penetrasse mais fundo, e ela o marcou nas costas com as unhas.

Jack a golpeou, a cabeça dela se movendo enquanto o corpo absorvia a força dominadora dele. Não se importou com a pedra dura nem com a possibilidade de alguém aparecer e flagrá-los no meio do ato. Não estava sequer pensando na inevitável separação.

Só o que tinha era o agora, e ela pretendia vivê-lo por completo.

As lembranças teriam que durar uma vida.

O orgasmo que a trespassou foi tão forte que seus olhos se contraíram e as mãos o agarraram de novo. E, enquanto o seu centro o apertava, ordenhando-o, prendendo-o, ele a acompanhou, de modo que ambos levitaram.

Durou muito tempo, embora houvesse tantos motivos para parar... Mas, no fim, os corpos se contiveram, e ele rolou para o lado. Por mais firme que ele tivesse sido, seus braços agora estavam gentis, e ela se sentiu deslizando para a sonolência pós-alimentação enquanto jazia deitada, quente e suada pelo esforço, contra o peito desnudo.

Bem quando estava para adormecer, algo foi registrado no fundo de sua mente, algo que sua consciência se recusava a deixar passar.

– Por que desejou que eu não parasse de me alimentar? – murmurou pouco antes de adormecer. – Não é seguro.

– Humm? – murmurou ele, entorpecido.

– Por que não queria que eu parasse?

Por tudo o que era mais sagrado, não sabia por que insistia no assunto. Que coisa estranha de se dizer.

Como se concordasse com isso, demorou um tempo para ele responder, e, quando o fez, ela não teve certeza de se estava sonhando ou não:

– Se eu pudesse, sangraria nos seus braços. Não consigo pensar em nenhum outro lugar em que gostaria de estar quando morresse.

Os olhos de Nyx se arregalaram.

— Psiiiiu — ele a tranquilizou. — Temos algum tempo. Vamos só aproveitar mais um pouquinho. Antes de termos que deixar tudo isto para trás.

CAPÍTULO 30

— VENHA PARA A PISCINA COMIGO?

Jack não sabia exatamente quanto tempo deixara que sua fêmea descansasse. Mas quando o mesmo relógio interno que sempre o ajudara a acompanhar os horários dos guardas começou a tocar, ele se sentiu compelido à ação.

E precisava mesmo que ela se banhasse antes de saírem dali.

Ela já tinha um alvo nas costas. Se o Comando sentisse o seu cheiro nela? Cacete.

Nyx se mexeu contra ele, os cílios escuros se erguendo, os olhos ganhando foco, contentes. Sorrindo-lhe, o macho resvalou os lábios com os seus. Depois, não conseguiu resistir. Lambeu seu caminho para dentro da boca dela. Seus corpos tinham se separado, mas o seu foi rápido em querer um retorno e, pelo modo com que a mão dela se esgueirou pela sua nuca atraindo-o para cima de si, o sentimento era mútuo.

— Venha — repetiu ele. — Vamos nos banhar.

Ele a ergueu e carregou até a piscina. Enquanto ela repousava em seus braços, seu peso não era um fardo, mas um presente, e ele ficou contente em continuar segurando-a enquanto a fêmea despia a camiseta e o sutiã...

A visão dos seios nus fez seus pensamentos entrarem em curto-circuito, e ele abaixou seus pés para que ela pudesse revelar toda a sua esplendorosa nudez para os seus olhos enfeitiçados. Não havia nada além de pele gloriosa, da cisão do sexo até o abdômen achatado e os lindos seios.

Ela sorriu de um jeito antigo ao entrar na piscina. Primeiro um pé. Depois o outro.

E quando ela mergulhou na água borbulhante, tirou o elástico que prendia os cabelos.

Jack não foi tão gracioso. Largou as calças como se elas estivessem insultando algum código moral e, ao se endireitar, sua ereção estava tão ereta que saltava para fora do quadril num ângulo reto. Antes de se juntar a ela, enfiou a mão por trás de uma das pedras que circundava a piscina e pegou uma barra de sabonete de ervas que guardava ali.

E quando saltou e mergulhou debaixo d'água, teve que ignorar uma urgência premente. Não sabia quanto tempo tinham ainda – não, ele sabia essa resposta e a odiava. Portanto, quando emergiu da piscina com os cabelos grudados no crânio, recusou-se a se permitir desperdiçar um momento sequer se lembrando como usara aquela barra de sabonete antes.

As lembranças surgiram de um jeito ou de outro. Era ali que ele se banhava quando o Comando terminava com ele. Era ali que ele se livrava dos cheiros e dos resíduos depois de ter sido usado.

Preferiria colocar outra coisa, qualquer outra, na pele de Nyx. Mas tinha que limpá-lo dele.

– Deixe-me lavar você – disse ele ao espalmar a barra e formar a espuma da combinação de detergente e ervas.

Foi gentil com ela, venerando-a com as mãos, lavando seus cabelos, o pescoço, ombros, com o conhecido aroma de especiarias se erguendo ao redor deles. Em seguida, continuou abaixo da cintura, chegando ao meio das pernas, com os dedos em meio às ondas dentro da água...

E foi nessa hora que ele foi desviado.

Enquanto lhe acariciava o sexo, seus dedos a penetraram, e o que percebeu em seguida foi que a erguia da piscina, acomodando-a sobre as pedras lisas da beirada. Afastando-lhe as coxas, aninhou-se entre elas e aproximou a boca da clavícula, do esterno... da lateral do seio. Chupou-a enquanto afagava seu sexo com os dois polegares e, quando ela ficou úmida por outro motivo que não a água que escorria dela, ele lambeu o mamilo, mordiscou-o.

Fez o mesmo com o outro seio.

Em seguida, continuou com a boca. Mais baixo... mais embaixo...

— Jack! — exclamou ela.

Os dedos dela estavam em seus cabelos, e ela o puxou para onde ele queria ir, os lábios no sexo, a língua substituindo os dedos. Manipulando-a, sugando-a, apoiando as pernas dela sobre seus ombros, ele lhe deu prazer com a boca até ela chegar ao clímax em seu rosto – e ele seguiu em frente.

Jack não tivera a intenção de levar a situação àquele ponto, mas ficou feliz por ter feito isso...

Por um momento, ele parou.

Não percebera que começara a pensar em si mesmo com o nome que ela usava para ele. Foi uma mudança, como tantas outras, que ela criara dentro dele.

Algo mais para guardar depois que ela se fosse.

Bem, aconteceu, Nyx pensou algum tempo depois, sozinha no sofá de pé, remexendo os dedos.

Num reflexo sem objetivo algum, ela ergueu o pulso e subiu a manga da túnica limpa que vestira. Mas não havia um relógio ali. Na verdade, nunca usava relógios.

Era só mais uma compulsão que adquiria desde que Jack a deixara junto à piscina: do mesmo modo, o olho esquerdo tremia como se alguém estivesse piscando uma luz ali, e seu pé era um metrônomo mantendo um ritmo que só o tornozelo conseguia ouvir.

Não sabia ao certo quanto tempo Jack estava longe. Pareciam dez anos, mas provavelmente eram vinte, vinte e cinco minutos. À luz das velas, sozinha, ela se assustava com as sombras, com uma pistola na mão e a mochila presa às costas debaixo do conjunto completo das roupas da prisão que Jack insistia que ela vestisse...

Com um arquejo, ela se virou, o coração batendo forte nos ouvidos.

Só que não era nada.

Todo som era motivo de alarme. Cada sutil pingo de cera ou água subterrânea, todas as variações na queda-d'água, mesmo a sua respiração assobiando nariz afora, era um chamado de atenção. E, em meio a esses picos de alerta, ela se retraía nas lembranças da alimentação e no que acontecera mais tarde, na piscina.

Quando tudo isso só fez seu peito doer até ela quase não suportar mais, mudou de canal na cabeça.

Imaginando Janelle morrendo ali, debaixo da terra, sozinha.

Sim, porque isso, sim, era uma grande melhora.

Esfregando os olhos, lembrou-se da última lembrança da irmã. Era de duas noites antes de o Conselho se reunir para tratar da morte de um macho ancião depois que a acusação fora formalmente entregue a Janelle por um representante do corpo diretivo.

Última Refeição. Na cozinha da casinha de fazenda deles, a mesa de quatro lugares em que comeram durante toda a vida. Janelle estivera diante dela, os cabelos ruivos soltos e secando em cachos depois do banho tomado. Flocos de milho... Sim, estiveram comendo flocos de milho, uma tigela cheia diante de cada uma delas. O único som no cômodo, na casa... no mundo inteiro, fora o das colheres batendo na porcelana barata.

Janelle estivera bem tranquila. Que é como você fica quando é inocente das acusações que lhe são feitas e tem fé de que a justiça prevaleceria e que a verdade viria à tona no fim. Você está tranquilo porque acredita que tudo vai ficar bem – porque seria loucura alguém pensar que você mataria uma pessoa, muito menos um macho ancião para o qual você trabalhou e de quem gostava.

Nyx lembrava-se de ter arrancado forças dessa tranquilidade.

Tudo ficaria bem. Não importava o quão assustador a acusação formal fosse, tudo ficaria bem.

Foi o que ela pensou na época.

Daquela lembrança, ela recuou ainda mais no tempo, lembrado-se de Janelle rindo junto ao celeiro, correndo desvairada debaixo da chuva enquanto trovões ribombavam e raios cortavam o céu.

Tudo isso acabou agora e nunca mais aconteceria, mesmo já não tendo acontecido desde que Janelle fora levada, de qualquer maneira. Mas a realidade do nome listado no Muro ali na prisão era um ponto-final árduo e, enquanto a perda de fato era sentida pela primeira vez, Nyx percebeu que, embora Janelle tivesse sido afastada da família, o fato de ela lhe parecer viva de alguma maneira significara que havia um futuro. De alguma forma, em algum lugar... houvera um futuro, pouco importando o quão impossível parecesse.

A esperança infundada e a característica determinação de Nyx tornaram tangível aquilo que ela não podia tocar, levar para casa, pelo menos em sua cabeça, aquela a quem tinha perdido. O número de dias em que permanecera deitada na cama acreditando que encontraria Janelle, *sabendo* que o faria, fora incontável. No fim, porém, a profecia que tecera não se completara. E ela tinha a foto com o nome de Janelle no Muro para provar isso.

Uma mortalha de lamento se acomodou nos ombros de Nyx, pesada e sombria, e emaranhada ao seu tecido sufocante estava o fato de que sairia da prisão com duas perdas.

Foi essa realidade que pesava nela quando os machos por fim chegaram. Jack liderava com Kane logo atrás de si, num conjunto de vestes pretas, e Lucan, Mayhem e Apex na retaguarda. Pondo-se de pé, ela fez o que pôde para melhorar o humor – e, enquanto enfrentava o grupo, teve um pensamento de que estava feliz por não se deparar com eles num beco escuro.

Especialmente Apex com aqueles olhos obsidianos.

– Que bom encontrá-los todos aqui – disse, rouca.

Que bom ter meu coração partido enquanto colocava minha vida em perigo procurando por minha irmã que está morta. Compre um, ganhe outro de bônus, pensou ela.

Kane falou:

– O Jackal nos contou sobre a sua bravura ao escapar dos guardas. – O cavalheiro se curvou. – Você é uma fêmea de valor.

– É uma guerreira, isso, sim. – Lucan concordou. – Isso é certo.

Deixa para uma rodada de rubor, o que, na opinião de Nyx, era total perda de tempo. Convenhamos, era como se fosse a irmã caçula pedindo para jogar no time dos grandes?

— Então, qual o nosso plano? — Olhou para eles, e depois se concentrou em Jack. — Para onde vamos?

— Kane fez umas investigações. — Jack se aproximou até ficar ao seu lado. — A prisão ainda está trancada, mas estão convocando um turno duplo para recuperar o tempo, bem como pensei, e os trabalhadores estão comendo. A refeição logo termina. Vamos nos colocar em fila com eles quando se reportarem para seus turnos e vamos até a área de produção.

Kane inclinou a cabeça.

— Dali, nossa melhor chance é colocá-la no caminhão de transporte.

— Caminhão?

Jack assentiu.

— Precisamos cronometrar corretamente. Depois que o produto é carregado e conferido, deve ser seguro para você se desmaterializar para o teto de um dos compartimentos de carga. Você só vai precisar ficar em silêncio e ficar abaixada. Em seguida, assim que eles saírem do subterrâneo, você se desmaterializa para a liberdade.

— De fato é a nossa única opção a esta altura — observou Kane.

De repente, ela se lembrou de ter visto um caminhão grande na estrada quando foi atrás da igreja abandonada. Pensando nisso… vira muitos do mesmo tipo nos últimos dez ou quinze anos, indo e vindo. Sempre deduzira que estivessem apenas passando pelo vale, mas, talvez, alguns deles tenham se originado da prisão.

— Ok. — Nyx inspirou fundo. — Não tenho como a agradecer a vocês por me ajudarem.

— Não leve isso para o lado pessoal — disse Lucan. — Aproveitamos qualquer coisa que possamos fazer para foder o Comando.

— Bem, mesmo assim, agradeço. Esperamos aqui?

— Sim — respondeu Jack. — Mas não vai demorar.

Eeeee não restou nada além de um silêncio constrangedor, o grupo todo de pé como se fossem chamados para a bancada de um Starbucks para pegar seus pedidos. Apex pegou uma faca – mas só para esculpir um pedacinho de madeira. Lucan ficou dando voltas como um animal enjaulado. Kane murmurou algo para Jack, que respondeu num tom similar.

– Exatamente por quanto tempo estamos presos aqui? – perguntou Nyx.

Kane respondeu:

– Não mais do que meia hora. Saberá, pois ouviremos a marcha dos guardas do outro lado da parede. Eles precisam acompanhar os trabalhadores até a área de produção e deixarão o setor do Comando num grupo só para fazer isso.

– Vou me sentar, então. – Nyx se acomodou e tirou a mochila. – Melhor conservar energia.

Na verdade, suas pernas estavam doloridas em lugares que a faziam corar de novo, e o corpo estava letárgico por conta da alimentação. Não admitiria nada disso para o público presente, contudo.

Jack se sentou ao seu lado, o que a agradou. Em seguida, Kane se sentou do outro lado da piscina, na frente dele. No fim, Lucan e Mayhem seguiram seu exemplo. O fato de Apex permanecer de pé não foi uma surpresa e, por instinto, Nyx moveu a cabeça de modo a conseguir ficar de olho na posição dele pela sua visão periférica.

Quando percebeu que tinham acampado ao redor da piscina, riu.

– Isto está parecendo uma sessão.

– Como é?

– Sessão de terapia. Você sabe, um punhado de pessoas se reunindo para tratar de problemas e doenças em comum. – Só que não, ele não sabia. – Bem... é. É isso.

Dica para o tema de *Jeopardy!*

– Então, como foi que vieram parar aqui? – disse num rompante.

Em conjunto, todos os machos viraram o rosto para ela. As feições aristocráticas de Kane revelavam choque, como se ela tivesse acabado de insultar alguém num jantar formal. Os olhos amarelos de Lucan se estreitaram. Até Mayhem pareceu surpreso.

Jack pigarreou.

– Nyx, sei que não teve a intenção de ofender ninguém porque não sabia disso. Mas, de verdade, ninguém faz esse tipo de pergunta aqui embaixo...

– Assassinei uma linhagem inteira.

Quando Apex se pronunciou da sua posição recostada contra a parede, todos os olhares se direcionaram para ele, e ele não perdeu o ritmo enquanto batia a lâmina afiada da faca contra o pedaço de madeira em que trabalhava.

– Matei-os enquanto dormiam. – Ele olhava para a lâmina, virando-a de um lado a outro na luz das velas como se estivesse rememorando as doces lembranças do seu uso. – Mesmo as fêmeas. É por isso que estou aqui.

Aqueles olhos dele brilharam para Nyx.

– Mais alguma pergunta? Quer saber o que fiz com os corpos?

– Não – Jack respondeu, rápido. – Ela não quer.

Kane pigarreou.

– Bem, já que estamos contando as nossas histórias, vou partilhar a minha. Quebrei um compromisso com uma fêmea a quem não amava. O pai dela se ofendeu. – Os olhos do macho se desviaram para as águas em movimento da piscina. – Ele ordenou o homicídio da fêmea a quem de fato eu amava e pôs a culpa em mim. Estou aqui em prisão perpétua por causa da vingança dele.

– Eu sinto muito – Nyx sussurrou quando um sofrimento inenarrável surgiu no rosto dele.

– Não importa. – Kane parecia exausto, e não por necessidade de dormir. – Quer eu esteja abrigado aqui ou lá em cima, sofreria. Sempre sofrerei pela perda da minha *leelan*.

Fez-se mais um período de silêncio, e ela olhou para Jack. Ele tinha uma expressão distante enquanto fitava Kane, e pareceu que aquela talvez fosse a primeira vez que ele ouvia essa história...

– E quanto à sua irmã? – Lucan exigiu saber. – Por que foi mandada para cá?

Nyx pigarreou ao ser inquirida.

– Ela foi falsamente acusada de homicídio. Não matou aquele macho. Meu avô, por motivos que não compreendo, entregou-a ao Conselho. Não sei por que ele fez isso, e jamais o perdoarei.

– Nunca existiu uma entidade mais corrupta – murmurou Kane. – Chegaram a lhe dar um julgamento justo?

– A vítima era um deles? – perguntou Lucan. – Um aristocrata, quero dizer. Sem ofender, Kane.

– Não me ofendi, amigo.

Nyx assentiu.

– Ele era. Somos só civis, evidentemente. Ele não morava longe da nossa casa de fazenda, uma casa elegante de um terreno grande. Janelle, minha irmã, ia lá trabalhar, você sabe, tentando conseguir um pouco mais de dinheiro. Por cerca de um ano ela aparou as campinas e consertou as cercas. Pintou os celeiros, a casa. Cuidou dos jardins também. Bem, certa noite, ela voltou para casa cedo e nos contou que o macho tinha falecido por conta da idade avançada. Por ele não ter herdeiros, distribuíra um pouco para ela assim como para outros que ali trabalhavam. Ela recebeu um pouco de dinheiro e um anel. Não era muito dinheiro, e a joia não era de tanto valor, e pensei que tinha sido um gesto generoso do empregador. E assim foi, ou foi o que pensei. Só que, na noite seguinte… Recebemos um aviso formal de acusação da parte do Conselho. – Deu de ombros, impotente. – Por que meu avô fez o que fez eu nunca vou saber, nem entenderei como o Conselho a julgou culpada. Ela era inocente.

– Sei por que o Conselho a culpou. – Kane meneou a cabeça. – Nas Leis Antigas, se alguém morre sem incidentes, as propriedades vão para os parentes próximos, pouco importando quão distantes sejam. Se a pessoa é assassinada, contudo, suas propriedades, terrenos e tudo o mais vão para o Conselho. A intenção da lei é desencorajar os herdeiros que não sejam diretos como filhos e filhas a matar seus benfeitores, seguindo a teoria de que ligações diretas trazem conexões emotivas suficientes com seus parentes consanguíneos para impedir um matricídio ou parricídio, pouco importando o tamanho da herança. Na realidade, contudo, a lei serviu como um angariador de fundos para o Conselho. Se tudo o que você diz é verdade, eles precisavam encontrar um culpado por homicídio para poderem dividir as propriedades.

— Malditos.

E ela incluía o avô nisso. Teria sido pago de alguma forma?

— Apesar de seus ares afetados e adequação social, a *glymera* sabe ser bem bárbara. — Kane exalou derrotado. — Independentemente a quem prejudiquem. Ou arruínem.

— Quer dizer que meu avô a sacrificou para eles. Mas por que diabos...

Nyx parou e esfregou a cabeça que doía. Não haveria nenhuma resposta agora, mas, assim que chegasse em casa, ela o obrigaria a contar a verdade.

Desde que conseguisse sair viva dali.

— A sua irmã está morta, então? — perguntou Lucan. — Encontrou o nome dela no Muro?

— Sim. — Nyx enfrentou o olhar do macho. — O nome dela foi inscrito naquela lista. Ela morreu aqui.

Depois de um momento, o macho assentiu para demonstrar respeito.

— Sinto pela sua perda.

— Obrigada. — Para mudar de assunto, disse: — E quanto a você? Qual a sua história?

Lucan se recostou para trás sobre as palmas e cruzou as pernas.

— Sou um licantropo. Fui colocado aqui porque outros da sua espécie não gostam de nós.

— Mas isso é discriminação. — E explicava o motivo de ela ter sempre sentido algo de diferente a respeito dele. — Não podem simplesmente jogá-lo aqui por ser...

— Não podem? — Lucan tocou na sua coleira. — Eu sairia daqui se não fosse por isto. Porém, não consigo me transformar com esta maldita coisa ao redor do meu pescoço.

— Eu o tiraria se pudesse — disse Nyx.

Houve um momento de silêncio. Depois do qual ele sorriu ligeiramente.

– Apesar da maneira como nos conhecemos, acredito mesmo nisso.

Nyx retribuiu o sorriso dele e depois olhou para Mayhem – que, ao que parecia, tinha se sentado mais à frente como se erguesse a mão à espera de ser chamado na escola.

– E você? – perguntou ela.

– Eu estava entediado – anunciou com uma espécie de orgulho.

Houve outra pausa. E, então, o grupo todo se inclinou para o macho – como se estivessem duvidando de ter ouvido bem.

– Não entendo – disse Jack.

Mayhem deu de ombros.

– Eu não tinha nada especial para fazer e nenhum lugar específico para ir, então pensei: mas que diabos, vou para a prisão.

Houve mais uma pausa. Só para o caso de ainda haver o restante da piada.

Quando Mayhem apenas sorriu de maneira agradável, muitas piscadelas se deram ao redor da piscina. Até mesmo de Apex, o Escultor.

– Você é louco ou o quê? – disse Lucan.

Kane meneou a cabeça.

– Sinto que isso seja um tanto inexplicável, meu amigo…

– Você é *muito* bunda-mole – disse Jack de repente. – E, não, não sei o que isso significa, mas não é nada bom.

CAPÍTULO 31

— Está na hora.

Quando Jack falou, Nyx já estava se levantando, a marcha abafada alcançando seus aguçados ouvidos de vampira. Ajustando a mochila às costas debaixo da túnica larga e reajustando a camada de cima, ela se sentiu como se estivesse de mudança. O que era loucura. Ainda assim, essa experiência fora tão vívida que era como se tivesse estado no subterrâneo por uma década.

Deu uma última olhada ao redor enquanto os outros machos partiam para se certificarem de que era seguro sair para a parte prisional em si. A piscina estava como a vira pela primeira vez, borbulhando de leve, com vapor se erguendo, as velas à sua volta, oferecendo um refúgio dourado no meio de pedra dura, desesperança e discórdia.

Em seguida, concentrou-se em Jack. Ele vestia roupas prisionais limpas, o cabelo estava trançado de novo, o rosto cansado, provavelmente por causa da alimentação e do que lhe custara ser tão generoso com a sua veia. Estava preocupada com ele, desejou poder retribuir. Desejou que tivessem mais tempo. Desejou...

— Eu sei — murmurou ele.

Nyx sorriu, embora seus olhos estivessem se enchendo de lágrimas.

— Como tem tanta certeza do que eu estava pensando?

— Consigo deduzir. — Ele a pegou pela mão e apoiou a palma dela no meio do seu peito. — Porque sinto o mesmo.

Ela ergueu a mão e o afagou no rosto.

– Eu queria... ah, tantas coisas. Mas quero que saiba que, não importa o quanto doa, não lamento ter conhecido você. Nunca vou me arrepender.

– Vou tirar você daqui. Prometo. Para que você possa voltar ao seu verdadeiro lar.

Foi uma coisa bonita de ele dizer, só que não tinha como de fato garantir o resultado, certo? No entanto, deixou que a jura dele valesse porque conseguia sentir a determinação que impunha nas palavras: ele estava disposto, como todas as forças do seu corpo e o poder das suas intenções, a fazê-la chegar à liberdade em segurança.

De uma maneira estranha, isso era uma declaração de amor, não?

– Escuta – disse ele com urgência –, se alguma coisa acontecer comigo, quero que você siga em frente. Precisa se salvar. Não importa o quanto possa querer parar para ajudar, você tem que prosseguir. Promete?

– Não posso fazer isso...

– Não – ele a interrompeu e apertou a sua mão. – Você tem que jurar isso para mim, ou ficarei distraído, e nenhum de nós pode se dar a esse luxo. Você *tem* que seguir em frente. Não importa o que acontecer, não pare. Jure aqui e agora, pela sua honra.

Nyx fechou os olhos.

– Ok.

– Pela sua honra.

– Está bem. Eu prometo. Podemos acabar com isso?

Quando ela encarou a própria mão no seu esterno, o alívio que se desenrolou para fora dele foi palpável, o que significava que a mentira dita valeu a pena.

– Sabe o que fazer, certo? – perguntou ele ao alisar as mechas soltas ao redor do rosto dela.

– Conheço o plano. – Repassaram-no algumas vezes depois que todos partilharam suas histórias na roda. – Estou pronta.

– E sabe que pode confiar nos demais?

– Sei.

– Ok, vamos, então.

Quando ele tirou sua mão do peito, ela levantou a boca no mesmo momento em que ele se inclinou para baixo para oferecer a dele. Foi apenas um segundo de contato, contudo, porque era só do que dispunham, e, em seguida, as velas ao redor da piscina foram se apagando uma a uma, segundo a vontade dele.

O aumento da escuridão pareceu mau agouro.

Enquanto saíam juntos, ela olhou por cima do ombro para a única vela que permaneceu acesa – e se sentiu traída pelo destino. Jack era o tipo de macho com quem gostaria de passar a vida inteira. Em vez disso, só o que tivera dele fora esse evento definidor da descoberta do destino de Janelle.

Sem ofender o destino, teria preferido quantidade em detrimento de qualidade no que se referia a ele. Mas desde quando a Providência se importava com as opiniões daqueles cujas vidas arruinava?

Sair da passagem escondida foi um borrão absoluto. A coisa seguinte de que se deu conta foi de estar no túnel principal, colocando-se num fluxo de prisioneiros que se dirigiam à Colmeia. Mayhem estava diante dela e Lucan, atrás. O bloco das celas deles fora convocado para o turno duplo, portanto o plano era ela entrar no setor de trabalho com eles – e contavam que haveria atropelos na entrada. Ela teria que tirar vantagem de um para passar sem ser percebida.

Jack andou ao seu lado por uns duzentos metros, em seguida ela sentiu a mão dele na sua. Quando ele a apertou, ela quis se virar para ele. Queria lançar os braços ao seu redor. Queria... não perdê-lo.

Só o que pôde fazer foi assentir.

E então ele se foi, juntando-se a outros e desaparecendo numa ramificação.

O corpo de Nyx começou a tremer e seus pés falsearam, mas ela seguiu em frente. Jack nunca fazia parte dos turnos de trabalho, por isso não podia prosseguir para a área restrita com os outros sem atrair atenção. Por isso teria que ir pelo setor do Comando e se encontrar com os demais do outro lado, onde os caminhões de transporte ficavam.

Onde diabos aquilo ficasse.

Apenas siga em frente, disse a si mesma. *Siga em frente e o verá uma última vez.*

Para continuar concentrada, repassou mentalmente o plano, e percebeu que se esquecera de parte dele. Tinha que se certificar de seguir na fila dos prisioneiros designados para o transporte. Essa era a sua única tarefa. Se estragasse isso e acabasse indo para a linha de produção, ficaria no lugar errado.

Quando Kane apareceu do nada e começou a andar ao seu lado no seu passo, ela se acalmou um pouco. Isso não durou muito.

– Mudança de planos – sussurrou ele. – Siga-me quando eu indicar.

– O quê? – sibilou ela. – Do que está falando?

– Psiu. Siga-me.

Olhando por cima do ombro, ela franziu o cenho. Lucan não estava mais ali. E, quando olhou de novo, Mayhem também tinha sumido. Sinos de alarme começaram a tocar.

– E quanto a Jack?

– Siga-me.

Os olhos dele apontavam para a frente, então não tinha como interpretá-los. E aquele rosto que ela considerou que irradiasse confiança? Agora já não tinha tanta certeza.

– Onde está Jack? – sussurrou ela ao olhar ao redor, observando os outros prisioneiros. Nenhum deles prestava a mínima atenção a qualquer dos outros.

– Este é o caminho que temos que seguir para ir até ele.

Debaixo da túnica, Nyx apoiou a mão na arma.

– Ok.

Merda. Merda. Merda...

Continuaram por mais uns 40 metros, e seu nariz captou o cheiro pungente da Colmeia. Pouco antes de chegar à entrada, Kane puxou a manga da túnica dela.

Quando ela se afastou do fluxo de figuras cinzentas para seguir o macho, ela só conseguia pensar que... aquilo *não* fazia parte do plano.

Quando Jack entrou no corredor lateral que o levaria à área restrita do Comando, diminuiu o passo para um vagar. Com as instalações inteiras bloqueadas, certas rotas seriam cortadas, por isso ele teria que dar uma volta até chegar onde se reuniria a Nyx e os outros. Contanto que chegasse à área de trabalho pela entrada do Comando, ninguém o deteria.

Só não podia se dar ao luxo de cruzar o caminho do Comando.

Era absolutamente vital que ele garantisse a saída e liberdade de Nyx antes de ser convocado ao serviço novamente. Se o Comando o pegasse? Ele perderia horas.

Bem como seu derradeiro adeus à sua fêmea.

Perturbado com o que haveria à frente, virou à esquerda mais duas vezes e, enquanto fazia a última curva, pensou em Nyx entrando na prisão sozinha e sendo esperta o bastante para memorizar sua rota ao tomar sempre a mesma direção.

Era isso o que estava na sua mente quando chegou a um arco marcado com riscos brancos.

Ao pisar debaixo da curva na pedra, virou mais uma esquerda e penetrou na área do Comando através de uma porta de aço. Do outro lado, enfiou as mãos nos bolsos das calças da prisão, como era sua postura costumeira –, mas imitar o que era normal para ele, a casualidade, não era o objetivo. Ele queria segurar o cabo da arma que pegara com Kane. Era uma das dos guardas que o aristocrata pegara quando os amarrava e livrara de todas as armas. Jack estava satisfeito por seu amigo ser tão malditamente minucioso.

Dobrando outra esquina, foi mais devagar ao chegar à cela decorada. Seu coração começou a bater mais forte e ele olhou através da tela de aço.

Vazia. Mas fazia sentido devido ao bloqueio da prisão. Na verdade, ele estava disposto a apostar que, quando ele e Nyx passaram por ali da primeira vez, o Comando já estava a par da infiltração, do guarda morto, do problema, e tomara medidas para controlar os riscos – motivo pelo qual a cela estivera vazia antes.

O Comando não se arriscava com certas coisas.

E, com isso em mente, ele voltou a andar, mas não foi longe antes que seus instintos se aguçassem e ele sentisse dois cheiros chegando até ele. Momentos depois, dois guardas marcharam em seu caminho. Ante a aproximação, ele fez que os ignorava, mantendo os olhos focados no ar imediatamente à sua frente, confiando na visão periférica para informá-lo da postura deles, das armas, do andar.

Estavam apressados, mas as armas estavam guardadas. E, embora seus rostos se virassem na sua direção, de imediato se desviaram.

– Boa noite, cavalheiros – disse arrastado ao passar por eles.

Que era exatamente o que teria feito e dito caso não estivesse no processo de contrabandear sua fêmea a que eles, e todos os demais daquele turno, procuravam.

A falta de reação foi tranquilizadora. Ele queria que tudo saísse sem contratempos.

Ao chegar a uma bifurcação no corredor, aquela que se alguém virasse à direita acabaria indo ao Muro, ele se lembrou de Nyx encostando os dedos no nome da irmã – e pensou que teria salvado aquela fêmea caso pudesse. Virando-se de onde eles tinham ido, ateve-se à parte bem acabada do túnel, com piso e paredes de gesso e ar artificialmente aquecido. A entrada para os alojamentos dos guardas estava fechada, e a ausência de conversa do lado oposto das portas duplas de aço sugeria que todos, ou quase todos, daqueles machos tinham sido chamados ao trabalho.

Prosseguindo, ele repassou o plano novamente, ensaiando os estágios, e, quando se aproximou da entrada da área de trabalho, estava pronto para...

– Procurando por mim?

Ao som da voz baixa e ameaçadora, Jack parou – e desejou que sua mente lhe estivesse pregando uma peça. O cheiro de sândalo, no entanto, negou essa possibilidade.

– Errou na virada para os meus aposentos. – Passos se aproximaram e, quando ele não olhou por cima do ombro, o tom ficou mais afiado. – Não vai se virar?

Sua nuca se contraiu e seu lábio superior se contorceu quando as presas desceram. Em seu bolso, a mão apertou o cabo da arma enquanto ele fazia cálculos de distância, de som, de reação. Se atirasse no Comando ali no corredor, se matasse a coisa mais sádica e filha da puta logo diante dos alojamentos dos guardas? O barulho atrairia atenção demais, e ele apenas supunha que não havia ninguém ali...

Como que recebendo uma deixa, dois guardas surgiram pela área de trabalho. No instante em que o viram e ao Comando, pararam.

Quando o da direita acenou com a cabeça e voltou a andar, ficou claro que o Comando os dispensara, e eles passaram sem olhar para ele.

Foi só quando os passos desapareceram que ele se virou para a figura coberta e, ao fazer isso, limpou a mente de todos os pensamentos, a não ser do quanto detestava tudo o que havia diante dele.

O riso que escapou de baixo do capuz foi como um sibilo de uma cobra.

– Eu amo o quanto você me odeia. – O braço coberto se levantou e apontou para uma porta de aço trancada. – Meus aposentos ficam aqui, como você muito bem sabe. Vamos para lá agora. Quero o que só você pode me dar.

Jack olhou por sobre o ombro, na direção que precisava seguir.

Um minuto antes e ele teria evitado esse encontro. Trinta segundos talvez tivessem bastado.

– Preciso chamar ajuda? – foi dito num rosnado baixo.

Apertando o cabo da arma, rezou para que Nyx fizesse o que havia prometido. Rezou para que ela se salvasse.

Porque era bem possível que ele tivesse chegado ao fim da sua própria estrada.

CAPÍTULO 32

— Por aqui — disse Kane bem baixo.

Nyx cerrou os dentes e tentou se orientar. Corriam agora, movendo-se rápido lado a lado enquanto ele a levava para uma parte mais profunda da prisão que ela não reconhecia. O fato de que o túnel se tornava cada vez menor e os cheiros de todos os demais, prisioneiros ou guardas, ficava cada vez mais tênue a fez notar quanto tinham se desviado.

Quão distante estava de Jack...

Kane parou sem aviso. E, quando passou por ele, por baixo da túnica frouxa, ela levantou o cano da arma.

Virando, apontou-a para ele.

— Para onde está me levando?

Uma das lâmpadas por acaso estava bem acima dele, por isso era difícil interpretar sua expressão. Sombras eram criadas sob as suas sobrancelhas de tal sorte que os olhos ficavam escondidos, e aquelas vestes pretas não o ajudavam a parecer menos ameaçador.

— Ora, ora. Não há necessidade para isso.

— Eu atiro na sua cara. Não dou a mínima. E você nos afastou tanto da Colmeia e de todo o resto que ninguém ouvirá o disparo.

Kane observou o cano da nove milímetros com tranquilidade.

— Minha cara fêmea, estou tentando salvá-la.

— Sei bem como a *glymera* mente. E você me tirou do caminho planejado, me levou para longe de Jack. Não era este o plano.

Um ribombar estranho vibrou pelo chão, e a sola das botas transmitiram-no pelos pés até as panturrilhas. Mas ela não abaixou o olhar. Manteve-o firme nos olhos escondidos do aristocrata.

– Leve-me até Jack – exigiu.

– Não posso – disse Kane numa voz baixa. – É tarde demais.

Mais um ribombar, e depois poeira e pedriscos começaram a cair do teto do túnel.

– Leve-me de volta neste instante, porra...

Sem aviso, ela foi jogada contra a parede pela força explosiva de um terremoto. Quando a arma que o avô lhe dera oscilou para cima e para baixo, Kane se abaixou e se lançou à frente, pegando-a pela cintura. Lutaram pela arma enquanto o chão continuava oscilando, a força superior do macho ganhando quando não pôde obter vantagem.

Bem quando pedras começaram a cair, ele prendeu o braço dela acima da cabeça.

Nyx ergueu o olhar no momento mais impróprio e recebeu um fragmento de rocha da caverna do tamanho de um capacete de futebol americano bem na têmpora. A dor explodiu em seu crânio e sua combatividade acabou. Quando o corpo afrouxou, Kane pegou a arma e começou a arrastá-la pelas costas. Com a visão comprometida, a ponta das botas entravam e saíam de foco, e ela disse a si mesma que, se se controlasse para poder se soltar...

A luz mais brilhante que já vira a atingiu no rosto.

Era o Fade.

Tinha que ser o Fade.

Enquanto sua cabeça latejava, os pensamentos estavam embaralhados, mas ela sabia que a luz brilhante significava que estava morrendo e que a eternidade mística da Virgem Escriba vinha buscá-la.

Em seguida, haveria uma porta.

Haveria neblina e uma porta. Seu tio, do lado materno, tivera uma experiência de quase morte vinte e quatro horas antes de, de fato, morrer. E retornara à consciência por tempo suficiente para descrever o que acontecera.

Luz forte. Neblina. Uma porta.

Seu tio hesitara diante da porta da primeira vez – e retornara como um *viajante*. Mas, evidentemente, quando o Fade retornara, ele decidira abri-la. Se você faz isso e passa por ela? Estará perdido para sempre para o Outro Lado... Onde, quem sabe, encontrará os amados que já morreram à sua espera. Seu pai estaria ali, sua *mahmen* e *granmahmen*, também. E Janelle.

Deus, seria bom ver a irmã e os pais novamente, mesmo preocupando-se em deixar Posie para trás com o mentiroso do avô delas... Merda, Jack. Embora não tivessem um futuro, ela não queria morrer aos cuidados dele. Isso lhe parecia um peso ainda maior no fardo de drogas já grande demais no que se referia ao futuro deles...

Mais estrondos, mais altos, mais fortes.

E depois... seria cheiro de gasolina? Como se o terremoto tivesse rompido um tanque de combustível usado para encher todos aqueles caminhões sobre os quais estiveram falando?

Talvez ela acabasse rindo por último, e não Kane.

Talvez ambos acabassem morrendo naquela noite, mesmo ele estando com a sua pistola carregada.

Quando Jack entrou nos aposentos privados do Comando, seus olhos se dirigiram para a cama. Dentro das quatro paredes sem adornos, ela dominava o amplo espaço.

As correntes de aço empilhadas no chão em cada um dos quatro cantos acenderam uma fúria dentro dele.

– Tire as mãos dos bolsos – ordenou o Comando.

Ele se aproximou do colchão. Havia apenas um lençol cobrindo o acolchoado e, enquanto pairava acima do lugar a que ficara acorrentado com braços e pernas abertos tantas vezes, pensou em Nyx – e teve que apagar isso da consciência com rapidez. Alguns vampiros conseguiam ler mentes. E, mesmo que o Comando não pudesse, certamente sabia interpretar suas feições, sua postura.

Fez-se um clique.

– Quero ver as suas mãos *agora*.

Quando olhou por cima do ombro, dois guardas estavam ao lado do Comando.

– Reforços tão cedo? – Jack riu, sendo mais um rosnado baixo. – Tem certeza de que não deveriam estar em algum outro lugar?

– Estou com pressa. Eles o ajudarão a ficar em posição... depois que você tirar as mãos dos bolsos.

Jack sabia o que era ter raiva. Conhecera o ódio. Estivera em situações com o Comando onde fora degradado a níveis de vergonha e autoaversão que jamais teria imaginado. Mas nunca antes sentira tamanho rugido de fúria...

A arma de dardos disparou com seu barulho característico e, assim que ele ouviu o som, imprecou contra a distração das suas emoções. Não havia mais muito tempo para pensar nem sentir. O ponto de dor no seu peitoral foi o cartão de visitas para o transe e, quase de imediato, seu corpo afrouxou e ele caiu no chão.

A pior parte de tudo era que, por mais que os braços e as pernas não resistissem, a mente permanecia lúcida. E, assim, estava completamente consciente quando o Comando se aproximou e parou acima dele.

O capuz se virou para os guardas.

– Deixem-me. Fiquem perto da porta.

Houve um clique quando ele e o Comando foram deixados sozinhos; em seguida, ele foi montado, as vestes negras rodopiando quando uma bota preta aterrissou do outro lado dele. O capuz se moveu de um lado a outro enquanto o Comando meneava a cabeça.

– Você trouxe uma arma para cá. Quanto desapontamento.

Quando o Comando se inclinou para baixo, ele sentiu que sua mão era erguida e largada de lado, a palma batendo no chão ao aterrissar como um peso morto. Em seguida, a arma apareceu na frente de seu rosto, tão perto que, para focar direito, seus olhos ficariam vesgos.

– Isto. Você traz *isto* para mim. – Outra mão apareceu por debaixo da outra manga, e a arma foi verificada. – E está carregada. E é uma das minhas. Você traz a porra de uma arma carregada de um dos *meus* guardas para a *minha* casa?

A nove milímetros foi levantada acima do ombro do Comando, e Jack se preparou para o golpe...

Mas, antes de ser atingido, o Comando saiu de cima dele e ficou andando em círculos, as vestes negras flanando no rastro dos seus passos furiosos. Em sua paralisia, Jack se satisfez com aquela raiva...

O Comando parou de repente.

– Achou que iria me matar? Achou que viria até aqui para me matar? Seu filho da *puta*.

A arma foi erguida, o cano tremendo muito levemente.

Jack encarou o buraco preto por onde a bala sairia. No decorrer de sua vida, houve alguns poucos incidentes – não muitos, mas alguns – em que tivera brevemente a noção de que morreria: uma doença quando era novo, na transição, e duas vezes depois que chegara à prisão.

Nada como aquilo.

O som que escapou debaixo do capuz do Comando foi gutural quando a arma foi disparada, não uma, mas várias vezes – e Jack estava completamente exposto em sua imobilidade. Não que nada além de uma parede de pedras pudesse tê-lo ajudado. *Pop! Pop! Pop! Pop...*

De repente, a arma virou para a porta e o Comando gritou:

– Deem o fora daqui! Deem o fora daqui até que eu chame vocês!

A porta foi batida, como se os guardas temessem ter balas servidas como última refeição.

O Comando voltou a passos duros para perto de Jack, segurou a pistola com as duas mãos e mirou seu rosto. Dali de perto, sua cabeça se explodiria como um melão quando o gatilho fosse puxado.

E, enquanto contemplava a morte, seu maior arrependimento era de que não teria certeza se Nyx havia conseguido sair em segurança. De não ter conseguido salvá-la. De...

– Abra os olhos! – berrou o Comando. – Vai abrir os olhos e vai olhar para mim enquanto eu o mato...

Ele não se dera conta de que fechara os olhos, mas voltou a abri-los, porque não era um covarde. Enfrentaria sua morte. O tempo todo soubera que esse seria o seu fim, e havia tantas coisas em sua consciência, em seu coração. Só que era tarde demais.

O Comando se inclinou para a frente.

– Você causou isso a si mesmo. Você escolheu isto...

Jack gemeu em negação.

– Seu maldito. Seu maldito filho da puta! – o Comando vociferou.

Mais tiros ecoaram, e ele não se retraiu – e não só por ter sido drogado. Ele encarou o capuz, a tela que cobria o rosto. A ironia de tudo aquilo era que o Comando sofreria mais do que ele. Aquela demonstração de raiva e retaliação era temporária, sua morte seria permanente. Haveria um arrependimento épico; e se existisse mesmo um Fade? Por conta de tudo o que o Comando fizera, iria para o *Dhunhd*. Não para o Fade. Nesse meio-tempo, ele esperaria por Nyx. Por uma eternidade ele esperaria pela sua fêmea, pelo seu anjo guerreiro que lhe demonstrara que, por mais que estivesse preso, a sua alma permanecia livre.

Para amar quem ele amava.

Nyx.

Pop! Pop! Pop!...

As balas ricocheteando pararam e o som agudo cessou, os ecos dos disparos se dispersando.

Clique, clique, clique...

O Comando apertava o gatilho sem parar, as dobras folgadas e as mangas das vestes balançando enquanto, debaixo do capuz, a respiração áspera percutia como um tambor.

Jack ficou olhando para cima, sem piscar, sem se retrair... sem se curvar, ainda que estivesse esparramado no chão, incapaz de se mexer. Com certeza estava sangrando e isso explicava o motivo de seu corpo inerte não sentir nenhum dos ferimentos e ele estar alheio à sufocação.

– Eu te odeio – rugiu o Comando. – Eu te *odeio*!

O Comando ergueu a mão e arrancou o capuz.

Os cabelos ruivos se soltaram, caindo sobre o rosto e os olhos, sobre as feições femininas egoístas e sobre o olhar agressivo e enfurecido que era a fonte do sofrimento dele havia tantos anos.

Ele odiava quando ela tirava o capuz. Era mais fácil para ele pensar nela como algo assexuado desde que permanecesse assim. Mas agora, vendo aquele cabelo, aquele rosto, era lembrado de que ela era do sexo oposto e que exigia que a servisse toda vez que assim desejasse.

Odiava que ela fosse a última coisa a ser vista por ele. Mas se delicia-va com o que estava por vir assim que percebesse que havia quebrado seu brinquedo, e que ele nunca mais voltaria a funcionar.

– Eu quero te matar – ladrou o Comando, as presas longas expostas.

E foi então que Jack percebeu... Apesar de todas as balas descarre-gadas, não atirara nele. Atirara no entorno, no chão.

Não havia cheiro do seu sangue no ar.

Nesse meio-tempo, o Comando continuava arfando – até parecer se acalmar. Endireitando-se, ela olhou para a arma nas mãos, em seguida, os olhos se voltaram para os seus, a suspeita estreitando-os.

– Onde conseguiu isto? – O Comando aproximou a arma do rosto dele, tão perto que, a cada inspiração, ele inalava o resíduo de pólvora. – Onde conseguiu esta porra?

Ele não poderia responder, mesmo que quisesse. E não queria. Agra-dava-lhe a falta de controle dela e o que isso lhe provocava. Queria que ela sofresse. Depois de todos esses anos, queria que ela tivesse uma amostra do que ele tivera de suportar.

Nenhum controle. Ficar à mercê do outro.

– Você vai me responder – ela vociferou.

Depois voltou a colocar o capuz no lugar e assoviou através da tela. Quando os guardas abriram a porta, ela apontou para a cama.

– Acorrentem-no.

O JACKAL | 255

CAPÍTULO 33

Nyx fechou os olhos contra a luz ofuscante do Fade e se preparou para algum tipo de reação física do Outro Lado e para a aparição da porta, para a decisão de abri-la ou não...

Que diabos estava tremendo? O que era essa vibração?

Houve um grunhido, e ela sentiu seu corpo sendo puxado de lado – bem quando o disparo firme da dolorosa luz do Fade surgiu e, de repente, desapareceu, com uma impressionante rajada de vento soprando no seu rosto e irritando o ferimento recente na cabeça. Confusa e com dor, ela forçou os olhos a se abrirem – o que foi estranho porque achava que já estivessem abertos.

Em seguida, tudo ficou ainda mais confuso.

Porque ela meio que achava... que, subitamente, estava num túnel. Num túnel de estrada, onde veículos iam e vinham. E havia um caminhão passando ao seu lado. Um caminhão-reboque da cor das paredes da caverna: preto e cinza.

Merda, devia estar enlouquecendo. De onde surgira aquela estrada asfaltada? E no que se referia à ideia do caminhão? Um deles por certo parecia passar por ela, como se estivesse na rua de uma cidadezinha e a coisa estivesse entregando alguma carga na loja de alguém num trabalho de última hora.

Luzes vermelhas dos freios se acenderam, refletindo-se nas paredes úmidas da caverna, e houve o guincho de pneus em seus ouvidos e o cheiro pungente de borracha queimada no seu nariz. Em seguida, o caminhão foi balançando de ré, a traseira ficando torta em relação ao túnel, oscilando na direção dela em câmera lenta.

A adrenalina a atravessou. Se ela não se movesse, acabaria sendo esmagada...

Uma força de cima a empurrou para baixo e para a frente enquanto o fundo do caminhão se aproximava e, quando ela se agachou e virou, percebeu que estava debaixo do fundo do caminhão, entre as rodas da frente e de trás, bem no meio. Fazendo uns cálculos, Nyx deitou-se na horizontal no asfalto e cobriu a cabeça, rolando na direção que o veículo conduzia todo aquele peso a fim de não ser esmagada pelas rodas de trás.

A parada demorou cem mil metros e doze anos, e ela se esforçou para seguir o fluxo para não virar acidente de beira de estrada, as botas se enterrando, os membros se debatendo, o corpo virando debaixo do fundo do caminhão que parecia ter a extensão de um túnel comprido enquanto os freios continuavam a guinchar e o fedor de borracha ficava mais forte, e ela soube que, se não vira o Fade até então, logo veria...

E, então, acabou.

Nenhum movimento. Nada se mexendo. O caminhão tinha parado torto, os freios sibilavam, o cheiro pungente da borracha ainda atingia suas narinas, e o corpo se virou uma última vez de modo que ela acabou olhando para a parte de baixo do compartimento de carga do caminhão-reboque.

Virando a cabeça, ela tirou a sujeira dos olhos e seguiu o eixo para o conjunto de quatro pneus que estava a meros cinquenta centímetros do seu tronco. Estava tão próxima deles que conseguia enxergar os seus sulcos, e ela tossiu ante o cheiro de metal quente e óleo automotivo.

– Pegue isto de volta.

Ela não fazia ideia de quem se dirigia a ela debaixo do maldito caminhão mortífero...

– Kane? – sussurrou ao se concentrar no rosto sujo de terra.

– Pegue. – Ele empurrou a arma para ela. – Vai precisar dela. A menos que consiga se desmaterializar?

Ele falava baixo e com urgência, mas seu cérebro não estava funcionando. Tinha quase certeza de que ele estava usando inglês, não?

Toda a confusão se resolveu bem rapidinho ao som da porta do motorista se abrindo na frente do caminhão. Na proteção dos faróis que vinham por baixo do – espere, quer dizer que estavam mesmo numa estrada? De verdade? E de três faixas.

– Onde diabos estamos? – sussurrou quando um par de guardas andou ao redor e se encontrou na frente do para-choque dianteiro.

– Não há ninguém ali – disse um deles enquanto poeira rodopiava ao redor das sombras.

– Vi alguém no farol.

– Você está ficando louco.

– Quer correr o risco de eu estar certo? Depois de termos explodido a barricada para a estrada?

– Era para ela ter sido removida pelos prisioneiros. Não tivemos escolha a não ser usar os explosivos. O Comando quer estas porcarias fora daqui agora, e precisamos de duas saídas para tirar os caminhões do local. O que mais deveria ter feito?

Kane aproximou o rosto do dela e pressionou a arma na sua mão.

– Vamos ter que sair dessa na base da briga, e eu nunca atirei na minha vida inteira. Atirar vai ser tarefa sua.

Piscando, ela ordenou à sua visão que seguisse com o programado ao agarrar a arma. Em seguida, chutou o traseiro do próprio cérebro. Como na repetição de um noticiário, alcançou o sentido da conversa de Kane e não precisou de uma apresentação em Power Point para captar o que ele sugeria.

Direcionou o olhar para onde os guardas estavam discutindo. Não precisava estar perto para saber que eles estariam armados e portavam comunicadores.

– Fique atrás de mim – instruiu.

– Sim, senhora.

Nyx ficou de barriga para baixo, mas de maneira silenciosa, e depois apoiou os cotovelos como num tripé e mirou a arma. Entre os pneus da frente, os guardas estavam cara a cara, os joelhos e a ponta das botas bem próximas enquanto continuavam a troca de farpas.

Escolheu o da esquerda e mirou. Pouco antes de puxar o gatilho, teve um vislumbre de si mesma na fazenda, perto do estábulo de baixo, atirando em latas e jarros de água perfilados sobre uma cerca a cinquenta metros de distância.

Este era um jogo completamente diferente.

Quando puxou o gatilho, ela não esperou para ver se atingira o alvo na panturrilha. Imediatamente descarregou a arma na perna do outro guarda. E voltou para o primeiro – mas ela sempre teve boa pontaria e atingira seu alvo: o primeiro guarda saltitava em um pé e, quando ele se largou sobre a capota do caminhão, mirou de novo, atingindo-o no outro joelho. Enquanto ele berrava e caía no chão, ela acertou no que ainda estava de pé, baleando-o no músculo da coxa, e um jato de sangue rubro esguichou na luz dos faróis.

Enquanto ambos se retorciam e gritavam pedindo ajuda pelos comunicadores do ombro, ela engoliu em seco. Fechando os olhos, soube o que viria em seguida.

Ela... ou eles. Se os deixasse viver, estariam feridos e armados. Péssima combinação. E ela e Kane tinham que sair de onde quer que estivessem.

– Faça isso – disse para si mesma, bem baixinho.

Bala na cabeça. Ou no peito.

Bala...

... na cabeça. Ou no peito...

– Merda – sibilou ao pender e deixar os braços relaxarem.

Nyx simplesmente não conseguia matar dois machos a sangue frio. Uma coisa era se tivesse uma arma apontada na cabeça, uma ameaça direta à sua vida. Mas isso? Não era uma assassina. Não era como Apex.

Virou-se.

– Para onde vamos daqui?

Kane olhou para os guardas, ambos rolando de costas e alternando-se entre segurar as pernas ou um ao outro.

– Venha – disse ele.

Quando ele a pegou pela mão, ela se apressou por baixo do leito do caminhão com ele, e dispararam o mais rápido que puderam…

Direto para um deslizamento. Uns seis metros de parede tinham caído, e ela não teve tempo de se perguntar os motivos e as consequências. Kane a conduziu pela montanha de escombros, e logo estavam do lado oposto, prosseguindo pela estrada adequadamente pavimentada com luzes no teto. Mas não foram longe.

Uns duzentos ou trezentos metros adiante, uma luz brilhante estava acesa, e ela conseguiu ouvir o barulho de um motor potente grunhindo enquanto algo se aproximava. Tinha que ser outro caminhão.

– Por aqui – disse Kane ao puxá-la pelo braço.

Uma fissura na parede de rocha apareceu bem a tempo. Quando o caminhão seguinte fez a curva e os faróis cortaram a estrada bem onde ela e Kane estiveram antes, eles saíram de vista e se apertaram na fenda horizontal do tamanho de um armário raso.

Como ele entrou primeiro, ela ficou do lado de fora, por isso conseguiu dar uma bela olhada no flanco do veículo. Cinza e preto, assim como o outro, com um compartimento rebocado grande o bastante para caber duas filas de quatro carros. Depois que ele passou, ela sentiu o cheiro enjoativo do motor a diesel.

Quando ia sair, Kane puxou a manga da sua túnica.

– Não, espere. Aqueles dois guardas devem ter pedido por…

Luzes multicoloridas piscantes desta vez, provenientes de onde o segundo caminhão tinha vindo – em seguida, uma van passou em disparada por eles, a escrita de "Ambulância" em toda parte. Literalmente. Com uma cruz vermelha e um logotipo parecendo legítimos nas laterais, teria passado por um veículo humano oficial – o que, sem dúvida, era a intenção.

– Precisamos esperar – disse Kane. – Haverá outro caminhão. E é nesse que você vai precisar subir. Bem em cima do trailer. Fique deitada, mantenha-se abaixada.

Nyx virou a cabeça na direção dele e concentrou os olhos cansados. Havia luz suficiente refletida da iluminação da estrada para ela conseguir enxergar seu rosto. Ele sangrava junto à linha dos cabelos e estava pálido debaixo da camada de terra e graxa.

– O que... o que aconteceu? – Ela espirrou na dobra do cotovelo. – Desculpe. O que aconteceu lá na Colmeia? Por que a mudança?

Kane virou o braço no aperto em que estava, em seguida lhe ofereceu um quadradinho de pano.

– Você está sangrando.

Quando ela fitou o lenço, ele suspirou.

– Bem que eu gostaria que fosse de melhor qualidade. Eu costumava usar os feito à mão de seda. Com as minhas iniciais.

Quando ele pressionou o tecido em uma das sobrancelhas dela, Nyx fez uma careta.

– O que aconteceu?

– O bloqueio da prisão. – Meneou a cabeça como se estivesse frustrado. – Quando tentei chegar à área de transporte, para fazer a avaliação de risco, não consegui nem chegar perto. Tinham bloqueado a entrada onde os caminhões de entrega ficavam, e ninguém convocado para os turnos de trabalho tinha permissão para chegar perto deles. Os próprios guardas estavam carregando. Percebi que precisava levá-la por outro caminho.

– E quanto a Jack?

– Ele vai se deparar com o mesmo problema mesmo se for pela área reservada do Comando. Não acho que sequer vão permitir que ele esteja lá. Lamento muito.

Nyx não queria pensar. Não podia pensar nisso. Esquivou-se das implicações de ir embora agora sem se despedir de Jack.

– Merda – sussurrou. – Quase atirei em você.

Kane sorriu de leve.

– É o único motivo pelo qual lutei com você. Jamais teria colocado uma mão em você se não estivesse convencido de que, caso contrário, eu seria um macho morto ali mesmo.

– Desculpe por isso.

– Eu teria lhe contado se pudesse. Não havia tempo para explicações. Sou eu quem sente muito.

Nyx exalou fundo. Depois começou a falar rápido.

– Por favor, preciso ver Jack uma última vez.

– Não podemos. – O rosto de Kane se enrijeceu. – Não tenho como levá-la de volta para lá em segurança e, mais do que isso, estamos exatamente onde temos que estar. Prometi ao Jackal, pela minha honra, que a tiraria daqui, pouco importando o que fosse necessário. Mesmo que isso significasse que não poderiam se despedir. Nunca dou para trás com a minha palavra.

Quando ela fechou os olhos, Kane disse:

– Por favor, saiba que, se eu pudesse fazer isso sem colocá-la em perigo, eu faria. Mas onde estamos agora é uma posição melhor do que eu teria esperado. Você está tão perto e eu dei a minha palavra a um macho a quem respeito. Não posso recuar.

– Eu só queria vê-lo mais uma vez – sussurrou ela.

– Eu sei.

Quando ela voltou a olhar para Kane, a tristeza no rosto dele era tão profunda e tão sentida que soube que ele devia estar pensando no amor que perdera com tanta crueldade. O amor que lhe fora roubado.

– Se não pode fazer isso por si mesma – disse Kane –, faça pelo macho que a ama.

– Nunca disse a ele que o amo. – Sua voz estava tão rouca que era mais audível. – Nunca disse essas palavras. É por isso que quero voltar.

– O amor verdadeiro não precisa de uma voz. Apenas do coração. Ele sabe como você se sente.

– Dirá a ele? Que eu o amo?

– Pela minha honra. – E embora existisse um espaço mínimo, Kane conseguiu inclinar a parte superior do corpo numa leve curvatura. – Eu direi a ele, prometo. Pois, se eu pudesse ter enviado uma última mensagem para o meu amor, é o que eu teria feito. Não a desapontarei. Nem a ele.

Por um momento, ela vasculhou o rosto de Kane e a tristeza que enevoava seus olhos.

Depois o abraçou. Foi um gesto impulsivo não facilmente acomodado naquele espaço apertado, mas ela não teve como deixar de fazê-lo.

Ambos tinham perdido aqueles a quem amavam. Ele para os braços da morte, ela para a prisão que Jack não abandonava.

– Ainda não entendo o motivo – disse ela ao se afastarem.

– Entende o quê?

Por que Jack se recusa a partir, pensou.

– Não importa – disse.

– O próximo caminhão. Quando ele passar, você se desmaterializa no topo. Está vestindo as cores da pintura, então, se houver algum guarda monitorando tudo, você dever ser capaz de passar sem ser notada. Fique deitada. Mantenha a cabeça abaixada.

– E os olhos também – disse rouca. – O que é a mesma coisa.

– Você consegue. Acredito em você.

– No próximo caminhão. – Quando Kane assentiu, ela agarrou sua mão. – Você é um macho de valor. Ajude-me. Cuide do Jack.

Ele lhe apertou a palma.

– Não sei quanto ao "macho de valor". Mas estou certo de que o amor que vocês sentem um pelo outro vale praticamente qualquer coisa.

– Ele não me ama – disse ela.

– Claro que ama. Ele se vinculou.

– Estaria indo comigo se isso fosse verdade. Ou, pelo menos, me ajudaria a entender por que não. Portanto, não, ele não me ama.

Uma luz surgiu na ponta mais distante, um caminhão rugindo pela curva, o motor roncando como se o guarda que o dirigisse tivesse pisado fundo no acelerador.

– Aqui está ele – ela sussurrou. – Tenho que ir.

Só o que tinha que fazer era visualizar a piscina iluminada à luz de velas, o lugar tranquilo em que encontrava graça a despeito de estar naquela prisão inclemente e desesperada. Só que agora, Jack não faria parte da sua visão. Ela precisava começar a abrir mão disso de imediato. Não seria mais fácil depois.

Kane estendeu a mão e apertou seu ombro.

– Você consegue. Se conseguiu enfrentar uma esquadra de guardas, consegue se desmaterializar daqui…

— Se você se mexer, eu o mato.

Nyx se virou. Na luz fraca, havia um guarda atrás de Kane, tendo entrado na fissura pelo outro lado. O rosto e o corpo do macho eram indistinguíveis. A arma apontada para a cabeça do aristocrata não...

— Eu cuido dela.

Nyx virou a cabeça na direção da vista da estrada. Havia um guarda bem na sua frente e, antes que ela conseguisse reagir, ele colocou uma algema de aço em seu pulso e arrancou a arma da sua mão.

Portanto, desmaterializar-se já não era mais uma opção. E nem se libertar a tiros.

No túnel, o caminhão pelo qual estivera esperando passou com seu rastro de diesel subindo numa coluna de fumaça, uma oportunidade perdida.

Talvez acabasse vendo Jack no fim das contas.

Um pena que isso não fosse uma boa notícia.

CAPÍTULO 34

QUANDO JACK FOI ACORRENTADO À cama pelos guardas, os sons das correntes se chocando e os cliques das algemas se fechando em seus tornozelos e pulsos soaram alto no silêncio dos aposentos do Comando. Graças ao dardo de drogas, seus músculos inertes continuavam sentindo ainda que estivessem completamente imóveis – e ainda assim ele tentou lutar, mesmo sem ter sucesso algum. Não conseguia sequer mexer a cabeça. Ela pendia de lado na posição em que fora carregado e deitado sobre o colchão, portanto era obrigado a encarar a porta do cômodo.

Os guardas o manipulavam como um vaso de cristal, nada era apressado, nem rude.

O Comando reservava esse tipo de divertimento para si própria.

Enquanto os dois machos saíam, os olhos de Jack foram para o chão. Havia um anel de marcas de bala na cerâmica, um contorno de onde o seu corpo estivera.

Quando o Comando se colocou na sua linha de visão, o capuz outra vez estava abaixado, e aquele rosto que ele desprezava, aquele que aparecia em seus pesadelos, que ele suportara diante de si por tantas vezes... estava tranquilo. A ira tinha sido controlada.

A arma estava parada nas mãos pálidas, mas apontava para longe dele.

– Então, onde conseguiu isto? – ela exigiu saber.

De certa forma, a pergunta era perda de tempo. Ele não conseguia falar. Mas, em retrospecto, o Comando não precisava de fato de uma resposta. Nunca havia precisado.

— Isto veio de um guarda. — Os olhos castanho-esverdeados se fixaram nos dele. — Um que foi morto no meu setor junto a outros três.

Jack piscou. Sabia o que viria em seguida.

— Você disse que tinha sido rendido na mira da arma de uma fêmea com roupas da prisão. Mas ela não é uma de nós, é? — O Comando recuou e ficou andando em círculos, batendo forte os pés nas marcas de bala do piso de cerâmica. — Disse que não a conhecia. O quanto disso é verdade, fico me perguntando.

O Comando foi até uma mesa. Havia uma seringa sobre ela e dois frascos pequenos com tampas de borracha nos gargalos. As drogas que eram usadas para ele ficar rijo bem como o antídoto para o tranquilizador. Também havia a pistola de dardos e um punhado deles com caudas vermelhas. Ela abaixou a nove milímetros e pegou um desses projéteis.

Girando, ela o ergueu.

— Se eu o atingir com isto de novo, você morre. A sua respiração vai parar. Você vai ficar azulado, depois cinza. Depois disso, o seu corpo vai ficar duro por um período de tempo antes de os membros voltarem a afrouxar. Sangue se empoçará debaixo dos braços e pernas, das costas e da bunda, deixando tudo roxo. Você vai começar a feder depois disso, desde que eu não escolha arrancar as carnes dos seus ossos para alimentar os prisioneiros.

A fêmea se aproximou da cama e se ajoelhou. Aproximando o dardo do rosto dele, o Comando disse:

— Eu tenho o controle sobre você. Você é meu e eu faço a porra que eu quiser com você.

Jack encarou aqueles olhos.

— Você é *meu*. — O Comando esticou o braço e passou a mão pela lateral do rosto dele. — Só meu. E se eu descobrir que esteve com outra fêmea? Vou fazer que suplique pela morte. Estamos entendidos? Eu vou te destruir.

Ele queria cuspir nela. Em vez disso, fechou os olhos, excluindo-a...

O tapa foi forte, a palma se chocando com sua face.

– Você vai olhar para mim!

O Comando emitiu um som profano e montou nele. Agarrou-lhe o rosto com a mão, e ele sentiu a dor se espalhando e o cheiro do seu sangue quando ela arranhou sua pele.

– Vai olhar para mim, seu maldito – ela quase cuspiu as palavras.

Enquanto ele só inspirava e expirava pelo nariz e encarava o interior de suas pálpebras, seus olhos foram abertos à força. O Comando estava completamente descontrolado; o rosto, rubro; os cabelos ruivos, desgrenhados em ângulos estranhos…

Mas ela se deteve.

Os olhos castanho-esverdeados se arregalaram. Com uma mão trêmula, moveu a cabeça dele para o lado.

Dedos trêmulos abaixaram o colarinho alto da túnica. Em seguida, numa expiração rápida e ríspida, o ar saiu pelos dentes cerrados.

– Quem… – Aquela voz odiosa se partiu. – A quem você alimentou?

O Comando se sentou sobre o quadril dele e pressionou as mãos trêmulas contra a boca.

– A quem você alimentou…

A pergunta foi repetida uma vez seguida da outra, baixinho… E Jack teve a impressão de que era como se nuvens de tempestade se acumulassem no horizonte.

Ele não sobreviveria ao que lhe seria feito. Assim que o Comando saísse do seu transe de choque, descarregaria sobre ele toda a fúria da sua alma negra. Ela o mataria.

Mas estaria tudo bem. Kane jurara pela sua honra que garantiria a saída de Nyx, e o macho de valor tinha outros três para ajudá-lo. Quanto ao outro assunto, aquele que mantinha Jack ali na prisão?

Era a única coisa com que ele e o Comando concordavam.

Os olhos castanho-esverdeados o queimavam, e ele teve o estranho pensamento de que ela devia ter largado o dardo em algum lugar da cama. Talvez ela o encontrasse e fizesse uso dele. Talvez recarregasse a arma do guarda e não atirasse ao redor dele, desta vez. Talvez ela…

As lágrimas que se empoçaram naqueles olhos o chocaram.

Não duraram muito. A agressividade característica do Comando as secou, certo como se sua força de vontade fosse o dorso da sua mão.

— Seu maldito bastardo, você a alimentou. Está mentindo para mim sobre tudo, e você a *alimentou*!

A porta do cômodo se abriu, e o Comando ajustou o capuz sobre a cabeça.

— Eu ordenei que não...

— Estamos com a fêmea — anunciou o guarda. — E o prisioneiro com quem ela estava.

O Comando enrijeceu. Depois desmontou de cima dele. Assim que ela o fitou por trás da tela, ele entendeu que as marcas de mordida em sua garganta eram uma declaração de guerra, e que Nyx estava na mira de uma batalha que não tinha nada a ver com ela. Desesperado, tentou mover a boca, o corpo... qualquer coisa.

Cacete, pensou. Precisava dar um jeito naquilo.

O capuz do Comando se moveu para o lado.

— Bem na hora. E por que não cuido dela eu mesma? Que tal isso? Dois podem fazer essa brincadeira de mordida.

As vestes negras resvalaram o chão, e o Comando falou por cima do ombro:

— Eu lhe trarei o que restar dela. E, depois, poderemos discutir seu futuro. E ele não será nada agradável.

Quando ele se viu ali fechado, começou a gritar. Não que produzisse algum som. A única coisa que mudou foi a velocidade da sua respiração. Começou a arfar.

Tinha que forçar o corpo a se mexer. Tinha que lutar para se libertar. Tinha que...

A paralisia não cedeu, mesmo com a adrenalina correndo solta em seu corpo. Congelado bem como acorrentado à cama, Jack gritou dentro da pele.

Sua fêmea precisava dele, e ele não tinha como ir até ela.

Esse era o pior dos pesadelos que já vivera.

CAPÍTULO 35

NYX FOI EMPURRADA PARA DENTRO de uma cela de um metro quadrado. Quando se desequilibrou e se moveu para a frente, estendeu as mãos algemadas e se amparou no chão de pedra. Virando de costas, saltou sobre os pés e ergueu os punhos.

Só o que o guarda fez foi trancá-la ali. E deixá-la.

Permanecendo em posição de combate, embora não houvesse ninguém ao redor e sua cabeça latejasse, olhou através da tela de aço que recobria as grades de ferro. Não fazia ideia de onde Kane estava – nem de onde ela estava. Das lâmpadas pensas no teto, parecia que estava em alguma espécie de área de contenção, mas o lugar dava a impressão de ser abandonado. Havia uma poeira preta cobrindo tudo, e as outras duas celas não só estavam vazias como partes da tela de aço estavam penduradas.

Não que os prisioneiros, com aquelas coleiras explosivas, poderiam se desmaterializar.

Com um grunhido, libertou-se daquela agressividade que não a levaria a parte alguma e foi tentar abrir a porta. Muito bem trancada. Com cobre.

Estava presa ali até que alguém a soltasse.

– Maldição.

Antes que os guardas a tivessem separado de Kane, tiraram a mochila dela – o que significava que não tinha armas, nem munição, tampouco a jaqueta e o celular. Não que houvesse sinal em algum lugar da prisão, de qualquer maneira.

Deus, teriam encontrado Jack também? Torturariam Kane até que o macho lhes contasse tudo?

Não saber a estava enlouquecendo. E também havia...

Nyx franziu o cenho. A área de contenção ficava no fim de um túnel escuro e, ao longe, ela conseguia ouvir uma comoção. Pessoas conversando rápido, uma camada múltipla de vozes ecoando até ela. E, de repente, tudo ficou silencioso.

Marchas agora. Ficando mais ruidosas. E antes que conseguisse calcular quantos vinham até ela, um cheiro diferente, pungente e diverso, inundou a cela, saturando o ar.

Que diabos era aquilo?

Só que Nyx não passou muito tempo tentando decifrar o cheiro. Uma fila de guardas se aproximou, os uniformes pretos, as armas polidas e os movimentos coordenados piscando à medida que entravam e saíam das poças de iluminação lançadas pelas lâmpadas do túnel. Quando eles se aproximaram, ela recuou até a parede de trás da cela.

Como se isso fosse adiantar de alguma coisa...

– Ah, que droga... – sussurrou.

Havia uma figura por trás dos guardas. Uma trajando vestes pretas, com um capuz sobre a cabeça e diante do rosto. Tinha que ser o Comando.

Muito bem. Pelo menos não teria que ficar esperando, imaginando o que lhe aconteceria. O seu fim estava bem ali.

Quando os guardas preencheram a área de contenção, grudaram à parede, com as AR-15 cruzadas diante dos peitos, os rostos erguidos, os olhos abaixados para o chão. O Comando foi o último a chegar, a figura de negro imponente e cheia de autoridade.

Nyx ergueu o queixo. Não iria se curvar diante de nada nem de ninguém a caminho da sua porta proverbial. Lutara por tempo demais e com determinação demais para se curvar. Embora estivesse com medo, estava determinada a não demonstrar isso...

O Comando parou de repente. Em seguida, o capuz que cobria o rosto se virou de lado. Depois de um momento, a figura deu a impressão de cambalear, o que pareceu dissonante com a evidente autoridade que emanava.

– Deixem-nos – uma voz baixa ordenou.

Como se houvesse alguma dúvida na mente de Nyx quanto ao poder do macho, o efeito da ordem foi como se alguém tivesse largado um material radioativo no meio de um espaço aberto diante da cela: os guardas saíram daquela área tão rápido quanto um suspiro.

Em seguida, o Comando...

Não fez absolutamente nada.

As vestes não se mexeram. Não houve palavras. Nenhuma arma foi revelada tampouco.

Depois do que pareceu uma eternidade, a figura deu dois passos à frente até a porta da cela. Uma manga comprida se ergueu e uma mão alcançou a tranca. Houve o som de metal se mexendo, em seguida uma parte da seção de tela de aço e de grades de ferro se abriu com as dobradiças rangendo.

Nyx se preparou para um confronto físico, indo para o meio da cela, afundando nos músculos das coxas e unindo os punhos algemados para poder usá-los como uma arma contundente.

– Quer dizer que você é o Comando – disse com aspereza.

A figura voltou a ficar imóvel, e Nyx inspirou fundo, sentindo a fragrância pesada que recobria o macho como outra veste tangível. Sândalo. Aquilo era sândalo...

Nyx.

Do nada, ela ouviu o próprio nome em sua cabeça. O que, considerando-se todas as coisas às quais precisava prestar atenção no momento, dificilmente era um uso eficiente do seu cérebro...

– *Nyx...?*

Retraindo-se, Nyx tentou entender o que havia de errado com a sua audição. Mas talvez o problema não fossem os ouvidos. Talvez fosse algum trauma craniano por conta da rocha que caíra em sua têmpora. Porque de jeito nenhum o Comando pronunciara seu nome daquela maneira.

A figura ergueu uma das mãos para o topo do capuz e, quando ela o tirou...

Nyx deu um involuntário passo para trás. E outro. O último a levou de encontro à parede de trás da cela, a tela fria e as barras sendo percebidas pelas omoplatas através da túnica fina da prisão.

Não conseguia entender o que estava vendo.

Parecia ser... uma fêmea de longos cabelos ruivos. O que era confuso, pois concluíra que o Comando fosse um macho, uma clara tendência inconsciente pela qual teria que pedir desculpas a si mesma mais tarde. Mas o sexo da figura não era a questão principal ali.

O problema maior era que seu cérebro, por motivos que não conseguia entender, parecia estar extrapolando das feições diante dela não só para uma semelhança à sua falecida irmã, Janelle... mas para uma cópia exata dela. Desde o topete que se formava no alto do bico de viúva no início dos cabelos. E a fenda delicada no queixo. E o arco das sobrancelhas, e as pintas de um marrom-escuro no meio das íris esverdeadas, e o modo como os lábios se curvavam para cima nos cantos.

— Você está morta — Nyx disse rouca. — Por que estou vendo...

— Nyx?

Ouvir seu nome saindo daquela boca foi como uma máquina do tempo. Instantaneamente viajou no momento anterior ao que Janelle fora falsamente acusada e enviada para a prisão, para a época em que moravam juntas na casa de fazenda com Posie e o avô delas. Em seguida, recuou ainda mais, para antes da morte dos pais. E um pouco mais no passado, quando Nyx acabara de passar pela transição.

Quando chegou a essa última lembrança, foi com um baque: viu Janelle segurando Posie, logo depois que a irmã caçula delas nascera.

— Era para você estar morta — sussurrou. — Vi o seu nome no Muro.

— Foi você... foi você quem entrou aqui. — Janelle, ou a visão que parecia ser Janelle, meneou a cabeça. — Foi você. Quem se infiltrou.

Janelle levou ambas as mãos ao rosto, mas não tocou as faces. As palmas pairaram em pleno ar, os dedos esticados. Bem do jeito que ela sempre fazia quando estava estressada.

– Foi você, então – repetiu. Depois balançou a cabeça, e aqueles cabelos ruivos brilharam sob a luz. – Não entendo. Por que veio aqui?

– Eu estava procurando por você. Tenho procurado você por cinquenta anos.

– Por quê?

– Como assim, por quê? – Nyx franziu o cenho. – Você foi encarcerada por cinquenta anos por algo que não cometeu. Por que eu não procuraria por você? Você é minha irmã.

– Não pedi que viesse atrás de mim. – A voz de Janelle ficou mais inflexível. – Não coloque essa culpa em mim...

Nyx aumentou o volume das suas sílabas.

– Culpar você pelo quê? Pelo fato de estar preocupada? Por você estar perdida e eu tentar encontrá-la? De que diabos está falando?

– Nunca pedi que viesse atrás de mim.

– Não precisava! Você é minha irmã...

– Não mais.

O tom fúnebre das palavras calou Nyx. Mas não por muito tempo.

– Não sou a sua irmã?

– Janelle está morta.

– Então, com quem diabos estou conversando agora? – Nyx foi esfregar a têmpora dolorida e se retraiu quando os dedos bateram no lugar em que fora atingida. – Jesus Cristo, Janelle, você é a encarregada aqui, certo? Você é o Comando. Então por que simplesmente não vai embora? Se é a porra da autoridade aqui, pode ir para casa, voltar para nós. Por que não vem para casa comigo...

– Não quero. Eis o motivo.

Nyx tentou respirar através da dor que sentiu no peito.

– Por quê? – disse numa voz frágil. – Por que não haveria de querer voltar para nós?

Janelle recuou, mas deixou a porta aberta. Enquanto andava na área aberta diante das celas, as vestes pretas flanavam em seu rastro, como fumaça atrás do seu corpo.

Como se ela fosse má.

Só que isso não era verdade.

– Janelle, volte comigo...

– Por que diabos eu faria isso? – Foi a réplica inflexível. – Não quero ficar presa a uma casa de fazenda, sem ir a parte alguma, trabalhando por um salário-mínimo pelo resto da minha maldita vida. – Parou e encarou-a com raiva. – Ora, por favor. Pra que diabos preciso de uma coisa dessas. Sou melhor do que isso.

– Somos a sua família.

– Vocês são o que eu deixei para trás.

Nyx meneou a cabeça.

– Você não está falando sério...

– Você não me conhece. – Janelle pareceu ficar mais alta, mesmo continuando com a mesma altura. – Estou onde quero estar, fazendo o que quero fazer. Enquanto você esteve procurando por mim, eu não pensei em vocês nem uma vez sequer.

– Não acredito nisso.

– Como já disse, você não me conhece...

– Eu estava lá quando você salvou aquele cavalo da enchente. Consertei o telhado numa tempestade de neve ao seu lado. Você costumava segurar Posie nos braços e embalá-la até que dormisse logo depois que nasceu porque ela só se aquietava com você. *Mahmen* sempre dizia: "Dê-a a Janelle...

– Pare.

– ... ela só consegue dormir com Janelle." E, depois que *mahmen* e papai morreram, você ficava o dia inteiro acordada conversando comigo. Você foi o único motivo pelo qual suportei...

– Pare! – Janelle cobriu os ouvidos com as mãos. – Essa não sou eu!

– É! – Nyx correu para a frente, a ponto de quase sair da cela. – Vamos embora. Vamos juntas daqui. Você não pertence a este lugar. Está aqui por causa de acusações falsas. Você foi acusada injustamente...

– Como nos encontrou? – Janelle abaixou os braços. – Como diabos você nos encontrou?

Nyx parou.

– Isso importa?

– Como.

– Fui até aquela igreja velha com o cemitério anexo. Aquele a oeste da nossa propriedade. Encontrei a cripta e quando desci...

– Você matou o meu guarda? Aquele que foi incinerado?

– Ele não é o *seu* guarda.

O rosto de Janelle foi mudando com sutileza, o rubor saindo das suas feições, a boca afinando.

– Ele certamente era meu. Você o matou?

– Ele encostou uma arma na minha cabeça! Ia me matar...

– E você tirou a arma dele e o matou.

– A arma disparou quando lutávamos por ela, e eu não ia deixá-lo ficar com a arma. – Nyx cortou o ar com a mão. – Mas que diabos isso importa...

– Foi você quem roubou uma arma e fez um prisioneiro levá-la para o Muro.

– Porque eu queria saber se você estava viva, se podia ajudá-la...

– E encostou uma arma na têmpora do prisioneiro, não?

– O que disse?

– Você ameaçou a vida de um dos meus prisioneiros, não foi? Encostou uma arma na têmpora dele e o forçou a carregá-la...

– Janelle, por que está falando isso?

– Porque sou a encarregada aqui! Esta é a *minha* prisão! – Janelle moveu o quadril para a frente. – Você faz ideia do quanto trabalhei para chegar aqui? Para conseguir esta autoridade? Décadas, sua idiota. Tive que dar as cartas certas, formar alianças, aprender a como subornar os guardas. E enquanto a *glymera* perdia seu interesse aqui, eu me aproveitei da oportunidade e assumi o controle. Eu sou alguém aqui, maldição. Tenho importância...

– Você é importante para nós! Tenho me debatido com a ideia de que foi falsamente acusada...

– Está de brincadeira? Eu matei aquele velho filho da puta. Do que está falando?

Nyx fechou a boca e sentiu o mundo girar.

— O quê... — sussurrou.

— Eu matei aquele velhote. Quebrei o pescoço dele porque estava farta de ele ficar me dizendo o que fazer.

Piscando com força, Nyx não conseguia processar o que estava sendo dito.

— Mas... por que simplesmente não pediu demissão se estava infeliz com seu trabalho?

O queixo de Janelle se abaixou, e ela a encarou por baixo das sobrancelhas.

— Porque eu queria saber como seria matar alguém.

— Não está falando sério.

— Ah, estou, sim. E aprendi muito mais sobre a morte desde que assumi aqui. Eu gosto. Sou boa nisso. — Enquanto Janelle balançava a cabeça, a última luz que se acendera tão brevemente nos olhos dela se apagou. — Eu pertenço a este lugar. Este é o meu mundo. A irmã que você teve está morta e vou provar isso.

Ela bateu a porta da cela, trancando-a, depois se aproximou da tela.

— Você encostou a minha arma na têmpora daquele prisioneiro. O que mais fez com ele?

— O quê?

Janelle bateu no painel entre elas, e a tela se chocou contra as grades.

— O que mais fez com ele, sua puta!

Quando uma compreensão doentia atravessou a cabeça dolorida de Nyx, ela inspirou fundo. E foi nesse instante que fez a conexão. O cheiro em Janelle, o sândalo, que ela não sentira em nenhum outro lugar da prisão...

... estivera nos cabelos de Jack.

CAPÍTULO 36

QUANDO A PORTA DOS APOSENTOS DO Comando se abriu, Jack disparou os olhos naquela direção mesmo enquanto a cabeça permanecia onde estava. Preparou-se para os guardas. Muitos deles. Ou talvez o Comando com o corpo de Nyx...

Apex?

O macho de olhar morto e passado ruim entrou com uma expressão entediada no rosto – e uma mão cortada... em sua mão?

O vampiro ergueu o pedaço de corpo.

– Emprestei isto de um dos guardas. Depois que tivermos terminado aqui, vou dar um tapa na cara dele com isto. Desde que ele não tenha sangrado até a morte.

Enquanto Apex lançava o acessório por cima do ombro e avançava até a cama, Jack piscava rapidamente. Era o único jeito de se comunicar.

– O que foi? – perguntou o macho. – Por que a cortei? Precisava de uma digital para entrar aqui e a dele serviu muito bem. E aí, o que a gente tem que fazer pra te tirar daqui?

Jack lançou o olhar para a mesa e depois o direcionou de novo a Apex. E mais uma vez para a mesa.

– Certo. – Apex andou até lá e pegou um dos frascos de líquido claro. – Este ou o outro cara?

Quando Jack piscou duas vezes, Apex disse:

– Isso é um sim para este frasco? – Jack piscou duas vezes de novo. – Ok. Quanto?

Apex voltou com a seringa, inseriu a agulha através da tampa de borracha e começou a puxar o antídoto do tranquilizador.

– Pisque duas vezes quando estiver bom.

Jack não fazia a mínima ideia da dosagem adequada, por isso só piscou repetidamente quando a seringa pareceu cheia por completo.

– Onde eu enfio? Veia ou músculo? – Apex revirou os olhos. – Pisque duas vezes para veia. – Quando Jack não piscou, o macho disse: – Pisque duas vezes para músculo. – Jack piscou duas vezes. – Perna?

Mais piscadas e Apex se moveu tão rápido que Jack ainda se comunicava com as pálpebras quando sentiu uma picada na coxa. Sabendo muito bem o que viria em seguida, ele se preparou para...

A descarga de reanimação foi como ser ligado a uma tomada elétrica, o corpo se moveu e pulou, forçando as algemas até que as correntes se sacudissem como cobras. Mas, em vez de logo voltar ao normal, a descarga prosseguiu até ele estar tremendo, grandes descargas de energia vibrando em suas veias, músculos e membros.

– Merda, acho que você vai implodir desse jeito – Apex disse sem inflexão alguma. – Quer que eu te acerte com o dardo ou...

Os guardas entraram correndo no quarto com as armas apontadas e, antes que Apex conseguisse reagir, um deles o atingiu com um cassetete, derrubando-o desmaiado. Quando ele despencou no chão, seguiu-se uma conversa, que Jack não conseguiu acompanhar. Seus dentes se chocavam como castanholas, e depois ouviu-se o som rouco das correntes. A boa notícia? Ele conseguia mexer a cabeça. A ruim? Não podia parar de mexê-la.

Sua visão estava em todo lugar, vibrando pelo cômodo enquanto o crânio balançava no alto da coluna trêmula. Estava num tornado, mas ciente o bastante para saber que os guardas iriam até ele. Primeiro soltaram os tornozelos, e as pernas dançaram livres de suas amarras sem nenhum ritmo, deslizando, saltando...

Quando os braços foram liberados, passou a saltitar na cama, como um peixe no fundo de um barco, a força cinética transportando o corpo pelo colchão. Os guardas, muito atentos ao seu bem-estar, pegaram-no antes que ele acabasse largado no chão com Apex. Suspendendo-o à força, arrastaram sua forma espasmódica até a porta, os pés passando por cima dos buracos de bala que o Comando fizera no piso de cerâmica.

Ele queria lutar, mas não estava muito melhor do que antes. Com o tranquilizante, não tinha controle porque estava paralisado. Agora, não tinha controle porque seu corpo era um raio.

Do caos que era sua visão, estava bastante seguro de que os guardas também tinham pegado Apex. E depois estava no corredor, sendo levado em direção oposta à área de trabalho, de onde os transportes saíam, de onde ele rezava que Nyx saísse. Quando chegaram ao túnel principal, teve um pensamento fugaz de que estava muito vazio, e isso se mostrou especialmente verdadeiro quando foi levado à Colmeia.

Assim como antes, quando saíra da fissura com Nyx, não havia ninguém ali. Nenhum prisioneiro. E os únicos guardas eram aqueles que o carregavam.

Levaram-no até a plataforma, em meio a pilhas de lixo e detritos deixados pelo fluxo normal de prisioneiros. Havia seis degraus de pedra até a plataforma, e seus pés bateram neles na subida que terminava no meio dos três postes. Quando se virou, ouviu o som metálico das correntes enquanto Apex era largado como lixo do outro lado.

Os braços de Jack estavam dobrados para trás; os ombros, tensionados. Os punhos, ardendo quando mais uma vez foram algemados. Os tremores o atravessavam, fazendo-o chutar a madeira ensebada e manchada, e ele sabia que acabaria machucado.

Não que fosse sobreviver àquilo.

Santa Virgem Escriba, desejou que Nyx tivesse conseguido se libertar de alguma maneira.

Enquanto corria os olhos pela Colmeia, Jack ouviu um rumor ao longe, que foi crescendo em volume e gradualmente sumindo, como o de um veículo grande passando ali perto. Quando aconteceu de novo, seu cérebro se revirou diante das implicações.

Turnos duplos chamados. Nenhum prisioneiro no túnel. Nenhum ali.

Puta merda, o Comando estava esvaziando a prisão.

Ela estava mudando tudo... e todos.

— O que fez com ele? – Janelle exigiu saber através da tela e das barras de ferro. – O prisioneiro. O que fez com ele?

Aquela cela decorada, Nyx pensou. Diante da qual Jack hesitara.

Talvez ele tivesse parado ali não por sentir saudades da fêmea que vivia ali dentro... Mas por que ela o estivera prendendo contra a sua vontade e ele não sabia o que fazer a respeito disso?

Nem como se libertar, a despeito da relativa autonomia que tinha ali na prisão?

— Qual prisioneiro? – esquivou-se para ganhar tempo.

— Aquele com quem os guardas a viram. O que você ameaçou matar diante deles caso não os deixassem passar.

— Não sei do que está falando.

— Está mentindo.

Nyx deu de ombros.

— Acho que a pergunta importante aqui é o que você vai fazer comigo. Tudo o mais é conversa jogada fora.

Janelle ficou em silêncio. E, lentamente, voltou a ajustar o capuz, cobrindo de novo o rosto.

— Vou responder isso agora – disse numa voz baixa e ameaçadora. – Guardas!

Enquanto Nyx sentiu uma onda fria de pânico, Janelle se virou – e não olhou para trás enquanto saía. A figura de vestes negras que costumara ser sua irmã simplesmente foi embora, como se não tivesse acabado de ter uma conversa com um parente próximo. Alguém com quem crescera. Alguém com quem partilhara pais, uma irmã e um avô.

No rastro da sua partida, Nyx lembrou-se de ter ficado diante do Muro, vendo a versão adulterada do nome da irmã entalhada na pedra lisa.

Uma coisa estava absolutamente clara.

A fêmea que um dia conhecera como Janelle de fato estava morta.

Eu queria saber como seria matar alguém. Sou boa nisso.

Talvez aquela pessoa jamais tivesse existido.

O tempo para pensar terminou quando os guardas voltaram a entrar na área de contenção e abriram a cela. Foram silenciosos ao marcharem para fora com ela, um macho enganchado em cada cotovelo seu, os três girando ao passarem pela porta. Andando pelo corredor, não houve desperdício de tempo. Levaram-na direto para a Colmeia, entrando por uma porta lateral...

Nyx ergueu o olhar para a plataforma e tropeçou. Jack estava acorrentado ao poste central, e havia algo de errado com ele. Seu corpo tremia com violência, as correntes que o mantinham no lugar se sacudindo com todo aquele movimento – que certamente parecia involuntário.

Mas ele conseguiu se concentrar nela. Mesmo naquelas condições, seus olhos, aqueles olhos azuis, se fixaram nela – e, à medida que se aproximava, a intensidade dos tremores diminuiu um pouco. Ele não parecia capaz de falar, porém os lábios se moviam, nada saindo deles. Estaria doente?

Não, estava drogado, concluiu.

Os guardas a arrastaram para a plataforma e a pararam diante dele. Mais para o lado, Apex estava caído no chão sem se mexer. Quando houve um rumor nas sombras atrás da parede da plataforma, Nyx antecipou que seria sua irmã entrando – não, não a sua irmã.

O Comando.

Em vez disso, outro par de guardas surgiu, e eles arrastavam um prisioneiro pelos braços, o tronco deslizando pelo chão. Largaram o corpo como se fosse lixo ao lado de Apex, e Kane lentamente se virou de costas.

Nyx arfou. O rosto estava ensanguentado e inchado, ela quase não o reconheceu, e, quando ele inspirou pela boca, só o que saiu foi um chiado.

Ela olhou de novo para Jack, bem quando um outro era trazido. Mayhem lutava contra os guardas que o tinham amarrado com uma corda, o corpo grande se retorcendo, os cabelos brancos sacudindo enquanto rosnava e praguejava. Toda aquela combatividade cessou quando ele viu a Colmeia deserta. Ficou tão atordoado que, quando foi acorrentado ao poste da direita, não resistiu.

Pensando bem, estava sem saída e devia saber disso.

Todos estavam sem saída.

Os guardas se afastaram deles, formando uma fila à esquerda, e, quando os bíceps de Nyx foram soltos de repente, seu equilíbrio era pouco e ela teve que se amparar para não cair. Recobrou-se ao se concentrar em Jack. Queria lhe perguntar o que deviam fazer, como poderia lutar contra aquilo, mas sabia que o impulso era a sua parte imatura falando, a garotinha dentro da fêmea que desesperadamente buscava que alguém a quem ela amava e em quem confiava lhe dissesse que tudo ficaria bem. Ela queria um plano que como se por mágica libertasse Jack e Mayhem, que trouxesse Apex à vida, que poupasse Kane dos seus ferimentos, que fizesse sua irmã não estar morta e que o Comando fosse outra pessoa qualquer... Que fizesse com que ela, Nyx, estivesse de volta à casa de fazenda e que todo aquele pesadelo não tivesse acontecido.

O desejo por essa fantasia era tão forte quanto o amor pelo macho trêmulo acorrentado à sua frente, mais forte até mesmo que o medo letal da morte que certamente estava por vir.

– Queria ver vocês dois juntos.

Nyx se virou. No chão da Colmeia, parada no centro do espaço vazio e cavernoso, estava a figura de preto que removera com rapidez o capuz, parecendo, catastroficamente, com a irmã há tempos perdida de Nyx.

O Comando andou adiante, as dobras flutuantes de tecido preto um mau agouro, como uma cortina fúnebre prestes a cair sobre um caixão. Parou quando estava a poucos metros da plataforma, o capuz caindo para trás quando ergueu o olhar.

– Tragam o cesto.

Nyx olhou para Jack. O tremor diminuía, o rubor nada saudável no peito e no pescoço sumindo – para revelar a impressão de uma palma no rosto, como se ele tivesse levado um tapa.

– Não – murmurou ele. – Ela não...

– Você abriu mão da oportunidade de dar sua opinião sobre qualquer coisa quando permitiu que ela tomasse da sua veia. – O Comando meneou a cabeça. – E a sua recompensa por ser um maldito traiçoeiro é que ela vai poder assistir a tudo. Depois vou ensinar a ela tudo sobre a morte...

– Não! – ele exclamou ao se debater contra as correntes.

– Vá se foder! – o Comando berrou de volta. – Você tinha tudo aqui! Eu cuidei de você. Você era tratado com mais deferência do que qualquer outro, exceto eu. E estragou tudo. Você se fodeu quando a fodeu!

O Comando agarrou as dobras do tecido ao marchar pelos degraus até a plataforma.

– Eu te odeio!

Nyx fez menção de responder, mas o Comando passou por ela como se não existisse, aproximando-se do rosto de Jack e batendo no peito dele.

– Seu maldito filho da puta!

– Nunca fui seu – Jack disse com um grunhido.

O Comando arrancou o capuz da cabeça, os cabelos ruivos brilhando sob a luz forte.

– Você tinha liberdade aqui, era bem-cuidado, tinha tudo...

– Eu não tinha *nada*.

– Você tinha a mim!

– Eu. Não. Queria. *Você!* – Jack berrou a última palavra, os músculos do pescoço e dos ombros proeminentes. – Você me drogou e me amarrou, e pegou algo que eu não queria dar para você. Eu *não* queria você, porra!

O Comando pareceu perplexo.

– Está mentindo.

– Quando foi a última vez que fui para aquela cama espontaneamente? Faz *décadas!* – berrou ele.

Nyx sentiu o mundo girar em seu eixo de novo. Enquanto o cérebro se digladiava com as implicações de tudo aquilo, o Comando, trêmulo de raiva, levou a palma para trás e...

Nyx se mexeu sem ter o pensamento consciente de que agia. Avançando, ergueu as mãos algemadas, passando-as por cima da cabeça do Comando e puxando-a para trás, prendendo a corrente entre as algemas na frente da garganta.

Uma raiva ofuscante deu a Nyx forças que ela não tinha antes, e ela arrastou o Comando contra o próprio corpo, assumindo o controle, apropriando-se da situação enquanto virara de costas e ficava de frente para os guardas.

Em voz alta e clara, falou por cima dos sons de engasgos e de roupa farfalhando.

— Eu vou matá-la. Vou quebrar a porra do pescoço dela se um de vocês se mexer.

CAPÍTULO 37

QUANDO JACK VIU NYX SALTANDO à frente, teria gritado para que parasse, mas não houve tempo. Num momento ela estava de pé atrás do Comando, no seguinte tinha as mãos algemadas ao redor do pescoço da fêmea e a puxava para trás como se sua vida dependesse de o Comando perder a dela.

Que era a verdade da situação em que todos eles estavam.

Sua fêmea estava numa fúria magnífica, os olhos reluzentes de vingança, o corpo teso como um arco enquanto ela estrangulava sua presa. E quando ela deu ordens aos guardas, sua voz foi como se tivesse sido proferida do alto, por uma divindade da guerra. Nesse ínterim, as mãos do Comando arranharam a constrição, o rosto estava corado; os olhos, arregalados.

A consciência de Jack no mesmo instante se bifurcou. Parte do seu cérebro ficou na situação se desenrolando diante dele, na sua fêmea obtendo a *ahvenge* da honra dele como a guerreira que era. A outra parte olhava para os dois rostos, lado a lado, o de Nyx logo atrás da do Comando.

Recusava-se a acreditar na conclusão a que chegava. Mas se desconsiderasse a diferente cor de cabelos... existia uma chocante semelhança entre os formatos dos rostos, os arcos das sobrancelhas, a inclinação dos olhos. Elas tinham a mesma altura, eram altas para fêmeas, e...

– Não – ele sussurrou enquanto Nyx continuava a ladrar ordens. – Não pode ser...

Essa foi a última coisa que saiu da sua boca, o último pensamento consciente que teve enquanto tudo passava para sentidos e reações em vez de lógica e razão: num movimento lento, estranho, onírico, ele notou pelo canto do olho quando Kane se levantou cambaleante.

Kane olhou para Jack. Depois seus olhos foram para Nyx.

Naquele momento, uma falange renovada de guardas veio correndo até a plataforma das sombras nas laterais. Quando eles sacaram suas armas, a testa de Nyx ficou iluminada com os pontos vermelhos de todas as miras a laser em seu lobo frontal, mas nenhum dos machos descarregou suas armas.

Não podiam. O Comando estava perto demais, e as duas fêmeas ficavam se mexendo.

E foi então que Kane, que fora brutalmente surrado no rosto e na cabeça, cambaleou na direção dos guardas, tanto os perfilados e atentos à ação, quanto os novos que estavam começando a entender a situação inédita. Nenhum dos machos prestou atenção a ele. Todos estavam concentrados em Nyx e no Comando...

Então, quando Kane ergueu as mãos para a parte de trás do pescoço, nenhum deles percebeu.

Jack abriu a boca. Mas não havia nada a dizer. Ele sabia o que o aristocrata iria fazer...

Houve um instante final em que seus olhos se encontraram. A tristeza nos de Kane era palpável, tudo o que ele perdera, tudo o que tivera que suportar, saindo de sua alma. Nesse momento, ele assentiu com a cabeça, em deferência e comiseração...

– Não! – berrou Jack.

... enquanto ele abria a coleira de monitoração.

No instante em que as pontas foram separadas, houve um som agudo ensurdecedor tão alto que se sobrepôs a tudo o mais. Os guardas com seus lasers giraram na direção do som, assim como os que estavam em formação.

Os gritos de alarme foram imediatos, e eles tentaram correr, mas era tarde demais.

O flash de luz foi ofuscante e a energia liberada foi tamanha que empurrou Jack contra o poste. E fez os guardas saltarem pelos ares.

E empurrou Nyx e o Comando para longe da plataforma, em pleno ar. O som ensurdecedor ecoou pela Colmeia, e as ondas de choque foram tão fortes que a poeira resultante na sequência durou tanto um a fração de segundo quanto um ano inteiro; Jack não tinha certeza.

Em seguida, começaram os gemidos.

A princípio, ele pensou que eram os guardas mais próximos de onde Kane estivera, mortalmente feridos, pedindo ajuda. Só que uma névoa fina flutuava – não, não era uma névoa. Era poeira do...

O colapso do teto começou bem acima da cabeça de Jack, pedaços caindo e aterrissando num estrondo, partindo-se em outras partes. Ele tentou se proteger, mas, em seguida, estava sendo erguido, os pés se soltando do chão, o corpo caindo para trás enquanto o poste ao qual estava preso perdia sua verticalidade. Enquanto seu campo de visão mudava, acompanhando o movimento, ele sabia que o tronco pesava tanto quanto um carro, sendo capaz de esmagá-lo – ou, no mínimo, mutilar seus braços e mãos, que estavam amarradas para trás – quando aterrissasse.

Só o que ele podia fazer era se preparar para os ossos fraturados...

O poste de três metros de altura e noventa centímetros de largura aterrissou num ângulo, e seus membros sobreviveram, as costas estalaram como um bastão. Ele sofreu uma paralisia momentânea – nada funcionou, o coração, os pulmões, as pálpebras –, mas, em seguida, seus sentidos retornaram, a visão clareou.

Para que ele pudesse ver uma rocha do tamanho de um macho adulto se soltar do teto e vir bem na sua direção.

Com um grito, virou-se de lado, rolando o poste para longe do alvo – em seguida, plantou os pés no chão e se ergueu, levando todo aquele peso. Enquanto mais escombros caíam, soltou-se do poste, puxando as correntes por baixo da extensão manchada até se libertar da base. A pilha de metal era pesada, e as algemas, persistentes, mas tudo ficou bem melhor sem aquele tronco inteiro.

Arrastando os elos consigo, ele procurou cobertura saltando da plataforma...

Outro enorme gemido da plataforma anunciou o colapso do poste ao qual Mayhem estivera acorrentado. Não havia como ajudar ninguém.

Caos total.

Onde estava Nyx?

Pouco antes da explosão, Nyx estivera tão ocupada gritando para os guardas largarem suas armas para notar o que Kane estava fazendo. Mas, no instante em que o som agudo começou, tanto ela quanto o Comando olharam na direção dele.

A coleira estava em suas mãos.

E ele olhou para Nyx. Mesmo sendo por apenas uma fração de segundo, sua expressão ficou gravada na mente dela. Ele lhe parecera tão incrivelmente triste e resignado... Mas houvera afeto em seus olhos também.

Depois, ele olhou para Jack.

Ficou claro que Kane estava fazendo aquilo para lhes dar uma chance de sobreviver.

A explosão foi tão violenta que ela voou para trás em pleno ar, ou talvez o Comando, que estava na sua frente, a tivesse empurrado. De todo modo, Nyx soubera que a aterrissagem seria brutal. Não só elas foram lançadas a uma grande distância, também a queda da plataforma era de um 1,5 metro até o piso de pedras – e ela estava certa. O ar foi expulso de dentro dos seus pulmões quando o Comando aterrissou sobre ela.

Lutando para permanecer consciente, Nyx ordenou aos braços que continuassem puxando – precisava manter a pressão ou o Comando escaparia...

O cotovelo bateu na lateral do seu corpo como se alguém a tivesse atingido com um pé de cabra, a dor se espalhou de um ponto não relacionado às suas omoplatas, bunda ou cabeça. O restante de oxigênio escapou dos seus pulmões; a visão ficou branca e preta; os braços na mesma hora ficaram não reagentes, afrouxando. O Comando se aproveitou de imediato disso, as vestes negras deixadas para trás quando a fêmea as despiu, libertando-se.

De sua posição pronada no chão, Nyx captou uma visão indelével da fêmea que um dia conhecera como sua irmã ficando de pé. Não havia nada além de leggings e um collant pretos por baixo do tecido folgado preto, e com os cabelos ruivos derramando-se pelas costas, ela era uma visão discordante de beleza ao erguer o olhar para o teto do maior espaço aberto da prisão.

O Comando girou e baixou o olhar para Nyx.

Por um momento, houve um instante de reconhecimento, um regresso ao que um dia significaram uma para a outra, a reconexão feita pela experiência quase letal da explosão. Ou... talvez Nyx interpretasse aquele instante do modo que queria que ele fosse, porque uma parte sua estava presa ao passado.

Em seguida, o teto despencou.

Fissuras se espalharam como rasgos num papel acima dos três postes, e a queda das rochas não foi gradual, mas a ruptura de um dique.

Bem em cima de Jack.

Nyx gritou e saltou do chão – só para recuar e cobrir o rosto com as mãos algemadas. Pelo espaço entre os dedos, ela viu notícias ruins piorarem. O poste a que Jack estivera preso começou a pender, e não parou no meio da inclinação. Foi até o fim, despencando em cima de uma pilha de guardas, sangrando desorientados, desmembrados. O fato de não ter caído direto no chão foi o que impediu Jack de perder os braços.

Gritando o seu nome, ela disparou na direção da plataforma – contudo, quanto mais começou a cair do teto, foi forçada a recuar, rochas do seu tamanho quicavam para fora da plataforma, rolando na direção dela como se estivessem tomando partido dos guardas. Derrapando, deslizando, tentando se equilibrar com os braços, ela se esquivou, desequilibrando-se e levantando novamente.

– Jack! – gritou em meio ao barulho, dos escombros, da poeira.

Ele devia ter sido morto. Não havia como ele ter conseguido...

O segundo poste caiu, aquele ao qual Mayhem estivera acorrentado.

– Jaaaaaaaack!

Cacete, ela iria até lá.

Bem quando avançou, uma figura se revelou no meio da caverna em colapso, uma figura forte e real que desafiava a destruição ao seu redor.

No instante em que Jack a viu, saltou dois passos e ficou no ar como o Super-homem, voando com os braços para a frente. Correntes, pesadas e prateadas, vieram com ele, tentáculos da prisão arrastando-se atrás dele. E, no entanto, aterrissou num rolamento e saltou de pé – e não perdeu tempo algum. Pegando-a pelas mãos, puxou-a para longe da plataforma, e correram juntos pelo meio da Colmeia atulhada.

Mais rápido, mais rápido… A despeito das correntes que ambos carregavam.

Quando chegaram ao corredor principal, virou à direita. Os pulmões de Nyx ardiam, a garganta estava dolorida por causa da poeira e dos gritos, seus nervos estavam abalados. Mas ela não podia desacelerar.

Só percebeu que, em seguida, estavam de volta ao bloco da cela dele, e ele a levou para além de onde ficava a sua. Não havia ninguém em nenhuma das camas nem nos espaços de teto baixo. Sumiram. Todos os prisioneiros tinham sumido…

Jack agarrou seus punhos e a puxou por uma esquina. Depois parou.

Ambos arfavam, não havia palavras. Não enquanto estivessem arquejando simplesmente para fazer ar terroso e estagnado entrar em seus pulmões.

– Caminho… secreto… – ele arquejou. – Caminho secreto para sair.

– Vamos – ela inspirou fundo. – Onde?

Os olhos azuis brilhantes cravaram nela. Em seguida, ele ergueu uma das mãos, como se fosse acariciá-la. As correntes, tantas que eram, vieram com o braço.

– Maldição. – Olhou ao redor do túnel. – Temos que ir rápido. Não sei o quão seguro estão todas as estruturas. Este lugar inteiro pode desabar em cima de nós.

Com certeza, ela sentia a terra tremer debaixo das botas. Ante o aceno, eles dispararam a correr de novo, correram e correram, os passos sendo abafados pelos sons das correntes que os prendiam, as passadas retardadas pelo peso das correntes.

Ela perdeu o rumo de onde estavam, mas sentiu cheiro de... pão? Aquilo era pão?

Ele a puxou para que parassem ao fim de qualquer que fosse o corredor em que estavam.

– Psiu... – disse ele enquanto ambos respiravam com dificuldade.

Fizeram a curva devagar, com ele na frente.

Vazia. A cozinha industrial, com suas bancadas de aço inoxidável e ganchos para panelas, estava vazia – e fora abandonada às pressas. Havia tigelas cheias de massa de pão, e pedaços de carne parcialmente fatiados sobre tábuas de madeira, e copos de medida ainda cheios de líquidos para serem despejados.

– Por aqui...

O rugido ao longe fez com que virassem a cabeça.

– Venha – disse Jack. – O desmoronamento da Colmeia está se espalhando.

CAPÍTULO 38

Nyx acompanhou o ritmo, seguindo Jack por mais um túnel, outra passagem, outra reta, outra esquina. Não fazia ideia de onde estavam – e, então... Jack desacelerou. E, por fim, parou. Olhou de um lado a outro, e depois apoiou a mão na parede.

– E agora? – ela disse em meio à respiração pesada.

Jack a pegou pelas mãos e a aproximou. Seus olhos percorreram-lhe o rosto, e ele ergueu as correntes de modo a poder afastar uma mecha de cabelos da boca dela.

E foi nesse instante que entendeu.

– Não, você vai comigo – ela disse antes que ele pudesse falar. – Vamos juntos. Agora mesmo...

Abaixando os braços, ele voltou a apoiar a mão na parede de pedra. Quando acertou algo, um painel deslizou se abrindo. O ar libertado era úmido e mofado.

Ela espirrou e não deu a mínima. Agarrando-o pelo braço com as mãos algemadas, aproximou o rosto do dele.

– Vamos. Nós vamos fazer isso juntos...

– Ninguém sabe sobre esta passagem. – Ele olhou para dentro da escuridão que fora revelada. – É um segredo que eu mantive. Tive esperanças de usá-lo, mas nunca foi a hora certa.

Na passagem, uns dez metros mais adiante, uma lâmpada esquálida pendia do teto.

– Jack. – Ela se inclinou para baixo e apanhou as correntes pensas dos punhos dele. – Eu não vou sozinha...

– Siga este túnel até onde ele for. Só existe uma lâmpada, por isso você vai ter que tatear o caminho até...

– Jack! Você vai comigo...

– Quando chegar ao fim, o interruptor estará à direita. A um metro do chão, mais ou menos. Você vai senti-lo...

– Que diabos há de errado com você? Ela abusou de você! Por que está ficando por causa dela?

Jack se retraiu.

– Do que está falando?

– Vai mesmo fingir que eu não ouvi o que disse a ela... Para o Comando? E mesmo assim, depois de tudo, não vai deixá-la para trás?

– Você acha que isto é por causa do Comando? – A gargalhada que escapou dele foi ríspida. Em seguida, seus olhos se estreitaram e ficaram distantes. – Me diga uma coisa. Quem ela é para você? E não negue. Eu vi vocês, uma do lado da outra.

Quando Nyx respondeu, sentiu como se dissesse as palavras de uma longa distância – embora ela e Jack estivessem perto o bastante para sentir o calor irradiando do corpo dele.

– Ela é a minha irmã. Ou era. Aquela era... Janelle.

– Santa Virgem Escriba – ele gemeu. – Como isso é possível?

Quando ele fechou os olhos e pendeu na parede, pareceu tão exausto que mal conseguia ficar de pé. Nesse momento, ela teve um pensamento – um pensamento fugaz – de que deveria alimentá-lo quando tivesse a chance.

– Ela feriu você – disse ela, a voz partida. – A minha irmã... feriu você. Ah, Deus, Jack, por que está ficando por causa dela?

Os olhos dele se abriram.

– Não é por causa dela. É por causa... do meu filho. Ela teve um filho meu aqui. Preciso encontrar... o meu filho. É por isso que eu não podia ir embora... Por isso não posso ir.

– Ah, cacete... – O filho da irmã dela. O filho de Jack. – Você teve...

O JACKAL | 293

— Eu não a amo. Eu a odeio. Mas o menino é inocente de tudo o que ela fez comigo.

Jack abaixou a cabeça, a vergonha e a raiva ao redor dele eletrizavam o ar de emoções. E Nyx queria ajudá-lo de alguma maneira, mas também sentia emoções complexas.

— Eu lamento muito — sussurrou, ciente de que as palavras abarcavam tanto de toda a situação. Sobre ele. Ela. Sobre o que Janelle fizera.

Quando os olhos dele voltaram a se concentrar nela, lembrou-se de quando ele despertou daquele pesadelo, junto à piscina. Assim como antes, o olhar dele estava atormentado e confuso. Mas isso mudou rapidamente.

— Você precisa ir. — Quando a fêmea fez menção de falar, ele levantou a mão para impedi-la e depois apontou para a passagem. — Preste atenção. Eu cavei isto com as mãos. Mantive isto só para mim todos estes anos porque eu ia tirar a única coisa que amava deste odioso lugar. Para mim, faz todo o sentido do mundo que seja você a usá-lo.

Nyx agarrou a túnica dele.

— Mas eu posso ajudá-lo a encontrar...

— Não me peça para carregar essa culpa comigo.

— Do que você está falando? Carregar o quê...

Ele apoiou as mãos nos ombros dela, as correntes passando pela frente do corpo dela.

— Assisti à pessoa mais próxima de um amigo se matar. Por você e por mim. Por nós. Para que pudéssemos sobreviver. Se você morrer aqui? Então Kane terá se sacrificado à toa. E se eu sair daqui sem o meu filho? Estarei morto lá em cima. Por isso, você vai embora agora, e vai sair e vai viver...

— Podemos fazer isso juntos — ela disse, desesperada.

— Não, não podemos. Se o Comando encontrar você...

— Ela pode estar morta. — Nyx se retraiu ao se lembrar de Kane levando as mãos para a nuca. — Existe uma possibilidade de ela não ter saído viva do desmoronamento da Colmeia...

— Ela não me importa. Não quero saber se está viva ou morta. Mas o meu filho... — Meneou a cabeça. — Preciso ir. Não posso ficar mais tempo. Você consegue ouvir o que está acontecendo onde estávamos.

– A cela. Aquela era a cela dele...

– Tenho que ir. – Os olhos de Jack marejaram. – Eu queria que as coisas não terminassem assim...

– Você está escolhendo isso.

– Já passamos por isso antes. Não escolhi nada disso.

Não se afaste, ela pensou.

Bem quando ele deu um passo para trás.

Nyx olhou para a luz fraca de dentro da passagem. Em voz baixa, disse:

– Você está acabando comigo agora. Poderia muito bem ficar aqui, porque você está me matando.

– Nyx, sinto muito...

– Espero que encontre o que procura.

Cambaleando para dentro do túnel, Nyx não olhou para trás. Estava sofrendo demais. Se visse o rosto encovado de Jack, aqueles olhos azuis, aquela tristeza, teria dado meia-volta e implorado – ou pior, o teria seguido para onde quer que ele fosse.

Estava uns dez metros adiante do túnel quando ouviu a passagem se fechar num clique.

Foi nessa hora que vieram as lágrimas. Ela chorou enquanto seguia adiante, enquanto passava por baixo da lâmpada, ao começar a mancar. Chorou tanto que era como se estivesse correndo de novo, pois os pulmões ardiam e a garganta estava seca.

Por mais audível que fosse sua tristeza, não havia motivos para abafar os sons. Estava pouco se fodendo àquela altura.

Quando a luz desapareceu, ela se viu numa subida e, à medida que ajustava o peso para a frente, uma sensação de umidade dentro da bota direita se fez presente em sua consciência. Ficou imaginando em que poça pisara, mas, em seguida, sentiu o cheiro de sangue.

Olhou para a perna, mas estava escuro demais para ela conseguir ver o ferimento.

Seguiu em frente, o manquejar se tornando mais pronunciado a cada passo. Surgiu a náusea. Ondas de tontura de fraqueza a açoitavam. Ela parou de pensar e só conseguia respirar.

No fim, já não se sentia mais viva, mesmo enquanto seguia na subida íngreme. Apenas existia, e prova disso foi chegar à saída chocando-se de frente com o corpo: andou direto numa parede de pedra, batendo a testa, raspando o braço descoberto, chocando a bota – a boa, não aquela ensanguentada.

Por um momento, ela só ficou ali de pé, a mente confusa recusando-se a processar o que fazer em seguida. Mas, então, a mão, a mão direita, aquela com a qual matara, se estendeu por vontade própria a despeito das algemas e tateou a parede. Um metro acima do chão.

Ele cavara aquilo, ela pensou quando a natureza desigual da parede foi percebida. Jack, de alguma maneira, entalhara aquela pedra e criara uma saída.

Deveria esperar ali. Para ver se ele e o filho apareceriam...

O interruptor foi acionado bem quando esse lamentável pensamento surgiu, e o painel que rolou para trás pareceu uma condenação dessa fantasia.

Nyx cambaleou sobre os pés. Em seguida, foi em frente. Mas não tinha certeza do motivo. O que estava fazendo?

Seus pés começaram a andar, levando-a através do portal. Quando chegou ao outro lado, olhou para trás bem quando o painel começava a se fechar. Três segundos. Jack lhe dissera, havia um milhão de anos, que a espera era de três segundos.

A luz fraca daquela lâmpada, muito longe, foi interrompida.

Quando tudo ficou escuro, o equilíbrio de Nyx mudou como se a gravidade tivesse se esquecido dela e ela estivesse flutuando no espaço. Segurou-se ao erguer as mãos amarradas.

Caso se demorasse muito mais, a questão de sair dali seria respondida numa negativa quando desmaiasse por excesso de perda de sangue.

Às cegas, ela pôs um pé diante do outro na mais absoluta escuridão. Ambos os braços estavam esticados para um lado, tocando uma parede. Era a única orientação de que dispunha.

Debaixo dela, o chão se inclinou para cima um pouco mais – e, de repente, numa inclinação muito maior.

Por fim, engatinhando, agarrou terra solta e úmida com as mãos algemadas.

O ar fresco foi algo que se infiltrou em sua consciência. Mas, quanto mais ela subia mais forte e limpo o cheiro se tornava. Chuva. Mato. Flores.

Nyx ainda estava chorando, as lágrimas escorriam pelas faces, quando ela enfim emergiu da terra como um animal, coberta de terra e sangue.

Enquanto uma garoa fina caía sobre ela e o vento rodopiava ao redor, a natureza parecia acolhê-la como a um parente há tempos não visto. Mas não havia tempo para pensar nisso. Sem aviso – talvez todo o trajeto até a saída tivesse sido um aviso –, suas pernas afrouxaram debaixo dela, que despencou de joelhos.

Erguendo a cabeça para o céu, tentou ver as estrelas. O que era tolice. De onde ela achava que vinham as gotas de chuva?

Não era como se o universo estivesse pranteando tudo o que ela perdera.

A irmã. Seu macho. Sua esperança de qualquer coisa que fosse boa no futuro.

Pois, mesmo que chegasse em casa, era uma pessoa diferente daquela que partira. Matara. Amara e perdera. E conhecia um segredo de família que teria que esconder de todo mundo.

Sentando-se sobre os calcanhares, inclinou a cabeça para as nuvens de modo que a chuva cobrisse seu rosto, dedos frios batendo com leveza em suas bochechas superaquecidas, a ferida aberta à têmpora, os cabelos, que ela havia trançado e preso com uma das fitas de couro de Jack.

Deixou-se cair de lado.

A lama da terra amparou-a num abraço desajeitado.

Ela não sabia onde estava. Não se importava.

Fechou os olhos e deixou tudo para trás... E, ao fazer isso, percebeu que Jack tinha razão. A liberdade era muito mais do que apenas estar fisicamente preso. Apesar de estar ali fora, ela permanecia acorrentada ao lugar em que estivera, ao que vira, ao que fizera.

A quem conhecera.

E a quem tivera que abandonar.

Aquela era uma sentença perpétua.

CAPÍTULO 39

ENQUANTO O PAINEL DA PASSAGEM de fuga voltava para o lugar, Jack deitou a mão na pedra e lançou uma prece à Virgem Escriba para que seu verdadeiro amor saísse em segurança. Em seguida, apanhou as correntes e começou a correr. À medida que corria pelos túneis desertos, pensou em todos os lugares em que o Comando poderia ter escondido seu filho.

Retornou aos aposentos privados dela, refazendo a rota desviada que fizera com Nyx por conta das barreiras do bloqueio da prisão. Era ineficiente e um desperdício de tempo – e sua única opção. Quando chegou ao arco marcado com traços brancos, disparou adiante, avançando pela porta de aço...

Sangue. Sangue fresco.

Tanto e de tantos diferentes indivíduos que ele não conseguia rastrear a fonte.

Seus passos eram audíveis contra o piso de cerâmica enquanto ele avançava para a cela do filho. Que estava aberta.

Logo do lado de fora, no chão, havia um cesto de vime, aquele que continha o bichinho de estimação do Comando.

A tampa estava aberta.

– Não... não!

Havia sangue na cama. Sangue na parede. Sangue num rastro para fora da cela...

A risada começou leve, mas não permaneceu assim.

Jack olhou pelo corredor. Parada com os pés plantados firmes diante de um corpo ainda trêmulo, o Comando não tinha mais controle, manchada de vermelho da cabeça aos pés.

– O que você fez? – ele exigiu saber. Apesar de já saber.

E havia tantos corpos para contar a história. Guardas e prisioneiros amontoados pelos corredores, os corpos retorcidos uns sobre os outros. Uma dúzia ou mais.

Mas só havia um com o qual ele se importava.

Nunca pensou que ela feriria o filho deles. Era a única coisa que tinham em comum.

O Comando sorriu, as presas brilhando alvas em meio ao sangue que lhe cobria o rosto e pingava pelo queixo, pelas mãos, pelos cabelos ruivos.

– Cuidei de tudo. Cuidei de tudo. De *tudo*!

O riso se ergueu a um tom de histeria, e foi quando ele percebeu o que ela trazia na mão.

– Hum, quer ver meu suvenir? – disse ela. – Gostaria de ver o meu suvenir?

O riso tinha uma hilaridade maníaca enquanto ela suspendia um coração.

– Estou com o meu suvenir deste lugar – ela gritou a plenos pulmões. – Consegui meu suvenir! E não vou dividir com você!

O rosto dela estava distorcido, uma máscara horrenda de terror, com os olhos ensandecidos e arregalados.

– O que você fez… – Jack se lançou numa corrida, atacando-a, agarrando-a pela garganta e empurrando-a contra a parede. – O que… você… fez?

Bang. Bang. Bang.

Nos recessos da mente, ficou se perguntando que barulho seria aquele. *Bang. Bang. Bang…*

– Maldita… Filha da puta.

Bang. Bang. BANG.

Era o Comando. O corpo de si fazia aquele barulho quando ele a socava na parede, quebrando estuque e gesso com o tronco dela, esmagando trechos acabados, transformando-os em pedaços. E mesmo quando a cabeça dela pendeu para o lado, evidentemente desmaiando, ele continuou, uma vez depois da outra, descontando tudo nela, as violações, o assassinato do seu filho, dos seus amigos, o perigo a Nyx, a quem ele amava. Cabelos ruivos sujos de sangue açoitavam-no no rosto e nos ombros, e, da fragrância de sândalo que ela usava para disfarçar seu sexo, ele sentiu o cheiro do sangue dela emanando.

E teria continuado. Até que a pele dela não passasse de um saco para tudo o que ele tivesse surrado.

Só que, pelo canto do olho, ele viu algo correndo na sua direção, algo baixo junto ao chão, algo peludo...

O cesto de vime. O animal do cesto fora libertado pela sua dona.

Jack olhou na direção da criatura. A coisa era um misto de javali, piranha e guaxinim raivoso, com pelo curto espetado e pés virados para fora. Correu por cima dos corpos que atulhavam o corredor numa onda, como uma doninha, mas muito maior.

E tinha os dentes arreganhados, o focinho estava manchado de vermelho, afastado dos dentes afiados como adagas.

Os olhos negros, opacos e em grande parte cegos estavam fixos em Jack.

Ele se virou, mantendo o Comando entre ele e o ataque iminente...

– Você me ama... – As palavras saíram gorgolejadas e o sangue chapinhou em seu rosto quando a fêmea que ele odiava com tudo o que tinha em si falou: – Você me ama.

Ela levantou a cabeça e aqueles olhos castanho-esverdeados se concentraram com obsessão nos dele.

– Você sempre vai me amar...

O Comando emitiu um grito agudo e seu corpo se arqueou em agonia.

A criatura saltara e estava se banqueteando com a parte de trás do crânio dela.

Jack empurrou a fêmea para longe de si e, enquanto ele saltava para trás, o Comando se debatia, as mãos batendo e tentando agarrar o animal que comia... mastigava... engolia... na ferida aberta da parte de trás da cabeça dela.

Jack começara o processo de bater e bater e bater a fêmea contra a parede. Mas o demoniozinho faminto que ela mantinha naquela cesta de vime estava terminando o trabalho.

E Jack assistiu. Toda vez que ele piscava, via aquele cesto na plataforma. Via a besta subterrânea solta. Ouvia os gritos dos prisioneiros e se lembrava das suas mortes brutais. Na maioria das vezes, a criatura atacara o ventre, mastigando corpo adentro, consumindo intestinos que despencavam como linguiças escorregadias pelo chão de pedra.

Parecia que seu paladar se apetecia igualmente com cérebros.

Às cegas, Jack deu-lhe as costas, apressando-se para longe. Quando tropeçou sobre um guarda morto, logo recuperou o equilíbrio e foi mais rápido.

A criatura não apreciava os já mortos. Por isso, ele precisava se apressar, embora não soubesse para onde ir.

Armas. Ele precisava de armas.

Os aposentos privados do Comando surgiram adiante, e não o contrário, a irrealidade de tudo fazia com que o complexo segmentado se movesse, e não ele. Entrou na câmara e olhou para a mesa, para a arma de tranquilizadores e para os dardos. Suas mãos estavam curiosamente estáveis quando as estendeu...

Correntes. Ele estava arrastando as correntes.

Nem as notara quando atacara o Comando.

Passando-as por cima dos ombros, ele pegou o tranquilizador e os dardos, e quando se virou, algo na cama chamou sua atenção.

Era uma peça de roupa.

Aproximando-se, abaixou as armas que tinham sido usadas para subjugá-lo e apanhou a jaqueta que tinha o cheiro de Nyx. Pressionou o rosto no tecido e inspirou. Por um momento muito breve, ele não sentiu cheiro de sangue. Só sentiu o cheiro... da sua fêmea.

Amarrou as mangas da peça ao redor do pescoço como se fosse um lenço. Depois apanhou o que encontrara e saiu do cômodo.

Pisando para fora, olhou pelo corredor. A criatura tinha ido embora. Nada se movia.

Ele se sentia entorpecido ao virar à esquerda, trotando pelo corredor até a área de trabalho. Havia menos corpos de guardas ali, e depois, nenhum mais, o rastro de corpos fresco se extinguira.

Invadindo a área de trabalho, não se importou em esconder sua presença. E não havia motivos para tal. Não havia ninguém dentro das brancas instalações de processamento de 15 por 15 metros. As bancadas de trabalho individuais estavam reviradas, mesas de aço inoxidável caídas, cadeiras afastadas do caminho, sacos plásticos e balanças de precisão pelo chão. Enquanto ele ia adiante, não encontrou nada a não ser fumaça de diesel e marcas de pneus onde os transportes tinham se enfileirados.

Sumido. Tudo desaparecido.

Estava acabado.

Mas, então, o que ele esperara ter encontrado?

Deu a volta. E virou. Virou de novo.

Enquanto formava um círculo onde estava, ele viu através das paredes, além dos favos que eram os túneis, todos os espaços em que vivera por um século. Viu aqueles que conheceu tão bem quanto possível quando se está no subterrâneo. Viu os que suportara e os que ignorara.

Tentou imaginar-se saindo. Voltando ao mundo real, com todas as suas mudanças.

Enquanto o corpo do filho continuava ali embaixo, em algum lugar.

Era tudo culpa sua. Se, de alguma forma tivesse sido mais forte, ele não teria condenado seu filho a esta vida. A este sofrimento. À morte nas mãos de uma *mahmen* que era um terror profano.

Se ao menos tivesse lutado mais.

Se seu corpo não tivesse ficado excitado contra sua vontade.

Se ao menos...

Quando o ronco distante do desmoronamento foi percebido, ele voltou para a área do Comando, mantendo a arma de dardos a postos para o caso de a criatura se lançar sobre ele. Mas, em vez de retornar ao local de onde viera, foi para a parte sem acabamento, onde a cerâmica debaixo dos pés terminava, assim como as paredes de gesso.

Túnel sem acabamento agora e quando ele lançou sua vontade adiante, velas se acenderam.

Quando se aproximou do Muro, prendeu a respiração.

Não havia nada fora de lugar. E nenhum acréscimo ao que estivera entalhado na pedra preta desde que trouxera Nyx para ali – não que tivesse havido tempo para isso.

Quando pensou em Nyx, sentiu tantas saudades dela que era como se seu coração tivesse sido arrancado por um terrível golpe de um punho.

Mas se seu filho tinha que passar a eternidade ali embaixo – vivo ou morto –, assim o faria ele. Algumas dívidas nunca podiam ser pagas, e ele fora a maldição da sua prole antes mesmo que o nascimento tivesse acontecido.

Isso precisava ser consertado por um sacrifício à altura da maldição.

Concentrou-se no nome diante do qual Nyx se demorara, o nome da fêmea que fora irmã dela... o nome da escória sobre a qual o sofrimento de Jack se baseara. Parafraseando Lucan, e que ele descansasse em paz, o destino de fato sabia ser sacana.

Como podiam elas serem a mesma, a irmã de Nyx e a sua atormentadora?

E isso importava?

– Onde está o corpo – Jack rosnou para o Muro. – O que você fez com o meu morto?

CAPÍTULO 40

A LUZ ERA TÃO FORTE QUE NYX sabia que tinha desmaiado e sido encontrada pelo alvorecer, certo como se o Sol fosse um predador diminuindo a distância até sua presa, preparado para clamar sua vítima.

Tão clara. Seus olhos ardiam apesar de as pálpebras estarem fechadas, por isso ela arrastou o braço para cima do rosto.

Deveria ter tentando voltar para casa com mais empenho. Mas, como com a maioria das decisões, se não é você quem resolve algo, a escolha é feita por você. Tivera a intenção de só descansar para recuperar o fôlego por um momento...

Squish, squish... squish...

O som era como um par de esponjas de cozinha se aproximando dela. E depois um par de estalos suaves, bem ao lado da sua cabeça.

— Está machucada?

Aquela voz... aquela voz masculina. Nyx levantou a cabeça – ou tentou. O corpo todo doía e o pescoço estava inacreditavelmente duro, por isso não foi muito longe.

— Posso mover você? Ou sua coluna está fraturada?

— Não está... – sussurrou, rouca. Porque aquilo devia ser um sonho.

Era impossível que o avô estivesse ali, no meio do nada, aparecendo bem quando o amanhecer clamava seu corpo com seu lindo calor.

— É você? – perguntou.

O avô – ou a sua manifestação mental dele – a levantou, com um braço debaixo dos joelhos, o outro atrás dos ombros. Enquanto a carregava pelo terreno lamacento, seu cheiro conhecido – a mistura de tabaco de cachimbo com tábuas de cedro – foi captado pelo nariz, trazendo consigo a percepção de que aquilo era real. *Ele* era real.

Forçando os olhos a se abrirem, captou o rosto enrugado, os cabelos brancos, os ombros de um homem que trabalhava com as mãos, bem como a camisa de trabalhador. De repente, sentiu-se tomada pela emoção, e as lágrimas escorreram pelas faces.

– É você mesmo – disse, emocionada.

Ele, por sua vez, permaneceu completamente calmo, como sempre era, a atenção fixa em algo à frente deles, algo para o qual se dirigia.

Então, sim, ele a encontrara mesmo, onde quer que ela estivesse.

– Consegue ficar de pé? – perguntou ele.

– Sim – Não queria desapontá-lo ou parecer fraca de alguma forma. – Consigo.

Velhos hábitos. Sempre quisera viver à altura das expectativas dele. A questão seria aquela perna e a bota cheia de sangue, porém. Fora ferida de alguma maneira, ainda que não conseguisse se lembrar de quando. Durante a explosão? Ou quando aterrissara com o Comando em cima dela enquanto as rochas despencavam em toda parte?

Ah, Deus... Janelle estava morta.

– Aqui está o carro – anunciou o avô. – Tenho que colocar você no chão.

– Tudo bem. – Nyx fungou e enxugou o rosto com a manga da túnica da prisão. – Sem problemas.

Quando ele a abaixou, ela cambaleou e teve que levantar o pé machucado. Preparada para ter que se vivar sozinha no departamento do equilíbrio, surpreendeu-se quando ele a segurou pelo braço enquanto abria a porta de trás... da Volvo.

Ver a caminhonete a fez chorar. Por causa de tudo o que acontecera antes... como as coisas eram e jamais voltariam a ser de novo.

– Entre – disse o avô.

Ela não conseguia se mexer. Não conseguia falar. Deu alguns saltos para conseguir ficar de frente com a caminhonete. O capô estava torto e preso com algumas cordas elásticas, mas, evidentemente, ele conseguira fazer o motor voltar a funcionar.

Quanto tempo ficara afastada? Pensou que tivessem sido dois dias... três, no máximo.

— Pode entrar agora – disse o avô.

— Você a consertou.

— Bem, parte dos estragos foi consertado. Ainda precisa de um certo trabalho até ficar bonita...

Apesar das algemas, Nyx esticou uma mão e o apertou no braço. Enquanto o olhava fixamente, desejou receber um abraço seu, mas sabia que isso não aconteceria – e não por causa de como tinha ficado a situação entre eles.

No entanto, havia outras maneiras de se conectarem.

— Você estava certo – disse, rouca. – Janelle era culpada. Sinto muito...

O avô meneou a cabeça e desviou o olhar, um rubor transformando o rosto enrugado corado. Como se ele estivesse, debaixo da superfície, tão emotivo quanto ela.

— Deite-se ao longo do banco se não conseguir ficar sentada. O sol está próximo...

— Eu estava errada. Sinto muito...

— Entre...

— Não – Nyx disse com firmeza. – Nós vamos falar sobre isso. Janelle era culpada. Ela matou aquele ancião. Ela mereceu... sua sentença. Eu estava errada quanto ao que acreditei sobre você tê-la denunciado, e peço desculpas. Pensei... Bem, isso já não importa mais.

Os olhos antigos do avô se voltaram para o horizonte, que tinha um sutil e longo brilho letal surgindo.

— A sua irmã sempre foi quem foi.

— Sei disso agora.

Depois de um instante, ele se concentrou nela.

— Você a viu, então?

Nyx pigarreou.

— Não. Ela morreu muito antes de eu chegar lá.

O trajeto de volta à casa da fazenda demorou quase meia hora e Nyx tentou se concentrar pelo caminho conhecido da autoestrada. Na cadeia de montanhas. Na cidadezinha pela qual passaram com seu posto de gasolina, seu centro de jardinagem, a lanchonete.

Mas tudo era um país estranho. Ela mal conseguia ler as placas ao redor das bombas de gasolina e entender o que elas diziam.

Quando o avô por fim virou no longo caminho de entrada para a casa de fazenda, endireitou-se de sua posição esparramada no banco de trás. Sob a luz dos faróis – um deles piscava como se estivesse prestes a entrar em curto-circuito –, a casa parecia a mesma. Lá estava a conhecida varanda da frente, e a fila de janelas e o telhado com a chaminé...

Disse a si mesma que aquele era o seu lar. Em seu coração... não sentiu nada. Por mais que reconhecesse os detalhes, aquela era uma casa estranha, impossível se conectar com as lembranças de dentro e de fora dela.

Os freios da Volvo rangeram, e o avô colocou a marcha do câmbio em ponto-morto. Quando ele saiu, Nyx brigou com a maçaneta da porta. Seus dedos se recusavam a agarrar.

O avô abriu a porta por ela. E se enfiou dentro do carro, oferecendo-lhe a mão.

– Deixe-me ajudar você.

– Estou bem. – Ah, claro que estava. Sua voz estava tão fraca que ela mesma mal conseguia ouvi-la.

O avô a segurou pelo braço assim mesmo, e ela se apoiou nele para sair do carro. Quando cambaleou, olhou para a frente do carro.

– Como consertou isso tão rápido?

– Você esteve fora por três dias.

Nyx virou a cabeça para ele – e praguejou quando uma dor trespassou sua coluna.

– Pareceu mais tempo.

Pareceu uma eternidade.

A porta de tela se fechou, fazendo com que ela olhasse para a varanda.

Enquanto Posie corria pela casa, descendo os degraus, o vestido cor-de-rosa florido e os cabelos loiros balançaram atrás dela. Mas ela não foi até o carro.

Parou de repente no meio do gramado.

Quando seus olhos se arregalaram e ela soltou a saia, cobrindo a boca com a mão, só o que Nyx conseguiu pensar foi que... não tinha forças para aquilo. Depois de tudo pelo que passara, não tinha energia para lidar com a histeria de Posie.

Nyx exalou fundo e balançou a cabeça...

Resoluta, Posie pareceu se recompor, voltando a segurar a barra do vestido. Enquanto atravessava a distância até a Volvo, seus olhos piscavam rápido, mas não havia lágrimas.

– Venha – disse com tranquilidade –, vamos levá-la para dentro.

Enquanto a frágil e histérica irmã segurava seu braço, com calma e objetividade a conduzia até a casa, Nyx a acompanhou sem discussões nem demonstrações falsas de força. Era como se as duas tivessem trocado porções de suas personalidades.

Ou, pelo menos, emprestado-as por um tempo.

Os degraus pareceram algo impossível, e Nyx teve que se apoiar bastante em Posie para conseguir galgá-los. E chegar à porta da frente lhe pareceu ter percorrido 15 quilômetros de corrida.

Dentro da casa, ela olhou ao redor e não sentiu nenhuma conexão com nada daquilo. Nada em relação à mobília rústica, feita à mão, mesmo tendo sido ela a dispor as poltronas e o sofá e as mesas auxiliares. Nem com as fotografias sobre a cornija da lareira ou os quadros nas paredes, ainda que expusessem membros da família. E o tapete embaixo dos seus pés era um total mistério.

– Chuveiro – disse ela. Basicamente porque não queria conversar com ninguém e deduziu que assim ganharia um pouco de tempo sozinha.

Não queria conversar. Não queria comer. Só queria se deitar.

Posie a levou até o banheiro. Abriu a porta. Apontou para a banheira.

– Banho.

– Chuveiro.

– Não, banho. Você não vai conseguir ficar de pé debaixo da água quente por muito tempo.

Quando Posie a forçou a entrar e fechou a porta, Nyx balançou a cabeça.

– Consigo sozinha. Não preciso de ajuda...

– Você deve estar precisando fazer xixi.

Nyx piscou. Olhou para o vaso sanitário. Ficou pensando se se lembraria de como aquilo funcionava.

Estranho, não se lembrava de como fora ao banheiro enquanto estivera lá embaixo. Devia ter ido. Só não conseguia se lembrar de como nem onde.

Não conseguia se lembrar de partes inteiras daquela experiência. Assim como não se lembrava de muito do seu tempo na casa de fazenda. Era como se estivesse sofrendo de amnésia sobre tudo o que já lhe acontecera.

– Vou ligar a água. – Posie apontou para o vaso. – Sente-se aí.

Quando a irmã não cedeu, Nyx murmurou:

– Você mudou.

– Você ficou longe uma vida inteira, ao que parece.

Enquanto se fitaram, Nyx pensou: *merda, o jovem pré-trans*. Posie não só tivera que lidar com a morte dele, mas também com o fato de não saber onde ela estivera.

– Vovô me contou – disse Posie. – Aonde você foi. Você a encontrou?

Nyx lentamente balançou a cabeça e se preparou.

– Muito bem. – Posie se virou e abriu a torneira. – É isso, então.

– Você está bem? – perguntou Nyx.

Posie se inclinou para baixo e colocou a mão sob o jato de água. Depois ajustou a torneira da vazão quente.

– Estou preocupada com você.

– Estou bem.

– Não creio que me contaria caso não estivesse. – Olhando para trás, sua irmã apontou para as roupas dela. – Precisa de ajuda para se despir? Sente-se no vaso agora.

— Eu vou. Mas preciso de um pouco de privacidade.

— Venho ver como você está em cinco minutos. — Quando Nyx tentou falar, Posie levantou a mão. — Pode parar. Não vou discutir com você a respeito do seu bom senso.

Posie foi para a porta.

— Cinco minutos. E, se trancar a porta, vou fazer o vovô abri-la a machadadas.

Enquanto a irmã saía silenciosamente, Nyx encarou a porta. Havia duas toalhas penduradas e, por um momento, ela ficou se perguntando para que serviriam. Virando-se para a pia, as duas escovas de dente chamaram sua atenção. Com a mão trêmula, tocou a haste da cor-de-rosa. A de Posie.

Lembrou-se de ter colocado a escova de dentes na mochila.

Tão ingênua. Tão incrivelmente ingênua.

Posie não era a única que envelhecera um milhão de anos em tão pouco tempo.

Nyx ergueu os olhos para o espelho acima da pia — e arfou. Uma estranha a encarava de volta, uma com sujeira e terra e sangue no rosto, nos cabelos, no pescoço. Seus olhos pareciam ter mudado de cor, e havia covas fundas nas bochechas que não estavam ali antes. Parecia como se tivesse descido ao inferno e voltado.

Com mão trêmula, tocou a ferida na têmpora… E notou as unhas quebradas e os pontos de esfoladura nos punhos.

Onde foram parar as algemas, perguntou-se. Estivera com elas ao emergir do subterrâneo.

Quando o braço começou a tremer, ela o abaixou e se encostou na pia.

Onde estaria Jack? Encontrara o filho? Ele estaria vivo ainda?

Com uma clareza sofrida, uma lembrança do macho com os longos cabelos soltos ao redor dos ombros musculosos, os olhos azuis brilhantes sensuais olhando para ela, surgiu com tudo em sua mente. A imagem pairou, tangível como algo vivo, que respirasse, tão efêmera e dilacerante quanto um fantasma…

O barulho de líquido caindo chamou sua atenção e ela olhou por cima do ombro.

A banheira começava a derramar água. Quanto tempo estivera olhando para seu reflexo?

Esticou-se para o lado e fechou as torneiras.

Foi quando baixou o olhar para o corpo. A túnica estava coberta de lama e sangue, assim como o rosto. E estava úmida, o tecido estava frio e, quando o tirou, o cheiro da prisão invadiu o seu nariz.

A batida à porta a fez praguejar.

– Estou tirando a roupa. Me dá mais um maldito minuto.

Isso mesmo, pensou consigo. Volte da beira da morte... para falar desaforada com a irmã como se a vida fosse a mesma.

A voz de Posie saiu estridente.

– Mais cinco minutos, então.

Nyx balançou a cabeça e começou a desamarrar as calças. Quando soltou um grito, virou-se para ver o estrago. O hematoma do momento em que aterrissara depois da explosão era bem grande, as faixas arroxeadas começavam nos ombros e iam até um dos lados do quadril.

Pensou em quando estivera estrangulando o Comando, com as algemas ao redor do pescoço da fêmea – e, de repente, se lembrou. O avô as tirara. No carro. Ele se pusera atrás do volante, inclinara-se sobre o banco do passageiro, e ela ouvira um barulho como o de moedas soltas num bolso. Depois ele se virara e pedira que ela estendesse as mãos.

Ele tinha um molho de chaves. A sexta funcionara.

Movendo o ombro na direção do espelho, empurrou a mancha vermelha do lado externo do bíceps. E se lembrou de ter sido alvejada. Na verdade, toda vez que piscava, mais imagens de lembranças voltavam, e elas eram tão vívidas que ouvia os barulhos e sentia os cheiros que as acompanhavam.

Gritos. Ar mofado e estagnado. Cheiro de pólvora.

Sangue. Tanto, tanto sangue.

Afastando as lembranças, concentrou-se nas calças. Saíram com um pouco de esforço, o tecido enlameado e úmido se prendendo nas pernas – e ela pensou na sujeira que devia ter deixado no banco de trás da Volvo.

Quando as largou no velho piso de azulejos, o som polpudo que elas fizeram revirou seu estômago.

Antes de entrar na banheira, usou o vaso sanitário porque Posie disse que ela tinha que fazer isso. E foi a melhor mijada de sua vida inteira, a única coisa gostosa no que lhe parecia ser uma eternidade.

O banho foi ainda melhor. Mas veio com a desvantagem de pensar na piscina escondida. Em Jack. Nos dois juntos.

Quando ela afundou no abraço cálido e gentil da água, entendeu que teria que se acostumar a sentir a dor da perda. Fazia parte dela agora, algo tão permanente quando seus braços e pernas, algo tão definitivo quanto as batidas do coração e o ar nos pulmões.

Deitando a cabeça na curva da banheira, fechou os olhos e as lágrimas que escaparam estavam quentes ao deslizar pela face... juntando-se agora à água marrom do banho.

Toc, toc, toc...

– Estou bem, cacete – estrepitou.

A porta se abriu de toda forma. Posie enfiou a cabeça. Espiou. E depois recuou com um aviso de que voltaria em mais cinco minutos.

Ciente de que tinha que dar conta daquilo, Nyx se sentou e agarrou as laterais da banheira. Levantando-se na água, não conseguia acreditar no quanto ela tinha ficado nojenta. Ligou o chuveiro na mesma hora em que abriu o ralo.

Posie estava errada. Conseguiu ficar de pé, embora tivesse se certificado de não deixar a água quente demais.

O sabonete foi uma revelação. Xampu e condicionador também.

Nyx refletiu, ao abaixar a cabeça para trás e fazer uma careta quando sentiu uma pontada na têmpora, que, quando você faz uma coisa todos os dias, você acaba se acostumando dos seus usos e benefícios. Limpeza. Água fresca. Comida não estragada e preparada para ser saboreada.

Descanso numa cama macia num lugar seguro. Era um luxo reclamar sobre inconveniências como multas de estacionamento e colegas de trabalho que aquecem bacalhau no micro-ondas compartilhado da empresa e tempestades que derrubam o fornecimento de eletricidade por uma noite e vazamentos nos canos.

Nyx teve que lavar os cabelos duas vezes.

E quando saiu, a forma de anel ao redor de toda a banheira era tão grossa que estava mais para uma mancha. Chegou a pensar que tinha que passar um produto de limpeza agora, mas não tinha forças para tanto. Em seguida, enquanto se enxugava, percebeu que não pegara uma troca de roupas...

Atrás da porta, um roupão cor-de-rosa se materializara no gancho.

Posie evidentemente fizera mais uma verificação.

Nyx envolveu-se na maciez e prendeu o cinto na cintura. Quando foi abrir a porta, percebeu cada mínima dor e desconforto. Considerando-se pelo que passara, tudo poderia ter sido tão pior.

Tinha Jack a agradecer por isso. Seu sangue, tão puro e forte, lhe dera sustento.

A porta do banheiro se abriu sem fazer barulho. Em retrospecto, passara pelo aquecimento feito pelas verificações de Posie.

Debaixo dos pés descalços, as tábuas de madeira rangeram com suavidade e ela sentiu o cheiro de algo emanando da cozinha que fez sua boca salivar. Cebolas fritando. Bife.

Posie estava preparando algo para comer...

Nyx parou no arco de entrada. Do lado oposto do cômodo de teto baixo, à mesa de quatro lugares, havia dois machos sentando-se diante dos pratos dispostos.

Aquele de costas para ela tinha os ombros pequenos e magros, e cabelos castanhos bagunçados.

Bem quando Posie se virou diante do fogão, com uma mão no cabo da panela e a outra na espátula, o pré-trans fez o mesmo, seu tronco fino se virando na cadeira.

Os olhos, brilhantes, reluzentes, olhos de água-marinha se voltaram para Nyx.

Alguém emitiu um som estrangulado.

Ela?

Sim.

Foi só do que se lembrou ao desmaiar bem onde estava.

CAPÍTULO 41

Na noite seguinte, enquanto a lua se erguia acima da fazenda e o calor caía um pouco, Nyx saiu para a varanda. Enquanto olhava para a propriedade, o celeiro e os pastos eram algo saído da pintura de um artista, tão perfeitos e acolhedores, com as árvores fartas e graciosas e o gramado saudável e as cercas que ondulavam ao longo das campinas.

Era uma propriedade tipicamente americana. Contanto que você não soubesse ser possuída, construída e mantida por vampiros.

O avô saiu colocando tabaco no cachimbo, a porta de tela batendo atrás dele.

– Sabe para onde vamos?

Ela olhou para ele, notando um rolo de tecido debaixo do braço.

– Sei.

– Tem alguma pergunta?

– Não.

– Vamos para o celeiro, então.

Andaram lado a lado ao longo do gramado recém-aparado. Os bordos pareciam mais belos do que ela se lembrava, as copas carregadas de folhas verde-esmeralda do fim de agosto. Logo, quando o tempo virasse, elas ficariam vermelhas e douradas e, no fim, marrons e quebradiças largadas no chão.

– Na verdade, tenho, sim, uma pergunta – disse ela. – Como sabia que Janelle tinha matado aquele ancião? Como teve certeza?

O avô colocou o cachimbo entre os dentes e o acendeu com um isqueiro velho e confiável, amparando-o entre as palmas, inclinando-se para a frente para que a brisa não atrapalhasse a função da chama. Em seguida, lufadas... *puf... puf... puf...*, e a fumaça fragrante subindo no ar.

Estava convencida de que a ignoraria quando ele, por fim, falou:

– Ele me ligou. Duas noites antes de ser morto.

Quando ela o fitou de pronto, o avô não revelou sinais de ter notado sua reação surpresa. Simplesmente tirou o cachimbo da boca e espiou o fornilho para ver se estava bem aceso.

– Ele me disse que ela o ameaçara – disse ao parar para reacendê-lo. Quando tudo estava funcionando como devia, voltou a falar, mas não a andar. – Ele me ligou por eu ser o parente macho mais próximo a ela, de acordo com as Leis Antigas. A princípio pensei que fosse por algum motivo disciplinar. Mas, então, percebi que ele estava com medo dela. Intercedi para o bem dele. Disse a ela que não havia mais motivos para ela ir para aquela propriedade, que os serviços dela já não eram mais necessários.

– E o que aconteceu? – Nyx insistiu quando ele se calou.

O avô voltou a andar e não respondeu até estarem dentro do celeiro. E mesmo então, esperou até ficarem diante de um barco-guia no qual, a julgar pelo doce aroma de verniz, ele acabara de aplicar uma camada.

Ele bufou em seu cachimbo, soltando nuvens brancas que subiam acima da sua cabeça.

– Sou um macho velho agora e, há cinquenta anos, eu já estava no planeta havia 573 anos. Em todo esse tempo, eu nunca recebi um olhar como aquele.

– Como ela... – A voz de Nyx ficou insegura, por isso ela deixou as palavras no ar.

– Janelle não tinha alma naquele momento. Por trás daquele olhar, não havia... absolutamente nada. – Ele ergueu um dedo. – Não, isso não é verdade. Havia lógica e avaliação. Nada de humano, porém. Nenhum amor e nenhuma conexão comigo como membro da sua linhagem. E foi então que percebi a verdadeira natureza dela. Foi quando percebi... que estive vivendo todos aqueles anos com uma predadora.

Nyx balançou a cabeça ao se lembrar do olhar frio da fêmea através da tela de aço da cela de contenção.

– Eu também não sabia – sussurrou.

– Culpo o meu próprio modo de pensar. Presumi... – Passou os dedos pela amurada dourada reluzente do barco. – Presumi que fêmeas não conseguiam pensar assim, ser assim. Claro, houve instantes de um desinteresse estranho da parte dela, coisas que pairavam de tempos em tempos, mas desconsiderei tudo isso porque ela era minha neta e eu a amava.

– Ela era minha irmã. – Nyx andou até a fileira de ferramentas organizadas na parede acima da bancada de trabalho. – Fiz o mesmo.

– Na noite seguinte, o velho me ligou e me disse que ela era bem-vinda em sua propriedade. Ainda hoje fico me perguntando o que ela fez para conseguir esse resultado. Só posso imaginar. Resolvi ficar fora daquilo. Duvidei de mim mesmo... E eu, assim como ele, tinha medo dela. Quando chegou do trabalho mais cedo na noite seguinte, com aquele dinheiro e falando que era um presente? – Meneou a cabeça. – Eu sabia o que devia ter acontecido. Vim para cá para que ela pensasse que eu estava trabalhando e me desmaterializei até a casa dele. Exigi ver o corpo. O mordomo tentou me impedir, mas eu subi as escadas correndo e segui o cheiro da morte. Vi o macho deitado na cama, recostado nos travesseiros. O mordomo me informou que tinha sido a hora dele. Que ele estivera sofrendo de uma decrepitude acentuada da idade avançada. Fingi estar emocionado e pedi um copo de água. Quando o *doggen* me deixou, atravessei o quarto e inspecionei o macho. Seu pescoço estava fraturado, solto da coluna. Idade avançada não provoca isso.

– E como teve certeza de que tinha sido Janelle?

– Eu senti a fragrância do sabonete dela no pijama dele, nos cabelos, na pele. O *doggen* foi discreto demais para mencionar isso. Discreto demais para mencionar o pescoço fraturado também. – O avô a fitou com olhos aguçados. – Só para que fique bem claro, não tenho afeição pela *glymera*. São inúteis para os recursos da espécie. Só que eu tinha que proteger você e Posie. Janelle estava fulminante em sua loucura, à beira dela, ainda que não tivesse chegado por completo. Era a minha única chance. Sabia que os aristocratas não hesitariam em tomar posse dos bens no caso de um homicídio, e que, portanto, agiriam às pressas ao receberem minha informação. Foi o que fizeram. Menti para fazer com que ela se apresentasse ao Conselho. Disse a ela que se referia à herança da propriedade do macho que ela matara. Que a notificação de alegação fora um equívoco. Ela era menos esperta do que era agressiva. Acreditou em mim.

Ele meneou a cabeça.

— Ou, talvez, como eu não levei em conta o desvio do seu comportamento, ela desconsiderou o risco à sua liberdade porque eu era seu parente mais próximo. Ou ainda... talvez ela estivesse muito autoconfiante. Tendo colocado o corpo naquela pose, que ela considerava que as pessoas acreditariam no que viam, ela pode muito bem ter pensado que acreditariam nela. Não sei. O que sei com certeza, contudo, é que eu tinha que manter você e Posie seguras. Assim que ela tivesse o gostinho da morte, ela ficaria faminta por isso, e podia muito bem começar em casa.

Nyx passou as mãos sobre a superfície desigual da bancada de trabalho, na qual o avô passava horas e horas.

— Você fez o que era certo.

— Eu não suportava o risco de ela poder ferir uma de vocês. Vocês duas são, e sempre foram, todos os motivos que me restam para viver.

Desviando os olhos para ele, ela tentou não parecer tão surpresa.

— Você se sente assim de verdade?

O avô bufou no cachimbo. Quando o olhar por fim encontrou o seu, havia lágrimas não derramadas neles.

— Sempre me senti assim. Perdi minha filha. Minha *shellan*. Meus pais. Os amigos que tinha, os primos que costumava conhecer. Minha vida há tempos vem decrescendo, e houve muitas perdas e sofrimento para mim. Você e Posie? Vocês me trouxeram tantas alegrias. Posie com seu calor, você com a sua bravura. Vocês duas são o que me fazem ir em frente.

O avô pigarreou.

– E eu tenho muito orgulho de você, Nyxanlis. Por seguir o seu destino. E tenho orgulho de Posie por descobrir a força dela nestas últimas noites. Vocês duas mudaram, e agora eu posso ir em paz.

– O quê? – Nyx arquejou. – Está doente...

– Não, não. – Ele moveu a mão num gesto de dispensa, como se estivesse apagando as palavras. – Estou bem. Mas quando a minha hora de ir para o Fade chegar, eu agora sei que você e Posie saberão tomar conta de si mesmas. Ficarão bem sem mim, e isso me dá um alívio imenso.

Nyx se emocionou.

– Ah, vovô.

Quando ele abriu os braços, ela correu e se lançou contra ele. Quando ele a abraçou bem perto de si, ela o apertou com força.

– Eu te amo, vovô – disse emocionada.

– E eu, a você, Nyx. Você me deixou muito orgulhoso. Sempre.

Ficaram onde estavam e ela inspirou fundo, sentindo o cheiro das aparas de madeira e da fragrância do verniz e do tabaco do cachimbo dele. Ela não queria chorar e não chorou.

Temia que assim que abrisse as comportas, não haveria como controlar suas emoções. E eles tinham trabalho a fazer.

Foi Nyx quem recuou, embora tivesse esperado a vida inteira por aquele momento. Em resposta, o avô assentiu uma vez, e ela soube que ele voltaria a guardar suas emoções dentro de um cofre, trancando-o bem firme. Mas agora ela entendia o motivo de alguém fazer isso. E só por que você não vê algo não significa que ele não exista.

Era como as estrelas atrás das nuvens.

Como Jack debaixo da terra.

– Estou pronta – disse.

O avô assentiu e a direcionou para uma mesa no outro canto. A superfície estava manta por uma manta áspera de Exército e o que havia por baixo a deixava cheia de protuberâncias.

– Tenho o que precisamos. – Afastando a coberta, ele revelou sete pistolas, dois rifles, uma espada, cinco cinturões de munição e...

— Essas são granadas? — Nyx perguntou ao inspirar fundo e sentir cheiro de óleo de armamento.

— Puxe o pino e você terá quinze segundos para lançar e correr.

— Bom.

Quando ele abaixou o embrulho de tecido cinza que mantinha debaixo do braço e começou a juntar as armas, ela pegou uma nove milímetros, verificou se havia balas e se a trava de segurança estava a postos e a enfiou na parte de trás dos jeans.

— Tome, pegue isto. — O avô ofereceu um coldre. — E coloque a camisa por cima para esconder.

Ela fez o que lhe foi sugerido enquanto ele ajustava duas tiras atravessando o peito que incluía dois dos três projéteis, duas pistolas e boa parte da munição.

— Vai deixar a espada? — ela perguntou ao apanhar um dos rifles.

O avô baixou o olhar para a arma com tristeza como se estivesse deixado um animalzinho de estimação muito querido em casa sozinho por cinco semanas.

— Vou — respondeu. — Mas acho que vai ser divertido com as granadas.

— Divertido? — Nyx teve que sorrir. — Pensei que fosse um artesão.

— E sou. — Pegou o embrulho cinza de novo e o colocou debaixo do braço. — Mas já fui outras coisas também.

— Mistério...

— Todos nós temos diferentes facetas.

— É o que estou aprendendo. — Correu o olhar pela oficina. — Está preocupado com que talvez esta seja a última vez que verá este lugar?

— Vai ser o que tiver de ser. — O avô vestiu uma camisa de flanela folgada por cima do arsenal. — Aprendi há muito tempo a nunca prever. Só o que se pode fazer é influenciar o que se pode e suportar o resto.

Nyx assentiu.

— Que assim seja. Vamos embora.

CAPÍTULO 42

Rhage chegou a tempo na Casa de Audiências. Parte da sua chegada pontual para o seu turno de guarda do Rei era o seu comprometimento com o seu trabalho e a busca pela excelência em tudo o que fazia. Havia também uma incansável necessidade de estar presente para os seus Irmãos, não importando do que precisassem.

– Boa noite, Fritz – disse ele ao entrar pela cozinha.

O mordomo, vestido majestosamente em seu uniforme preto e branco formal, girou da bancada junto ao fogão – e o que ele trazia nas mãos era lindo demais: uma bandeja de prata de lei do tamanho de um pneu de carro repleta de uma variedade de pães doces caseiros, recém-saídos do forno, com riscas de glacê como cobertura.

– Senhor, chegou bem na hora. – O rosto enrugado de Fritz se esticou num amplo sorriso, como se as cortinas de um teatro estivessem se abrindo e revelando a tela do cinema. – Acabei de preparar isto para a sala de espera. Mas precisa se servir.

Rhage tocou na frente da camiseta justa e desejou poder se curvar sem correr o risco de um desmaio – da parte do mordomo. O que significaria que todos aqueles pãezinhos acabariam no chão.

– Isso significa muito para mim, Fritz. Obrigado. – Pegou a bandeja. – Este é bem o lanchinho que eu queria.

Fritz pareceu momentaneamente confuso, mas logo se curvou à cintura.

– De fato, sinto-me honrado que aprecie tanto as minhas provisões. Posso, por favor, providenciar uma bebida? Precisará para purificar seu paladar.

Dando uma mordida no de cereja, Rhage soube – não que precisasse de confirmação – que Fritz era um presente dos céus, enviado para reafirmar aos mortais famintos de todas as partes que o bem de fato existia neste mundo.

– Isto está incrível – elogiou ao mastigar. – E eu adoraria um pouco de suco de laranja.

– Um litro ou um galão?

– Um litro apenas está bom.

– Permita-me espremer as laranjas e levarei à Sala de Audiências em seguida!

Fritz parecia animado com a perspectiva de ter que cortar e espremer do mesmo modo com que alguém se animaria com uma viagem a um resort. E Rhage ficava mais do que feliz em ser o receptor da benção de um pouco de vitamina C.

Só que uma passada de olhos pela bancada revelou uma copiosa ausência de pãezinhos extras.

– Não se preocupe, senhor. – O *doggen* indicou o forno. – Tenho mais uma fornada saindo. E os agendamentos da noite foram postergados em meia hora. Portanto, disponho de tempo mais do que suficiente para preparar mais – e eles estarão fresquinhos para os nossos cidadãos.

– Bem, se você vir por esse lado, estou prestando um serviço público.

– Está sempre servindo a raça, senhor.

– E você faz muito bem ao meu ego e à minha cintura.

Apreciando o bom humor, Rhage teria assobiado enquanto abria caminho até a frente da casa ao estilo Federal, mas isso era impossível. Ainda mais enquanto experimentava uma das delícias de limão.

– Humm.

Caminhando até o vestíbulo, acenou com a cabeça para a recepcionista na mesa da sala de espera.

– Como estamos hoje?

A fêmea sorriu e se recostou, afastando-se do laptop.

— Muito bem. E você?

— Melhor agora. — Levantou a bandeja. — Isto cura uma variedade de males. Gostaria de um?

— Não, obrigada.

— Que tal um só?

— Estou bem assim. — Ela sorriu. — Mas obrigada pela oferta.

— Avise se mudar de ideia. Estou do outro lado.

Foi com os passos de um macho seguro da quantidade de pãezinhos doces à disposição para seu consumo imediato que Rhage entrou na Sala de Audiências — ou, como o espaço fora chamado quando Darius construíra a mansão, a sala de jantar. Nada mais de refeições ali, porém.

Companhia atual excluída, claro.

Mas, sim, a comprida mesa de mogno fora retirada. E as oito milhões de cadeiras entalhadas também. Assim como as mesas laterais de apoio e os candelabros. No lugar de tudo aquilo? Um par de poltronas diante da lareira de mármore que atualmente, devido ao calor do verão, estava com as achas apagadas. Também havia a escrivaninha em que Saxton, o advogado do Rei, se sentava enquanto trabalhava, e algumas outras cadeiras na lateral. As cortinas de brocado diante das janelas compridas estavam todas puxadas — visto que os vizinhos humanos eram curiosos, mesmo nas partes mais abastadas da cidade como aquela — e o tapete persa, que brilhava como uma joia debaixo dos pés, tinha permissão para ocupar o meio do palco de uma maneira que não aconteceria caso o cômodo estivesse mobiliado por completo e usado para o que fora projetado originalmente.

Rhage se largou em uma das cadeiras encostadas na parede mais distante, para poder enxergar através das portas duplas. Em seguida, acomodou a bandeja no colo e pegou o segundo pãozinho de cereja. Usava apenas a mão direita e o polegar e indicador para segurar.

Com cobertura, tudo podia ficar bem melado...

— Isto é um momento particular ou posso assistir, contanto que não seja grave?

Rhage sorriu para Vishous quando o Irmão entrou – e tentou fazer que não se curvava de maneira protetora sobre a bandeja.

– Não se preocupe – V. garantiu ao acender um dos seus cigarros enrolados à mão. – Não estou com fome.

– Nunca, literalmente, eu disse isso. Na vida inteira.

– Moro com você, lembra. Sei que é melhor não pegar um dos seus pãezinhos.

Exalando, V. foi aonde deixava o cinzeiro na beirada da mesa, um cara durão de cavanhaque, vestido de couro, com tatuagens na têmpora e a compaixão de uma espingarda serrada.

– Gosto de onde meus braços e minhas pernas estão e já tenho um testículo a menos.

– Eu nunca faria nada – Rhage murmurou ao redor de uma abocanhada.

– Faria com certeza. E falando em dodóis, alto, moreno e rabugento está a caminho. Wrath deve chegar a…

Um zunido fez com que V. pegasse seu Samsung Galaxy. Colocando o cigarro entre os dentes brancos, rolou a tela.

– Chegaram cedo.

– Quem?

– O pedido especial. – V. guardou o celular. – Pode ficar aqui com as suas calorias, se quiser.

– Eu não tinha um plano B, meu chapa.

Dito isso, como era possível que ele só tivesse mais dois? Pelo menos ainda tinha o suco de laranja pela frente, Rhage pensou ao ouvir V. conversando com alguém no vestíbulo…

Pólvora. Estava sentindo cheiro de pólvora.

A bandeja caiu de lado, e ele atravessou o tapete persa, sacando o seu quarentão da lombar. Estava na metade do caminho quando o mordomo apareceu pelas portas vaivém dos fundos com um jarro de suco.

Rhage encarou o *doggen* com firmeza e acenou rápido com a cabeça para o lado.

Fritz de imediato se curvou e recuou. Em seguida, houve um clique quando o mordomo trancou a entrada para a cozinha.

Emergindo no vestíbulo, Rhage olhou através do arco da sala de espera e viu um macho mais velho com camisa flanela xadrez vermelha e preta pesada demais para o verão. V., que estava de pé ao lado do cara, não parecia nada preocupado, por isso Rhage voltou a guardar a arma. Mas continuou em alerta máximo ao entrar.

Do outro lado, em frente à mesa de centro dos assentos disponíveis, uma fêmea de jeans e botas estava levantando a bainha de uma camisa folgada de mangas compridas – para revelar um monte de clique-clique, bang-bang. No entanto, ela estava se desarmando, seu metal se juntando a um monte de outras coisas com as quais atirar. Evidentemente, o cara mais velho se desarmara primeiro.

– Rhage – disse V. –, venha conhecer um amigo meu. Este é Dredrich. Foi ele quem me ensinou a afiar facas.

Rhage assobiou baixinho ao estender a palma.

– Uau. Você fez um favor a todos nós.

O macho tinha cabelos predominantemente brancos e muitas rugas no rosto, mas seus olhos estavam brilhantes e claros.

– É uma honra. – Dredrich apertou o que lhe fora oferecido e depois se curvou. – E Vishous, por favor me perdoe por pedir este favor especial.

V. deu de ombros.

– Está tudo certo. Pode contar, o que precisa de nós? E, pelo amor de Deus, você poderia ter ligado direto para mim. Não precisava passar pelos canais oficiais.

– Não quis atrapalhar. – O macho mais velho estendeu um embrulho cinza. – Primeiro, permita-me devolver isto para você.

V. aceitou o que quer que aquilo fosse, desembrulhando-o rapidamente com mãos firmes – uma delas, como sempre, coberta pela luva de couro com forro de chumbo.

– Ora, ora, ora – disse o Irmão ao espalmar uma adaga negra. – Dei pela falta dela.

— Você a deixou durante a nossa última lição. Foi chamado. Fiquei pensando que você voltaria para pegá-la, por isso a guardei num lugar escondido e seguro.

Os olhos diamantinos de V. se desviaram da lâmina preta para o macho. Depois o Irmão se curvou.

— Você é um macho de valor, velho amigo.

Nesse meio-tempo, Rhage deu uma espiada de novo, só porque ele era assim mesmo, se a fêmea não estava tendo nenhuma brilhante ideia sobre...

— Ei — disse ele —, essas são granadas?

O macho mais velho assentiu.

— Sim, são, sim.

Bem quando Rhage estava para perguntar que diabos dois civis faziam com um arsenal daquele porte, a fêmea se virou. E quando a fitou a fim de entender a situação, o rosto dela estava sem cor alguma.

— Ei, ei... — Ele se adiantou para o caso de ela desmaiar. — Melhor você se sentar...

Com uma mão trêmula, ela o segurou pelo ombro.

— O que foi? — perguntou ele. Notou a cicatriz que se curvava na linha dos cabelos e um arranhado na lateral do queixo. — Precisa de um médico?

— Preciso da sua ajuda.

Foram os olhos. Os incríveis olhos azuis, os olhos azuis água-marinha que Nyx nunca vira em nenhuma outra pessoa. A não ser em Jack. E Peter.

E agora, naquele membro da Irmandade da Adaga Negra.

— Por favor — disse ela, ciente de estar tremendo. — Precisamos da sua ajuda.

O guerreiro segurou seu braço com firmeza, mas com gentileza, como se esperasse que ela fosse desmaiar.

– Podemos lhe oferecer assistência médica? Evidentemente você está...

Emoção vibrou subindo pelo meio do seu peito, fazendo-a falar rápido demais.

– Jack, vocês têm que ajudar o Jack...

– ... com um arranhado no rosto, e esse ferimento na...

– ... na prisão. Jack está...

– Quem é Jack?

– O Jackal. – Mesmo não conhecendo o Irmão, ela percebeu o reconhecimento por trás dos olhos dele. – Sim, ele. O seu irmão de sangue.

– Não tenho nenhum irmão de sangue. – O guerreiro balançou a cabeça devagar. – Sinto muito mesmo, mas você deve ter me confundido com alguém.

O outro Irmão, aquele de cavanhaque e tatuagens na têmpora, falou:

– Ok, ok, vamos cuidar de um drama-bomba de cada vez. De que prisão você está falando?

Nyx olhou pra ao guerreiro.

– A da *glymera*. Aquela que fica a oeste, perto de onde eu moro.

– Como que é? – O Irmão bateu o cigarro no cinzeiro que trouxera consigo. – Pensei que aquele lugar tivesse fechado há anos.

– Até parece que foi. – Nyx se soltou da mão do Irmão loiro porque não queria que ele acreditasse que ela fosse fisicamente fraca. Coisa que não era. – Estive lá nos últimos dias.

O outro Irmão estreitou os olhos diamantinos gélidos.

– Por que você, como cidadã, escolheria ir para lá?

– Para encontrar a minha irmã. Estive procurando por ela nos últimos 50 anos.

Uma mão com luva preta levantou.

– Espere aí. Quem foi com você?

– Fui sozinha. As entradas são todas escondidas. Encontrei uma atrás de uma igreja abandonada. Pensei que minha irmã tivesse sido falsamente acusada; bem, essa parte não importa. Ela está morta. Morreu lá.

– E como foi que você conheceu esse Jackal? – perguntou o Irmão de brilhantes olhos azuis.

O JACKAL | 327

— Ele estava lá dentro. E ainda está, apesar de acreditarmos que estão tentando evacuar o lugar. Havia cerca de mil prisioneiros bem como uma espécie de fábrica de alguma coisa. Mas não sei muitos detalhes sobre essa parte.

— Como saiu? — perguntou o cavanhaque.

— O Jackal… — Nyx pigarreou e baixou os olhos para as botas, percebendo pela primeira vez que elas tinham manchas de sangue secas. — Ele me ajudou. Me fez entrar num túnel escondido que ele mesmo cavou para si. Eu segui nele até a superfície, e depois o meu avô acabou me encontrando por acaso.

"Por acaso" nem chegava perto de explicar a situação. No fim, o avô passara os dias consertando a Volvo e as noites vasculhando a pé um raio de oitenta quilômetros, de bicicleta e, por fim, com a caminhonete, quando ela voltou a ficar operacional. Estivera determinado em encontrá-la. Graças a Deus.

— Por que esse Jackal ainda está lá? — o Irmão de cavanhaque exigiu saber.

Nyx olhou de relance para o guerreiro de olhos azuis brilhantes. Embora ele estivesse calado, sabia de algo. Ela sentia isso.

— Ele não podia sair — respondeu.

— É uma prisão. Não há muita escolha no que se refere a sair.

— Ele era especial. Quero dizer, ele era um caso diferente ali. Havia circunstâncias atenuantes.

— Por quê? — O Irmão era como um polígrafo vivo, respirante, e sua atenção estava concentrada nela como se lesse cada nuance das suas expressões faciais bem como a pulsação na jugular, na lateral do pescoço. — E, se ele não sai por livre e espontânea vontade, por que acha que ele precisa de resgate? Porque é para isso que está aqui, certo? Quer que a gente vá resgatá-lo.

— Não — ela rebateu de pronto. — *Eu* vou resgatá-lo. Só pensamos que o Rei poderia querer saber que uma prisão com mil prisioneiros está de mudança, e muitos deles estão em custódia sob falsos pretextos…

— Você e o seu avô não vão para aquela prisão, seja ela abandonada ou não.

Nyx levantou o queixo para o guerreiro de cavanhaque.

– Não pode me impedir.

– O inferno que não posso, fêmea...

– Lá vai você de novo, V. – alguém interrompeu –, travando amizades e influenciando as pessoas. Sobre o que está batendo o pé dessa vez? Ela vai comprar um iPhone depois que sair daqui ou uma merda dessas?

Nyx olhou para o arco de entrada. O vampiro parado ali era maior até do que o Irmão loiro com os olhos azuis de Jack. Com cabelos negros longos até a cintura saindo do bico de viúva na testa, e óculos escuros justos ao rosto, ele, evidentemente, era um matador. Mas o enorme diamante negro no dedo médio revelava que ele era...

– O Rei – sussurrou.

Uma sobrancelha negra se ergueu acima dos óculos.

– Da última vez que verifiquei, sim, eu era. E você é?

CAPÍTULO 43

Bem, isso ficou intenso bem rápido.

CERCA TRINTA MINUTOS MAIS TARDE, Rhage retomou sua forma no meio de uma campina de moitas baixas, o meme de Ron Burgundy passando pela sua cabeça.[5] Pensando bem, era difícil pensar no que mais se aplicaria à situação, considerando-se que estivera até o pescoço mergulhado em pãezinhos doces e agora estava ali. Onde diabos fosse esse "ali".

Olhando ao redor do vale e para a autoestrada que cortava numa faixa a área baixa entre as duas montanhas altas, ele sentia o estômago incomodado — mas seu desconforto não estava relacionado à faixa de terra que o lembrava dos tufos de um cara velho ficando careca. Também não se referia à missão em que estavam.

Ok, tudo bem, nem tudo sobre a missão.

— Quer dizer que você conhecia o macho — V. sussurrou quando o Irmão se materializou bem ao seu lado. — Esse Jackal?

— Não ouvia esse nome havia um século. — Rhage manteve a voz baixa ao olhar de relance para V. — Ele trabalhou com Darius por um tempo. Eu o conheci apenas de passagem, e meus irmãos de sangue estão todos mortos. Fui o único dos filhos machos do meu pai a sobreviver. Por isso não sei de que diabos ela estava falando.

---

5   "Well that escalated quickly" é a fala de Ron Burgundy, personagem de Will Farrell no filme *O Âncora, a Lenda de Ron Burgundy*, de 2004, que se tornou um meme. (N. T.)

Recuando nos anos, tentou visualizar o cavalheiro em questão. Fora havia muito tempo, um século e tanto, mas sua memória era boa o bastante. Lembrava-se do cretino Jabon e da jovem fêmea – qual era mesmo o maldito nome dela? –, e também da *mahmen*. Da camisola cor de pêssego manchada. Das cenas no meio da sala de estar de Jabon naquela casa lotada daquele cretino.

Em seguida, Rhage viu a imagem de quando viu o Jackal na primeira noite em que descera daquele quarto de hóspedes infernal. O cara estivera na sala. Pronto para falar com Darius.

O macho olhara para ele duas vezes assim que o fitara.

– Todos os meus irmãos de sangue estão mortos – repetiu Rhage.

Quando os outros chegaram, um a um, ele se lembrou de outra coisa: a convicção de que, quando fora apresentado ao Jackal, conhecia o macho de algum outro lugar.

Mas e se não tivesse conhecido o cara com o tipo de apresentação normal "e aí, tudo bem"? E se tivesse sido seu próprio rosto que reconhecera no do outro macho? Na época, estivera tão assoberbado se recuperando da escapada da besta que estivera sempre exausto, exaurido. Conexões mentais que deveriam ter sido feitas e talvez não foram.

Como o fato de os dois serem parecidos.

– Rhage? Ei, para onde você foi, Hollywood?

Sacudindo-se mentalmente, ele olhou para V.

– Desculpe, estou aqui.

Z. e Phury tinham se materializado no local, com as armas empunhadas junto ao corpo. E a fêmea, Nyx, com seu avô, Dredrich, estavam ao lado de um terreno nada especial no meio de um espaço maior feio e nada especial.

– Por ali – disse a fêmea, apontando para o chão.

Rhage e os Irmãos se aproximaram quando ela se ajoelhou e mexeu na terra com as mãos. Debaixo, um alçapão com uma alça foi exposto ao luar. Quando Nyx o levantou, os Irmãos intercederam para ajudar.

Ela era casca-grossa, Rhage tinha que admitir. E, obviamente, passara por maus bocados lá embaixo, pois seu claudicar e os machucados que saravam no rosto e na cabeça eram o tipo de coisa que o incomodava demais porque estavam numa fêmea. Se ela fosse um macho? Sim, claro, sem problemas. Mas ele jamais encararia numa boa o sexo oposto ter sido ferido e surrado, e se isso o tornava antiquado, tudo bem. O povo podia beijar seu traseiro antiquado.

Parado acima do buraco na terra, Rhage mirou a lanterna na escuridão densa. Havia uma descida íngreme, que desaparecia de vista, até a passagem subterrânea.

– Vou na frente – anunciou ele.

– E eu vou depois de você. – Quando todos olharam para Nyx, seu rosto se mostrou resoluto. – Sou a única que já esteve ali. Não podem fazer isso sem mim porque não vão saber em que porra de lugar vão estar, e, mais que isso, parte da prisão desabou, por isso é muito perigoso. Vocês precisam de mim.

Bem, isso basicamente cobria tudo, não?

Rhage sentou a bunda na beirada do buraco do alçapão, com os coturnos pendurados na escuridão. Depois de uma decisão de não pensar em bexigas vermelhas e palhaços, deixou-se cair e aterrissou embolado, seu peso fazendo-o escorregar enquanto terra solta chovia sobre sua cabeça e ele usava as palmas para desacelerar o rolamento.

Quando seu movimento parou, ele mirou a lanterna ao redor e viu um monte de rocha que tinha sido entalhada.

– Alguém cavou isto?

A fêmea se reformou ao seu lado.

– Sim, ele fez isto.

– Durante quantos anos?

– Cem.

Phury e Z. também se desmaterializaram até ali, bem como V. e o avô de Nyx. A passagem era estreita, portanto aquela era uma situação de fila indiana, e ele ficou na frente com a fêmea logo atrás de si, os sons altos em contraste com o silêncio, vindos do couro em movimento e das botas no chão. Todos tinham armas nas mãos, e ele foi lembrado do quanto não gostava de trabalhar com civis. Não fazia ideia das habilidades daquele par, ainda que, até o momento, mostraram-se calmos e concentrados. E muito à vontade com o metal em suas palmas.

Não demorou e sua lanterna se tornou imaterial quando uma única lâmpada se acendeu e eles chegaram a um beco sem saída diante de uma parede sólida.

– Deixe-me passar – disse Nyx ao empurrá-lo da sua frente e tatear ao redor.

Ela deve ter acertado alguma coisa porque um painel deslizou para trás – e o buquê que atingiu o nariz de Rhage foi bem desagradável: ar úmido, mofado... e sangue.

O último era mais sutil, mas estava presente e de origem complexa.

Muitos vampiros mortos.

O túnel no qual seguiram depois era mais largo, e a fêmea parecia saber para onde estava indo. O cheiro de sangue foi ficando mais espesso, bem como o de machos e fêmeas. Não havia sons óbvios.

Nenhuma conversa. Ninguém correndo. Nenhum grito.

O silêncio do labirinto era o que mais o incomodava. E, cacete, o lugar era grande. Tantos corredores e bifurcações de túneis, tudo aquilo logo abaixo da superfície, distante de olhares curiosos – de humanos e vampiros. Quando Nyx falou de mil prisioneiros, ele deduzira que ela estivesse exagerando.

Agora? Ele conseguia imaginar. Totalmente.

Depararam-se com o primeiro corpo quando saíram de uma das curvas de um túnel. Debaixo das lâmpadas penduradas em fios do teto, a fêmea trajando roupas folgadas estava deitada de cara no chão, os pés estavam cruzados, um braço esticado com dedos arranhando o chão.

O sangue estava forte, mas não pararam para virá-la e verificar os ferimentos. Ela já estava morta.

Mais corpos começaram a aparecer quanto mais avançavam. Dois. Três. Um quarto e um quinto juntos. Todos com túnicas marrons/cinzas/pretas e calças folgadas.

Animais, ele pensou – e não com desrespeito aos mortos. Os prisioneiros existiram como animais ali embaixo, sem nunca verem o luar nem respirar ar fresco. Aquilo era uma atrocidade. Como permitiram que aquilo existisse por tanto tempo?

– Quem era o encarregado aqui? – perguntou em voz alta.

Nyx olhou para ele. Depois pigarreou.

– O Comando.

– Era um tipo de diretor de prisão?

– Mais ou menos. Mas, pelo que entendo, não era uma posição oficial, sancionada pela *glymera*. Foi uma autoridade criada, uma tomada à força por intimidação, quando os aristocratas perderam o interesse na prisão.

– Perderam interesse? Está de brincadeira? Como se isso fosse um brinquedo do qual se entediaram? – Maldição, esses aristocratas. – E o Comando era um prisioneiro, você quer dizer?

– Sim – respondeu ela. – Um prisioneiro que assumiu o comando, juntando poder e controle e usando-os para seus próprios fins.

Rhage meneou a cabeça.

– Isso é terrível pra cacete. Deveríamos ter feito alguma coisa; mas não sabíamos. Porra, Wrath vai ficar puto.

– O Comando não queria ser encontrado.

– Como diabos alimentavam a todos?

Nyx parou. Olhou ao redor. Inclinou-se para a frente a fim de espiar ao redor de uma esquina.

– Muito bem, a barricada não está mais aqui.

– Que barricada?

A fêmea se aproximou da parede e deslizou a mão por uma faixa vertical.

– Foi retraída. – Pareceu voltar a se concentrar. – A prisão estava confinada quando saí. A maioria dos túneis estava bloqueada então só se conseguia passar por determinadas áreas. Mas foram removidas agora.

– Quer dizer que ainda há alguém aqui? – V. concluiu.

– Não sei – a fêmea murmurou enquanto olhava para o que viria adiante. – Não faço ideia.

334 | J. R. WARD

No fim, embora Nyx tivesse feito o que podia para conduzir todos para a área reservada do Comando, desviou-se em algum lugar e só descobriu seu erro quando o grupo foi parar no que tinha sido a área de trabalho.

Na esperança de encontrar Jack em algum lugar, em qualquer lugar, empurrou um par de portas de aço que pareciam pertencer a um hospital humano e descobriu uma área de trabalho desordenada do tamanho de um campo de futebol. Mesas compridas estavam desalinhadas e cadeiras, derrubadas. Saquinhos plásticos soltos sujavam o chão e havia balanças aqui e acolá.

Do tipo usado para medir porções de alimento.

Só que havia um pó branco de aparência suspeita sujando-as.

Caramba. Drogas, pensou.

O Irmão de cavanhaque andou até uma das poucas mesas ainda sobre as quatro pernas e apanhou um minúsculo saco plástico repleto de algo parecendo pó facial ou farinha. Lambendo o dedinho, enfiou-o e depois sugou o resíduo.

Retraindo os lábios, lambeu os dentes da frente.

– Cocaína. E talvez algo mais.

– Faz sentido – o Irmão loiro murmurou enquanto andava ao redor, os coturnos enormes esmagando tudo pelo que por acaso pisava. Colheres, sacos, balanças. Caramba, ela tinha quase certeza de que, por conta do seu tamanho, ele conseguiria estragar uma mesa. – É um sistema de comércio perfeito se você deseja ficar fora do radar. Não é regulado pelos humanos, tem demanda infinita e uma enorme margem de lucro.

– Além do mais, se você é vampiro – disse outro Irmão – e for apanhado distribuindo? É só apagar a memória do policial e você está livre.

– Então era assim que alimentavam a todos. – Nyx foi para o outro lado do espaço onde não havia entulho. Em vez disso, o piso estava marcado com marcas de pneus e manchas de óleo. – E davam continuidade à prisão.

– Atacado fora do país – alguém murmurou. – Importando as drogas para cá. Processando-as com os prisioneiros e distribuindo nas ruas. É uma máquina de fazer dinheiro.

Nyx olhou para o avô. Quando seus olhos se encontraram, ele balançou a cabeça com tristeza.

Janelle deve ter encontrado sua fortuna, então, Nyx pensou.

– Há muito sangue aqui – disse ela, apontando para o concreto em que estava. – Moveram pessoas e suprimentos em caminhões grandes. Também tinham uma ambulância com aparência de ser legítima.

Andando adiante, viu a estrada que desaparecia para fora daquela área. Mas não se preocuparia com isso agora. Eram notícias velhas. Os caminhões já tinham ido embora, os guardas e prisioneiros que ainda estavam vivos, também.

De qualquer maneira, não eram o motivo de ela estar ali.

Voltando para a área de processamento, seguiu a parede até outra porta. Quando foi segurar a maçaneta, não se surpreenderia se a porta estivesse trancada...

Ela se abriu e o cheiro de sangue que emanou foi tão forte que Nyx se retraiu, recuando.

Não precisou chamar ninguém. Os guerreiros e o avô vieram de pronto, o cheiro tendo chamado a atenção deles.

Passando pela porta, ela viu guardas mortos no chão – o que foi uma surpresa. Mas talvez isso significasse que Jack estava vivo e tivesse lutado com eles?

– Jack! – ela chamou enquanto o coração disparava.

Quando sua voz ecoou, o irmão loiro a segurou pelo braço e apertou.

– Psiu. Nada disso. Não sabemos quem está aqui.

Só que, no fim, o risco de alertar alguém com barulho foi imaterial. Não havia ninguém vivo. À medida que ela avançava pelo corredor acabado, teve que pisar por cima de membros, troncos e cabeças. Quando chegou a uma porta, abriu-a. Dentro, havia um quarto parcamente decorado e, quando olhou para a cama, franziu o cenho.

Apressada, apanhou sua mochila do chão.

Estava com o zíper aberto e as armas e munição não estavam mais ali. A escova de dentes e a garrafa de água, porém, ainda estavam dentro.

Mas ela nunca mais usaria aquela Oral-B.

Deixou a mochila cair no colchão. Não tinha desejo algum de levá-la consigo. Lembranças ruins em excesso. E, com essa nota triste em mente, encarou o lençol de elástico desarrumando e inspirou fundo. Por baixo do cheiro de sangue derramado, havia um subtom forte.

De sândalo. E do cheiro de Jack.

Acontecera ali. Jack fora acorrentado ali...

Quando ficou difícil respirar, ela se virou. Os Irmãos estavam conversando. O avô verificava uns itens médicos largados sobre a mesa.

Ela não suportava ficar naquele quarto nem mais um segundo.

Cambaleando de volta ao corredor, olhou para a esquerda e rapidamente andou naquela direção.

– Ei, espere – disse o Irmão loiro.

Vagamente, nos recessos da sua mente, ela tentou se lembrar do nome que ele dissera ter. Não conseguia se lembrar – nem de nenhum dos outros embora soubesse que todos tinham se apresentado antes de deixarem a Casa de Audiências. O macho de cavanhaque. Aquele com a cabeça raspada e cicatrizes no rosto. Aquele com incríveis cabelos multicoloridos.

E o loiro com os olhos de Jack, que a alcançava.

Bem quando ela chegava à cela bem decorada.

A porta estava escancarada, as barras de ferro e a tela de aço tendo se soltado das dobradiças. Dentro, ao redor do conjunto acolhedor digno de hotel havia sangue... em toda parte.

Quando ela inspirou, tentou discernir e ver se pertencia a Jack. Seria possível que o Comando tivesse sobrevivido ao desabamento? Teria voltado para ali?

Teriam brigado?

O coração de Nyx perdeu duas batidas e ela recuou para fora da cela. Às cegas, virou-se, e começou a andar sem de fato saber para onde estava indo...

Seu corpo parou antes de ela perceber o que a mente registrava.

Logo viu. No chão.

Um amontoado de cabelos ruivos compridos.

Que estavam manchados de sangue e... de alguma outra coisa. Algo aterrorizante.

Uma onda repentina de paranoia fez seus olhos perscrutarem todos os outros corpos. Mas todos estavam uniformizados. Nenhum deles trajava roupas de prisioneiro. Portanto, nenhum deles era Jack.

– O que foi? – perguntou o Irmão.

Ela olhou por sobre o ombro e lhe disse com suavidade:

– Leve o meu avô de volta à área de trabalho. Arranje uma desculpa.

– Não vamos nos separar...

– Por favor. – Apontou para o chão. – Esta é a minha irmã, e não quero que ele a veja. Vou esconder o corpo.

O Irmão meneou a cabeça.

– Não posso deixá-la. Mas vou cuidar disso.

A despeito do seu tamanho, ele voltou bem rápido, disse algo para o guerreiro de cavanhaque e, simples asssim, seu avô foi redirecionado para longe da área particular do Comando com os outros dois Irmãos.

Inspirando fundo, Nyx correu os olhos pelo entorno. Dentro da cela, havia uma manta de um bom tamanho que cobria uma poltrona estofada. Guardando a arma, entrou e a pegou, e, com mãos trêmulas, gentilmente envolveu os restos mortais de Janelle com o tecido macio vermelho e preto.

Não olhou para os ferimentos diretamente. Sua visão periférica informou-lhe o suficiente.

Sentando sobre os calcanhares, enxugou a testa com a manga. Em seguida, apanhou a irmã nos braços e desceu o corredor, desviando-se dos corpos. À medida que seguia em frente, estava ciente do Irmão de cavanhaque e do loiro de olhos azuis seguindo-a solenemente.

Nyx foi para o Muro.

Quando se aproximou da longa lista de nomes entalhados, ordenou que as velas se acendessem, e estava vendo as filas de símbolos no Antigo Idioma quando parou.

Depositou Janelle aos pés do memorial e recuou.

Cruzando os braços, encarou o corpo envolto... e depois se concentrou no nome da irmã entalhado na lista.

Depois de um instante, assentiu e se virou. Não disse nada para nenhum dos Irmãos quando passou por eles, sentinelas poderosos que seguiram seu rastro sem pronunciar nenhuma palavra.

Teve a sensação de que eles viveram muita morte no curso das suas vidas.

Por isso sabiam como agir.

Enquanto se afastava, Nyx ordenou que as velas se apagassem uma a uma. Até não haver nada além de mortalha de escuridão no último local de repouso da irmã.

CAPÍTULO 44

No fim, Nyx não encontrou o que fora procurar.

Aquele era meio que o tema da prisão, não? Da primeira vez que descera ao subterrâneo, estivera procurando Janelle – e, no fim, tivera esse desejo negado. Da segunda vez? Nada de Jack, em nenhum lugar.

Ao reemergir, saindo da passagem que ele fizera, ficou vagando sem direção… fazendo círculos ao redor de uma moita que tinha toda a graciosidade e beleza de um porco-espinho. Cheio de espinhos e com folhas da cor de poeira, pareceu-lhe o tipo certo de Sol ao redor do qual orbitar.

Visto como se sentia.

Os Irmãos e seu avô também saíram, e os machos estavam agrupados, conversando, com as mãos nos quadris, rostos de maxilares fortes assentindo do modo que os machos faziam quando viram ou fizeram algo sério.

Deixou-os estar.

Tinha problemas diferentes dos deles.

Enquanto eles discutiam as opções de recolhimento dos corpos e estratégias para descobrir para onde a prisão fora, ela fumegava de raiva.

A raiva – espere, esse era a tradução do nome do Irmão loiro, não? Rhage? A raiva que sentia estava descontrolada, mas era inegável. E ela precisou de pelo menos três voltas ao redor da moita para perceber a sua origem.

Nenhum corpo.

O corpo de Jack não estava lá embaixo. Nem na área reservada do Comando, nem quando ela insistira em avançar mais, indo até a parcialmente desmoronada Colmeia.

Portanto, ele fora embora com o restante dos prisioneiros. Ou estava em algum lugar do sistema de túneis – quer evitando-a ou morrendo.

Ou ele estava solto no mundo. Sem ela.

Qualquer que fosse o motivo, ela não conseguia encontrá-lo – e isso a deixava puta da vida. Maldição, se ao menos tivesse vindo com ela. Se tivesse feito uso daquele túnel com ela, ele teria encontrado exatamente o que procurava...

– Nyxanlis?

Ao som do seu nome formal, forçou-se a atender. O avô se aproximara e a fitava como se não tivesse certeza se o seu cérebro estava ou não funcionando.

– Estou bem? – disse em forma de pergunta porque não sabia bem o que ele lhe perguntara. Não sabia bem se estava "bem".

– Vamos para a casa de fazenda. Todos nós.

– Tudo bem. – Quando seus olhos se voltaram para o alçapão, um dos Irmãos estava chutando terra por cima da tampa, mantendo-a escondida. – Vou junto.

Como se tivesse qualquer outro lugar para ir?

Um a um os Irmãos se desmaterializaram, e ela pensou no que Posie faria quando aqueles guerreiros com suas adagas negras embainhadas com os cabos para baixo diante dos imensos peitos aparecessem no jardim lateral.

Melhor ir logo para poder ajudar com a inevitável hospitalidade que seria oferecida, Nyx pensou ao virar fantasma...

... no entanto, enquanto viajava em moléculas dispersas, não foi para casa.

Deu meia-volta.

Quando reassumiu sua forma corpórea, foi diante da igreja abandonada, o lugar para onde fora no início de tudo, a pista que o pré-trans – agora conhecido como Peter – lhe dera.

O luar caía sobre as tábuas lascadas da fachada e penetrava através dos arcos das janelas onde, outrora, estiveram vitrais.

Pegando o celular descartável, enviou uma mensagem para a irmã só para que não se preocupasse quando não aparecesse de imediato. Mas não informara sua localização.

Precisava de um minuto.

Quando aquele Irmão de olhos azuis fosse para lá para conhecer quem, sem dúvida, devia ser sobrinho seu, talvez fosse melhor que ela estivesse lá. Mas Posie cuidara do jovem, e era evidente o forte elo que se formara entre aqueles dois. Ela cuidaria de tudo.

Nyx silenciou o aparelho e começou a andar. Parou na metade do caminho na lateral da igreja e se lembrou de ter se desmaterializado até o beiral para espiar debaixo do telhado caído.

Seguindo em frente, foi até o cemitério e abriu o portão.

Lá dentro, entre lápides, havia uma marca de queimado na terra de dois metros por 1,20 metro de largura, todo o gramado queimado, o solo preto como a noite, os túmulos ao redor chamuscados nas beiradas. Estivera certa quanto a uma coisa, então. O guarda virara cinzas quando o Sol surgira.

A porta da cripta estava bem fechada, e ela teve um pensamento aleatório de que aquele painel de pedra tivera mais ação nos últimos poucos dias do que nas décadas prévias: Peter, ela, o guarda. E devia ter havido outros guardas da prisão saindo por ali para verificar tudo. Isso deve ter levado ao bloqueio da prisão.

Não sabia o motivo de ter ido até ali. Não havia nada além do sarcófago dentro da cripta. Mas para ter paz de espírito – presumindo que voltaria a ter algum dia –, ela tinha que refazer seus passos daquela noite.

Aquele era o único modo de ela conseguir superar o dia, fechada dentro de casa, sem nada além de pensamentos incessantes, de tristeza arrastada, daquela raiva irracional que...

A princípio, não teve certeza do que estava olhando.

Ao empurrar a porta pesada para abri-la, e as dobradiças rangeram, e o interior foi revelado... parecia haver uma pilha de roupas no canto mais distante, no piso empoeirado de mármore.

Roupas da cor das sombras.

E foi nesse momento que ela sentiu o cheiro.

– Jack! – exclamou ao se apressar para dentro.

CAPÍTULO 45

Do seu delírio, Jack ouviu seu nome ser chamado.

Seu cérebro lhe disse que isso era significativo. Era importante. Aquilo... queria dizer alguma coisa.

Mas ele não tinha energia suficiente para levantar a cabeça. Mover o corpo que estava deitado de cara no chão. Mover um braço ou um pé. Vinha sangrando já há algum tempo, desde que...

– Jack. Oh, Deus, *Jack*...

Mãos gentis o rolaram de lado, e foi nesse momento que seus olhos lhe deram a visão pela qual estivera rezando. A imagem acima dele era de um anjo, um anjo inexplicável. Sua fêmea. Sua amada fêmea.

Nyx falava com ele, a boca se movia, os olhos arregalados estavam com medo. E por mais que quisesse tranquilizá-la, não conseguia falar.

Mas estava tudo bem. Mesmo que aquele último momento fosse tudo o que ele tinha?

Suas preces tinham sido atendidas. Tudo o que ele queria enquanto estivera deitado ali, moribundo, era ver sua fêmea uma última vez. E aqui estava ela...

Nyx aproximava algo do ouvido. Um tipo de aparelho, fino e luminoso. E falava nele, com urgência.

Em seguida, guardou o que quer que aquilo fosse no bolso, puxou a manga para cima e expôs as presas. Por um momento, ele ficou confuso – mas, então, percebeu...

Não, pensou. Ela não tinha que fazer isso. Bastava que estivesse ali, embora ele a teria poupado de testemunhar seus últimos momentos se pudesse...

De repente, o cheiro do sangue chegou ao seu nariz e atiçou algo dentro dele, um calor, uma motivação... algo vital.

Ela aproximou os furos que mordera em sua própria pele da boca dele, e ele quis dizer não. Pretendia recusar a generosidade... porque a última coisa que queria era que ela tentasse salvá-lo, fracassasse e tivesse que viver com uma sensação de culpa descabida.

No instante em que o sangue dela caiu em seus lábios, porém, seu instinto de sobrevivência assumiu o controle.

Jack se agarrou e bebeu profundamente, engolindo o que ela lhe dava, alimentando-se daquela fonte de força. Enquanto sorvia o vinho celestial do sangue dela, eletricidade fluía pelo seu corpo, reanimando-o em questão de momentos. E o sabor dela era tão bom, tão irresistível, que ele fechou os olhos para poder se concentrar nele. Saboreá-lo. Deliciar-se com ele.

Quando, mais tarde, abriu os olhos – pode ter sido dois minutos ou vinte –, havia pessoas com eles na cripta, machos grandes com adagas pretas diante dos...

Os olhos de Jack pararam em um que reconheceu.

Rhage. O Irmão da Adaga Negra, a quem não via há... um século? Desde que fora falsamente acusado.

Haveria algum problema, perguntou-se. Seria tratado como prisioneiro foragido?

A ideia de ser mandado de volta ao subterrâneo bastou para que ele soltasse a veia que o salvava.

– Jack – Nyx disse –, você ainda não terminou.

Ele olhou para ela. Queria lhe dizer não, que estava bem assim. Já bastava.

Em vez disso, Rhage se aproximou e se ajoelhou. Os olhos azuis do Irmão eram tão intensos que pareciam brilhar.

Depois de um instante encarando-o, o guerreiro esfregou o rosto.

– Bem-vindo de volta, meu irmão – disse emocionado.

Nyx queria dar aos machos um tempo para que se conectassem. Ou reconectassem? Tinha a sensação de que não se conheciam bem – ou, quem sabe, não se conhecessem nada.

E visto o modo com que se encaravam, ficou claro que ambos estavam surpresos.

Mas aquela era uma situação de vida ou morte.

– Jack, você tem que continuar bebendo para que possamos movê-lo para receber cuidados médicos.

Os olhos dele se moveram para os seus. E, então, um leve sorriso se formou nos lábios dele.

– Eu te amo – disse, rouco.

Nyx de pronto se esqueceu de todo o resto: dos machos ao redor da cripta – inclusive o avô; do fato de Jack ter uma ferida extensa na perna da qual vazara uma quantidade alarmante de sangue; da realidade que estavam apenas do lado de fora de uma das entradas da prisão e que, caso houvesse alguém perigoso, todos estavam desprotegidos.

Olhou para os Irmãos. Todos portavam armas nas mãos, e estava claro que estavam prontos para lutar.

Ok, muito bem. Talvez não precisasse se preocupar com nenhum tipo de ataque com eles cercando-os. Mas, mesmo assim...

Voltando a se concentrar em Jack, ela lhe afagou os cabelos que tinham se soltado da trança.

– Eu te amo – ele repetiu. A voz dele estava tão fraca que as palavras mal eram ouvidas. Mas, porque todos estavam muito quietos, ficou óbvio que o haviam feito.

– Eu te amo também – disse Nyx ao conter as lágrimas, piscando. – Agora, por favor, continue bebendo...

– Você teve a coragem de entrar – ele a interrompeu. – Você... teve a coragem de entrar. Precisei encontrar coragem para sair. Por você, eu quis sair.

– E saiu. – Ela acariciou seus cabelos, o rosto, o ombro. E por mais que ela quisesse ouvir tudo o que ele tinha a dizer, alimentá-lo era ainda mais importante. – Conversamos mais tarde. Só beba...

– Não. – Ele afastou o braço da fêmea quando ela tentou aproximar o punho da sua boca. – Estou suficientemente reavivado.

Para provar isso, foi se sentar – e, concedendo-lhe um ponto, o tronco chegou a ficar na vertical. Mas, quando ele abaixou o olhar para a ferida na perna, oscilou.

– Precisamos enfaixar isso – disse o Irmão de cavanhaque – antes que você pense em se mexer.

Houve o som de algo se rasgando e alguém passou uma camisa para eles.

– Vou pegar a caminhonete – avisou o avô ao sair. – Demoro dez minutos.

Maldição, Jack não iria beber mais dela. Lambendo as feridas no punho, Nyx se acomodou para segurar a mão dele enquanto ele sibilava e grunhia ao ter a coxa enfaixada.

E depois foi seu apoio principal quando o levantaram para ver se ele conseguia ficar de pé.

E foi quando ela percebeu que ele segurava algo.

Era a sua jaqueta corta-vento. De alguma forma, ele estava com a jaqueta dela.

– Cartão de entrada – disse ele.

Nyx olhou para o rosto cansado dele.

– O que disse?

Suspendendo a jaqueta, ele tirou um dos braços do dela e abriu um dos bolsos. O cartão que surgiu estava borrado de sangue. Dele.

– Isto estava no bolso. – A voz dele ficava mais forte a cada sílaba. – Quando as barricadas subiram, voltei ao lugar em que a vi da primeira vez, ao lugar pelo qual você entrara. Tinha sido mordido por aquele animal que ficava no cesto de vime antes de matá-lo e tinha certeza de que sangraria até morrer, só que, quando desabei contra uma parede, a saída abriu. Eu estava com a sua jaqueta ao redor do pescoço e... ela me salvou. Eu a usei duas vezes.

– Apoie-se na sua fêmea – o Irmão de cavanhaque disse. – Está ficando pálido de novo. Está prestes a desmaiar…

Jack amoleceu antes que o Irmão tivesse terminado de falar, e Nyx segurou seu par, grunhindo quando precisou sustentar todo o seu peso.

Mas recusou-se a receber ajudar.

Ele era seu.

E ela iria levá-lo até o carro sozinha.

CAPÍTULO 46

A COISA SEGUINTE QUE JACK notou foi... maciez. Maciez debaixo do corpo. Debaixo da cabeça. Ao longo do corpo.

Suas pálpebras se abriram, a consciência voltando com uma velocidade e uma clareza que lhe dizia o quanto o sangue de Nyx era responsável por reavivá-lo. E seu primeiro pensamento foi...

– Estou bem aqui.

Nyx se inclinou à frente e colocou o rosto em seu campo de visão. Ela era incrivelmente bela para ele, com os cabelos escuros puxados para trás, o rosto corado de emoção e os olhos brilhantes por lágrimas não derramadas.

– Olá – disse ele.

– Oi. – Ela sorriu hesitante. – Temos um médico a caminho.

– Estou bem.

– A ferida da mordida está bem feia. Não podemos arriscar uma infecção.

Houve uma pausa enquanto se fitavam, rememorizando, reafirmando, restabelecendo a conexão que ele tivera tanta certeza de ter sido rompida para sempre.

Ele esticou a mão e afagou seu rosto. E a lateral do pescoço.

– Você está viva.

– E você também.

Jack olhou para a decoração acolhedora.

– Esta é sua casa?

– É. Estamos no meu quarto.

Vozes emanavam de algum lugar próximo, baixas, tranquilas. Ele reconheceu algumas delas da cripta.

– Estou fora mesmo?

– Sim, está fora mesmo. Está livre.

Jack inspirou fundo. Queria comemorar – de verdade.

– Estou contente – disse, porque não queria que ela sentisse nada além de alegria.

Ele, entretanto, deixara algo para trás. Alguém. A quem procurara e não encontrara, nem vivo nem morto.

Abruptamente, Nyx se recostou para trás da sua posição ajoelhada junto à cama. E, quando começou a gesticular com a mão, ele balançou a cabeça.

– Não – disse Jack. – Não preciso de um médico...

Quando uma figura magra apareceu em seu campo de visão, Jack pensou...

Não, não. Isso era muito injusto.

Aquilo era um pesadelo vestido nos símbolos de um sonho, o tipo de coisa que dilacera o coração quando você desperta e percebe que sua fêmea não está com você e que seu filho ainda está morto...

– Pai?

O corpo de Jack começou a tremer e ele se sentou lentamente, como se fosse despertar caso se mexesse rápido demais. Passando os pés para o tapete, um de cada vez, ele parou.

Quando nada mudou... Quando Nyx ainda parecia estar ao seu lado, e seu filho ainda parecia estar diante dele na porta, ele se levantou. Se o ferimento doeu quando a perna sustentou seu peso, não sentiu.

Deu um passo à frente. E depois mais um.

– Filho? – perguntou, rouco.

Sentindo como se arriscasse a própria vida, abriu os braços.

– Pai!

Seu filho correu para a frente e o agarrou. Quando o calor do corpo magro foi registrado e o cheiro familiar chegou ao seu nariz, Jack amparou em seu abraço aquele a quem tanto procurara, ainda que isso o deixasse sem ar ao mesmo tempo que aquecia seu coração.

Depois de um momento com os olhos apertados, olhou por cima da cabeça daquele que estava convencido de ter perdido... para o amor da sua vida.

A quem jamais tinha esperado encontrar.

Nyx teve que cobrir a boca enquanto via Jack abraçando Peter junto ao peito largo. O garoto era impossivelmente pequeno contra a força muito maior do pai, por isso parecia justo que os dois por fim tivessem se reunido.

O jovem precisava da proteção do pai neste mundo.

Ainda mais agora que os dois precisavam se acostumar a viver em cima.

Olhando pela porta, assentiu para Posie e o avô, que estavam de mãos dadas. Quando eles saíram, indo para a cozinha, ela ouviu a porta de trás se abrir e se fechar, e deduziu que os Irmãos estavam de saída. Voltariam. No carro, a caminho de casa, Rhage, o loiro, dissera que eles queriam tantos detalhes quanto fossem possíveis sobre a prisão, como ela funcionava e que tipo de equipamentos tinha.

No entanto, haveria tempo para isso mais tarde.

E um médico estava para chegar a qualquer minuto.

Nyx se concentrou em Jack e no pré-trans. Os dois se afastaram um pouco e se estudaram, evidentemente procurando por ferimentos.

— Você está bem, pai? A sua perna...

— Vou ficar ótimo. — Jack deu uns tapinhas no ombro do filho. — Mas como você veio parar aqui? Como conhece a minha Nyx?

— Foi um acidente de carro, pai.

— O quê?

Nyx explicou:

— Posie e eu estávamos voltando para casa de carro...

– E eu saí correndo para a estrada – Peter acrescentou.

– Nós o atingimos sem querer. Posie cuidou dele até que melhorasse.

Pensando nisso? Nyx estava convencida de que a irmã forçara o pré-trans a melhorar com a força do seu pensamento: Posie estivera completamente determinada a não o deixar morrer sob sua guarda, e sabe do que mais? Até mesmo a Dona Morte tivera medo do temperamento alegre e jovial da fêmea de "nem a pau".

– Posie é minha irmã – explicou Nyx. – Minha outra irmã. Foi assim que tudo começou. Em seu delírio, o seu filho ficou falando de onde viera, de onde escapara.

Peter fitou o pai.

– Eu queria salvar você. Queria que ela fosse lá para buscar você porque eu não era forte o bastante.

Jack amparou o rosto do filho na mão larga.

– Você fez isso?

Quando o pré-trans assentiu, Nyx só conseguiu balançar a cabeça.

– O que posso dizer? Era para ser.

Quando Jack estendeu um braço, ela não entendeu bem o que ele fazia. Mas logo percebeu…

Nyx se levantou e caminhou, meio entorpecida. Parou, não querendo atrapalhá-los, não querendo invadir caso estivesse, de algum modo, interpretando mal a situação…

Peter a agarrou e a puxou, em seguida Jack passou os braços fortes ao redor de ambos.

Desta vez, as lágrimas derramadas eram de alegria. Não de tristeza.

E assim seriam dali por diante…

Jack se afastou um pouco. Com o rosto franzido, olhou para Peter.

– Mas não entendo uma coisa – disse. – Como conseguiu sair? Você não sabia da passagem secreta. Nunca lhe contei porque me preocupei com o fato de isso colocá-lo em perigo. Eu a fiz para você, para que, quando fosse a hora, pudesse libertar você…

Peter engoliu com força e, quando inclinou a cabeça, a luz da lâmpada do abajur na mesinha de cabeceira iluminou seus cabelos.

Pela primeira vez, Nyx notou... o ruivo brilhando em meio aos fios mais escuros.

— Ela me deixou ir.

— Como assim? – Jack disse. – O que aconteceu?

— O Comando. Ela me tirou da minha cela fora do programado. Não era a hora da refeição. Eu não sabia o que ela ia fazer. Pensei que estivesse em apuros. – Peter pareceu ansioso, como se revivesse coisas que o haviam assustado. – Ela me conduziu pela prisão e abriu uma porta de aço com um cartão. Não disse nada. Só seguiu em frente até... Não sei, chegamos a uma saída que eu nunca tinha visto antes. Ela me ajudou a subir, passando por uma grade.

— Ela o libertou?

— Sim. Fiquei tão confuso. A única coisa que ela me disse foi para seguir para o norte. Ela me disse para seguir andando rumo ao norte na direção de uma montanha. Ela me disse para procurar por uma casa de fazenda branca com uma árvore grande e um celeiro vermelho. Ela me disse... – Peter olhou para Nyx – que havia pessoas bondosas da nossa espécie que me acolheriam e cuidariam de mim. Depois ela me disse para recolocar a grade no lugar e... desapareceu.

Nyx fechou os olhos brevemente. Ainda não sabia daquela parte. Será que Posie sabia? O avô delas?

— E ela estava certa – disse Peter ao apertar a mão de Nyx.

— Sim, existem pessoas muito boas debaixo deste teto – murmurou Jack. – As melhores.

— Podemos ficar aqui, pai?

Nyx enxugou os olhos.

— Sim, vocês dois podem ficar aqui. Para sempre.

Ela sorriu embora sentisse um aperto no meio do peito. Por que Janelle fizera essa última boa ação? Quem é que poderia saber... Talvez o amor de uma *mahmen* por seu filho bastasse para sobrepujar o resto da sua natureza, nessa única decisão. Naquele momento.

Mas Nyx nunca saberia toda a verdade e isso já não importava. Tinha seus dois machos e cuidaria bem de ambos: seu verdadeiro amor e seu sobrinho. Por todas as noites e todos os dias que teria nesta terra e por toda a eternidade no Fade, ela velaria por eles.

De fato, o Destino mapeara tudo aquilo com antecedência.

Era a única explicação.

CAPÍTULO 47

NA NOITE SEGUINTE, NYX ACORDOU em sua pequena cama com Jack bem ao seu lado. Rolando no quarto semiescurecido, descobriu que ele já estava acordado, com os olhos a meio mastro, sensuais, enquanto a fitava.

– Está pensando em alguma coisa, meu macho? – sussurrou.

– Sim.

Quando ele se inclinou para um beijo, ela o encontrou na metade do caminho. E foram silenciosos e rápidos para se despir. Todos os outros da casa estavam no andar de baixo, dormindo nos aposentos acolhedores que Posie providenciara para a proteção de Peter, e a relativa privacidade do térreo não duraria muito.

Portanto, sim, as roupas foram despidas com rapidez, com mãos apressadas, e logo Jack estava em cima dela e ela o acolhia dentro de si. Ele mordeu o lábio com as pontas afiadas quando se uniram, e ela agarrou as costas dele quando começaram a se mover juntos, os longos e sedosos cabelos dele cercando-a. Beijaram-se de novo e se moveram mais rápido e... Deus, ela desejou que as molas da cama não rangessem.

Não demorou em chegar ao ápice. Os dois.

E continuaram. De novo. Uma vez rápida e intensa para ambos.

E tiveram que parar.

Jack a olhou nos olhos e a afagou nos cabelos.

– Quero fazer isso como se deve uma vez dessas.

– Sim, por favor – murmurou ela. – O mais rápido possível.

Estavam rindo quando se afastaram, e ela desapareceu de pronto no banheiro para tomar banho. Desejou que Jack estivesse com ela. Mas haveria tempo para isso.

E estava disposta a ser paciente. Até certo ponto.

Quando apareceu com roupas limpas e cabelos lavados, ele estava sentado à mesa da cozinha, olhando para todos os utensílios. Para as bancadas. Para a TV afixada à parede.

— Reconheço parte dessas coisas — disse ele.

— É muito estranho?

— É uma sensação... muito bizarra.

Nyx se aproximou e se sentou diante dele. Quando os olhos dele por fim pararam nos seus, ela sentiu que ele não estava bem.

— Converse comigo — sugeriu.

Demorou um tempo até ele falar, e ela rezou — *rezou* — que o que quer que fosse o problema houvesse tempo para ser discutido antes que alguém viesse do porão.

— É sobre o Comando — disse ele. — A sua irmã.

Nyx abaixou a cabeça. Balançou-a de um lado a outro.

— Eu sinto muito. Sinto como se devesse me desculpar por tudo o que ela fez. Ela era um monstro.

— Quero que entenda... — Ele pigarreou. — Como começou entre nós. Quando ela, hum... quando ela chegou à prisão, ela procurava um mentor. Era um tanto manipuladora e, admito, por um tempo, isso me atraiu. Mas isso logo sumiu quando eu descobri quem ela era de verdade. Quando me afastei, ela ficou ainda mais apegada até eu me tornar uma obsessão dela. Peter — a propósito, adorei esse nome — chegou quando fui forçado a servi-la em seu cio. Foi logo depois que ela assumiu o controle. Eu costumava pensar... Bem, não sei que diabos se passava pela cabeça dela grande parte do tempo, mas era quase como se ela quisesse tornar tudo seguro para ele. Claro que, em grande parte, ela assumiu o controle por motivos próprios, mas um jovem naquele ambiente? Quase nenhum sobrevivia. Mas, de novo, atribuir-lhe quaisquer motivos altruístas pode muito bem ser um erro.

Nyx assentiu. E esticou o braço ao longo da mesa, segurando a mão de Jack.

— Sempre que você quiser conversar sobre qualquer coisa, eu estarei aqui.

— Obrigado. — Ele esfregou o rosto. — Também preciso que você saiba como ela morreu.

— Encontrei o corpo dela.

— Encontrou?

— Cuidei dele como era adequado, com respeito. Embora… Não sei, é complicado.

— Você fez o que era certo. Pela *mahmen* de Peter. — Jack voltou a se calar por um momento. Depois pigarreou. — Ela me disse que o tinha matado. Peter, quero dizer. Não sei por quê. Provavelmente para me fazer sofrer.

Quando ele não parecia capaz de prosseguir, Nyx teve a sensação de saber o que tinha acontecido.

— Tudo bem se você a matou — disse com suavidade.

— Como pode dizer isso? — Ele praguejou. — Você deveria me odiar por matar um membro da sua linhagem. E Peter… Peter não pode saber jamais.

— Ela feriu você. De propósito. Feriu outras pessoas também; as matou, torturou. Tenho que ser franca. Não sinto nada por ela estar morta a não ser alívio. Bem, e confusão. Mas, como você mesmo disse, quem é que sabe o que se passava com ela.

Jack ficou encarando o vazio.

— Ela estava coberta de sangue. Tinha nas mãos um coração arrancado do peito de alguém. Gritava para mim, dizendo que o matara. Eu… surtei. Agarrei-a pela garganta e empurrei contra a parede repetidas vezes. E, daí, aquele animal, o que me mordeu, acabou atacando-a. Eu me libertei porque ela…

— Está tudo bem. Está tudo bem, eu juro. Você não fez nada de errado.

Jack a encarou nos olhos.

– Eu te amo.

Nyx apertou a mão dele de novo.

– Eu também, meu amor.

Quando ele se inclinou para beijá-la, ela também se moveu. E bem quando seus lábios se encostaram, ouviram passos começando a subir pela escada do porão.

Nyx afagou a lateral do rosto do seu macho e depois se deixou recostar na cadeira. Quando Posie e Peter e o avô surgiram do andar de baixo, ela refletiu que de todas as frases em todos os idiomas no mundo, havia uma que nunca perdia seu brilho, pouco importando quantas vezes fosse dita.

"Eu te amo" nunca se gastava.

Quer fosse entre pais e filhos, irmãs e irmãos ou pessoas com um envolvimento romântico, as três palavrinhas eram tão fortes, vitais, constantes e permanentes... quanto a emoção que descreviam.

"Eu te amo" era imortal.

Nem mesmo a morte conseguia apagar essas palavras. E, para os vampiros, que existiam na escuridão, elas era a luz dourada do sol que mantinha a espécie viva e acolhida.

CAPÍTULO 48

EXATAMENTE UMA HORA DEPOIS DE Jack ter se deliciado com uma Primeira Refeição à base de bacon, ovos e torrada com a sua família, um ônibus de dezesseis lugares que tinha sido enviado para buscá-los chegou. O veículo da Irmandade da Adaga Negra tinha vidros escuros, assentos de couro confortáveis e um mordomo vestido tradicionalmente atrás do volante.

O trajeto até seu destino demorou um pouco. E, na confortável parte traseira, por trás de uma divisória que fora erguida, passaram as quatro horas conversando sobre tudo e sobre nada. Posie, a irmã de Nyx, tinha uma personalidade afável, e havia um verdadeiro afeto entre ela e Peter, uma ligação de irmão e irmã nascida do processo de cura no qual ela o ajudara. O avô era uma figura. Árido como o deserto, silencioso como uma biblioteca, inteligente como uma enciclopédia. Impossível não gostar dele.

E também havia a sua Nyx. Que era perfeita de todos os modos no que se referia a Jack.

O tempo voou e, de repente, estavam numa espécie de subida. Jack apertou a mão de Nyx e a trouxe para mais perto de si no banco.

Passara muito tempo dispensando olhares a ela, e sabia que nunca se cansaria de sua imagem. Dos seus sons. Do seu cheiro, da sua gargalhada e dos seus rubores secretos – que surgiam toda vez que ele ia para momentos em sua mente em que estavam nus. Era como se ela soubesse exatamente no que ele estava pensando.

O que era frequente, mas sempre com muita discrição.

Quando o ônibus parou, o mordomo abaixou a divisória e sorriu para todos eles, o rosto do ancião irradiando calor e boa disposição.

– Chegamos! Por favor, queiram sair do veículo quando estiverem dispostos.

Jack deixou que os demais saíssem na frente – porque isso lhe possibilitava roubar um beijo da sua fêmea. Logo ela saía e ele foi em seu rastro, os dois passando pelo corredor e descendo os degraus até pedras arredondadas que...

Jack segurou com firmeza a mão da sua fêmea.

E subiu o olhar. Subiu e... subiu e... subiu.

– Ele a construiu – Jack sussurrou ao captar a altura e a largura da mansão de pedras que ele mesmo projetara e na qual se empenhara mentalmente. – Ele *construiu* a casa.

A enorme mansão cinza era de fato o que Jack visualizara, do telhado complexo até as duas alas, do enorme centro que se erguia até os céus...

As enormes portas duplas se abriram, e Rhage, o Irmão de olhos azuis brilhantes, saiu. Com uma fêmea de cabelos castanhos e uma pré-trans que só podia ser filha deles.

Jack sentiu a garganta se apertar de emoção.

Andando adiante com Nyx e Peter, Posie e o Vovô, como Peter chamava o macho mais velho, Jack sentiu como se ele estivesse levando a família... para conhecer a do Irmão.

Do seu irmão.

– Fizeram boa viagem? – perguntou Rhage.

– Sim. Fizemos.

Enquanto Jack subia os degraus, continuou encarando o Irmão enquanto o Irmão o encarava, ambos congelados.

As fêmeas fizeram as apresentações, Nyx e Mary, a *shellan* de Rhage, dando um passo adiante, abraçando-se, abraçando todos, a união acontecendo.

Mesmo enquanto Rhage e Jack continuavam onde estavam.

– Vou levar as crianças para dentro – Mary disse para seu *hellren*. – Vamos dar uns minutos para vocês, ok?

Rhage pareceu se sacudir.

– Ei, você se importa em levar as crianças para dentro para que eu e Jack tenhamos um minuto?

A fêmea sorriu para ele.

– Eu adoraria. Que ótima ideia. Venha, Nyx. Querem algo para comer? Temos tanta comida aqui que vocês nem vão acreditar.

Nyx hesitou. Quando Jack apertou sua mão, ela assentiu, beijou-o rapidamente e seguiu os outros para dentro.

Em seguida, ele ficou sozinho com o Irmão.

– Então… – Rhage pigarreou. – Está se sentindo melhor? Você sabe, depois de um bom dia de sono?

– Ah, sim, muito. Obrigado por perguntar.

Em seguida… Nada.

Até ambos falarem ao mesmo tempo.

– Desculpe, sei que isto é estranho…

– Por favor, me perdoe, não tenho a intenção de…

Os dois riram. E depois Jack disse:

– Quem era o seu pai? Quando vi você pela primeira vez na casa de Jabon, cheguei a pensar, bem lá no fundo, que talvez fôssemos parentes. Tive a intenção de investigar mais, porém não sabia em quem confiar, e era um estranho para você.

– Meu pai era o Irmão da Adaga Negra Tohrture. Ele era um guerreiro corajoso e orgulhoso de si.

Jack meneou a cabeça.

– Nunca ouvi esse nome. Minha *mahmen* nunca me contou quem era o meu pai, mas havia rumores de que ele podia ser um Irmão. Quando a pressionei sobre o assunto, ela me proibiu de vir a Caldwell. E por isso, então… Bem, ela tinha os seus motivos, imagino.

– Meu pai não era formalmente vinculado à minha *mahmen*. E, sim, herdei a cor dos meus olhos dele. – Rhage deu de ombros. – Me disseram que todos os meus irmãos de sangue estavam mortos, mas, quando olho para o seu rosto? Bem, também tive essa impressão de reconhecimento quando o conheci, mas não fiz a conexão porque não achei que fosse possível. Não com o que eu sabia da minha família.

– Minha *mahmen*... em seu leito de morte, me fez prometer que eu jamais procuraria meu pai. Tive um século para refletir sobre isso, e acredito... Bem, acho que ela sentia como se tivesse tido um caso com meu pai. E não queria arruinar uma família.

– O nosso pai não se vinculou à minha *mahmen*, como já disse. Portanto não havia nada a arruinar. De qualquer maneira, isso faz parte do passado. Temos o presente agora. Vamos começar do jeito que queremos continuar, que tal? – Rhage estendeu a palma. – E, a propósito, é um prazer conhecê-lo como se deve.

Jack apertou a mão da adaga que lhe foi oferecida. E depois foi puxado para um forte abraço.

– Bem-vindo à família – anunciou Rhage antes de se afastar.

– Como pode me aceitar assim tão prontamente? Não quer ter algum tipo de prova?

– Quantas pessoas você conhece que têm olhos como os nossos? Os seus, os meus e os do seu filho?

– Não muitas. – Jack pensou a respeito. – Nenhuma, na verdade.

– Eis a sua resposta. Podemos providenciar um Maury, porém.

– O que é um Maury?[6]

Rhage piscou. E depois segurou o ombro de Jack.

– Ah, as coisas que estão à sua espera nestes tempos modernos de TV e internet. Agora, vamos entrar para você ver o que projetou com todos aqueles desenhos?

Pigarreando, para manter as emoções sob controle, Jack correu o olhar pelo exterior da mansão uma vez mais. As janelas com suas vidraças emolduradas por chumbo estavam iluminadas pelas luzes internas, uma vista linda.

– Está exatamente como a planejei – disse ele. – Mal posso esperar para conversar com Darius sobre...

---

6 Maury, originalmente intitulado *The Maury Povich Show*, é um talk show tabloide americano organizado por Maury Povich. A série estreou em 1991, tendo como temas recorrentes gravidez na adolescência, infidelidade e testes de paternidade, entre outros. (N. T.)

– Sinto muito.

Jack o olhou de relance para perguntar o motivo da voz sentida, do pedido de desculpas. Mas, no mesmo instante, soube pela expressão de Rhage do que se tratava.

Jack deixou a cabeça pender por um momento.

– Quando Darius morreu? Por favor, me diga que ele teve a oportunidade de ver isto. Era o sonho dele.

– Ele viu a casa. Mas foi chamado para o Fade antes de vê-la habitada.

– A sua perda deve ser imensa.

– É. É, sim. E não aconteceu há muito tempo. – Rhage indicou a entrada. – Venha, deve estar querendo ver tudo.

Assentindo, Jack seguiu o Irmão até o vestíbulo.

– Quando começou a construção?

– Pouco depois de você... – Rhage parou e se virou. – Olha só, preciso falar disso. Eu não sabia o que tinha acontecido com você. Para onde foi mandado, quero dizer. Jabon era um merdinha e, depois daquela noite, não tive mais nada a ver com ele. Você precisa saber que eu não fazia ideia de que ele entregou você ao Conselho. Se soubesse, teria lhes dito o que tinha certeza que era a verdade. Que você não tinha desonrado aquela fêmea. Que é um macho de valor que jamais teria feito tal coisa.

Jack se curvou.

– Agradeço por dizer isso. Mas tomei como certo que tudo estava bem. Jabon foi o ruim na história. Sequer culpo a filha e a *mahmen*.

– Se o aristocrata já não estivesse morto, eu mataria o filho da puta. Na verdade, estou considerando exumá-lo só para poder matá-lo de novo.

– Ele morreu de forma violenta?

– Duas fêmeas o mataram uns vinte e cinco anos depois do incidente envolvendo você. – Rhage se inclinou para ele. – Quando encontraram o corpo, não conseguiram encontrar seu equipamento de corte, se é que me entende.

Jack se retraiu.

– Ui.

Naquele momento, a campainha tocou e uma tranca foi solta. Em seguida, as portas duplas do átrio foram abertas pelo mesmo mordomo que conduzira o ônibus até Caldwell.

– Saudações! – cumprimentou o *doggen*. Como se não tivesse visto Jack em doze anos e Jack fosse o convidado mais honrado que já fora chamado a passar por aquela porta.

– Obrigado – agradeceu Jack num murmúrio ao entrar.

Parou logo depois de passar pela porta. O átrio, com suas colunas de mármore e escadaria principal, pé-direito de três andares e piso de mosaico, era tão majestoso quanto Jack o imaginara. E os espaços em ambos os lados... a sala de jantar grandiosa com seu arco de entrada entalhado e a sala de bilhar à esquerda.

Exatamente como ele desejara que fosse.

De repente, o fato de que havia pessoas ao redor foi percebido – na verdade, havia uma bela multidão, incluindo machos e fêmeas com crianças de todas as idades, e todos estavam de pé ao redor de uma imensa mesa de jantar, trocando saudações e apresentações com Peter, Nyx, Posie e Vovô. Havia tanta alegria entre eles, sorrisos e abraços dados livremente, a conversa, o riso e o acolhimento alegre preenchendo a imensa sala formal, de fato, cada metro quadrado daquele telhado de ardósia, com vida... e amor.

Jack olhou para Rhage. Para o seu irmão que era um Irmão.

– Era exatamente isso o que Darius queria.

O lindo rosto de Rhage se entristeceu.

– Eu sei. O sonho dele é a nossa realidade.

– Ele me disse que estava construindo esta casa para todos os que amava. Para lhes dar um abrigo seguro no qual criar suas famílias. Contou-me que sentia ser este o legado que queria deixar para o mundo.

Rhage esfregou os olhos como se eles ardessem.

– É. E por mais que eu duvidasse dele naquela época... isto se realizou. Só tarde demais para ele poder aproveitar.

Quando o Irmão se emocionou, Jack passou um braço ao redor dos ombros largos do macho.

– Venha. Vamos nos juntar a eles, que tal?

– Bom plano. – Rhage inspirou fundo. – Plano maravilhoso, na verdade.

Juntos, entraram na sala de jantar.

– Sabe – disse o Irmão –, estou com vontade de tomar sorvete. Quer se juntar a mim?

– Por acaso adoro sorvete. Experimentei pela primeira vez ontem à noite.

– Não é demais? – Rhage emitiu ruídos de apreciação. – E não me importo em dividir meu estoque pessoal com meu recém-descoberto irmão. Porém, chega de chocolate com nozes para mim. Vou me ater à baunilha.

Entrando na sala de jantar, o cumprimento alegre generalizado foi imediato, e os dois foram logo cercados por suas companheiras, suas famílias – e, da parte de Jack, tantos novos amigos.

E logo em seguida... muita sobremesa.

AGRADECIMENTOS

MUITO OBRIGADA AOS LEITORES DOS livros da Irmandade da Adaga Negra! Esta tem sido uma longa jornada, maravilhosa e excitante. Mal posso esperar para ver o que vem em seguida neste universo que todos nós amamos. Também gostaria de agradecer a Meg Ruley, Rebecca Scherer e todos da JRA, além de Hannah Braaten, Andrew Nguyen, Jennifer Bergstrom e à família inteira da Gallery Books e da Simon & Schuster.

Para o Team Waud, amo todos vocês. De verdade. E, como sempre, tudo o que faço é com amor e adoração, seja pela minha família de origem, seja pela adotiva.

E, ah, muito obrigada, Naamah, minha Writer Dog II, que trabalha tanto quanto eu nos meus livros! E também a Archieball!